परीक्षा गुरु

परीक्षा गुरु

लाला श्रीनिवास दास

वाणी प्रकाशन

प्रकाशन के उत्कृष्टतम 62 वर्ष

पेपरबैक पहला संस्करण : 2008
पेपरबैक दूसरा संस्करण : 2012
पेपरबैक तीसरा संस्करण : 2020
पेपरबैक चौथा संस्करण : 2025

vaniprakashan.com

वाणी प्रकाशन

4695, 21-ए, दरियागंज, नयी दिल्ली-110 002

फ़ोन : +91 11 23273167, 23275710

शाखाएँ

अशोक राजपथ, पटना-800 004, बिहार

कॉफ़ी हाउस कैम्पस, महात्मा गांधी मार्ग, प्रयागराज-211 001, उत्तर प्रदेश

महात्मा गांधी अन्तरराष्ट्रीय हिन्दी विश्वविद्यालय, वर्धा-442 001, महाराष्ट्र

sales@vaniprakashan.in

vaniprakashan@gmail.com

Pariksha Guru

by Lala Shrinivas Das

ISBN : 978-81-8143-861-4

Novel

मूल्य : ₹ 199

सिटी प्रेस, दिल्ली-110 095 में मुद्रित
वाणी प्रकाशन का लोगो मक़बूल फ़िदा हुसैन की कूची से

निवेदन

अबतक नागरी और उर्दू भाषामैं अनेक तरहकी अच्छी-अच्छी पुस्तकें तैयार हो चुकी हैं, परंतु मेरे जान इसरीतिसे कोई नहीं लिखी गई, इसलिए अपनी भाषामैं यह नई चालकी पुस्तक होगी, परन्तु नई चाल होनेसै ही कोई चीज अच्छी नहीं सक्ती बल्कि साधारण रीतिसें तो नई चालमैं तरह, तरहकी भूल होने की संभावना रहती है और मुझको अपनी मन्द बुद्धिसै और भी अधिक भूल होनेका भरोसा है इसलिए मैं अपनी अनेक तरहकी भूलोंसै क्षमा मिलनेंका आधार केवल सज्जनोंकी कृपा दृष्टि पर रखता हूँ।

यह सच है कि नई चाल की चीज देखनेंको सबका जी ललचाता है परन्तु पुरानी रीतिके मनमैं समाये रहने और नई रीतिको मन लगाकर समझनेंमें थोड़ी मेहनत होनेंसे पहले, पहल पढ़नेंवाले का जी कुछ उलझनें लगता है और मन उछट जाता है इस्सै उसका हाल समझमैं आनेंके लिए मैं अपनी तरफसे कुछ खुलासा किया चाहता हूँ :–

पहलै तो पढ़नेंवाले इस पुस्तकमैं सौदागर की दुकानका हाल पढ़तेही चकरावेंगे क्योंकि अपनी भाषामै अबतक बार्तारूपी जो पुस्तकें लिखी गई हैं उन्मैं अक्सर नायक, नायका वगैरैका हाल ठेटसै सिलसिलेवार (यथाक्रम) लिखा गया है "जैसे कोई राजा, बादशाह, सेठ, साहूकारका लड़का था उसके मनमैं इस बातसै यह रुचि हुई और उसका यह परिणाम निकला" ऐसा सिलसिला कुछ भी नहीं मालूम होता। "लाला मदनमोहन एक अंग्रेजी सौदागर की दुकानमैं अस्बाब देख रहे हैं लाला ब्रजकिशोर मुन्शीचुन्नीलाल और मास्टर शिम्भूदयाल उनके साथ हैं" इन्मैं मदनमोहन कौन, ब्रजकिशोर कौन, चुन्नीलाल कौन, और शिम्भूदयाल कौन हैं? उन्का स्वभाव कैसा है? परस्पर संबंध कैसा है? हरेककी हालत क्या है? यहाँ इस्समय किस लिए इकट्ठे हुए हैं? यह बातें पहलैसै कुछ भी नहीं जताई गई! हाँ पढ़ने वाले धैर्यसै सब पुस्तक लेंगे तो अपने, अपनें मौकेपर सब भेद खुलता चला जायगा और आदिसै अंत तक सब मेल मिल जायगा परंतु जो साहब इतना धैर्य न रक्खेंगे वह इस्का मतलब भी नहीं समझ सकेंगे।

अलबत्ता किसी नाटक मैं यह रीति पहलैसै पाई जाती है परंतु उस्की इस्की लिखनेकी रीति जुदी, जुदी है नाटकोंमैं जिसका वचन होता है उसका नाम आदिमैं लिख देते हैं और वह पैराग्राफ* उस्का बचन समझा जाता है परंतु इस्मैं ऐसा नहीं होता, इस्मैं ऐसा "" चिह्न (अर्थात इंवरटेडकोमा या कुटेशन) के भीतर कहनेंवाले का वचन लिखा जाता है और कहनेवाले का नाम बचनकै बीचमैं या। अंत में जहाँ पुस्तक रचनें वालेको जगह मिलती है; वह लिख देता है अथवा नाम लिखे बिना पढ़नेवालेको कहनेवाले का वचन मालूम हो सके तो नहीं भी लिखता। एक आदमीका वचन बहुत करके एक पैराग्राफमैं पूरा, होता

* पेराग्राफके प्रारंभमैं हर जगह नएसिरसै जरासी लकीर छोड़कर लिखा जाता है और वह पूरा होता है वहाँ बाकी लकीर खाली छोड़दी जातीहै। जैसे यह पैराग्राफ 'अलबत्ता' से प्रारंभ होकर "होते हैं" पर समाप्ति हुआ है।

है परंतु कहीं कहीं किसी, किसी के वचनमैं और विषय आ जाते हैं तो "ऐसे चिह्न (इन्वरटेडकोमा) मैं पहला वचन पूरा किये बिना दूसरे पैरेग्राफके आदिसै ऐसे "चिह्न लगाकर उसीका वचन जारी रक्खा जाता है। और वचन के बीचमैं दूसरे बचन का आजाता है तो वहाँ उस बचनको अलग दिखाने के लिए उस्पर भी अक्सर इंवरटेडकोमा लगा दिये जाते हैं परंतु बचन ऐसे "" चिंहों के भीतर नहीं होते वह पुस्तक रचनें वाली की तरफ से होते हैं।

और चिंहोंमैं ऐसा, (कौमा) किंचित् बिश्राम, ऐसा; (सेमीकोलन) अथवाः (कोलन) अर्धबिश्राम, ऐसा . (फुलस्टोप) पूर्णबिराम, ऐसा? (इन्टैरोगेशन) प्रश्नकी जगह, ऐसा! (एक्सक्लेमेशन) आश्चर्य अथवा संबोधन वगैरैके जो शब्द जोर देकर बोलनें चाहिए उनके आगे ऐसा-चिह्न बात अधूरी छोड़ने के समय लगाया जाता है और ऐसे ( ) चिह्नों (पेरेनथिसेस) के भीतर पहले पदका खुलासा अर्थ या चल्ते प्रसंगमैं कोई दूतरफी अथवा विशेष बात जतानी होती है वह लिख देते हैं।

इस पुस्तकमैं दिल्लीके एक कल्पित (फर्जी) रईसका चित्र उतारा गया है और उस्को जैसेका तैसा (अर्थात् स्वाभाविक) दिखानेंके लिए संस्कृत अथवा फारसी अरबीके कठिन शब्दोंकी बनाई हुई भाषा के बदले दिल्लीके रहनेंवालों की साधारण बोलचालपर ज्यादाः दृष्टि रक्खी गई। अलबत्ता जहाँ कुछ विद्याबिषय आगया है वहाँ विवश होकर कुछ, कुछ शब्द संस्कृत आदिके लेनें पड़े हैं परन्तु जिनको ऐसी बातों के समझनेमैं कुछ झमेला मालूम हो उन्की सुगमताके लिए ऐसे प्रकरणोंपर ऐसा + चिंह लगा दिया गया है जिस्सै उन प्रकरणोंको छोड़कर हरेक मनुष्य सिलसिले वार वृतान्त पढ़ सक्ता है।

इस पुस्तकमैं संस्कृत, फारसी, अंग्रेरजीकी कविताका तर्जुमा अपनी भाषा के छंदों मैं हुआ है परंतु छंदोंके नियम और दूसरे देशोंका चाल चलन जुदा होनेकी कठिनाई सै पूरा तर्जुमा करनेंके बदले कहीं, कहीं भावार्थ ले लिया गया है।

अब तक पुस्तकके गुणदोषों पर विशेष विचार करनेंका काम बुद्धिमानोंकी बुद्धिपर छोड़कर मैं केवल इतनी बात निवेदन किया चाहता हूँ कि कृपाकरके कोई महाशय पूरी पुस्तक बाँचे बिना अपना बिचार प्रकट करनेंकी जल्दी न करैं और जो सज्जन इस विषयमैं अपना बिचार प्रकट करैं वह कृपाकरके उस्की एक नकल मेरे पासभी भेजदें (यदी कोई अखबारवाला उस अंककी कीमत चाहेगा तो वह तत्काल उस्के पास भेज दी जाएगी) जो सज्जन तरफदारी (पक्षपाँत) छोड़कर इस बिषय मैं स्वतंत्रतासै अपनाबिचार प्रकट करैंगे मैं उन्का बहुत उपकार मानूँगा।

इस पुस्तकके रचनेंमैं मुझको महाभारतादि संस्कृत, गुलिस्ताँ वगैरे फ़ारसी, स्पेक्टेटर, लार्ड बेकन, गोल्ड स्मिथ, विलियम कपूर आदिके पुरानें लेखों और स्त्रीबोध आदिके वर्तमान रिसालोंसै बड़ी सहायता मिली है इसलिए इन् सबका मैं बहुत उपकार मानता हूँ और दीनदयालु परमेश्रवरकी निर्हैतुक कृपाका सच्चे मनसै अमित उपकार मानकर यह लेख समाप्त करता हूँ।

25.11.1884

सज्जनोंका कृपाभिलाषी
श्रीनिवासदास, दिल्ली.

परीक्षा गुरु

↕

प्रकरण-1

सौदागरकी दुकान

चतुर मनुष्य को जितनें खर्च मैं अच्छी प्रतिष्ठा अथवा धन मिलसक्ता है मूर्ख को उस्सै अधिक खर्चनें पर भी कुछ नहीं मिलता।

लार्ड चेस्टरफील्ड.

लाला मदनमोहन एक अंग्रेजी सौदागर की दुकानमैं नई-नई फाशन का अंग्रेजी अस्बाब देख रहे हैं। लाला ब्रजकिशोर, मुंशी चुन्नीलाल और मास्टर शिंभूदयाल उन्के साथ हैं।

"मिस्टर ब्राइट! यह बड़ी काच की जोड़ी हमको पसंद है। इस्की क़ीमत क्या है?" लाला मदनमोहन नें सौदागर सै पूछा।

"इस साथकी जोड़ी अभी तीन हजार रुपे मैं हमने एक हिंदुस्तानी रईस को दी है लेकिन आप हमारे दोस्त है आपको हम चारसौ रुपे कम दैंगे"

"निस्संदेह ये काच आपके कमरेके लायक़ है इंके लगनें सै उस्की शोभा दुगुनी हो जायगी" शिंभूदयाल बोले।

"आहा! मैं तो इन्के चोखटोंकी कारीगरी देखकर चकित हूँ! ऐसे अच्छे फूल पत्ते बनाये हैं कि सच्चे बेल बूटों को मात करते हैं। जी चाहता है कि कारीगर के हाथ चूम लूँ" मुंशी चुन्नीलालने कहा।

"इन्के बिना आपका इस्समय कौन्सा काम अटक रहा है?" लाला ब्रजकिशोर कहनें लगे "खेल तमाशेकी चीजों रौ भोलेभाले आदमियों का जी ललचाता है। वह सौदागर की सब दुकान को अपनें घर लेजाना चाहते हैं परंतु बुद्धिमान अपनी जरूरी चीजोंके सिवाए किसी पर दिल नहीं दौड़ाते" लाला ब्रजकिशोर बोले।

"जरूरत भी तो अपनी, अपनी रुचि के समान अलग, अलग होती है" मुंशी चुन्नीलाल ने कहा।

"और जब दरिद्रियों की तरह धनवान भी अपनी रुचि के समान काम न कर

सकैं तो फिर धनी और दरिद्रियों मैं अंतर ही क्या रहा?" मास्टर शिभूदयालनें पूछा।

"नामुनासिब काम करके कोई नुक्सानसै नहीं बच सक्ता।"

"धनी दरिद्री सकल जन हैं जग के आधीन।
चाहत धनी विशेष कछु तासों ते अति दीन।।"

लाला ब्रजकिशोर कहनें लगे, "मुनासिब रीति सै थोड़े खर्च मैं सब तरहका सुख मिल सक्ता है परंतु इंतजाम और कामके सिलूसिले बिना बड़ीसै बड़ी दौलत भी जरूरी खर्चों को पूरी नहीं हो सक्ती। जब थोथी बातों मैं बहुतसा रुपया खर्च हो जाता है तो जरूरी काम के लिए पीछेसै जरूर तकलीफ उठानी पड़ती है।"

"चित्त की प्रसन्नता के लिये मनुष्य सब काम करते हैं फिर जिनके देखनेंसै चित्त प्रसन्नहो उन्का खरीदना थोथी बातोंमैं कैसे समझा जाय?" मुंशी चुन्नीलालनें कहा।

"चित्त प्रसन्न रखनें की यही रीति नहीं है। चित्त तो उचित व्यवहारसै प्रसन्न रहता है" लाला ब्रजकिशोरनें जवाब दिया।

"परन्तु निरी फिलासफीकी बातोंसै भी तो दुनियादारीका काम नहीं चल सक्ता" लाला मदनमोहननें दुनियादार बनकर कहा।

"बलायत की सब उन्नति का मूल लार्ड बेकन की यह नीति है कि "केवल बिचार ही बिचार मैं मकड़ी के जाले न बनाओं आप परीक्षा करके हरेक पदार्थ का स्वभाव जानों" मिस्टर ब्राइट नें कहा।

"क्यौं साहब! ये काच कहाँ के बने हुए हैं?" मुंशी चुन्नीलालनें सौदागरसै पूछा।

"फ्राँस के सिवाय ऐसी सुडोल चीज कहीं नहीं बन सक्ती। जबसै ये काच यहाँ आये हैं हर वक्त देखनेंवालों की भीड़ लगी रहती है और कई कारीगर तो इन्का नक्शा भी खींच लेगये हैं"

"अच्छा जी! इन्की कीमत हमारे हिसाब मैं लिखो और ये हमारे यहाँ भेज दो"

"मैंनें एक हिंदुस्थानी सौदागर की दुकान मैं इसी मेल के काच देखे हैं। उन्के चोखटों मैं निस्संदेह ऐसी कारीगरी नहीं है परंतु कीमत मैं यह इन्सै बहुत ही सस्ते हैं" लाला ब्रजकिशोर बोले।

"मैं तो अच्छी चीज का गाहक हूँ। चीज पसंद आए पीछे मुझको कीमत की कुछ परवा नहीं रहती।"

"अंग्रेजों की भी यही चाल है" मास्टर शिंभूदयाल नें कहा।

"परंतु सब बातों मैं अंग्रेंजों की नकल करनी क्या जरूरी है?" लाला ब्रजकिशोरनें जवाब दिया।

"देखिए! जबसै लाला साहब यह अमीरी चाल रखनें लगे हैं लोगों मैं इन्की इज्जत कितनी बढ़ती जाती है!" मास्टर शिंभूदयालनें कहा।

"सर सामानसै सच्ची इज़्ज़त नहीं मिल सक्ती। सच्ची इज़्ज़त तो सच्ची लियाकतसै मिलती है" लाला ब्रजकिशोर कहने लगे "और जब कोई मनुष्य बुद्धि

के विपरीत इस रीतिसै इज्जत चाहता है तो उस्का परिणाम बड़ा ही भँयकर होता है।''

''साहब! इतनी बात तो मैं हिम्मतसे कहता हूँ कि जो इस साथ की जोड़ी शहर में दूसरी जगह से निकल आवेगी तो मैं ये काच मुफ्त नज़र करूँगा'' मिस्टर ब्राइटनें जोर देकर कहा।

''कदाचित इस साथकी जोड़ी दिल्ली भरमैं न होगी परंतु कीमतकी कम्ती बढ़ती भी तो चीजकी हैसियत के बमूजिब होनी चाहिए'' लाला ब्रजकिशोरनें जवाब दिया।

''जिस तरह मोतियोंके हिसाब मैं किसी दानेकी तोल जरा ज्यादः होनेसै चौ बहुत ज्यादः बढ़ जाती है इसी तरह इन शीशोंकी कीमतका भी हाल है। मुझको लाला साहबसै ज्यादः नफा लेना मँजूर न था इस वास्तै मैंने पहले ही असली कीमत मैं चार सौ रुपे कम कर दिये इसपर भी आपको कुछ संदेह हो तो आप तीसरे पहर मास्टर साहब को यहाँ भेज दें। मैं बीजक दिखला कर इन्सै कीमत ठैरा लूगाँ''।

''अच्छा! मास्टर शिंभूदयाल मदरसेसै लोटती बार आपके पास आएँगे पर ये काच हमसै पूछे बिना आप और किसीको न दैं'' लाला मदनमोहननें कहा।

इस बातसै सब अपनें-अपनें जीमें राजी हुए, ब्रजकिशोर ने इतना अवकाश बहुत समझा, मदनमोहनके मनमैं हाथसे चीज निकल जानेका खटका न रहा, चुन्नीलाल और शिंभूदयालका अपनें कमीशन सहीं करनें का समय हाथ आया और मिस्टर ब्राइटको लाला मदनमोहन की असली हालत जान्नेंके लिये फुरसत मिली।

''बहुत अच्छा'' मिस्टर ब्राइटने जवाब दिया ''लेकिन आपको फुरसत हो तो आप एक बार यहाँ फिर भी तशरीफ लायँ। हालमैं नई-नई तरह की बहुतसी चीजैं वलायतसै ऐसी उम्दा आई हैं जिन्को देखकर आप बहुत खुश होंगे परंतु अभी वह खोली नहीं गई हैं और इस्समय मुझको रुपेकी कुछ जरूरत है। इन चीजोंकी क़ीमतके बिलका रुपया देना है। आप मेहरबानी करके अपने हिसाब मैंसै थोड़ा रुपया मुझको इस्समय भेज दें तो बड़ी इनायत हो।''

इस बचनमैं मिस्टर ब्राइट अपनें अस्वाबकी खरीदारीके लिये लाला मदनमोहन को ललचाता है परंतु अपने रुपेके वास्तै मीठा तक़ाजा भी करता है। चुन्नीलाल और शिंभूदयालके कारण उस्को मदनमोहन के लेन-देनमें बहुत कम फ़ायदा हुआ परंतु उसके पचास हजार रुपे इस समय मदनमोहनकी तरफ बाक़ी हैं और शहरमैं मदनमोहनकी बाबत तरह, तरहकी चर्चा फैंल रही हैं बहुत लोग मदनमोहन को फिजूल खर्च, दिवालिया बताते है और हकीकत मैं मदनमोहन का खर्च दिन पर दिन बढ़ता जाता है। इस्सै मिस्टर ब्राइट को अपनी रकम का खटका हैं इसलिए उस्नें इन काचों का सौदा इस्समय अटकाया है और तीसरे पहर मास्टर शिंभूदयाल को अपनें पास बुलाया है।

''रुपया! ऐसी जल्दी!'' लाला ब्रजकिशोरनें मिस्टर ब्राइट को वहम मैं डालनें के लिए आश्चर्यसै इतनी बात कहकर मनमैं कहा ''हाय! इनू कारीगरी की निरर्थक

चीजोंके बदले हिंदुस्थानी अपनी दौलत वृथा खोये देते हैं''

"सच है पहले आप अपना हिसाब तैयार करायँ, उस्को देखकर अंदाजसै रुपे भेजे जायंगे। मुंशी चुन्नीलालनें बात बनाकर कहा।

"और बहुत जल्दी हो तो बिल करके काम चला लीजिए, जब तक कागज के घोड़े दौड़ते है रुपे की क्या कमी है?'' ब्रजकिशोर बीचमैं बोल उठे।

"अच्छा! मैं हिसाब अभी उतरवाकर भेजता हूँ मुझको इस्समय रुपे की बहुत जरूरतहै'' मिस्टर ब्राइटनें कहा।

"आपने साढ़े नौ बजे मिस्टर रसल को मुलाक़ातके लिए बुलायाहै। इस वास्ते अब वहाँ चलना चाहिए'' मास्टर शिंभूदयाल नें याद दिवाई।

"अच्छा मिस्टर ब्राइट! इन काचों की याद रखना और नया अस्वाब खुलै जब हम को जरूर बुला लेना'' यह कह कर लाला मदनमोहन नें मिस्टर ब्राइट सै हाथ मिलाया और अपने साथियों समेत जोड़ी की एक निहायत उम्दा वलायती फिटन मैं सवार होकर रवानें हुए।

जब बग्गी कंपनी बाग मैं पहुँची तो सवेरे का सुहावना समय देखकर सब का जी हरा हो गया। उस्समयकी शीतल, मंद सुगंधित हवा बहुत प्यारी लगती थी। वृक्षों पर हर तरहके पक्षी मीठे-मीठे सुरों सैं चहचहा रहे थे! नहरके पानी की धीरी, धीरी आवाज कानको बहुत अच्छी मालूम होती थी! पन्ने सी हरी घास की भूमिपर मोतीसी ओस की बूंदे बिखर रही थी! और तरह, तरहकी फुलवाड़ी हरी मखमल मैं रंग-रंगके बूँटों की तरह बड़ी बहार दिखा रही थी। इस स्वाभाविक शोभाको देखकर लाला ब्रजकिशोरनें मदनमोहन सै थोड़ी देर वहाँ ठैरनें के वास्ते कहा।

इस्समय मुंशी चुन्नीलालनें जेबसै निकालकर घड़ी मैं चाबी दी और घड़ी देखकर घबराहटसै कहा "ओ! हो! नौपर बीस मिनिट चले गये। तो अब मकान को जल्दी चलना चाहिए''

निदान लाला मदनमोहन की बग्गी मकानपर पहुँची और ब्रजकिशोर उन्सै रुखसत् होकर अपनें घर गए।

प्रकरण-2

↕

अकालमैं अधिकमास

अप्रापति के दिनन मैं खर्च होत अबिचार
घर आवत है पाहुनो बणिज न लाभ लगार

बृन्द.

"हैं अभी तो यहाँ के घंटे मैं पौनें नौ ही बजे हैं तो क्या मेरी घड़ी आध घंटे आगे थी?" मुन्शी चुन्नीलालनें मकान पर पहुँचते ही बड़े घंटे की तरफ देख कर कहा। परंतु ये उस्की चालाकी थी उसनें ब्रजकिशोर सै पीछा छुड़ाने के लिये अपनी घड़ी चाबी देने के बहानें सै आध घन्टे आगे कर दी थी!

"कदाचित् ये घंटा आध घंटे पीछे हो" मास्टर शिभूदयाल नें बात साध कर कहा।

"नहीं, नहीं ये घंटा तोप सै मिला हुआ है" लाला मदनमोहन बोले।

"तो लाला ब्रजकिशोर साहब की लच्छेदार बातैं नाहक अधूरी रह गई?"मुंशी चुन्नीलाल नें कहा।

"लाला ब्रजकिशोर की बातें क्या हैं चकाबू का जाल है। वह चाहते हैं कि कोई उन्के चक्कर सै बाहर न निकालनें पाय" मास्टर शिंभूदयाल नें कहा।

मैं यों तो ये काच लेता या न लेता पर अब उन्की जिद सै अदबद कर लूँगा"

"निस्संदेह जब वे अपनी जिद नहीं छोड़ते तो आपको अपनी बात हारनी क्या जरूर है?" मुंशी चुन्नीलालनें छींटा दिया।

हितोपदेश मैं कहा है "आज्ञालोपी सुतहु कों क्षमैं न नृपति विनीत।। को बिशेष नृप, चित्र जो न गहे यहरीति"।। *पंडित पुरुषोत्तमदासनें मिल्तीमैं मिलाकर कहा।

"बहुत पढ़नें लिखने सै आदमी की बुद्धि कुछ ऐसी निर्बल हो जाती है कि बड़े, बड़े फिलासफर छोटी, बातों मैं चक्कर खानें लगते हैं" मास्टर शिंभूदयाल कहनें लगे, "सर आईजिक न्यूटन कितनी बार खाना खाकर भूल जाते थे, जरमन का प्रसिद्ध लेसिंग एक बार बहुत रात गए अपनें घर आया और कुंदा खड़काने लगा, नोकर नें गैर आदमी समझ कर भीतर सै कहाकि "मालिक घर मैं नहीं है कल आना" इस्पर लेसिंग सचमुच लौट चला!!! इटली का मारीनी नामी कवि एक दिन कविता बनानेंमैं ऐसा मग्न हुआ कि अंगीठी सै उस्का पैर जल गया तोभी उसै कुछ खबर न हुई!"

"लाला ब्रजकिशोर साहब का भी कुछ, कुछ ऐसा ही हाल है। यह सीधी, सीधी बातों को विचार ही विचार मैं खेंच तान कर ऐसी पेचीदा बनालेते हैं कि उन्का सुलझाना मुश्किल पड़ जाता है" मुंशी चुन्नीलाल बोले।

"मैंनें तो मिस्टर ब्राइट के रोबरू ही कह दिया था कि कोरी फिलासोफी की बातौं सै दुनियादारी का काम नहीं चलता" लाला मदनमोहननें अपनी अकल मंदी ज़ाहर की।

इतनेमैं मिस्टर रसल की गाड़ी कमरे के नीचे आ पहुँची और मिस्टर रसल खट, खट करते हुए कमरेमैं दाखिल हुए। लाला मदनमोहन नें मिस्टर रसल सै शेकिगूहैंड करके उन्हें कुर्सी पर बिठाया और मिजाज की खैरोआफियत पूछी।

---

* आज्ञा भङ्गकरान राजा ने क्षमेत सुतानपि। विशेषः कौन राज्ञय राज्ञ श्चिलगतस्य च।।

मिस्टर रसल नील का एक होसले मंद सौदागर है परंतु इस्के पास रुपया नहीं है। यह नील के सिवाय रुई और सन वगैरे का भी कुछ, कुछ व्यापार कर लिया करता है। इस्का लेन देन डेढ़, पौने दो बरस सै एक दोस्तकी सिफ़ारस पर लाला मदनमोहन के यहाँ हुआ है। पहले बरसमैं लाला मदनमोहन का जितना रुपया लगा था माल की बिक्री सै ब्याज समेत वसूल होगया, परंतु दूसरे साल रुई की भरती की जिस्मैं सात आठ हजार रुपे टूटते रहे इस्का घाटा भरनेके लिये पहले सै दुगनी नील बनवायी जिस्मैं एक तो परता कम बैठा दूसरे माल कलकत्ते पहुँचा उस्समय भाव मंदा रह गया जिस्मैं नफे के बदले दस, बारह हजार इस्मैं टूटते रहे। लाला मदनमोहन के लेन-देन सै पहले मिस्टर रसल का लेन-देन रामप्रसाद बनारसीदास सै था। उन्के आठ हजार रुपे अबतक इस्की तरफ बाकी थे जब उन्की मयाद जाने लगी तो उन्होंने नालिश करके साढ़े ग्यारह हजार की डिग्री इस्पर कराली अब उन्की इजराय डिग्री मैं इसका सब कारखाना नीलाम पर चढ़ रहा है और नीलाम की तारीखमैं केवल चार दिन बाकी हैं इसलिये यह बड़े घबराहट मैं रुपे का बंदोबस्त करनें के लिए लाला मदनमोहन के पास आया है।

"मेरे मिजाज का तो इस्समय कोसों पता नहीं लगता परंतु उस्को ठिकाने लाना आपके हाथ है" मिस्टर रसल नें मदनमोहन के कुशलप्रश्न (मिज़ज़ापुर्सी) पर कहा "जो आफ़त एकाएक इस्समय मेरे सिर पर आपड़ी है उस्को आप अच्छी तरह जान्ते हैं। इस कठिन समय मैं आपके सिवाए मेरा सहायक कोई नहीं है। आप चाहैं तो दम भर मैं मेरा बेड़ापार लगा सक्ते हैं नहीं तो मैं इस तूफान मैं ग़ारत हो चुका।"

"आप इतनें क्यों घबराते हैं?" जरा धीरज रखिये" मुंशी चुन्नीलाल नें पहले की मिलावट के अनुसार सहारा लगाकर कहा "लाला साहब के स्वभाव को आप अच्छी तरह जान्ते हैं जहाँ तक हो सकेगा यह आप की सहायतामैं कभी कसर न करेंगे।"

'पहले आप मुझे यह तो बताइये कि आप मुझसै किस तरह की सहायता चाहते हैं?" लाला मदनमोहन नें पूछा।

"मैं इस्समय सिर्फ इतनी सहायता चाहता हूँ कि आप रामप्रसाद बनारसीदास की डिक्री का रुपया चुका दें। मुझसै हो सकेगा जहाँ तक मैं आपका सब कर्जा एक बरस के भीतर चुका दूँगा" मिस्टर रसल नें कहा" "मुझको अपनी बरबादी का इतना ख्याल नहीं है जितनी आपके कर्जे की चिन्ता है। रामप्रसाद बनारसीदास का डिक्रीमैं मेरी जायदाद बिक गई तो और लेनदार कोरे रह जायेंगे और मैंने इन्सालवन्ट होने की दरख़ास्त की तो आप लोगों के पल्ले रुपे मैं चार आने भी न पड़ेंगी।"

"अफ़्सोस! आपकी यह ह़कीक़त सुन् कर मेरा दिल आप सै आप उमूडा आता है" लाला मदनमोहन बोले।

"सच है महा कवि शेक्सपीअर नें कहा है' मास्टर शिंभूदयाल कहनें लगेः—

> **कोमल मन होत न किये होत प्रकृति अनुसार।**
> **जों पृथ्वी हित गगन ते वारिद द्रवित फुहार।।**
> **वारिद द्रवित फुहार द्रवहि मन कोमलताई।**
> **लेत, देत शुभ हेत दो उनको मन हरषाई।।**
> **सब गुनते उतकृष्ट सकल बैभव को भूषन।**
> **राजहु ते कछु अधिक देत शोभा कोमलमन।।"***

"हजरत सादी कहते है कि "दुर्बल तपस्वी सै कठिन समय मैं उस्के दुःख का हाल न पूछ और पूछै तो उस्के दुःख की दवा कर"* मुंशी चुन्नीलाल नें कहा।

"अच्छा इस रुपे के लिये ये हमारी दिल जमई क्या कर देंगे? लाला मदनमोहन नें बडी गंभीरता सै पूछा।

"हाँ हाँ लाला साहब सच कहते हैं आप इस रुपे के लिए हमारी दिल जमई क्या कर देंगे? मुंशी चुन्नीलाल ने दिल-जमई की चर्चा करते हुए पीछे अपनी सफाई जतानें के लिये मिस्टर रसल सै पूछा।

"मैं थोड़े दिन मैं शीशे बरतन का एक कारखाना यहाँ बनाया चाहता हूँ अब तक शीशे बरतन की सब चीजें वलायत सै आती हैं इसलिये खर्च और टूट-फूट के कारण उन्की लागत बहुत बढ़ जाती है जो वह चीजे यहाँ तैयार की जायेंगी तो उन्मैं जरूर फायदा रहेगा और खुदा नें चाहा तो एक बरस के भीतर-भीतर आपकी सब रकम जमा हो जायेगी परंतु आपको इस्समय इस बात पर पूरा भरोसा नहीं तो मेरा नील का कारखाना आपकी दिलजमईके वास्ते हाजिर है" मिस्टर रसल नें जवाब दिया।

"हिंदुस्थान मैं अब तक कलों के कारखानें नहीं हैं इस्सै हिंदुस्थानियों को बड़ा नुक्सान उठाना पड़ता है। मैं जान्ता हूँ कि इस्समय हिम्मत करके जो कलों के कारखानें पहले जारी करेगा उस्को ज़रूर फायदा रहेगा" मास्टर शिंभूदयाल नें कहा।

"आपको रामप्रसाद बनारसीदास के सिवाय किसी और का रुपया तो नहीं देना!" मुंशी चुन्नीलाल नें पूछा।

"रामप्रसाद बनारसीदास की डिक्री का रुपया चुके पीछै मुझको लाला साहब

---

* The quality of mercy is not strained.
It droppeth as the gentle rain from heaven
Upon the place beneath, it is twice, blessed
It blesseth him that gives, and him that takes.
'Tis mightiest in the mightiest. it becomes
The throned monarch better than his crown,

_William Shakespeare

* दरवेशजईफे हालरा दरखुशकी तङ्गे साल मपुर्सके चुनी इल्ला बशर्त आंकि मरहमे बरेंशनिही।।

के सिवाय किसी की फूटी कौड़ी नहीं देनी रहैगी'' मिस्टर रसल नें जवाब दिया।

परन्तु काच का कारखाना बनानें के लिए रुपे कहाँ सै आएंगे? और लाला मदनमोहन के कर्जे लायक नील के कारखानें की हैसियत कहाँ है? इन्सालवेन्ट होनें सै लेनदारों के पल्ले चार आने भी न पड़ेंगे यह बात मिस्टर रसल अपने मुँह सै अभी कह चुका है पर यहाँ इन बातोंकी याद कौन दिलावै?

''इस सूरत मैं रामप्रसाद बनारसीदास की डिक्री का रुपया न दिया जायेगा तो उन्की डिक्री मैं इस्का कारखाना बिकजायगा और अपनी रकम वसूल होनें की कोई सूरत न रहैगी'' मुंशी चुन्नीलाल नें मदनमोहन के कान मैं झुक कर कहा।

''परंतु इस्समय इस्को देनें के लिए अपनें पास नकद रुपया कहाँ है?'' लाला मदनमोहन नें धीरे सै जवाब दिया।

''अब मेरी शर्म आप को है 'वक्त निकल जाता है बात रह जाती है' जो आप इस्समय मुझको सहारा देकर उभार लोगे मैं तो आपका अहसान जन्म भर नहीं भूलूँगा'' मिस्टर रसल नें गिड़ गिड़ा कर कहा।

''मैं मनसै तुम्हारी सहायता किया चाहता हूँ परन्तु मेरा रुपया इस्समय और कामों मैं लग रहा है इस्सै मैं कुछ नहीं कर सक्ता'' लाला मदनमोहन ने शर्माते, शर्माते कहा।

''अजीहुजूर! आप यह क्या कहते हैं?' आपके वास्तै रुपे की क्या कमी है? आप कहें जितना रुपया इसी समय हाजिर हो'' मास्टर शिंभूदयाल बोले।

''अच्छा! मुझसै होसकेगा किसी तरह दस हजार रुपे का बंदोबस्त करके मैं कल तक आपके पास भेजदूंगा आप किसी तरह की चिन्ता न करैं'' लाला मदनमोहननें कहा।

''आपनें बड़ी महरबानी की मैं अपकी इनायत सै जी गया अब मैं आपके भरोसे बिल्कुल निश्चिन्त रहूँगा'' मिस्टर रसल ने जाते, जाते बड़ी खुशी सै हाथ मिला कर कहा। और मिस्टर रसल के जाते ही लाला मदनमोहन भी भोजन करनें चले गए।

प्रकरण-3

↕

संगतिका फल

सहबासी होत नृप गुण कुल रीति विहाय
नृप युवती अरु तरुलता मिलत प्राय संग पाए*

हितोपदेश

लाला मदनमोहन भोजन करके आए उस्समय सब मुसाहब कमरे में मौजूद थे। मदनमोहन कुर्सी पर बैठ कर पान खानें लगे और इन् लोगों नें अपनी, अपनी बात छेड़ी।

हरगोविन्द (पन्सारी के लड़के) नें अपनी बगल सै लखनऊ की बनी टोपियें निकाल कर कहा "हजूर ये टोपियें अभी लखनऊसै एक बज़ाज के यहाँ आई हैं सोगात मैं भेजनें के लिए अच्छी हैं, पसंद हों तो दौ, चार ले आऊँ?"

"कीमत क्या है?"

"वह तो पच्चीस, पच्चीस रुपे कहता है परंतु मैं वाजबी ठैरा लूँगा"

"बीस, बीस रुपे मैं आवें तो ये चार टोपियें ले आना।"

"अच्छा! मैं जाता हूँ अपनें बस पड़ते तोड़ जोड़ मैं कसर नहीं रक्खूँगा" यह कह कर हरगोविन्द वहाँ सै चल दिया"

"हजूर! यह हिना का अत्र अजमेर सै एक गंधी लाया है वह कहता है कि मैं हुजूर की तारीफ़ सुनकर तरह, तरह का निहायत उम्दा अत्र अजमेर सै लाता था परंतु रस्ते मैं चोरी होगई सब माल अस्बाब जाता रहा सिर्फ यह शीशी बची है वह आपकी नज़र करता हूँ" यह कह कर अहमद हुसैन हकीमनें वह शीशी लाला साहब के आगे रखदी।

"जो लाला साहब को मंजूर करने मैं कुछ चारा विचार हो तो हमारी नजर करो हम इस्को मंजूर करके उस्की इच्छा पूरी करेंगे" पण्डित पुरूषोत्तम दास नें बड़ीवजेदारी सै कहा।

आपकी नज़र तो सिवाय करेले के और कुछ नहीं हो सकता मरजी हो; मगँवाय?" हकीमजीनें जवाब दिया।

"करेले तुम खाओ, तुम्हारे घरके खाँय हमको मुँह कड़वा करनें की क्या जरूरत है? हम तो लाला साहब के कारण नित्य लड्डू उड़ाते हैं और चैन करते हैं–"

---

* आसन्नमेव नृपतिर्भजते मनुष्यं विद्याविहीन मकुलीन मसङ्गतं वा प्रायेण भूमिपतयः
प्रमदा लता श्च, यः पार्श्व तो वसति तं परिवेष्टयन्ति।।

—पण्डित जी नें कहा।

"लड्डू ही लड्डूओं की बातें करनी आती हैं या कुछ और भी सीखे हो?" मास्टर शिंभूदयाल नें छेड़ की।

'तुम सरीखे छोकरे मदरसे मैं दो एक किताबें पढ़ कर अपने को अरस्तातालीस (Aristotle) समझनें लगते हैं परन्तु हमारी विद्या ऐसी नहीं है तुम को परीक्षा करनी होतो लो इस कागज पर अपनें मन की बात लिखकर अपनें पास रहनें दो जो तुमनें लिखा होगा हम अपनी विद्या सै बता देंगे" यह कह कर पण्डितजी नें अपनें अंगोछे मैं सै कागज पेनसिल और पुष्टीपत्र निकाल दिया।"

मास्टर शिंभूदयालनें उस कागज़ पर कुछ लिखकर अपने पास रख लिया और पंडितजी अपना पुष्टीपत्र लेकर थोड़ी देर कुंडली खेंचते रहे फिर बोले "बच्चा तुमको हर बात मैं हँसी सूझती है तुमनें कागज मैं 'करेला' लिखा है परंतु ऐसी हँसी अच्छी नहीं"

लाला मदनमोहन के कहनें से मास्टर शिंभूदयाल नें कागज खोल कर दिखाया तो हकीकत मैं 'करेला' लिखा पाया अब तो पडिंतजी की खूब चढ़ बनी मूछों पर ताव दे, दे कर खखारने लगे।

परंतु पंडितजी नें ये 'करेला' कैसे बता दिया? लाला मदनमोहनके रोबरू आपस की मिलावट सै बकरी का कुत्ता बना देना सहजसी बात थी परंतु पंडित जी का चुन्नीलाल और शिंभुदयाल सै ऐसा मेल न था और न पंडितजी को इतनी विद्या थी कि उस्के बल सै करेला बता देते। असल बात यह थी कि पंडित जीनें कागज पर काजल लगा कर पुष्टीपत्र मैं रख छोड़ा था जिस्समय पुष्टीपत्र पर कागज रख कर कोई कुछ लिखता था कलम के दबाव सै काजल के अक्षर दूसरे कागज पर उतर आते थे फिर पंडितजी कुंडली खेंचती बार किसी ढब सै उस्को देखकर थोड़ी देर पीछे बता देते थे।

"तो हुजूर! उस गंधीके वास्तै क्या हुक्म है?' हकीमजीनें फिर याद दिलाई।

अतर मैं चंदनके तैल के मिलावट होती है और मिलावट की चीज़ बेचनें का सरकार सै हुक्म नहीं है इस वास्तै कह दो शीशी जप्त हुई वह अपना रास्ता ले" पंडितजी शीशी सूंघ कर बीच मैं बोल उठे।

"हाँ हकीमजी! आपकी राय मैं गंधी का कहना सच है?" लाला मदनमोहन नें पूछा।

'बेशक, अंदाज़ सै तो ऐसा ही मालूम होता है आगे खुदा जानें" हकीमजी बोले।

"तो लो यह पच्चीस रुपे के नोट इस्सयम उस्को खर्च के वास्तै दे दो। विदा पीछे सै सामनें बुलाकर की जाएगी" लाला मदनमोहन नें पच्चीस रुपे के नोट पाकट सै निकाल दिये।

"उदारता इस्का नाम है" दयालुता इसे कहते हैं, "सच्चे यश मिलनेंकी यह राह है", परमेश्वर इस्सै प्रसन्न होता है", चारों तरफ सै वाह-वाह की बौछार होनें लगी।

"ये बहियाँ मुलाहजे के वास्तै हाजिर हैं और बहुत सी रकमों का जमाखर्च

आपके हुक्म बिना अटक रहा है जो अवकाश हो तो इस्सयम कुछ अर्ज करूँ?'' लाला जवाहरलाल ने आते ही बस्ता आगे रखकर डरते, डरते कहा।

''लाला जवाहरलाल इतनें बरस सै काम करते हैं परंतु लाला साहब की तबियत, और कागज दिखाने का मौका अबतक नहीं पहचान्ते'' लाला मदनमोहन को सुनाकर चुन्नीलाल और शिंभूदयाल आपसमैं कानाफूसी करने लगे।

''भला इस्समय इन्बातोंका कौन प्रसंग है? और मुझको बार, बार दिक करनें सै क्या फ़ायदा है? मैं पहले कह चुका हूँ कि तुम्हारी समझ मैं आवै जैसा जमा खर्च करलो। मेरा मन ऐसे कामों मैं नहीं लगता''। लाला मदनमोहन नें झिड़ककर कहा और जवाहरलाल वहाँ सै उठकर चुपचाप अपने रास्ते लगे।

''चलो अच्छा हुआ! थोड़े ही मैं टल गई। मैं तो बहियोंका अटंबार देखकर घबरा गया था कि आज उस्तादजी घेरे बिना न रहैंगे'' जवाहरलाल के जाते ही लाला मदनमोहन खुश हो, हो कर कहनें लगे।

''इन्का तो इतना होसला नहीं है परंतु ब्रजकिशोर होते तो वे थोड़े बहुत उलझे बिना कभी न रहते'' मास्टर शिंभूदयाल नें कहा।

''जब तक लाला साहब लिहाज करते है तब ही तक उन्का उलझना उलझाना बन रहा है नहीं तो घड़ी भर मैं अकल ठिकानें आजायगी'' मुंशी चुन्नीलाल बोले।

''हुजूर! मैं लाला हरदयाल साहब के पास हो आया उन्होंनें बहुत, बहुत करकै आपकी खैरोआफियत पूछी है। और आज शामको आपसै बागमैं मिलनें का करार किया है'' हरकिसन दलाल नें आकर कहा।

''तुम गए जब वो क्या कर रहे थे? ''लाला मदनमोहन नें खुश होकर पूछा।

''भोजन करके पलंग पर लेटे ही थे आपका नाम सुनकर तुर्त उठ जाए और बड़े जोश सै आपकी खैरोआफ़ियत पूछनें लगे''

''मैं अच्छी तरह जानता हूँ। वे मुझको प्राण सै भी अधिक समझते हैं'' लाला मदनमोहननें पुलकित होकर कहा।

''आपकी चाल ही ऐसी है जो एक बार मिल्ता है हमेशेके लिए चेला बन् जाता है'' मुंशी चुन्नीलालने बढ़ावा देकर कहा।

''परन्तु कानूनीबंदे इस्सै अलग हैं'' मास्टर शिंभूदयाल ब्रजकिशोर की तरफ इशारा करके बोले,

''लीजिए य टोपियाँ अठारह, अठारह रुपमैं ठैरा लाया हूँ'' हरगोविन्दनें लाला मदनमोहनके आगे चारों टोपियें रखकर कहा।

''तुमनें तो उसकी आँखोंमैं धूल डालदी! अठारह, अठारह रूपे मैं कैसे ठैरालाए? मुझको तो बाईस, बाईस रुपे से कमकी किस तरह नहीं जँचती'' लाला मदनमोहननें हरगोविन्द का हाथ पकड़कर कहा।

''मैनें उस्को आगेका फायदा दिखाकर ललचाया और बड़ी बड़ी पट्टिये पढ़ाईं तब उस्नें लागत मैं दो, दो रुपे कम लेकर आपके नामे ये टोपियें दी हैं''

“अच्छा! यह लाला हरकिशोर आते हैं इन्सै तो पूछिए ऐसी टोपी कितनें, कितने मैं लादेंगे?” दूरसै हरकिशोर बजाज़ को आते देखकर पंडित पुरुषोत्तमदास ने कहा।

“ये टोपियें हरनारायण बजाज के यहाँ कल लखनऊसै आई हैं और बाजार मैं बारह, बारह रुपे को बिकी हैं पर यहाँ तो तेरह, तेरह मैं आई होंगी” हरकिशोर नें जवाब दिया।

“तुम हमें पंदरह, पंदरह रुपे मैं लादो” हरगोविन्द नें झुँझला कर कहा।

“मैं अभी लाता हूँ। तुम्हारे मनमैं आवै जितनी लेलेना”

“ला चुके, लाचुके लानें की यही सूरत है?” हरगोविन्द नें बात उड़ाने के वास्तै कहा।”

“क्यों मेरी सूरत का क्या हुआ? मैं अभी टोपियाँ लाकर तुम्हारे सामनें रखेदेता हूँ” हरकिशोर ने हिम्मत सै जवाब दिया।

“तुम टोपिएं क्या लाओगे? तुम्हारी सूरत पर तो खिसियानपन अभी सै छा गया!” हरगोविन्द ने मुस्कराकर कहा।

मुझको नहीं मालूम था कि मेरी सूरत मैं दर्पण की खासियत है” हरकिशोरनें हँसकर जवाब दिया।

“चलो चुप रहो क्यों थोथी बातें बनाते हो?” मुन्शी चुन्नीलाल रोकनें के वास्तैं भरम मैं बोले।

“बहुत अच्छा! मैं टोपी लाए पीछे ही बात करूँगा” यह कह कर हरकिशोर वहाँ सै चल दिए।

“यहाँ दुकानदारों मैं यह बड़ा ऐब है कि जलन की मारे दूसरेके माल को बारह आनेका जाँच देते हैं” मुंशी चुन्नीलालनें कहा।

“और किसी समय मुकाबला आपड़े तो अपनी गिरह सै घाटा भी दे बैठते हैं” मास्टर शिंभूदयाल बोले।

“न जानें लोगों को अपनी नाक कटा कर औरों की बदशगूनी करनें मैं क्या मजा आता है” हकीमजीनें कहा।

“और जो हरगोविन्द कुछ ठगा आया होगा तो क्या मैं इन्के पीछे उस्का मन बिगाडूँगा” लाला मदनमोहन बोले।

“आपकी ये ही बातैं तो लोगों को बेदाम गुलाम बना लेती हैं” मुंशी चुन्नीलालनें कहा।

“कुछ दिन सै वहाँ ग्वालियर के दो गवैये निहायत अच्छे आए हैं मरज़ी हो दो घड़ी के वास्तैं आज की मजलिस मैं उन्हें बुला लिया जाए” हरकिसन दलालनें पूछा।

“अच्छा! बुलाओ तुम्हारी पंसद है यो जरूर अच्छे होंगे” मदनमोहननें कहा।

“लखनऊ की अमीरजान भी इन दिनों यहीं हैं इस्के गाने की बड़ी तारीफ सुनी

गई है पर मैनें अपनें कान सै अब तक उस्का गाना नहीं सुना" हकीमजी बोले।

"अच्छा! आपके सूत्र को हम उसे भी यहाँ बुलाए लेते हैं पर उस्के गाने मैं समा न बंधा तो उसके बदले आपको गाना पड़ेगा!" लाला मदमोहन नें हँस कर कहा।

"सच तो ये है कि आपके सबब सै दिल्ली की बात बन रही है जो गुणी यहाँ आता है कुछ न कुछ जरूर ले जाता है आप न होते तो उन बिचारों को यहाँ कौन पूछता? आपकी इस उदारता सै आपका नाम बिक्रम और हातम की तरह दूर, दूर तक फैल गया है और बहुत लोग आपके दर्शनों की अभिलाषा रखते हैं मुंशी चुन्नीलाल नें छींटा दिया।

इतनें मैं हरकिशोर टोपी लेकर आ पहुँचे और बारह, बारह रुपे मैं खुशी से देनें लगे।

"सच कहो तुमनें इस्मैं अपनी गिरह का पलोथन क्या लगाया है?" शिंभूदयाल नें पूछा।

"पलोथन लगानें की क्या जरूरत थी मैं तो इस्मैं लाला साहब से कुछ इनाम लिया चाहता हूँ" हरकिशोर नें जवाब दिया।

"मुझको टोपियें लेनी होती तो मैं किसी न किसी तरह सै आपही तुम्हारा घाटा निकालता पर मैं तो अपनी जरूरतके लायक पहलै ले चुका" लाला मदनमोहन नें रूखाई सै कहा।

आपको इस्की कीमत मैं कुछ संदेह हो तो मैं असल मालिक को रोबरू कर सकता हूँ?"

"जिस गाँव नहीं जाना उसका रास्ता पूछना क्या जरूर।"

"तो मैं इन्हें ले जाऊँ?"

"मैंने मंगाई कब थी जो मुझसै पूछते हो" यह कहकर लाला मदनमोहननें कुछ ऐसी त्योरी बदली कि हरकिशोर का दिल खट्‌ठा हो गया और लोग तरह, तरह की नकलै करके उस्का ठट्‌ठा उड़ोनें लगे।

हरकिशोर उस्समय वहाँ सै उठकर सीधा अपनें घर चला गया पर उस्के मन मैं इन् बातोंका बड़ा खेद रहा।

प्रकरण-4

↕

मित्रमिलाप (!)

दूरहिसों करबढ़ाय, नयननते जलबहाय,
आदरसों ढिंगबूलाए, अर्धासन देतसो।।

हितसोंहियमैं लगाय, रुचिसमबाणी बनाय,
कहत सुनत अति सुभाय, आनन्द भरि लेत जो।।
ऊपरसों मधु समान, भीतर हलाहल जान,
छलमैं पंडितमहान् कपटको निकेतवो।।
ऐसो नाटक विचित्र, देख्यो न कबहु मित्र,
दुष्टनकों यह चरित्र, सिखवे को हेतको?।*

लाला मदनमोहन को हरदयाल सै मिलनें की लालसा मैं दिन पूरा करना कठिन होगया वह घड़ी, घड़ी घंटे की तरफ देखते थे और उखताते थे। जब ठीक चार बजे अपने मकान सै सवार होकर मिस्तरीखोनें मैं पहुँचै यहाँ तीन बग्गियें लाला मदनमोहन की फर्मायिश सै नई चाल की बन रही थीं उन्के लिए बहुतसा सामान वलायत सै मंगवाया गया था और मुंबई के दो कारीगारों की राह सै वह बनाई जाती थीं। लाला मदनमोहन नें कह यह रक्खा था कि चीज़ अच्छी बनें खर्च की कुछ नहीं अटकी जो होगा हम करेंगे" निदान लाला मदनमोहन इन बग्गियों को देखभाल कर वहाँ सै आगा हसनजान के तबेले में गए और वहाँ तीन घोड़े पाँच हजार, पाँच सो रुपे मैं लेनें करके वहाँ सै सीधे अपनें बाग 'दिलपसंद को चले गये।

यह बाग सबज़ी मंडी सै बागे बढ़ कर नहर की पटड़ी के किनारे पर था इस्की रविशों के दोनों तरफ रेलिया की कतार, सुहावनी क्यारियों मैं रंग, रंग के फूलों की बहार, कहीं हरी, हरी घासका सुहावना फ़र्श, कहीं घनघोर वृक्षों की गहरी छाया, कहीं बनावट के झरनें, और बेट, कहीं पेढ़ और टट्टियों पर बेलों की लपट एक तरफ को संगमरमर के एक कुंड मैं तरह, तरह के जलचर अपना रंग ढंग दिखा रहे थे बाग के बीच मैं एक बड़ा कमरा हवादार बहुत अच्छा बना हुआ था उस्के चारों तरफ संगमरमर का साईवान और साईवान के गिर्द फव्वारों की क़तार लगी थी। जिस समय ये फव्वारे छुटते थे जेठ बैसाख को सावन भादों समझ कर मोर नाच उठते थे। बीच के कमरे मैं रेशमी गलीचे की बड़ी उम्दा बिछायत थी और बढ़िया साठन की मड़ी हुई सुनहरी कौंच, कुर्सियाँ जगह, जगह मोके सै रक्खी थी। दीवार के सहारे संगमरमर की मेंजोपर बड़े, बड़े आठ काँच आम्नें-साम्नें लग हुए थे, छतमैं बहुमूल्य झाड़ लटक रहे थे, गोल बैजई और चोखूटी मेंजों के गुलदस्ते हाथीदाँत, चन्दन, आबनूस, चीनी, सीप और काच वगैरेके उम्दा, उम्दा खिलौनें मिसल सै रक्खे थे, चाँदी की रकेबियों मैं इलायची, सुपारी चुनी हुई थी। समय, तारीख, बार, महीना, बतानें की घड़ी हारमोनियम

---

* दूरा दुछितपाणि रार्द्रनयनः प्रात्सारिताङ्गसिनो
गाढ़लिङ्गनतत्तपरः प्रिवक्कथाद्रत्रेषु दत्तादरः।।
अन्र्भूतविषी वहिर्मघुमयश्राच्तीवः मायापटु।
कोनामायमपूर्वनाटकविधिर्यः शिक्षितोदुर्जनः।।1।।

बाजा, अंटा खेलनें की मेज, अलबम, सैरबीन, सितार और शतरंज बगैरे मन बहलानें का सब सामान अपनें, अपनें ठिकानें पर रक्खा हुआ था। दिवारों पर गच के फूलों पत्तों का सादा काम अबरख की चमक सै चाँदी के डले की तरह चमक रहा था और इसी मकान के लिए हजारों रुपे का सामान हर महीनें नया खरीदा जाता था।

इस्समय लाला मदनमोहन को कमरे मैं पाँव रखते ही विचार आया कि इस्के दरवाजों पर बढ़िया साठन के पर्दे अवश्य होनें चाहियें उसी समय हरकिशोर के नाम हुक्म गया कि तरह, तरह की बढ़िया साठन लेकर अभी चले आओ, हरकिशोर समझा कि "अब पिछली बातों के याद आनें सै अपनें जी मैं कुछ लज्जित हुए होंगे चलो सबेरे का भूला साँझ को घर आ जाए तो भूला नहीं बाजता" यह विचार कर हरकिशोर साठन इकट्ठी करनें लगा पर यहाँ इन बातों की चर्चा भी न थी। यहाँ तो लाला मदनमोहन को लाला हरदयाल की लौ लगरही थी। निदान रोशनी हुए पीछे बड़ी देर बाट दिखाकर लाला हरदयाल आए। उन्को देखकर मदनमोहन की खुशी कुछ हद नहीं रही, बग्गी के आने की आवाज़ सुनते ही लाला मदनमोहन बाहर आकर उन्को लिवा लाये और दोनों कौंच पर बैठ कर बड़ी प्रीति सै बातैं करनें लगे।

"मित्र तुम बड़े निष्ठुर हो मैं इतनें दिनसै तुम्हारी मोहनी मुर्ति देखनें-के लिए तरस रहा हूँ पर तुम याद नहीं करते, लाला मदनमोहन नें सच्चे मन सै कहा।

"मुझकों एक पल आपके बिना कल नहीं पड़ती पर क्या करूँ? चुगलखोरों के हाथसै तंग हूँ जब कोई बहाना निकालकर आने का उपाय करता हूँ वे लोग तत्काल जाकर लालाजी (अर्थाद् पिता) सै कह देते हैं और लालाजी खुलकर तो कुछ नहीं कहते पर बातों ही बातों मैं ऐसा झंझोड़ते हैं कि जो जलकर राख हो जाता है। आजतो मैंनें उन्सै भी साफ कह दिया कि आप राजी हों, या नाराज हों मुझसें लाला मदनमोहन की दोस्ती नहीं छूट सकती" लाला हरदयालने यह बात ऐसी गर्मा गर्मी से कही कि लाला मदनमोहन के मनपर लकीर होगई। पर यह सब बनावट थी। उस्नें ऐसी बातें बना, बना कर लाला मदनमोहन सै, ,"तोफा तहायफ" मैं बहुत कुछ फ़ायदा उठाया था इसलिए इस सोनें की चिड़िया को जाल मैं फसाने के लिए भीतर पेटे सबघर के शामिल थे और मदनमोहन के मनमैं मिलनें की चाह बढ़ानें के लिए उसने अब की बार आनें मैं जान बूझ कर देर की थी।

"भाई! लोग तो मुझे भी बहुत बहकाते हैं। कोई कहता है "ये रुपे के दोस्त हैं," कोई कहता है "ये मतलब के दोस्त हैं" पर मैं उनको जरा भी मुँह नहीं लगाता क्योंकि मुझ को ओथेलो की बरबादी का हाल अच्छी तरह मालूम है" लाला मदनमोहन नें साफ मन सै कहा पर हरदयाल के पापी मन को इतनी ही बात सै खटका हो गया।

"दुनिया के लोगों को ढग सदा अनोखा देखने मैं आता है उन्मैं सै कोई अपना मतलब दृष्टांत और कहावतों के द्वारा कह जाता है, कोई अपना भाव दिल्लगी और हँसी की बातों मैं जता जाता है, कोई अपना प्रयोजन औरों पर रखकर सुना जाता

है, कोई अपना आशय जताकर फिर पलट जानें का पहलू बनायें रखता है, पर मुझको ये बातें नहीं आती। मैं तो सच्चा आदमी हूँ जो मनमैं होती है वह जबान सै कहता हूँ जो जबान से कहता हूँ वह पूरी करता हूँ" लाला हरदयाल नें भरमा, भरमी अपना संदेह प्रकट करके अंत मैं अपनी सचाई जताई।

'तो क्या आपको इस्समय यह संदेह हुआ कि मैंने बहकाने वालों पर रख कर अपनी तरफ सै आपको "रुपेका दोस्त" और मतलब का दोस्त" ठैराया है?" लाला मदनमोहन गिड़ गिड़ा कर कहनें लगे "हाय! आपनें मुझकों अब तक नहीं पहचाना। मैं अपनें प्राणसै अधिक आपको सदा समझता रहा हूँ। इस संसार मैं आपसै बढ़कर मेरा कोई मित्र नहीं है जिस्पर आपको मेरी तरफ सै अबतक इतना संदेह बन रहा है मुझको आप इतना नादान समझते हैं। क्या मैं अपनें मित्र और शत्रु को भी नहीं पहचान्ता? क्या आप सै अधिक मुझको संसार मैं कोई मनुष्य प्यारा है? मैं कलेजा चीरकर दिखाऊँ तो आपको मालूम हो कि आपकी प्रीति मेरे हृदय मैं कैसी अंकित हो रही है!"

"आप वृथा खेद करते हैं। मैं आपकी सच्ची प्रीति को अच्छी तरह जान्ता हूँ और मुझको भी इस संसार मैं आप सै बढ़कर कोई प्यारा नहीं है। मैंने दुनिया का यह ढंग केवल चालाक आदमियों की चालाकी जतानें के लिए आपसै कहा था आप बृथा अपनें ऊपर ले दोड़े। मुझको तो आपकी प्रीति का यहाँ तक विश्वास है कि सूर्य चन्द्रमा की चाल बदल जायगी तो भी आप की प्रीति मैं कभी अंतर न आएगा" लाला हरदयालनें मदनमोहन के गले मैं हाथ डालकर कहा।

"प्रीती के बराबर संसार मैं कौन्सा पदार्थ है?" लाला मदनमोहन कहनें लगे "और सब तरह के सुख मनुष्य को द्रव्य सै मिल सक्ते हैं पर प्रीति का सुख सच्चे मित्र बिना किसी तरह नहीं मिल्ता जिस्नें संसार मैं जन्म लेकर प्रीति का रस नहीं लिया उस्का जन्म लेना बृथा है इसी तरह जो लोग प्रीति करके उस्पर द्रढ़ नहीं वह उस्के रस सै नावाकिफ है।"

"निस्संदेह! प्रीति का सुख ऐसा ही अलौकिक है। संसारमैं जिन लोगों को भोजन के लिए अन्न और पहनने के लिए वस्त्र तक नहीं मिल्ता उन्को भी अपनें दुःख-सुख के साथी प्राणोपम मित्र के आगे अपना दुःख रोकर छाती का बोझ हल्का करने पर, अपनें दुखों को सुन, सुन कर उस्के जी भर आनें पर, उस्के धैर्य देने पर, उस्के हाथ सै अपनी डबडबाई हुई आँखों के आँसू पुछ जानें पर, जो संतोष होता है वह किसी बड़े राजा को लाखों रुपे खर्च करनें सै भी नहीं हो सक्ता" लाला हरदयाल नें कहा।

"निस्संदेह! मित्रता ऐसीही चीजहै पर जो लोग प्रीति का सुख नहीं जान्ते वह किसी तरह का इस्का भेद नहीं समझ सक्ते" लाला मदनमोहन कहनें लगें।

"दुनियाँ के लोग बहुत करके रुपे के नफे नुक्सान पर प्रीति का आधार समझते हैं। आज हरगोविन्दनें लखनऊ की चार टोपियाँ मुझको अठारह रुपेमैं ला

दी थीं इस्पर हरकिशोर जल गए और मेरी प्रीति बढाने के लिए बारह रुपे में वैसी ही टोपियाँ देनें लगे। इन्के निकट प्रीति और मित्रता कोई ऐसी चीज़ है जो दस पाँच रुपे की कसर खानें से बातों मैं हाथों आसक्ती है!"

"हरकिशोरनें हरगोविन्द की तरफसै आपका मन उछांटनें के लिए यह तद्वीर की हो तो भी कुछ आश्चर्य नहीं" हरदयाल बोले "मैं जान्ता हूँ कि हरकिशोर एक बड़ा"—

इतनेंमैं एकाएक कमरे का दरवाजा खुला और हरकिशोर भीतर दाखल हुआ। उसको देखतेही हरदयाल की जबान बंद हो गई और दोनों नें लजाकर सिर झुका लिया।

"पहलै आप अपने शुभ चिन्तकों के लिए सजा तजवीज कर लीजिए फिर मैं साठन मुलाहजें कराऊँगा। ऐसे वाहियात कामों के वास्ते इस जरूरी काम मैं हर्ज करना मुनासिब नहीं। हाँ लाला हरदयाल साहब क्या फरमा रहे थे "हरकिशोर एक बड़ा—क्या है?" हरकिशोर नें कमरे मैं पाँव रखते ही कहा।

"चलो दिल्लगी की बातें रहने दो लाओ, दिखलाओ तुम कैसी साठन लाए हो? हम अपनी निज की सलाह के वास्ते औरों का काम हर्ज नहीं किया चाहते" लाला हरदयाल नें पहली बात उड़ाकर कहा।

"मैं और नहीं हूँ पर अब आप चाहे जो बना दें मुझको अपना माल दिखानें मैं कुछ उज्र नहीं पर इतना विचार है कि आजकल सच्चे माल की निस्बत नकली या झूँटे माल पर ज्यादः चमक दमक मालूम होती है। मोतियों को देखते चाहै मणियों को देखिए, कपड़ों को देखिए, चाहै गोटे किनारी को देखिए, जो सफाई झूँटे पर होगी वो सच्चे पर हरगिज न होगी इसलिए मैं डरता हूँ कि शायद मेरा माल पसंद न आय';' हरकिशोरनें मुस्कराकर कहा।—

"तुम कपड़ा दिखानें आये हो या बातोंकी दुकानदारी लगानें आए हो? जो कपड़ा दिखाना हो तो झट पट दिखा दो नहीं तो अपना रास्ता लो। हमको थोथी बातों के लिए इस्समय अवकाश नहीं है" लाला मदनमोहननें भौं चढ़ाकर कहा।

"यह तो मैंने पहले ही कहा था अच्छा! अब मैं जाता हूँ फिर किसी वक्त हाजिर होऊँगा"

"तो तुम कल नो, दस बजे मकान पर आना" यह कह कर लाला मदनमोहन नें उसै रुखसत किया।

"आपस मैं क्या मजे की बातैं हो रही थीं न जानैं यह हत्या बीच मैं कहा रौ आगई" लाला हरदयाल बोले।

"खैर अब कुछ दिल्लगी की बात छेड़िए!" लाला मदनमोहन नें फरमायश की।

निदान बहुत देर तक अच्छी तरह मिल भेंट कर लाला हरदयाल अपनें मकान को गए और लाला मदनमोहन अपनें मकान को गए।

प्रकरण-5

↕

विषयासक्त*

इच्छा फलके लाभसों कबहुं न पूरहि आश
जैसै पावक घृत मिले बहु विधि करत प्रकाश

हरिवंश.

लाला मदनमोहन बाग सै आए पीछे ब्यालू करके अपनें कमरे मैं आए उस्समय लाल ब्रजकिशोर, मुंशी चुन्नीलाल, शिंभूदयाल, बाबू बैजनाथ, पण्डित पुरुषोत्तमदास, हकीम अहमदहुसैन वगैरे सब दरबारी लोग मौजूद थे, लाला सहाब के आते ही ग्वालियर के गवैयों का गाना होनें लगा।

"मैं जान्ता हूँ कि आप इस निर्दोष दिल्लगी को तो अवश्य पसंद करते होंगे।

देखिए इस्सै दिन भर की थकान उतर जाती है और चित्त प्रसन्न हो जाता है" लाला मदनमोहन नें थोड़ी देर पीछै लाला ब्रजकिशोर सै कहा।

"सब बातें काम के पीछे अच्छी लगती हैं। जो सब तरह का प्रबंध बंध रहा हो काम के उसूलों पर दृष्टि हो, भले बुरे काम और भले बुरे आदमियों की पहचान हो, तो अपना काम किए पीछै घड़ी, दो घड़ी की दिल्लगी मैं कुछ बिगाड़ नहीं है पर उस्समय भी इस्का व्यसन न होना चाहिए" लाला ब्रजकिशोर नें जवाब दिया।

"अमीरौं को ऐश के सिवाए और क्या काम है?" मास्टर शिंभूदयालनें कहा।

"राजनीति मैं कहा है "राजा सुख भोगहि सदा मंत्री करहि सम्हार।। राजकाज बिगेर कछू तो मंत्री सिर भार।।"+ पंडित पुरुषोत्तमदास बोले।

"हाँ यहाँ के अमीरों का ढंग तो यही है। पर यह ढंग दुनियाँ सै निराला है। जो बात सब संसार के लिए अनुचित गिनी जाती है वही उन्के लिए उचित समझी जाती है! उन्की एक, एक बात पर सुननें वाले लोट पोट हो जाते हैं! उन्की कोई बात हिकमत सै खाली नहीं ठैरती! जिन बातों को सब लोग बुरी जान्ते हैं, जिन बातों को करने मैं कमीनें भी लजाते हैं, जिन बातों को प्रकट होनें सै बदचलन भी शर्माते हैं, उन्का कहना यहाँ के धनवानों के लिए कुछ अनुचित नहीं हैं! इन् लोगों को न किसी काम के प्रारंभ की चिन्ता होती है! न किसी काम के परिणाम का विचार होता है! यहाँ के धनपति तो अपनें को लक्ष्मीपति समझते हैं परंतु ईश्वर के हाँ का यह नियम नहीं है। उस्ने अपनी सृष्टि मैं सब गरीब अमीरों को एकसा बनाया है" लाला ब्रजकिशोर कहनें लगे "जो मनुष्य ईश्वर का नियम तोड़ेगा उस्को अपनें पाप का

* नजातु कामः कामानामुपभोगेन शाम्यति।। हविषा कृष्णवर्त्मैव भूय एवावाभिर्द्धते।।

\+ भोग्यस्य भाजनं राजा मन्त्री कार्य्यस्थ भाजनम्।। राजकार्य्यपरिध्वंसी मन्त्री दोषेण लिप्यते।।

अवश्य दंड मिलैगा। जो लोग सुख भोग मैं पड़ कर अपनें शरीर या मन को कुछ परिश्रम नहीं देते प्रथम तो असावधान्ता के कारण उन्का वह बैभव ही नहीं रहता और रहा भी तो कुदरती कायदे के मूजिब उन्का शरीर और मन क्रम सै दुर्बल होकर किसी काम का नहीं रहता। पाचन शक्तिके घटनें सै तरह, तरह के रोग उत्पन्न होते हैं और मानसिक शक्ति के घटनें सै चित्त की बिकलता, बुद्धि की अस्थिरता, और काम करनें की अरुचि उत्पन्न हो जाती हैं जिस्सै थोड़े दिन मैं संसार दुःखरूप मालूम होनें लगता है।''

''परन्तु अत्यन्त महनत करनें सै भी तो शिथिलता हो जाती है'' बाबू बैजनाथनें कहा।

''इस्सै वह बात नहीं निकलती कि बिल्कुल महनत न करो सब काम अंदाजसिर करनें चाहिए'' लाला ब्रजकिशोर कहनें लगे ''लिडिया का बादशाह कारून साईरस सै हारा उस्सयम साईरस उस्की प्रजा को दास बनानें लगा तब कारूननें कहा ''हमको दास किस लिए बनाते हो? हमारे नाश करने का सीधा उपाय यह है कि हमारे शस्त्र लेलो, हम को उत्तमोत्तम वस्त्र भूषण पहननें दो, नाच रंग देखनें दो, शृंगार रसका अनुभव करनें दो, फिर थोड़े दिन मैं देखोगे कि हमारे शूरबीर अबला बन जायेंगे और सर्वथा तुम सै युद्ध न कर सकेंगे'' निदान ऐसाही हुआ। पृथ्वीराज का संयोगिता सै विवाह हुए पीछै वह इसी सुख मैं लिपट कर हिन्दुस्थान का राज खो बैठा और मुसल्मानों का राज भी अंत मैं इसी भोग विलास के कारण नष्ट हुआ।''

''आप तो जिस्बात को कहते हैं हद्द के दरजे पर पहुँचा देते हैं भला! पृथ्वीराज और मुसल्मानों की बादशाहत का लाला साहब के काम काज से क्या संबंध है? उन्का द्रव्य बहुत कर के आपनें भोग विलास मैं खर्च होता था परंतु लाला साहब का तो परोपकार मैं होता है'' मास्टर शिंभूदयाल ने कहा।

''देखिए लाला साहब का मन पहले नाच तमाशे मैं बिल्कुल नहीं लगता था पर इन्हीं नें चार मित्रों का मेल, मिलाप बढ़ानें के लिए अपना मन रोक कर उन्की प्रसन्नता की।'' पंडित पुरुषोत्तमदास बोले।

''बुरे कामों के प्रसंग मात्र सै मनुष्य के मन मैं पाप की ग्लानि घटती जाती है। पहले लाला साहब को नाच रंग अच्छा नहीं लगता था पर अब देखते, देखते व्यसन हो गया। फिर जिन् लोगों की सोहबत सै यह व्यसन हुआ उन्को मैं लाला साहबक़ा मित्र कैसै समझूँ? मित्रता का काम करे वह मित्र समझा जाता है अपनें मतलब के लिए लंबी, लंबी बातें बनानें सै कोई मित्र नहीं हो सक्ता'' लाला ब्रजकिशोर कहनें लगे'' सादी नें कहा है ''एक दिवस मैं अनुज की विद्या जानी जाए! पै न भूल, मन को कपट बसरसन लग न लखाए''।।*

---

* तवां शनाख्त बयकरोज़ दर शमायल मरद। किता कुजाश रसीदस्त पायगाह उलूम. वले ज़ बातिनश एमन मवाशो गर्रा मशो। के खुब्स नफ्स नगदर्द बसालहा मालूम।

'तो क्या आप इन् सब को स्वार्थपर ठैराकर इन्का अपमान करते हैं?'' मदनमोहन नें जरा तेज होकर कहा।

''नहीं, मैं सबको एकसा नहीं ठैराता परंतु परीक्षा हुए बिना किसी को सच्चा मित्र भी नहीं कह सक्ता'' लाल ब्रजकिशोर कहनें लगे। ''केलीप्स नामी एक एथीनियन सै साइराक्यूस के बादशाह डिओन की बड़ी मित्रता थी। डिओन बहुधा केलीप्स के मकान पर जाकर महीनों रहा करता था। एक बार डिओन को मालूम हुआ केलीप्स उस्का राज छीन्ने के लिए कुछ उद्योग कर रहा है। डिओन नें केलीप्स सै इस्का वृत्तान्त पूछा। तब वह डिओन के पाँव पकड़कर रोनें लगा और देवमंदिर मैं जाकर अपनी सच्ची मित्रता के लिए कठिन सै कठिन सौगंध खा गया पर असल मैं यह बात झूँटी न थी। अंत मैं केलीप्स नें साइराक्यूस पर चढ़ाई की और डिओन को महल ही मैं मरवा डाला! इसलिए मैं कहता हूँ कि दूसरे की बातों मैं आकर अपना कर्तव्य भूलना बड़ी बात है।''

''अच्छा! फिर आप खुलकर क्यों नहीं कहते आपके निकट लाला साहब को बहकानें वाला कौन, कौन है?'' पंडितजी नें जुगत सै पूछा।

''मैं यह नहीं कह सक्ता जो बहकाते होंगे; अपनें जीमैं आप समझते होंगे मुझको लाला साहब के फायदे सै काम है और लोगों के जी दुखानें सै कुछ काम नहीं है। मनुस्मृति मैं कहा है ''सत्य कहहु अस प्रिय कहहु अप्रिय सत्य न भाख।। प्रियहु असत्य न बोलिए धर्म्म राख'+ इसलिए मैं इस्समय इतना ही कहना उचित समझता हूँ'' लाला ब्रजकिशोर नें जवाब दिया।

और थोड़ी देर सब चुप रहे।

प्रकरण-6

↕

भले बुरकी पहचान×

धर्म्म, अर्थ शुभ कहत कोउ काम, अर्थ कहिं आन
कहत धर्म्म कोउ अर्थ कोउ तीनहुँ मिल शुभ जान

मनुस्मृति.

\+ सत्यं ब्रूयात् प्रियं ब्रूयात न ब्रूयात् सत्यमप्रियम्।
प्रियं च नानृतं ब्रूया देशधर्मस्सनातनः।।

× धम्मार्थाकुच्ये श्रेयः कामर्थो धर्म एव च।।
अर्थ एवेह वा श्रेय स्विवर्ग इति तु स्थितिः।।

“आप के कहनें मूजब किसी आदमी की बातों सै उस्का स्वभाव नहीं जाना जाता फिर उस्का स्वभाव पहचान्नें के लिए क्या उपाए करैं?” लाला मदनमोहननें तर्क की।

“उपाय करनें की कुछ जरूरत नहीं हैं, समय पाकर सब अपनें आप खुल जाता है” लाला ब्रजकिशोर कहनें लगे “मनुष्य के मन मैं ईश्वरने अनेक प्रकार की वृत्ति उत्पन्न की हैं जिन्मैं परोपकारी इच्छा, भक्ति और न्यायपरता धर्म्मप्रवृत्ति मैं गिनी जाती हैं; दृष्टांत और अनुमानादि के द्वारा उचित अनुचित कामों की विवेचना, पदार्थज्ञान और विचारशक्ति का नाम बुद्धिबृति है। बिना बिचारे अनेकबार के देखनें, सुन्नें आदि सै जिस काम मैं मन की प्रबृत्ति हो, उसै आनुसंगिक प्रवृत्ति कहते हैं। काम, सन्तोनस्नेंह, संग्रह करनें की लालसा, जिघांसा और आत्मसुख की अभिरुचि इत्यादि निकृष्ट प्रवृत्ति मैं शमिल हैं और इन् सब के अविरोध सै जो काम किया जाए वह ईश्वर के नियमनुसार समझा जाता है परंतु किसी काम मैं दो बृत्तियों का विरोध किसी तरह न मिट सके तो वहाँ जरूरत के लायक आनुसंगिक प्रवृत्ति और निकृष्ट प्रबृत्ति को धर्मप्रबृत्ति और बुद्धि बृत्ति सै दबा देना चाहिए जैसे श्रीराम चन्द्रजी नें राज पाट छोड कर बन मैं जाने सै धर्म्म प्रबृत्ति को उत्तेजित किया था।”

“यह तो सवाल और जवाब और हुआ मैंने आपसै मनुष्य का स्वभाव पहिचान्नें की राय पूछी थी आप बीच मैं मन की बृत्तियों का हाल कहनें लगें” लाला मदनमोहन नें कहा।

“इसी सै आगे चलकर मनुष्य के स्वभाव पहचान्नें की रीति मालूम होगी—”

“पर आप तो काम सन्तानस्नेह आदि के अविरोध से भक्ति और परोपकारादि करनें के लिए कहते हैं और शास्त्रों मैं काम, क्रोध, लोभ, मोहादिक की बारम्बार निन्दा की है फिर आप का कहना ईश्वर के नियमानुसार कैसै हो सक्ता है?” पंडित पुरुषोत्तमदास बीचमैं बोल उठे।

“मैं पहले कह चुका हूँ कि धर्म्मप्रबृति और निकृष्टप्रबृत्ति मैं विरोध हो वहाँ जरूरत के लायक धर्म्मप्रबृत्ति को प्रबल मात्रा चाहिए परंतु धर्म्मप्रबृत्ति और बुद्धिप्रबृत्ति का बचाव किए पीछै भी निकृष्टप्रबृत्ति का त्याग किया जाएगा तो ईश्वर की यह रचना सर्वथा निरर्थक ठैरेगी पर ईश्वर का कोई काम निरर्थक नहीं है। मनुष्य निकृष्टप्रबृत्ति के बस होकर धर्म्मप्रबृत्ति और बुद्धिवृत्ति की रोक नहीं मान्ता इसी सै शास्त्र मैं बारम्बार उस्का निषेध किया है। परन्तु धर्म्मप्रबृत्ति और बुद्धि को मुख्य माने पीछै उचित रीति सै निकृष्टप्रबृत्ति का आचरण किया जाए तो गृहस्थ के लिए दूषित नहीं हो सक्ता। हाँ उस्का नियम उल्लंधन कर किसी एक बृत्ति की प्रबलता सै और, और बृत्तियों के विपरीत आचरण कर कोई दुःख पावै तो इस्मैं किसी का बस नहीं। सबसै मुख्य धर्म्मप्रबृत्ति है परंतु उस्मैं भी जब तक और बृत्तियों के हक की रक्षा न की जाएगी अनेक तरह के बिगाड़ होनें की सम्भावना बनी रहैगी।

“मुझको आपकी यह बात बिल्कुल अनोखी मालूम होती है भला परोपकारादि शुभकामों का परिणाम कैसे बुरा हो सक्ता है?” पंडित पुरुषोत्तमदास नें कहा।

"जैसै अन्न प्राणाधार है परंतु अति भोजन सै रोग उत्पन्न होता है" लाला ब्रजकिशोर कहनें लगे "देखिए परोपकार की इच्छा ही अत्यन्त उपकारी है परंतु हद्द से आगे बढ़नें पर वह भी फ़िज़ूलखर्ची समझी जाएगी और अपनें कुटुंब परवारादि का सुख नष्ट हो जाएगा जो आलसी अथवा अधर्म्मियों की सहायता की तो उस्सै संसार मैं आलस्य और पाप की बृद्धि होगी इसी तरह कुपात्र मैं भक्ति होनें सै लोक, परलोक दोनों नष्ट हो जायेगें, न्यायपरता यद्यपि सब बृत्तियों को समान रखनें वाली है परंतु इस्की अधिकता सै भी मनुष्य के स्वभाव मैं मिलनसारी नहीं रहती, क्षमा नहीं रहती। जब बुद्धि बृत्ति के कारण किसी वस्तु के बिचार मैं मन अत्यन्त लग जायगा तो और जान्नें लायक पदार्थों की अज्ञानता बनी रहैगी मन को अत्यन्त परिश्रम होनें सै वह निर्बल हो जायगा और शरीर का परिश्रम बिल्कुल न होनें के कारण शरीर भी बलहीन हो जाएगा। आनुसंगिक प्रबृति के प्रबल होनें सै जैसा संग होगा वैसा रंग तुरत लग जाया करेगा। काम की प्रबलता सै समय असमय और स्वस्त्री परस्त्री आदि का कुछ विचार न रहैगा, संतानस्नेह की वृत्ति बढ़ गई तो उस्के लिए आप अधर्म्म करनें लगेगा, उसको लाड, प्यार मैं रखकर उस्के लिए आप जुदे कांटे बोयेगा। संग्रह करनें की लालसा प्रबल हुई तो जोरी सै, चोरी सै, छल सै, खुशामद सै, कमानें की डिढ्या पड़ैगी और खानें खर्चनें के नाम सै जान निकल जाएगी। जिघांसा बृत्ति प्रबल हुई तो छोटी, छोटी सी बातों पर अथवा खाली संदेह पर ही दूसरों का सत्यानाश करनें की इच्छा होगी और दूसरों को दंड देती बार आप दंड योग्य बन जायगा। आत्म सुख की अभिरूचि हद्द सै आगे बढ़ गई तो मन को परिश्रम के कामों सै बचानें के लिए गानें बजानें की इच्छा होगी, अथवा तरह, तरह के खेल तमाशे हँसी चुहल की बातें, नशेबाजी, और खुशामद मैं मन लगैगा। द्रब्य के बल सै बिना धर्म्म किए धर्मात्मा बना चाहैंगे, दिन रात बनाव सिंगार मैं लगे रहैंगे। अपनी मानसिक उन्नति करनें के बदले उन्नति करनें वालों सै द्रोह करैंगे, अपनी झूँटी ज़िद निबाहनें मैं सब बढ़ाई समझैंगे, अपनें फायदे की बातों मैं औरों के हक का कुछ बिचार न करेंगे। अपनें काम निकालनें के समय आप खुशामदी बन जाएँगे, द्रब्य की चाहना हुई तो उचित उपायों से पैदा करनें के बदले हुआ, बदनी धरोहड़, रसायन, या धरी ढकी दोलत ढूडते फिरैंगे।"

"आप तो फिर वोही मन की बृत्तियों का झगड़ा ले बैठे। मेरे सवाल का जवाब दीजिये या हार मानिये" लाला मदनमोहन उखता कर कहनें लगे।

"जब आप पूरी बात ही न सुनें तो मैं क्या जवाब दूँ? मेरा मतलब इतनें बिस्तार सै यह था कि वृत्तियों का संबंध मिला कर अपना कर्तव्य कर्म निश्चय करना चाहिए। किसी एक बृति की प्रबलता सै और बृत्तियों का विचार किया जायगा तो उस्में बहुत नुक्सान होगा" लाला ब्रजकिशोर कहनें लगेः—

"वाल्मीकी रामायण मैं भरत सै रामचन्द्र नें और महाभारत मैं नारदमुनि नें राजायुधिष्टर से ये प्रश्न किया है "धर्महि धन, अर्थहिधरम बाधक तो कहुँ

नाहि?।।" काम न करत बिगार कछु पुन इन दोउन मांहि?"[1]

"बिदुरप्रजागर मैं बिदुरजी राजाधृतराष्ट्र सै कहते हैं धर्म अर्थ अरु काम, यथा समय सेवत जु नर।। मिल तीनहुँ अभिराम, ताहि देत दुहँलोक सुख।।"[2]

"बिष्णु पुराण मैं कहा है "धर्म बिचारैं प्रथम पुनि अर्थ, धर्म अविरोधी।। धर्म, अर्थ बाधा रहित सैवै काम सुसोधि।।"[3]

"रघुवंश मैं अतिथि की प्रशंसा करतीबार महाकवि कालिदास नें कहा है "निरीनीति कायरपनो केवल बल पशुधर्म्म।। तासों उभय मिलाय इन सिद्ध किये सब कर्म्म।।"[4]

"हीन निकम्मे होत है बली उपद्रववान।। तासों कीन्हें मित्र तिन मध्यम बल अनुमान।।"[5]

"चाणक्य मैं लिखा है "बहुत दान ते बलि बँध्यो मान मरो कुरुराज।। लंपट पन रावण हत्यो अति सब काल।।"[6]

"फ्रीजिया के मशहूर हकीम एपिक्टेट्स की सब नीति इन दो बचनों मैं समाई हुई है कि "धैर्य सै सहना" और "माध्यम भाव से रहना" चाहिए।

"कुरान मैं कहा है कि "अय (लोगों)! खाओं, पीओ परंतु फ़िज़ूलखर्ची न करो।।"[7]

"बृन्द कहता है "कारज सोई सुधर है जो करिए समभाय।। अति बरसे बरसे बिना जों खेती कुम्हलाय।।"

इस संसार में किसी मनुष्य का इसरीति पर पूरा बरताव भी आज तक हुआ है? बाबू बैजनाथ ने पूछा।

"क्यों नहीं देखिए पाईसिस्ट्रेट्रस नामी एथीनियन का नाम इसी कारण इतिहास मैं चमक रहा है। वह उदार होनें पर फिजूलखर्च न था और किसी के साथ उपकार कर के प्रत्युपकार नहीं चाहता था बल्कि अपनी मानवरी की भी चाह न

1. कच्चिदर्थेन वा धर्म धर्मेणार्थे मथा पिवा।।
   उभी वा प्रीतिसारेण न कामेन प्रबाधसे।।
2. योधर्मं मर्थ कामं च यथा कालं निषेवते।
   धर्मार्थ काम संयोगं सोमुत्नेहच विन्दति।।
3. विबुद्धश्चिन्तयेद्धर्म मर्थ चास्या विरोधिनम्।।
   अपीडया तयोः काम मुभयोरपि चिन्तयेत्।।
4. कातर्य केवलानीतिः शौर्यश्वपदचेष्टितम्।।
5. हीनान्यनुपकर्तृणि प्रवद्धानि विकुर्वते।।
   तेन मध्यमशक्तिनी मित्राणि स्थापितान्यतः
6. अतिदानाद् बलिर्बद्धो नष्टो मानात् सुयोधन।।
   विनष्टो रावणो लौल्या अतिसर्वत्र वर्जयत्
7. कुलू वश्रबू न ला तुस्त्रिफू

रखता था, वह किसी दरिद्र के मरने की खबर पाता तो उस्की क्रिया कर्म के लिए तत्काल अपनी पास सै खर्च भेज देता, किसी दरिद्र को बिपद ग्रस्थ देखता तो अपनें पास सै सहायता कर के उस्के दुःख दूर करनें का उपाय करता, पर कभी किसी मनुष्य को उस्की आवश्यकता सै अधिक देकर आलसी और निरूद्यमी नहीं होनें देता था। हाँ सब मनुष्यों की प्रकृति ऐसी नहीं हो सक्ती। बहुधा जिस मनुष्य के मन मैं जो वृत्ति प्रबल होती है वह उस्को खींच खाँच कर अपनी ही राह पर ले जाती है जैसे एक मनुष्य को जंगल मैं रुपों की थैली पड़ी पावै और उस्समय उस्के आस-पास कोई न हो तब संग्रह करनें की लालसा कहती है कि ''इसै उठा लो'' सन्तानस्नेह और आत्मसुख की अभिरुचि सम्मति देती है कि ''किस काम सै हमको भी सहायता मिलेगी'' न्याय-परता कहती है कि ''न अपनी प्रसन्न्ता सै यह किसी ने हमको दी न हमनें परिश्रम करके यह किसी सै पाई फिर इस पर हमारा क्या हक है? और इस्का लेना चोरी सै क्या कम है? इसै पर धन समझ कर छोड़ चलो'' परोपकार की इच्छा कहती है कि ''केवल इस्का छोड़ जाना उचित नहीं, जहाँ तक हो सके उचित रीति सै इस्को इस्के मालिक के पास पहुँचानें का उपाए करो'' अब इन् वृत्तियों सै जिस वृत्ति के अनुसारा मनुष्य काम करे वह उसी मेल मैं गिना जाता है यदि धर्म्मप्रबृत्ति प्रबल रही तो वह मनुष्य अच्छा समझा जाएगा, और इस रीति सै भले बुरे मनुष्यों की परीक्षा समय पाकर अपनें आप हो जाएगी बल्कि अपनी वृत्तियों को पहचान कर मनुष्य अपनी परीक्षा भी आप कर सकेगा, राजपाट, धन दौलत, शिक्षा, स्वरूप, बंश, मर्यादा सै भले बुरे मनुष्य की परीक्षा नहीं हो सक्ती। बिदुरजी नें कहा है, ''उत्तमकुल आचार बिन करे प्रमाण न कोई।। कुलहीनो आचारयुत लहे बड़ाई सोइ।।''

प्रकरण-7.*

↕

सावधानी (होशयारी)

सब भूतनको तत्व लख कर्म योग पहिचान।।
मनुजनके यत्नहिं लखहिं सो पंडित गुणवान।।*

बिदुर प्रजागरे

---

* न कुलं वृत्तहीनस्य प्रमाण मिति मे मतिः।।
अन्त्येष्वपि हि जातानां वृत्तमेव विशिष्यते।।

* तत्त्वज्ञः सर्वभूतानां योगज्ञः सर्वकर्मणाम्।।
उपायज्ञों मनुष्याणां नरः पंडित उच्यते।।

"यहाँ तो आप अपनें कहनें पर खुद ही पक्के न रहें, आपनें कैलीप्स और डिओन का दृष्टांत देकर यह बात साबित की थी कि किसी की जाहिरी बातों सै उस्की परीक्षा नहीं हो सक्ती परन्तु अन्त मैं आप नें उसी के कामों सै उस्को पहचान्नें की राय बतलाई" बाबू बैजनाथ नें कहा।

"मैंने केलीप्सके दृष्टांत मैं पिछले कामों सै पहली बातों का भेद खोल कर उस्का निज स्वभाव बता दिया था इसी तरह समय पाकर हर आदमी के कामों सै मन की बृत्तियों पर निगाह करकै उस्की भलाई पहचान्नें की राह बतलाई तो इस्सै पहली बातों सै क्या बिरोध हुआ?" लाला ब्रजकिशोर पूछने लगे।

"अच्छा! जब आप के निकट मनुष्य की परीक्षा बहुत दिनों मैं उस्के कामों सै हो सक्ती है तो पहले कैसा बरताव रक्खैं? क्या उस्की परीक्षा न हो जब तक उस्को अपनें पास न आनें दें?" लाला मदनमोहन नें पूछा।

"नहीं, केवल संदेह सै किसी को बुरा समझना, अथवा किसी का अपमान करना सर्वथा अनुचित है परंतु किसी झूंठी बातों मैं आकर ठगा जाना भी मूर्खता सै खाली नहीं" लाला ब्रजकिशोर कहनें लगे "महाभारत में कहा है "मन न भरे पतियाहु जिन पतियायेहु अति नाही।। भेदी सों भय होत ही जर उखरे छिन माहिं।।"* इस्कारण जब तक मनुष्य की परीक्षा न हो साधारण बातों मैं उस्के जाहिरी बरताव पर दृष्टि रखनी चाहिये। परंतु जोखों के काम मैं उस्सै सावधान रहना चाहिए उस्का दोष प्रगट होनें पर उस्को छोड़नें मैं संकोच न हो इस लिये अपना भेदी बनाकर उस्का अहसान उठाकर, अथवा किसी तरह की लिखावट और जबान से उस्के बसवर्ती होकर अपनी स्वतंत्रता न खोवै यद्यपि किसी, किसी के विचार मैं छल, बल की प्रतिज्ञाओं का निबाहना आवश्यक नहीं है परंतु प्रतिज्ञा भंग करने की अपेक्षा पहले बिचार कर प्रतिज्ञा करना हर भांत अच्छा है"

"ऐसी सावधानी तो केवल आप लोगों ही सै हो सक्ती है जो दिन रात इन्हीं बातों के चारा बिचार मैं लगे रहैं" लाला मदनमोहन नें हँसकर कहा।

"मैं ऐसा सावधान नहीं हूँ परंतु हर काम के लिए सावधानी की बहुत जरूरत है" लाला ब्रजकिशोर कहनें लगे "मैं अभी मन की बृत्तियों का हाल कहकर अच्छे बुरे मनुष्यों की पहचान बता चुका हूँ परंतु उन मैं सै धर्म्मप्रबृत्ति की प्रबलता रखनें वाले आदमी भी सावधानी बिना किसी काम के नहीं हैं क्योंकि वे बुरी बातों को अच्छा समझ कर धोखा खा जाते हैं आपनें सुना होगा कि हीरा और कोयला दोनों मैं कार्बोन है और उन्के बन्नें की रसायनिक क्रिया भी एक सी है और दोनों मैं कार्बोन रहता है केवल इतना अंतर है हीरे में निरा कार्बोन जमा रहता है और कोयले मैं उस्की कोई

* न विश्चसैदा विश्वस्ते विश्वस्ते नीति विश्वसेत्।
विश्वासाद् भयमुत्पत्र सूलान्यपि निकृन्तति।।"

खास सूरत नहीं होती जो कार्बोन जमा हुआ, दृढ़ रहनें सै बहुत कठोर, स्वच्छ, स्वेत और चमकदार होकर हीरा कहलाता है वही कार्बोन परमाणुओं के फैल फुट और उलट पुलट होंनें के कारण काला, झिर्झिरा, बोदा, और एक सूरत मैं रहकर कोयला कहलाता है! येही भेद अच्छे मनुष्यों मैं और अच्छी प्रकृतिवाले सावधान मनुष्यों मैं है कोयला बहुतसी जहरीली और दुर्गंधित हवाओं को सोख लेता है अपनें पास की चीजों को गलनें सड़नें की हानि सै बचाता है। और अमोनिया इत्यादि के द्वारा वनस्पति को फायदा पहुँचाता है इसी तरह अच्छे आदमी दुष्कर्मों सै बचते हैं परंतु सावधानी का योग मिले बिना हीरा की तरह कीमती नहीं हो सक्ते।''

''मुझे तो यह बातें मनः कल्पित मालूम होती हैं क्योंकि संसार के बरताव सै इन्की कुछ बिध नहीं मिल्ती संसार मैं धनवान् कुपढ़, दरिद्री, पण्डित, पापी सुखी, धर्मात्मा दुखी, असावधान अधिकारी, सावधान आज्ञाकारी, भी देखनें में आते हैं'' मास्टर शिंभूदयाल नें कहा।

''इस्के कई कारण हैं ''लाला ब्रजकिशोर कहनें लगे ''मैं पहले कह चुका हूँ कि ईश्वर के नियमानुसार मनुष्य जिस समय विषय मैं भूल करता है बहुधा उस्को उसी विषय मैं दंड मिलता है। जो बिद्वान दरिद्री मालूम होतें हैं वह अपनी विद्या मैं निपुण हैं परंतु सांसारिक व्यवहार नहीं जान्ते अथवा जान बूझ कर उस्के अनुसार नहीं बरतते। इसी तरह जो कुपढ़ धनवान दिखाई देते हैं वह विद्या नहीं पढ़े परंतु द्रव्योपार्जन करनें और उस्के रक्षा करनें की रीति जान्ते हैं बहुदा धनवान रोगी होते हैं और गरीब नैरोग्य रहते हैं इस्का यह कारण है कि धनवान द्रव्योपार्जन करनें की रीति जान्ते हैं परन्तु शरीर की रक्षा उचित रीति सै नहीं करते और गरीबों की शरीर रक्षा उचित रीति सै बन जाती है परन्तु वे धनवान होनें की रीति नहीं जान्ते, इसी तरह जहाँ जिस बात की कसर होती है वहाँ उसी चीज की कमी दिखाई है। परंतु कहीं, कहीं प्रकृति के विपरीत पापी सुखी, धर्मात्मा दुखी, असावधान अधिकारी, सावधान आज्ञाकारी दिखाई देते हैं। इस्के दो कारण हैं। एक यह है कि संसार को वर्तमान दशा के साथ मनुष्य का बड़ा दृढ़ संबंध रहता है इसलिए कभी, कभी औरों के हेतु उस्का विपरीत भाव हो जाता है जैसे माँ बाप के विरसे सै द्रव्य, अधिकार या ऋण रोगादि मिल्ते हैं, अथवा किसी और की धरी हुई दौलत किसी और के हाथ लगजानें सै उस्का मालिक बन बैठता है, अथवा किसी अमीर की उदारता सै कोई नालायक धनवान बन जाता है, अथवा किसी पास पड़ौसी की गफलत सै अपना सामान जल जाता है, अथवा किसी दयालु बिद्वान के हितकारी उपदेशों सै कुपढ़ मनुष्य विद्या का लाभ ले सक्ते हैं अथवा किसी बलवान लुटेरे की लूटमार से कोई गृहस्थ बेसबव धन और तंदुरस्ती खो बैठता है और ये सब बात लोगों के हक मैं अनायास होती रहती है इसलिए इनको सब लोग प्रारब्ध फल मान्ते हैं परंतु ऐसे प्रारब्धी लोगों मैं जिस्को कोई वस्तु अनायास मिल गई पर उस्के स्थिर रखनें के लिए उस्के लायक कोई बृत्ति अथवा सब बृत्तियों की सहायता स्वरूप सावधानी ईश्वर नें

नहीं दी तो वह चीज को अंत मैं अपनी स्वाभाविक वृत्तियों की प्रबलता सै वह वस्तु अधिक हुई तो उस्मैं उन वृत्तियों का नुक्सान गुप्त रहकर समय पर ऐसे प्रगट होता है जैसे बचपन की बेमालूम चोट बड़ी अवस्था मैं शरीर को निर्बल पाकर अचानक कसक उठे, या शतंरज मैं किसी चाल की भूल का असर दसबीस चाल पीछै मालूम हो। पर ईश्वर की कृपा सै कोई बस्तु मिलती है तो उसके साथ ही उस्के लायक बृद्धि भी मिल जाती है या ईश्वर की कृपा सै किसी कायम मुकाम (प्रतिनिधि) वगैरे की सहायता पाकर उस्के ठीक, ठीक काम चलनें का बानक बन जाता है जिस्सै वह नियम निभे जाते हैं परंतु ईश्वर के नियम मनुष्य सै किसी तरह नहीं टूट सक्ते।''

''मनुष्य क्या मैं जान्ता हूँ ईश्वर से भी नहीं टूट सक्ते'' बाबू बैजनाथनें कहा।

''ऐसा विचारना अनुचित है ईश्वर को सब सामर्थ्य है देखो प्रकृतिका यह नियम सब जगह एकसा देखा जाता है कि गर्म होनें से हरेक चीज फैलती है और ठंडी होंने सै सिमट जाती है यही नियम 212 डिक्री तक जल के लिए भी है परंतु जब जल बहुत ठंडा होकर 32 डिक्री पर बर्फ बन्ने लगता है तो वह ठंड सै सिमटने के बदले फैलता जाता है और हल्का होनें के कारण पानी के ऊपर तैरता रहता है। इसमैं जल जंतुओंकी प्राणरक्षा के लिए यह साधारण नियम बदल दिया गया ऐसी बातों सै उस्की अपरिमित शक्ति का पूरा प्रमाण मिलता है उसनें मनुष्य के मानसिक भावादि सै संसार के बहुत से कामोंका गुप्त संबंध इस तरह तरह मिला रक्खा है कि जिस्के आभास मात्र सै अपना चित्त चकित हो जाता है। यद्यपि ईश्वर के ऐसे बहुसै कामोंकी पूरी थाह मनुष्य की तुच्छ बुद्धि को नहीं मिली तथापि उसनें मनुष्य को बुद्धि दी है। इसलिए यथाशक्ति उस्के नियमों का विचार करना, उन्के अनुसार बरतना और बिपरीत भावका कारण ढूँढना उस्को उचित है, सो मैं अपनी तुच्छ बुद्धि के अनुसार एक कारण पहले कह चुका हूँ। दूसरा यह मालूम होता है कि जैसे तारों की छाँह चंद्रमा की चाँदनी मैं और चंद्रमा की चाँदनी सूर्य्य की धूपमैं मिलकर अपनें आप उसका तेज बढ़ानें लगती है इसी तरह बहुत उन्नति मैं साधारण उन्नति अपनें आप मिल जाती है। जबतक दो मनुष्यों का अथवा दो देशों का बल बराबर रहता है कोई किसी को नहीं हरा सक्ता, परंतु जब एक उन्नतिशाली होता है, आकर्षणशक्ति के नियमानुसार दूसरे की समृद्धि अपनें आप उसकी तरफ को खिचनें लगती है देखिए जबतक हिंदुस्थान मैं और देशों सै बड़कर मनुष्य के लिए वस्त्र और सब तरह के सुख की सामग्री तैयार होती थी, रक्षाके उपाय ठीक, ठीक बनरहे थे, हिंदुस्थान का वैभव प्रतिदिन बढ़ता जाता था परन्तु जबसै हिंदुस्थान का एका टूटा और देशोंमैं उन्नति हुई बाफ और बिजली आदि कलोंके द्वारा हिंदुस्थान की अपेक्षा थोड़े खर्च और थोड़ी मेहनत, और थोड़े समय मैं सब काम होनें लगा हिंदुस्थान की घटती के दिन आगए; जब तक हिंदुस्थान इन बातों मैं और देशों की बराबर उन्नति न करेगा यह घाटा कभी पूरा न होगा। हिंदुस्थान की भूमि मैं ईश्वर की कृपा सै उन्नति करनें के

लायक सब समान बहुतायतसे मौजूद हैं केवल नदियों के पानी ही सै बहुत तरह की कलैं चल सक्ती हैं परंतु हाथ हिलाए बिना अपनें आप ग्रास मुख मैं नहीं जाता नई, नई युक्तियों का उपयोग किये काम नहीं चलता। पर इन बातों से मेरा यह मतलब हरगिज नहीं है कि पुरानी, पुरानी सब बातैं बुरी और नई, नई सब बातें एकदम अच्छी समझ ली जायँ, मैंनें यह दृष्टांत केवल इस बिचार सै दिया है कि अधिकार और व्यापारादि के कामों मैं कोई, कोई युक्ति किसी समय कामकी होती है वह भी कालान्तर मैं पुरानी रीति भाँत पलटजानें पर अथवा किसी और तरह की सूधी राह से निकल आनें पर अपनें आप निरर्थक हो जाती है और संसार के सब कामों का संबंध परस्पर ऐसा मिला रहता है कि एक की उन्नति अवनति का असर दूसरों पर तत्काल हो जाता है इस कारण एक सावधानी बिना मनकी बृत्तियों की ठीक होनें पर भी जमानें के पीछैं रह जानें सै कभी, कभी अपने आप अवनति हो जाती है और इन्हीं कारणों से कहीं, कहीं प्रकृति के विपरीत भाव दिखाई देता है।''

''इस्सै तो यह बात निकली की हिंदुस्थान मैं इस्समय कोई सावधान नहीं है'' मुंशी चुन्नीलाल ने कहा।

''नहीं वह बात हरगिज नहीं है, परंतु सावधानी का फल प्रसंग के अनुसार अलग, अलग होता है'' लाला ब्रजकिशोर कहनें लगे '' तुम अच्छी तरह के विचार कर देखोगे तो मालूम हो जाएगा कि हरेक समाजका मुखिया कोई निरा विद्वान अथवा धनवान नहीं होता, बल्कि बहुधा सावधान मनुष्य होता है और जो खुशी बड़े राजाओंको अपने बराबर वालों मैं प्रतिष्ठा लाभ सै होती है वही एक गरीब सै गरीब लकड़हारे को भी अपनें बराबर वालों मैं इज्जत मिलनें सै होती है और उन्नति का प्रसंग हो तो वह धीरे, धीरे उन्नति भी करता जाता है परंतु इन दोनों की उन्नतिका फल बराबर नहीं होता क्योंकि दोनोंको उन्नति करनें के साधन एकसे नहीं मिलते। मनुष्य जिन कामोंमैं सदैव लगा रहता है अथवा जिन बातों का बार बार अनुभव करता है बहुधा उन्हीं कामों मैं उस्की बुद्धि दौड़ती है और किसी सावधान मनुष्यकी बुद्धि किसी अनूठे कामों मैं दौड़ी भी तो उसै काममैं लाने के लिए बहुत करकै मौका नहीं मिलता। देश की उन्नति अवनतिका आधार वहाँ के निवासियों की प्रकृति पर है। सब देशोंमैं सावधान और असावधान मनुष्य रहते हैं परंतु जिस देशके बहुत मनुष्य सावधान और उद्योगी होते हैं उस्की उन्नति होती जाती है और जिस देशमैं असावधान और कमकस विशेष होते हैं उस्की अवनति होती जाती है, हिंदुस्थान मैं इस समय और देशोंकी अपेक्षा सच्चे सावधान बहुत कम हैं और जो हैं वे द्रव्य की असंगति सै, अथवा द्रव्यवानों की अज्ञानता सै, अथवा उपयोगी पदार्थों की अप्राप्तिसै, अथवा नई, नई युक्तियों के अनुभव करनें की कठिनाईयोंसै, निरर्थक से हो रहे हैं और उन्की सावधानता बनके फूलोंकी तरह कुछ उपयोग किये बिना बृथा नष्ट हो जाती है परन्तु हिन्दुस्थान मैं इस समय कोई सावधान न हो यह बात हरगिज नहीं है।''

''मेरे जान तो आजकल हिंदुस्थान मैं बराबर उन्नति होती जाती है, जगह,

जगह पढ़नें लिखनें की चर्चा सुनाई देती है, और लोग अपना हक पहचान्ने लगें'' बाबू बैजनाथनें कहा।

''इन सब बातों मैं बहुत सी स्वार्थपरता और बहुत सी अज्ञानता मिली हुई है परंतु हकीकत मैं देशोन्नति बहुत थोड़ी है'' लाला ब्रजकिशोर कहनें लगे ''जो लोग पढ़ते हैं। वे अपनें बाप दादों का रोजगार छोड़कर केवल नौकरी के लिए पढ़ते हैं और जो देशोन्नति के हेतु चर्चा करते हैं उनका लक्ष अच्छा नहीं है वे थोथी बातों पर बहुत हल्ला मचाते हैं परंतु विद्याकी उन्नति, कलोंके प्रचार, पृथ्वीके पैदावार बढ़ानें की नई, नई युक्ति और लाभदायक व्यापारादि आवश्यक बातों पर जैसा चाहिए ध्यान नहीं देते जिस्सै अपनें यहाँका घाटा पूरा हो। मैं पहले कह चुका हूँ कि जिन मनुष्यों की जो वृत्तियाँ प्रबल होती हैं वह उनको खींच खाँचकर उसी तरफ ले जाती हैं सो देख लीजिए कि हिंदुस्थान मैं इतनें दिन से देशोन्नति चर्चा हो रही है परन्तु अबतक कुछ उन्नति नहीं हुई और फ्रांसवालों को जर्मनीवालों सै हारे अभी पूरे दस वर्ष नहीं हुए जिस्मैं फ्रांसवालो नें सच्ची सावधानी के कारण ऐसी उन्नति करली कि वे आज सब सुधरी हुई बलायतों सै आगै दिखाई देते हैं।''

''अच्छा! आपके निकट सावधानी की पहचान क्या है?'' लाला मदनमोहन नैं पूछा।

''सुनिए'' लाला ब्रजकिशोर कहनें लगें ''जिस तरह पाँच, सात गोलिए बराबर, बराबर चुनूदी जाएं और उन्मैं सै सिर की एक गोली को हाथ सै धक्का दे दिया जाए तो हाथ का बल, पृथ्वी की आकर्षणशक्ति, हवा आदि सब कार्य कारणों के ठीक, ठीक जान्नेसै आपस्मैं टकरा कर अंत की गोली कितनी दूर लुढ़कैगी इस्का अंदाज हो सक्ता है इसी तरह मनुष्यों की प्रकृति और पदार्थों की जुदी, जुदी शक्ति का परस्पर संबंध विचार कर दूर और पास की हरेक बात का ठीक परिणाम समझ लेना पूरी सावधानी है परंतु इन बातों को जान्नें के लिए अभी बहुत से साधनों की कसर है और किसी समय यह सब साधन पा कर एक मनुष्य बहुत दूर, दूर की बातों का परिणाम निकाल सकै यह बात असम्भव मालूम होती है तथापि अपनी सामर्थ्य के अनुसार जो मनुष्य इस राह पर चलै वह अपनें समाज मैं साधारण रीति सै सावधान समझा जाता है। एक मोमबत्ती एक तरफ सै जल्ती हो और दूसरी दोनों तरफ जलती हो तो उस्के बर्तमान प्रकाश पर न भूलना परिणाम पर दृष्टि करना सावधानी का साधारण काम है और इसी सै सावधानता पहचानी जाती है।''

''आपनें अपनी सावधानता जतानें के लिए इतना परिश्रम करके सावधानी का वर्णन किया इसलिए मैं आपका बहुत उपकार मान्ता हूँ'' लाला मदनमोहन नें हँसकर कहा।

''वाजबी बात कहने पर मुझको आप सै ये तो उम्मेद ही थी। लाला ब्रजकिशोरनें जवाब दिया, और लाला मदनमोहन सै रुखसत होकर अपनें मकान को रवानें हुए।

प्रकरण-8

↕

सबमैं हाँ (!)

एकै साधे सब सधै सब साधे सब जाहिं
जो गहि सीचै मूलकों फूलैं फलैं अघाहिं

कबीर.

"लाल ब्रजकिशोर बातें बनानें मैं बड़े होशियार हैं परन्तु आपनें भी इस्समय तो उन्को ऐसा मंत्र सुनाया कि वह बंद ही होगये" मुंशी चुन्नीलाल कहा।

मुझको तो उन्की लंबी चोड़ी बातोंपर लुक्मानकी वह कहावत याद आती है जिस्मैं एक पहाड़के भीतरसै बड़ी गड़-गड़ाहट हुए पीछै छोटीसी मूसी निकली थी" मास्टर शिंभूदयालनें कहा।

"उन्की बातचीतमैं एक बड़ा ऐब यह था कि वह बीचमैं दूसरे को बोलनें का समय बहुत कम देते थे जिस्से उन्की बात अपनें आप फीकी मालूम होनें लगती थी" बाबू बैजनाथनें कहा।

"क्या करें? वह वकील हैं और उन्की जीविका इन्हीं बातों सै है" हकीम अहमदहुसेन बोले,

"उन् पर क्या है अपना, अपना काम बनानें मैं सब ही एक से दिखाई देते हैं" पंडित पुरुषोत्तमदासनें कहा।

"देखिए सवेरे वह काचोंकी खरीदारी पर इतना झगड़ा करते थे परंतु मन मैं कायल हो गए इस्सै इस्समय उन्का नाम भी न लिया" मुंशी चुन्नीलाल नें याद दिलाई।

"हाँ; अच्छी याद दिलाई, तुम तीसरे पहर मिस्टर ब्राइट के पास गए थे? काचोंकी कीमत क्या ठैरी?" लाला मदनमोहन नें शिंभूदयाल सै पूछा।

"आज मदरसे सै आनें मैं देर हो गई इस्सै नहीं जासका" मास्टर शिंभूदयाल नें जवाब दिया। परंतु यह उस्की बनावट थी असल मैं मिस्टर ब्राइट नें लाला मदन मोहन का भेद जान्नें के लिए सौदा अटक रक्खा था।

"मिस्टर रसलको दस हजार रुपे भेजनें हैं उन्का बंदोबस्त हो गया" मुंशी चुन्नीलाल नें पूछा।

"हाँ लाला जवाहरलाल सै कह दिया है परंतु मास्टर साहब भी तो बंदोबस्त करनें कहते थे इन्होंने क्या किया?" लाला मदनमोहन नें उलट कर पूछा।

"मैंने एक, दो जगह चर्चा की पर अब तक किसी सै पकावट नहीं हुई"

मास्टर शिंभूदयाल नें जवाब दिया।"

"खैर! यह बातैं तो हुआ करैंगीं मगर यह लखनऊ का तायफा शाम से हाज़िर हैं उस्के वास्तै क्या हुक्म होता है?" हकीम अहमदहुसेन नें पूछा।

"अच्छा! उस्को बुलवाओं पर उस्के गानें मैं समा न बँधा तो आप को बह शर्त पूरी करनी पड़ेगी" लाला मदनमोहन नें मुस्कराकर कहा।

इस्पर लखनऊ का तायफा मुजरे के लिए खड़ा हुआ और उस्नें मीठी आवाज सै तालसुर मिलाकर सोरठ गाना शुरू किया।

निस्संदेह उस्का गाना अच्छा था परंतु पंडितजी अपनी अभिज्ञता जतानें के लिए बे समझे बूझे लट्टू हुए जाते थे, समझनेंवालों का सिर मोके पर अपनें आप हिल जाता है परंतु पंडित जी का सिर तो इस्समय मतवालों की तरह घूम रहा था। मास्टर शिंभूदयाल को दुपहर का बदला लेनें के लिए यह समय सब सै अच्छा मिला, उस्नें पंडितजी को आसामी बनाने के हेतु और लोगों से इशारों मैं सलाह कर ली और पंडितजी का मन बढ़ाने के लिए पहलै सब मिलाकर गानें की वाह, वाह करनें लगे अंत मैं एकनें कहा "क्या स्यामकल्याण है" दूसरेनें कहा "नहीं, ईमन है" तीसरे नें कहा "वाह झंझौटी है" चौथा बोला "देस है" इस्पर सुनारी लड़ाई होनें लगी।

"पंडितजी को सब सै अधिक आनन्द आ रहा है इसलिए इन्सै पूछना चाहिए" लाला मदनमोहन नें झगड़ा मिटाने के मिस सै कहा।

"हाँ, हाँ पडितजी नें दिन मैं अपनी विद्या के बल सै बेदेखे भाले करेला बता दिया था सो अब इस प्रत्यक्ष बात के बतानें मैं क्या संदेह है?" मास्टर शिंभूदयाल नें शै दी और सब लोग पंडितजी के मुँहकी तरफ देखनें लगें।

"शास्त्र से कोई बात बाहर नहीं है जब हम सूर्य चन्द्रमा का ग्रहण पहले सै बता देते हैं तो पृथ्वी पर की कोई बात बतानी हमको क्या कठिन है?" पंडित पुरुषोत्तमदास नें बात उड़ानें के वास्तै कहा।

"तो आप रेल और तार का हाल भी अच्छी तरह जान्ते होंगे?" बाबू बैजनाथ नें पूछा। 'मैं जान्ता हूँ कि इन सब प्रचार पहले हो चुका है क्योंकि "रेल पेल" और "एकतार" होनें की कहावत अपनें यहाँ बहुत दिन सै चली आती है" पंडितजी ने जवाब दिया।

"अच्छा महाराज! रेल शब्द का अर्थ क्या है? और यह कैसै चल्ती है?" मास्टर शिंभूदयाल नें पूछा।

"भला यह बात भी कुछ पूछनें के लायक है! जिस तरह पानी की रेल सब चीजों को बहा ले जाती है उसी तरह यह रेल भी सब चीजों की घसीट ले जाती है इस वास्तै इस्को लोग रेल कहते हैं और रेल धुँए के जोर सै चल्ती है यह बात तो

छोटे, छोटे बच्चे भी जान्ते हैं।* ''

पंडित पुरुषोत्तमदास नें जवाब दिया, और इस्पर सब आपस मैं एक दूसरे की तरफ देखकर मुस्करानें लगे।

''और तार?'' मुंशी चुन्नीलाल नें रही सही कलई खोलनें के वास्ते पूछा।

''इस्मैं कुछ योग विद्या की कला मालूम होती है।''* इतनी बात कह कर पंडित पुरुषोत्तमदास चुप होते थे परंतु लोगों को मुस्कराते देखकर अपनी भूल सुधारने के लिए झट पट बोल उठे कि ''कदाचित् योगविद्या न होगी तो तार भीतर सै पोला होगा जिस्मैं होकर आवाज जाती होगी या उस्के भीतर चिट्ठी पहुँचाने के लिए डोर बंध रही होगी''

''क्यों दयालु! बैलून कैसा होता है?'' बाबू बैजनाथ नें पूछा।

''हम सब बातें जान्ते हैं। परंतु तुम हमारी परीक्षा लेनें के वास्तै पूछते हो इस्सै हम कुछ नहीं बताते'' पंडितजी ने अपना पीछा छुड़ाने के लिए कहा। परंतु शिंभुदयाल नें सब को जता कर झूठे छिपाव सै इशारे मैं पंडितजी को उड़ने की चीज बताई इस्पर पंडितजी तत्काल बोल उठे ''हम को परीक्षा लेने की क्या जरूरत है? परंतु इस समय न बतावेंगे तो लोग बहाना समझैगें'' बैलून पतंग को कहते हैं।''

''वाह, वा, वाह! पंडितजी नें तो हद कर दी इस कलि काल मैं ऐसी विद्या किसी को कहाँ आ सक्ती है!'' मुंशी चुन्नीलाल नें कहा,

''हाँ पंडित जी महाराज! हुलक किस जानवर को कहते हैं?''

हकीम अहमदहुसैन नें नया नाम बना कर पूछा।

''एक चौपाया है'' मुंशी चुन्नीलाल नें बहुत धीरी आवाज सै पंडितजी को सुना कर शिंभूदयाल के कान मैं कहा।

''और बिना परों के ज़ड़ता भी तो है'' मास्टर शिंभूदयाल नें उसी तरह चुन्नीलाल को जवाब दिया।

''चलो चुप रहो देखें पंडितजी क्या कहते हैं चुन्नीलाल नें धीरेसे कहा।''

''जो तुम को हमारी परीक्षा ही लेनी है तो लो, सुनो हुलक एक चतुष्पद जंतु विशेष है और बिना पंखों के उड़ सक्ता है'' पंडितजी नें सब को सुनाकर कहा।

''यह तो आपनें बहुत पहुँचकर कहा परंतु उस्की शक्ल बताइए'' हकीमजी हुज्जत करनें लगे।

''जो शक्ल ही देखनी हो तो यह रही'' बाबू बैजनाथ नें मेजपर सै एक छोटासा काँच उठाकर पंडितजी के सामनें कर दिया।

---

* देशभाषा मैं बाफ और बिजली की शक्ति के वृतान्त न प्रकाशित होनें का यह फल है कि अब तक सर्व-साधारण रेल और तार का भेद कुछ नहीं जान्ते।

* गैस से भरा हुआ उड़नें का गुबाराह

इस्पर सब लोग खिल खिलाकर हँस पड़े।

"यह सब बातें तो आपनें बता दीं परंतु इस रागका नाम न बताया" लाला मदनमोहन नें हँसी थमे पीछै कहा।

इस्समय मेरा चित्त ठिकान नहीं है मुझको क्षमा करो" पंडित पुरुषोत्तमदास नें हार मान कर कहा।

"बस महाराज! आपको तो करेला ही करेला बताना आता है और कुछ भी नहीं आता" मास्टर शिंभूदयाल बोले।

"नहीं साहब! पंडितजी अपनी विद्यामैं एक ही है" रेल और तार की ताल क्या ठीक, ठीक बताया है!" और बैलूनमैं तो आप ही उड़ चले!" "हुलक की सूरत भी तो आप ही नें दिखाई थी!" "और सब सै बढ़कर राग का रस भी तो इनही नें लिया है" चारों तरफ लोग अपनी अपनी कहनें लगें।

पंडितजी इन लोगोंकी बातैं सुन, सुनकर लज्जाके मारे धरतीमैं गढ़े चले जाते थे पर कुछ बोल नहीं सक्ते थे।

आखिर यह दिल्लगी पूरी हुई तब बाबू बैजनाथ लाला मदनमोहनको अलग ले जाकर कहनें लगे "मैंने सुना है कि लाला ब्रजकिशोर दो, चार आदमियों को पक्का कर कै यहाँ सिरे सै कालिज स्थापना करनें के लिए कुछ उद्योग कर रहे हैं यद्यपि सब लोगोंके निरूत्साह सै ब्रजकिशोर के कृतकार्य होनें की कुछ आशा नहीं है यद्यपि लोगों को देशोपकारी बातौ मैं अपनी रुचि दिखानें और अग्रसर बन्नें के लिए आप इस्मैं जरूर शामिल हो जाएँ अखबारों मैं धूम मैं मचा दूँगा। यह समय कोरी बातों मैं नाम निकालनें का आ गया है क्योंकि ब्रजकिशोर नामवरी नहीं चाहते इसीलिए मैं चलकर आपकौ चेतानें के लिए इस्समय आप के पास आया था"

"आप की बड़ी मेहरबानी हुई। मैं आपके उपकारों बदला किसी तरह नहीं दे सक्ता, किसीनें सच कहा है "हितहि परायों आपनो अहित अपनपोजाय।। बनकी ओषषि प्रिय लगत तनको दुख न सुहाए"।।* ऐसा हितकारी उपदेश आपके बिना और कौन दे सक्ता है" लाला मदनमोहन नें बड़ी प्रीति सै उन्का हाथ पकड़कर कहा।

और इसी तरह अनेक प्रकार की बातोंमैं बहुत रात चली गई, तब सब लोग रुखसत होकर अपनें, अपने घर गए।

---

* **परोपि हितवान् बन्धुर्बन्धु रप्यहितः परः।**
अहितो देहजो व्यधि हिमारण्यमोषधम्।।

प्रकरण-9

↕

सभासद.

धर्मशास्त्र पढ़ वेद पढ़ दुर्जन सुधरे नाहिं
गो पय मीठी प्रकृति ते, प्रकृति प्रबल सब माहिं.*

हितोपदेश.

इस्समय मदनमोहनके बृतान्त लिखनें सै अवकाश पाकर हम थोड़ा सा हाल लाला मदनमोहन के सभासदोंका पाठक गण को विदित करते हैं, इन्मैं सब सै पहले मुंशी चुन्नीलाल स्मर्ण योग्य हैं।

मुंशी चुन्नीलाल प्रथम ब्रजकिशोर के यहाँ दस रुपे महीनें का नौकर था। उन्होंनें इस्को कुछ, कुछ लिखना पढ़ना सिखाया था, उन्हींकी संगति मैं रहनें सै इसे कुछ सभाचातुरी आ गई थी, उन्हीं के कारण मदनमोहन से इस्की जानपहचान हुई थी। परंतु इस्के स्वभाव मैं चालाकी ठेठ सै थी, इस्का मन लिखनें पढ़नें मैं कम लगता था पर इस्नें बड़ी, बड़ी पुस्तकों मैं सै कुछ, कुछ बातें ऐसी याद कर रक्खी थी कि नये आदमी के सामने झड़ बाँध देता था। स्वार्थपरता के सिवाए परोपकार की रुचि नाम को न थी पर जबानी जमा खर्च करने और कागज के घोड़े दौड़ानें मैं यह बड़ा धुरंधर था। इस्की प्रीति अपना प्रयोजन निकालनें के लिए, और धर्म्म लोगों को ठगनें के लिए था। यह औरों सै विवाद करनें मैं बड़ा चतुर था परंतु इस्को अपना चाल चलन सुधारनें की इच्छा न थी। यह मनुष्यों का स्वभाव भली भाँत पहचान्ता था, परंतु दूर दृष्टि सै हरेक बात का परिणाम समझ लेने की इस्को सामर्थ्य न थी। जोड़ तोड़ की बातों मैं यह इयागो (शेक्सपियर कृत आथेलो नाम का नाटक का खलनायक) का अवतार था। कणिक की नीति पर इस्का पूरा विश्वास था। किसी बड़े काम का प्रबंध करनें की इस्को शक्ति न थी परंतु बातों मैं धरती और आकाश को एक कर देता था। इस्के काम निकालनें के ढंग दुनियासै निराले थे। यह अपनें मतलब की बात बहुधा ऐसे समय करता था। जब दूसरा किसी और काम मैं लग रहा हो जिससै इसकी बात का अच्छी तरह बिचार न कर सके अथवा यह काम की बात करती बार कुछ, कुछ साधारण बातों की ऐसी चर्चा छेड़ देता था जिस्मै दूसरे का मन बटा रहै अथवा कोई बात रुचि के बिपरीत अंगीकार करानी होती थी तो यह अपनी बातों मैं हर तरह का बोझ इस ढबसै डाल देता था कि दूसरा इंकार न कर सके कभी, कभी यह अपनी बातों को इस युक्ति सै पुष्ट कर जाता कि सुन्नें वाले तत्काल इस्का कहना मान लेते,

---

* धर्म्मशास्त्रं पठतीति कारणं न चापि वेदाध्ययनं दुरात्मनः।
स्वभाव एवात्र तथातिरिच्यते यथा प्रकृत्या मधुरं गवां पयः।।

जो काम यह अपनें स्वार्थ के लिए करता उस्का प्रयोजन सब लोगों के आगे और ही बताता था और अपनी स्वार्थपरता छिपानें के लिए बड़ी आनाकानी सै वह बात मंजूर करता था। यह अपनें बैरी की ब्याजस्तुति इस ढब सै करता था कि लोग इस्का कहना इस्की दयालुता और शुभचिन्तकता सै समझनें लगते थे। जिस्बात के सहसा प्रगट करनें मैं कुछ खटका समझता उस्का प्रथम इशारा कर देता था और सुन्नें वाले के आग्रह पर रूक कर वह बात कहता था। जोखों की बात लोगों पर ढाल कर कहता था वह अथवा शिंभूदयाल वगेरे के मुख सै कहवा दिया करता था आप साधनें को तैयार रहता था। तुच्छ बातों को बढ़ा कर, बड़ी बातों को घटा कर, अपनी तरफ सै नोन मिर्च लगाकर, कभी प्रसन्न, कभी उदास, कभी कोध्रित, कभी शांत होकर यह इस रीति सै बात कहता था कि जो कहता था उस्की मूर्ति बन जाता था, इस्के मन मैं संग्रह करनें की बृति सब सै प्रबल थी।

मुंशी चुन्नीलाल ब्रजकिशोर के यहाँ नोकर था। जब अपनी चालाकी सै बहुधा मुकद्दमे वालों को उलट-पुलट समझा कर अपना हक ठैरा लिया करता था। स्टांप, तल्बाने वगैरे के हिसाब मैं उन लोगों को धोका दे दिया करता था बल्कि कभी, कभी प्रतिपक्षी सै मिल्कर किसी मुकद्दमेंवाले का सबूत वगैरे भी गुप चुप उस्को दिया करता था। ब्रजकिशोर नें ये भेद जान्ते ही पहले उसै समझाया फिर धमकाया जब इस्पर भी राह मैं न आया तो घर का मार्ग दिखाया। इस्नें पहले ही सै ब्रजकिशोर का मन देख कर लाला मदनमोहन के पास अपनी मिसल लगा ली थी। हरकिशोर को अपना सहायक बना लिया था। लाला ब्रजकिशोर के पास सै अलग होते ही लाला मदनमोहन के पास रहनें लगा।

मुंशी चुन्नीलाल नें लाला मदनमोहन के स्वभाव को अच्छी तरह पहचान लिया था। लाला मदनमोहन को हाकमों की प्रसन्नता, लोगों की वाह, वाह, अपनें शरीर का सुख, और थोड़े खर्च मैं बहुत पैदा करनें के लालच के सिवाए किसी और काम मैं रुपया खर्च करना अच्छा नहीं लगता था पर रुपया पैदा करनें अथवा अपनें पास की दौलत को बचा रखनें के ठीक रस्ते नहीं मालूम थे इसलिए मुंशी चुन्नीलाल उन्को उन्की इच्छानुसार बातें बनाकर खूब लूटता था।

मास्टर शिंभूदयाल प्रथम लाला मदनमोहन को अंग्रेजी पढ़ानें के लिए नौकर रक्खा गया था पर मदनमोहन का मन बचपन सै पढ़ने लिखनें की अपेक्षा खेल कूद मैं अधिक लगता था। शिंभूदयाल नें लिखनें पढ़नें की ताकीद की तो मदनमोहन का मन बिगड़नें लगा। मास्टर शंभूदयाल खानें, पहन्ने, देखनें, सुन्नें का रसिक था और मदनमोहन के पिता अंग्रेजी नहीं पढ़े थे इसलिए मदनमोहन सै मेल करनें में इस्नें हर भाँत अपना लाभ समझा। पढ़ानें लिखानें के बदले मदनमोहन बालक रहा जितनें अलिलैलामैं से सोते जागते का किस्सा, शेक्सपियर के नाटकों मैं सै कोमडी आफ एर्रज़, ट्वैलफ्थनाइट, मचएडू एबाउट नथिंग, बेनजान्सन का एव्रीमैन इनहिज ह्यूमर;

स्विफ्टके इ्रपीअर्सलेटर्स, गुलिबर्सट्रेवल्स, टेल आफ ए टब आदि सुनाकर हँसाया करता और इस युक्ति सै उस्को टोपी, रूमाल, घड़ी, छड़ी आदि का बहुधा फायदा हो जाता था। जब मदनमोहन तरुण हुआ तो अलिफलैला मैं सै अबुल हसन, और शम्सुलूनिहार का किस्सा, शेक्सपियर के नाटकों मैं सै रोमयों ऐन्ड जुलियट आदि सुनाकर आदि रस का रसिक बनानें लगा और आप भी उस्के साथ फूलके कीड़े की तरह चैन करनें लगा, परंतु यह सब बातें मदनमोहन के पिता के भय सै गुप्त होती थीं और इसी सै शिंभूदयाल आदि का बहुत फायदा था वह पहाड़ी आदमियों की तरह टेढ़ी राह मैं अच्छी तरह चल सक्ता था परंतु समभूमि पर चलनें की उस्को आदत न थी जब चुन्नीलाल मदनमोहन के पास आया कुछ दिन इन दोनों की बड़ी खटपट रही परंतु अंत मैं दोनों अपना हानि लाभ समझ कर गरम लोहे की बड़ी खटपट रही परंतु मैं दोनों अपना हानि लाभ समझ कर गरम लोहे की तरह आपस मैं मिल गए। शिंभूदयाल को मदनमोहन नें सिफारस करके मदरसे मैं नौकर रख दिया था इस्कारण वह मदनमोहन की अहसानमंदी के बहानें सै हर वक्त वहाँ रहता था।

पंडित पुरुषोत्तमदास भी बचपन सै लाला मदनमोहन के पास आते-जाते थे। इन्कों लाला मदनमोहन के यहाँ सै इन्को स्वरूपानुरूप अच्छा लाभ हो जाता था परन्तु इन्कें मन मैं औरों की डाह बड़ी प्रबल थी। लोगों को धनवान, प्रतापवान, विद्वान, बुद्धिमान, सुन्दर, तरुण, सुखी और कृतिकार्य देखकर इन्हैं बड़ा खेद होता था। वह यशवान मनुष्यों सै सदा शत्रुता रखते थे औरों को अपनें सुख लाभ का उद्योग करते देखकर कुढ़ जाते थे अपनें दुखिया चित्त को धैर्य देनें के लिए अच्छे, अच्छे मनुष्यों के छोटे, छोटे दोष ढूंढ़ा करते थे किसी के यश मैं किसी तरह का कलंक लग जाने सै यह बड़े प्रसन्न होते थे, पापी दुर्योधन की तरह संसार के विनाश होनें मैं इन्की प्रसन्नता थी, और अपनी सर्वज्ञता बताने के लियें जानें बिना जानें हर काम मैं पांव अड़ाते थे मदनमोहन को प्रसन्न करनें के लिए अपनी चिड़ करेले की कर रक्खी थी। चुन्नीलाल और शिंभूदयाल आदि की कटती कहनें मैं कसर न रखते थे परंतु अकल मोटी थी इसलिए उन्होंनें इन्हें खिलोना बना रक्खा था और परकैच कबूतर की तरह वह इन्हें अपना बसबर्ती रखते थे।

हकीम अहमदहुसैन बड़ा कम हिम्मत मनुष्य था। इस्को चुन्नीलाल और शिंभूदयाल सै कुछ प्रीति न थी परंतु उन्को कर्ता समझ कर अपनें नुक्सान के डर सै यह सदा उन्की खुशामद किया करता था उन्हीं को अपना सहायक बना रक्खा था उन्के पीछै बहुधा मदनमोहन के पास नहीं जाता आता था और मदनमोहन की बड़ाई तथा चुन्नीलाल और शिंभूदयाल की बातों को पुष्ट करनें के सिवाए और कोई बात मदनमोहन के आगे मुखसै नहीं निकालता था। मदनमोहन के लिए औषधि तक मदनमोहन के इच्छानुसार बताई जाती थी मदनमोहन का कहना उचित हो, अथवा अनुचित हो यह उस्की हाँमैं हाँ मिलानें को तैयार था मदनमोहन की राय के साथ इस्को अपनी राय बदलनें मैं भी कुछ उज्र न था! "यह लालाजी का नौकर था

कुछ बैगनों का नोकर नहीं था" परंतु इन लोगों की प्रसन्नता मैं कुछ अंतर न आता हो तो यह ब्रजकिशोर की कहन मैं भी सम्मति करने को तैयार रहता था। इस्को बड़े, बड़े कामों के करनें की हिम्मत तो कहाँ सै आती छोटे, छोटे कामों सै इस्का जी दहल जाता था। अजीर्ण के डर सै भोजन न करनें और नुक्सान के डर सै व्यापार न करनें; की कहावत यहाँ प्रत्यक्ष दिखाई देती थी, इसको सब कामों मैं पुरानी चाल पसंद थी।

बाबू बैजनाथ ईस्ट इन्डियन रेलवे कंपनी मैं नौकर था अंग्रेजी अच्छी पढ़ा था। यूरुप के सुधरे हुए विचारों को जान्ता था परंतु स्वार्थपरतानें इस्के सब गुण ढक रक्खे थे। विद्या थी पर उस्के अनुसार व्यवहार न था। "हाथी के दाँत खानें के जाता था और समुद्र की तरह इस्की तृष्णा अपार थी। लोभसै धर्म्म का कुछ विचार न रहता था। बचपन मैं इस्को इल्ममुसल्लिम, तहरीरउक्लेकदस और जब्रमुकाबले वगैरे के सीखनें मैं परीक्षा के भयसै बहुत परिश्रम करना पड़ा था परंतु इस्के मनमैं धर्म्म प्रवृत्तिके उत्तेजित करनें के लिए धर्म्म नीति आदि के असरकारक उपदेश अथवा देशोन्निति के हेतु बाफ, (भाप) और बिजली आदि की शक्ति, नई, नई कलों का भेद, और पृथ्वी की पैदावार बढ़ानेके हेतु खेती बाड़ी की विद्या, अथवा स्वच्छंदतासै अपना निर्वाह करनें के लिए देश-दशा के अनुसार जीविका करनें की रीति और अर्थ विद्या, तंदुरुस्ती के लिए देह रक्षाके तत्व, द्रव्यादिकी रक्षा और राजाज्ञा भंग के अपराधसै बचनें के राजाज्ञा का तात्पर्य, अथवा बड़े और बराबर वालोंसै यथायोग्य व्यवहार करनें के लिए शिष्टाचार का उपदेश बहुत ही कम मिला था, बल्कि नहीं मिलनें के बराबर था। इसके कई वर्ष, तो केवल अंग्रेजी भाषा सीखनें मैं विद्या के द्वारपर खड़े, खड़े बीत गए जो अंग्रेजों की तरह ये शिक्षा अपनी देश भाषा मैं होती अथवा काम, कामकी पुस्तकों का अपनी भाषा में अनुवाद हो गया होता तो कितना समय व्यर्थ नष्ट होनें सै बचता? और कितनें अधिक लोग उस्सै लाभ उठाते? परंतु प्रचलित रीति के अनुसार इस्को सच्ची हितकारी शिक्षा नहीं हुई थी जिस्पर अभिमान इतना बढ़ गया था कि बड़े मूर्ख मालूम होनें लगे और उन्के कामसै ग्लानि हो गई। पर इस बिद्वत्ता मैं भी सिवाए नौकरी के और कहीं ठिकाना न था। भाग्यबल सै मदरसा छोड़ते ही रेलवे की नोकरी मिल गई पर बाबू साहब को इतनें पर संतोष न हुआ वह और किसी बुर्दकीताक झाँक मैं लगरहे थे, इतनें मैं लाला मदनमोहन सै मुलाकात हो गई। एक बार लाला मदनमोहन आगरे लखनऊकी सैर को गए, उस्समय इसनें उन्की स्टेशन पर बड़ी खातिर की थी। उसी समयसै इन्की जानपहचान हुई यह दूसरे तीसरे दिन लाला मदनमोहन के यहाँ जाता था और समा बाँध कर तरह, तरह की बातें सुनाया करता था, इस्की बातोंसै मदनमोहन के चित्त पर ऐसा असर हुआ कि वह इस्को सबसै अधिक चतुर और विश्वासी समझनें लगा, इस्नें अपनी युक्ति सै चुन्नीलाल वगैरे को भी अपना बना रक्खा था पर अपनें मतलब सै निश्चिन्त न था। यह सब बातें जानबूझ कर भी धृतराष्ट्रकी तरह लोभसै अपनें मन को नहीं रोक सक्ता था।

खेद है कि लाला ब्रजकिशोर और हरकिशोर आदि के वृतान्त लिखनें का अवकाश इस्समय नहीं रहा। अच्छा फिर किसी समय बिदित किया जाएगा। पाठकगण धैर्य रक्खें।

प्रकरण 10

↕

प्रबन्ध (इन्तज़ाम)

कारजको अनुबंध लख अरु, उत्तरफल चाहि×
पुन अपनी सामर्थ्य लख करै कि न करे ताहि

बिदुरप्रजागरे.

सवेरे ही लाला मदनमोहन हवा खोरी के लिए कपड़े पहन रहे थे। मुंशी चुन्नीलाल और मास्टर शिंभूदयाल आ चुके थे।

"आजकल मैं हमको एक बार हाकिमों के पास जाना है" लाला मदनमोहन नें कहा।

"ठीक है, आपको म्यूनिसिपेलीटी के मेम्बर बनानें की रिपोर्ट हुई थी। उस्की मंजूरी भी आ गई होगी" मुंशी चुन्नीलाल बोले।

"मंजूरी मैं क्या संदेह है? ऐसे लायक आदमी सरकार को कहाँ मिलेंगे?" मास्टर शिंभूदयाल नें कहा।

"अभी तो (खुशामदमैं) बहुत कसर है! साइराक्यूस के सभासद डायोनिस्यसका थूक चाट जाते थे और अमृतसै अधिक मीठा बताते थे" लाला ब्रजकिशोर नें कमरे मैं आते, आते कहा।

"यों हर काम मैं दोष निकालनें की तो जुदी बात है पर आप ही बताइए इस्मैं मैंनें झूठ क्या कहा? मास्टर शिंभूदयाल पूछनें लगे,

"लाला साहब नें म्युनिसिपेलीटी का सालानः आमद खर्च अच्छी तरह समझ लिया होगा? आमदनी बढ़ानें के रस्ते अच्छी तरह बिचार लिए होंगे? शहर की सफाई के लिए अच्छे, अच्छे उपाय सोच लिए होंगे?" लाला ब्रजकिशोर नें पूछा।

"नहीं, इन बातों मैं सै अभी तो किसी बात पर दृष्टि नहीं पहुँचाई गई परंतु इन बातों का क्या है? ये सब बातें तो काम करते, करते अपनें आप मालूम हो जायेंगी" लाला मदनमोहन नें जवाब दिया।

× अनुबंध च संप्रेक्ष्य विपाकं चैंवकर्म्मणामृ।।
उत्थान मात्मन श्चैव धीरः कुर्वीत वा नवा।।

"अच्छा आप अपनें घर का काम तो इतनें दिनसै करते हो उस्के नफे नुक्सान और राह बाट सै तो आप अच्छी तरह वाकिफ हो गए होंगे?" लाला ब्रजकिशोर नें पूछा।

इस्समय लाला मदनमोहन नावाकिफ नहीं बनाना चाहते थे। परंतु वाकिफ़कार भी नहीं बन सकते थे इसलिए कुछ जवाब न देसके।

"अब आप घर की तरह वहाँ भी औरों के भरोसे रहे तो काम कैसे चलेगा? और अब बातौं से वाकिफ होनें का बिचार किया तो वाकिफ होंगे जितनें आपके बदले काम कौन करैगा?" लाला ब्रजकिशोर नें पूछा।

"अच्छा मंजूरी आवैगी जितनें मैं इन् बातों सै कुछ, कुछ वाकिफ हो लूँगा।" लाला मदनमोहन नें कहा।

"क्या इन बातों सै पहले आपको अपनें घर के कामों से वाकिफ होनें की जरूरत नहीं है? जब आप अपनें घर का प्रबन्ध उचित रीति सै कर लेंगे तो प्रबन्ध करनें की रीति आ जायेगी और हरेक काम का प्रबन्ध अच्छी तरह कर सकेंगे, परन्तु जब तक प्रबन्ध करनें की रीति न आवेगी कोई काम अच्छी तरह न हो सकेगा?" लाला ब्रजकिशोर कहनें लगे। "हाकमों की प्रसन्नता पर आधार रख; अपनें मुख सै अधिकार मांगनें मैं क्या शोभा है? और अधिकार लिये पीछै वह काम अच्छी तरह पूरा न हो सके तो कैसी हँसी की बात है? और अनुभव हुए बिना कोई काम किस तरह भली भाँति हो सक्ता है? महाभारत मैं कौरवों के गौ घेरनें पर बिराट का राजकुमार उत्तर बड़े अभिमान से उन्को जीतनें की बातैं बनाता था, परंतु कौरवों की सेना देखते ही रथ छोड़कर उघाड़े पाँव भाग निकला! इसी तरह सादी अपनें अनुभव सै लिखते हैं कि "एकबार मैं बलख सै शामवालों के साथ सफर को चला मार्ग भंयकर था। इसलिए एक बलवान पुरुष को साथ ले लिया, वह शस्त्रों सै सजा रहता था और उस्की प्रत्यंचा को दस आदमी भी नहीं चढ़ा चकते थे वह बड़े, बड़े बृक्षों को हाथ सै उखाड़डाल्ता परंतु उस्नें कभी शत्रु सै युद्ध नहीं किया था एक दिन मैं और वो आपस मैं बातैं करते चले जाते थे। उस्समय दो साधारण मनुष्य एक टीले के पीछै सै निकल आए और हम को लूटनें लगे उसमैं एक के पास लाठी थी और दूसरे के हाथ मैं एक पत्थर था। परंतु उन्को देखते ही उस बलवान पुरुष के हाथ पाँव फूल गए! तीर कमान छूट पड़ी! अंत मैं हमको अपनें सब बस्त्र शस्त्र देकर उन्सै पीछा छुड़ाना पड़ा, बहुधा अब भी देखनें मैं आता है कि अच्छे प्रबंध षिना पर गैं माल होनें पर किसी, साहूकार का दिवाला निकल जाता है रुपे का माल दो, दो आनें को बिकता फिरता है"

"परंतु काम किए बिना अनुभव कैसै हो सक्ता है?" मुंशी चुन्नीलाल ने पूछा।

"सावधान मनुष्य काम करनें से पहले औरों की दशा देखकर हरेक बात का अनुभव अच्छी तरह कर पर सक्ता है और अनायास कोई नया काम भी उस्को करना पड़े तो साधारण भाव से प्रबंध करनें की रीति जानकर और बातों अनुभव का लाभ

लेनें सै काम करते, करते वह मनुष्य उस बिषय मैं अपना अनुभव अच्छी तरह बढ़ा सक्ता है। सो मैं प्रथम कह चुका हूँ कि लाला प्रबंध की रीति जान जाएंगे तो हरेक काम का प्रबंध अच्छी तरह कर सकेंगे'' लाला ब्रजकिशोर नें जवाब दिया।

''आप के निकट प्रबंध करनें की रीति क्या है?'' लाला मदनमोहन नें पूछा।

''हरेक काम के प्रबन्ध करनें की रीति जुदी, जुदी है परंतु मैं साधारण रीति सै सब का तत्व आप को सुनाता हूँ'' लाला ब्रजकिशोर कहनें लगे ''सावधानी की सहायता लेकर हरेक बात का परिणाम पहले सै सोच लेना, और उन सब पर एक बार दृष्टि कर के जितना अवकाश हो उतनें ही मैं सब बातों का ब्योंत बना लेना निरर्थक चीज़ों को काम मैं लानें की युक्ति सोचते रहना और जो, जो बातें आगै होनें वाली मालूम हों उन्का प्रबंध पहलै ही सै दूर दृष्टि पहुँचा कर धीरे, धीरे इस भाँत करते जाना कि समय पर सब काम तैयार मिलें, किसी बात का समय न चूकनें पावै, कोई काम उलट उलट न होनें पावै, अपनें आस पास बालों की उन्नति सै आप पीछे न रहें, किसी नोकर का अधिकार स्वतंत्रता की हद सै आगे न बढ़ने पावै, किसी पर जुल्म न होनें पावै, किसी हक मैं अंतर न आनें पावैं, सब बातों की सम्हाल उचित समय पर होती रहे, परंतु ये सब काम इन्की बारीकियों पर दृष्टि रखनै सै कोई नहीं कर सक्ता बल्कि इस रीति सै बहुत महनत करने पर भी छोटे, छोटे कामौं मैं इतना समय जाता रहता है कि उस्के बदले बहुत सै जरूरी काम अधूरे रह जाते हैं और तत्काल प्रबंध बिगड़ जाता है इसलिए बुद्धिमान मनुष्य को चाहिए कि काम बाँट कर उन्पर योग्य आदमी मुकर्रर कर दे और उन्की कारवाई पर आप दृष्टि रक्खे पहले अन्दाज सै पिछला परिणाम मिलाकर भूल सुधारता जाए एक साथ बहुत काम न छेड़े, काम करने के समय बटे रहैं, आमाद सै थोड़ा खर्च हो और कुपात्र को कुछ न दिया जाए। महाराज रामचन्द्रजी भरत सै पूछते हैं ''आमद पूरी होत है? खर्च अलपदरसाय।। देत न-कबहुँ कुपात्रकों कहहुँ भरत समुजाए''*

इसी तरह इन्तजाम के कामों मैं क-रिआयत सै बिगाड़ होता है हजरत सादी कहते हैं ''जिसमें तैनें दोस्ती की उस्सै नोकरकी आशा न रख'' ।×

'''''लाला ब्रजकिशोर साहब आजकल की उन्नति के साथी हैं तथापि पुरानी चालाके अनुसार रोचक और भयानक बातोंको अपनी कहन मैं इस तरह मिला देते हैं कि किसीको बिल्कुल खबर नहीं होनें पाती'' मास्टर शिंभूदयाल नें कहा।

''नहीं मैं जो कुछ कहता हूँ अपनी तुच्छ बुद्धि के अनुसार यथार्थ कहता हूँ'' लाला ब्रजकिशोर कहनें लगे ''चीनके शहनशाह होएन नें एकबार अपनें मंत्री टिचीसै

---

* आयस्ते विपुलः कच्चित्कच्चिदल्पतरो व्ययः।
अपात्लेपुनने कच्चित्कोषो गच्छतिराघव।।

× चूं इकरारे दोस्ती कर दी तबक्के खिदमत मदार।

पूछा कि "राज्य के वास्ते सब सै अधिक भयंकर पदार्थ क्या है?" मंत्रीनें कहा मूर्तिके भीतर मूसा" शहनशाहनें कहा "समझाकर कह" मंत्री बोला "अपनें यहाँ काठकी पोली मूर्ति बनाई जाती है और ऊपर सै रंग दी जाती है। अब दैवयोग सै कोई मूसा उस्के भीतर चला गया तो मूर्ति खंडित होनें के भयसै उस्का कुछ नहीं कर सक्ते। इसी तरह हरेक राज्य मैं बहुधा ऐसे मनुष्य होते हैं जो किसी तरह की योग्यता और गुण बिना केवल राजा की कृपा के सहारे सै सब कामों मैं दखल देकर सत्यानास किया करते हैं परन्तु राजा के डरसै लोग उन्का कुछ नहीं कर सक्ते" हाँ जो राजा आप प्रबंध करनेंकी रीति जान्ते हैं वह उनलोगों के चक्कर सै खूबसूरती के साथ बचे रहते हैं जैसे ईरान का बादशाह आरटाजरकसीस से एक बार उस्के किसी कृपापात्रनें किसी अनुचित काम करनें के लिए सवाल किया। बादशाहनें पूछा कि तुमको इस्सै क्या लाभ होगा?" कृपापात्र नें बता दिया तब बादशाहनें उतनी रकम उस्को अपनें खजानें सै दिवा दी और कहा कि "ये रुपे ले इन्के देनें सै मेरा कुछ घटता परंतु तैनें जो अनुचित सवाल किया था उस्के पूरा करनें सै मैं निस्संदेह बहुत कुछ खो बैठता" उचित प्रबंध मैं जरासा अंतर आनेंसै कैसा भंयकर परिणाम होता है इस्पर बिचार करिए कि इसी दिल्ली तख्त बाबत दाराशिकोह और औरंगजेब के बीच युद्ध हुआ। उस्समय औरगंजेब की पराजय मैं कुछ संदेह न था परंतु दाराशिकोह हाथीसै उतरतेही मानों तख्त सै उतर गया मालिक का हाथी खाली देखते सब सैना तत्काल भाग निकली।

"महाराज! बग्गी तैयार है।" नौकर नें आकर रिपोर्ट की"।

"अच्छा चलिए रस्ते मैं बतलाते चलेंगे" लाला ब्रजकिशोर नें कहा निदान सब लोग बग्गी मैं बैठकर रवानें हुए।

प्रकरण 11

↕

सज्जनता.

सज्जनता न मिलै किये जतन करो किन कोय
ज्यों कर फार निहारिए लोचन बड़ो न होय

बृन्द.

"आप भी कहाँ की बात कहाँ मिलानें लगें! म्यूनिसिपेलीटी के मेम्बर होनें सै और इंतजाम की इन बातों सै क्या संबंध है? म्यूनिसिपेलीटी के कार्य निर्बाह का बोझ एक आदमी के सिर नहीं है उनमैं बहुत सै मेम्बर होते हैं और उन्मैं कोई नया आदमी शामिल हो जाय तो कुछ दिन के अभ्यास सै, अच्छी तरह वाकिफ हो सक्ता है, चार

बराबरवालों सै बातचीत करनें मैं अपनें बिचार स्वतः सुधर जाते हैं और आजकल के सुधरे बिचार जान्नें का सीधी रास्ता तो इस्सै बढ़कर और कोई नहीं हैं'' मुंशी चुन्नीलाल नें कहा।

''जिस तरह समुद्र मैं नोका चलानेंवाले केवल समुद्र की गहराई नहीं जान सक्ते इसी तरह संसार मैं साधारण रीति सै मिलने भेटनेंवाले इधर-उधर की निरर्थक बातों सै कुछ फायदा नहीं उठा सक्ते बाहर की सज धज और जाहिर की बनावट सै सच्ची सज्जनताका कुछ संबंध नहीं है वह तो दरिद्री-धनवान और मूर्ख-विद्वान का भेद-भाव छोड़ कर सदा मन की निर्मलता के साथ रहती है और जिस जगह रहती है उस्को सदा प्रकाशित रखती है'' लाला ब्रजकिशोर नें कहा।

''तो क्या लोगों के साथ आदर सत्कार सै मिलना जुलना और उन्का यथोचित शिष्टाचार करना सज्जनता नहीं है?'' लाला मदनमोहन नें पूछा।

''सच्ची सज्जनता मन के संग है'' लाला ब्रजकिशोर कहनें लगे। कुछ दिन हुए जब अपनें गवर्नर जनरल मारक्विस आफ रिपन साहब नें अजमेर के मेयो कालिज मैं बहुत से राजकुमारों के आगे कहा था कि ''** हम चाहे जितना प्रयत्न करैं परंतु तुम्हारी भविष्यत अवस्था तुम्हारे हाथ है। अपनी योग्यता बढ़ानी, योग्यता की कदर करनी, सत्कर्मों मैं प्रवृत्त रहना, असत्कर्मों से ग्लानि करना तुम यहाँ सीख जाओंगे तो निस्संदेह सरकार मैं प्रतिष्ठा, और प्रजा की प्रीति लाभ कर सकोगे। तुम मैं से बहुत से राजकुमारोंको बड़ी जोखोंके काम उठानें पड़ेंगे और तुम्हारी कर्त्तव्यता पर हजारों लाखों मनुष्योंके सुख दुःख का बल्कि जीनें मरनें का आधार रहैगा। तुम बड़े कुलीन हो और बड़े विभववान हो। फ्रेंच भाषा मैं एक कहावत है कि जो अपनें सत्कुल का अभिमान रखता हो उस्को उचित है कि अपनें सत्कर्मों सै अपना बचन प्रमाणिक कर दे। तुम जान्ते हो कि अंग्रेज लोग बड़े, बड़े खिताबों के बदले सज्जन (Gentleman) जैसे साधारण शब्दोंको अधिक प्रिय समझते हैं इस शब्द का साधारण अर्थ ये है कि मर्यादाशील, नम्र और सुधरे बिचार का मनुष्य हो, निस्संदेह ये गुण यहाँके बहुत सै अमीरों हैं परंतु इस्के अर्थपर अच्छी तरह दृष्टि की जाए तो इस्का आशय बहुत गंभीर मालूम देता है जिस मनुष्य की मर्यादा, नम्र और सुधरे बिचार केवल लोगों को दिखानें के लिए न हों बल्कि मन सै हो अथवा जो सच्चा प्रतिष्ठित, सच्चा बीर और पक्षपात रहित न्याय-परायण हो, जो अपनें शरीर को सुख देनें के लिए नहीं बल्कि धर्म सै औरों के हक मैं अपना कर्त्तव्य संपादन करनें के लिए जीता हो; अथवा जिसका आशय अच्छा हो, जो दुष्कर्मों सै सदैव बचता हो वह सच्चा सज्जन है ** ''

''निस्संदेह सज्जनता का यह कल्पित चित्र अति बिचित्र है परंतु ऐसा मनुष्य पृथ्वी पर तो कभी कोई काहेको उत्पन्न हुआ होगा'' मास्टर शिंभूदयालनें कहा।

हम लोग खड़े हों वहाँ सै चारों तरफ को थोड़ी-थोड़ी दूर पर पृथ्वी और आकाश मिले दिखाई देते हैं परंतु हकीकत मैं वह नहीं मिले इसी तरह संसार के सब लोग अपनी, अपनी प्रकृतिके अनुसार और मनुष्यों के स्वभाव का अनुमान करते हैं परंतु

दर असल उन्मैं बड़ा अंतर है' लाला ब्रजकिशोर कहनें लगें "देखोः–

"एथेन्स का निवासी आरिस्टाईडीज एक बार दो मनुष्यों का इंसाफ करने बैठा तब उन्मैं सै एकनें कहा, "प्रतिपक्षीनें आप को भी प्रथम बहुत दुःख दिया है," आरिस्टाईडीज नें जवाब दिया कि "मित्र! इस्नें तुमको दुख दिया हो वह बताओ क्योंकि इस्समय मैं अपना नहीं; तुम्हारा इंसाफ करता हूँ"

"प्रवीरनमके लोगोंने रूमके बिपरीत बलवा उठाया उस्समय रूमकी सेना नें वहाँके मुखिया लोगोंको पकड़कर राज सभामैं हाजिर किया उस्समय प्लाटीनियस सामी सभासदनें एक बंधुए सै पूछा कि "तुम्हारे लिए कौन्सी सजा मुनासिब है?" बंधुएनें जवाब दिया कि "जो अपनी स्वतंत्रता चाहनें वालों के वास्ते मुनासिब हो" इस उत्तरसै और सभासद अप्रसन्न हुए पर प्लाटीनियस प्रसन्न हुआ और बोला "अच्छा! राजसभा तुम्हारा अपराध क्षमा कर दे तो तुम कैसा बरताव रक्खो?" "जैसा हमारे साथ राजसभा रक्खे, बंधुआ कहनें लगा "जो राजसभा हमसे मानपूर्वक मेल करेगी तो हम सदा ताबेदार बनें रहैंगे परंतु हमारे साथ अन्याय और अपमान से बरताव होगा तो हमारी वफादारी पर सर्वथा विश्वास न रखना" इस जवाब सै और सभासद अधिक चिड़ गए और कहने लगे कि "इस्मैं राजसभा को धमकी दी गई है" प्लाटीनियसनें समझाया कि इस्मैं धमकी कुछ नहीं दी गई। यह एक स्वतंत्र मनुष्य का सच्चा जवाब है" निदान प्लाटीनियस के समझनें सै राजसभा का मन फिर गया और उस्नें उन्हें कैदसै छोड़ दिया।

"मेसीडोंनके बादशाह पीरसनें कैदियोंको छोड़ा उस्समय फ्रेबीशियस नामी एक रूमी सरदारको एकांतमैं लेजा कर कहा मैं जान्ता हूँ कि तुम जैसा वीर, गुणवान स्वतंत्र, और सच्चा मनुष्य रूमके राजभरमैं दूसरा नहीं है जिस्पर तुम ऐसे दरीद्री बनरहे हो यह बड़े खेदकी बात है! सच्ची योग्यता की कदर करना राजाओं का प्रथम कर्तव्य है इसलिए मैं तुमको तुम्हारी पदवी के लायक धनवान बनाना चाहता हूँ परंतु मैं इस्मैं तुम्हारे ऊपर कुछ उपकार नहीं करता अथवा इसके बदले तुमसै कोई अनुचित काम नहीं लिया चाहता। मेरी केवल इतनी प्रार्थना है कि उचित रीति सै अपना कर्तव्य संपादन किए पीछे न्यायपूर्वक मेरी सहायता होसके सो करना।" फेब्रीशियसनें उत्तर दिया कि "निस्संदेहमैं धनवान नहीं हूँ। मैं एक छोटे से मकान मैं रहता हूँ और जमीन का एक छोटासा क्रिता मेरे पास है परंतु ये मेरी जरूरत के लिए बहुत है और जरूरत रौ ज्यादा लेकर मुझको क्या करना है? मेरे सुखमैं किसी तरह का अंतर नहीं जाता मेरी इज्ज़त और धनवानों से बढ़कर है, मेरी नेकी मेरा धन है मैं चाहता तो अब तक बहुतसी दौलत इकट्ठी करलेता परंतु दौलतकी अपेक्षा मुझको अपनी इज्जत प्यारी हैं इसलिए तुम अपनी दौलत अपनें पास रक्खो और मेरी इज्जत मेरे पास रहनें दो।"

"नोशेरवाँ अपनी सेना का सेनापति आप था। एक बार उस्की मंजूरी सै खजान्चीनें तन्ख्वाह बाँटने के वास्तै सब सेना को हथियार बंद होकर हाजिर होनें का हुक्म दिया और नोशेरवाँ इस हुक्मसै हाजिर न हुआ इसलिए खजान्चीनें क्रोध करके सब सेनाको

उलटा फेर दिया और दूसरी बार भी ऐसा ही हुआ तब तीसरी बार खजान्चीनें डोंड़ी पिटवाकर नोशैंरवाँको हाजिर होंने का हुक्म दिया। नोशेरवाँ उस हुक्म के अनुसार हाजिर हुआ परंतु उस्की हथियार बंदी ठीक न थी, खजान्चीनें पूछा "तुम्हारे धनुष की फाल्तू प्रत्यंचा कहाँ है?" नोशेरवांनें कहा "महलोंमैं भूल आया" खजान्ची नें कहा "अच्छा! अभी जाकर ले आओं" इस्पर नोशेरवां महलोंमैं जाकर प्रत्यंचा ले आया तब सब की तन्ख्वाह बटी परंतु नोंशेरवां खजान्चीके इस अपक्षापात काम सै ऐसा प्रसन्न हुआ कि उसे निहाल कर दिया, इस प्रकार सच्ची सज्जनता के इतिहासमैं सैकड़ों दृष्टांत मिलते हैं परन्तु समुद्रमैं गोता लगाए बिना मोती नहीं मिलता।"

"आप बार, बार सच्ची सज्जनता कहते हैं सो क्या सज्जनता सज्जनतामैं भी कुछ भेदभाव है?" लाला मदनमोहननें पूछा।

"हाँ सज्जनता के दो भेद हैं एक स्वाभाविक होती है जिसका वर्णन मैं अब तक करता चला आया हूँ, दूसरी ऊपरसै दिखानें की होती है जो बहुधा बड़े आदमियों मैं उन्के पास रहने वालों मैं पाई जाती है। बड़े आदमियों के लिए वह सज्जनता सुंदर वस्त्रों के समान समझनी चाहिए जिस्को वह बाहर जाती बार पहन जाते हैं और घर मैं आते ही उतार देते हैं, स्वाभाविक सज्जनता स्वच्छ स्वर्ण के अनुसार है जिस्को चाहे जैसै तपाओ, गलाओ परंतु उस्मैं कोई अंतर नहीं आता। ऊपर दिखानें वालों की सज्जनता गिल्टी के समान है जो रगड़ लगते ही उतर जाती है ऊपर दिखानें वाले लोग अपना निज स्वभाव छिपाकर सज्जन बन्नें के लिए सच्चे सज्जनों के स्वभाव की नकल करते हैं परंतु परीक्षा के समय उन्की कलई तत्काल खुल जाती है, उन्के मन मैं विकास के बदले संकुचित भाव, सादगी के बदले बनावट, धर्म्म प्रबृत्ति के बदले स्वार्थपरता और धैर्य के बदले घबराहट इत्यादि प्रगट दिखनें लगते हैं। उन्का सब सद्भाव अपनें किसी गूढ प्रयोजन के लिए हुआ करता है परंतु उन्के मन को सच्चा सुख इस्सै सर्वथा नहीं मिल सक्ता।"

प्रकरण 12

↕

सुख दुःख

आत्मा को आधार अरु साक्षी आत्मा जान
निज आत्म को भूलहू करिए नहि अपमान*

मनुस्मृति.

---

* आत्मैव ह्यत्मनः साक्षी गति रात्मा तथात्मनः
भाव संस्थाः स्वामात्मानं नृणां साक्षिण मुत्तमम्।।

"सुख दुःख बहुदा आदमी की मानसिक वृत्तियों और शरीर की शक्ति के आधीन है एक बात सै एक मनुष्य को अत्यंत दुःख और क्लेश होता है वही बात दूसरे को खेल तमाशे की सी लगती है इसलिए सुख दुःख होनें का कोई नियम नहीं मालूम होता" मुंशी चुन्नीलाल नें कहा।

"मेरे जान तो मनुष्य जिस बात को मन सै चाहता है उस्का पूरा होना ही सुख का कारण है और उस्मैं हर्ज पड़नें ही से दुःख होता है" मास्टर शिंभूदयाल नें कहा।

"तो अनेक बार आदमी अनुचित काम करके दुःख मैं फँस जाता है और अपने किए पर पछताता है इस्का क्या कारण है? असल बात यह है कि जिस्समय मनुष्य के मन मैं जो वृत्ति प्रबल होती है वह उसी अनुसार काम किया चाहता है और दूरअंदेशी की सब बातों को सहसा भूल जाता है परंतु जब वो बेग घटता है तबयित ठिकानें आती है तो वो अपनी भूल का पछतावा करता है और न्याय वृत्ति प्रबल हुई तो सब के साम्हनें अपनी भूल अंगीकार करकै उस्के सुधारनें का उद्योग करता है पर निकृष्ट प्रबृत्ति प्रबल हुई तो छल करके उस्को छिपाया चाहता है अथवा अपनी भूल दूसरे के सिर रक्खा चाहता है और एक अपराध छिपानें के लिए दूसरा अपराध करता है परंतु अनुचित कर्म्म से आत्मग्लानि और उचित कर्म्म से आत्मप्रसाद हुए बिना सर्बथा नहीं रहता" लाला ब्रजकिशोर बोले।

"अपना मन मारनें सै किसी को खुशी क्यों कर हो सक्ती है?" लाला मदनमोहन आश्चर्य सै कहनें लगे।

"सब लोग चित्तका संतोष और सच्चा आनन्द प्राप्त करनें के लिए अनेक प्रकार के उपाए करते हैं परंतु सब वृत्तियों के अबिरोध सै धर्म्मप्रवृत्ति के अनुसार चलनेंवालों को जो सुख मिल्ता है और किसी तरह नहीं मिल सक्ता" लाला ब्रजकिशोर कहनें लगे मनुस्मृति मैं लिखा है "जाकों मन अरु बचन शुचि विध सों रक्षित होय।। अति दुर्लभ वेदान्त फल जगमैं पावत सोय+" जो लोग ईश्वर के बांधे हुए नियमों के अनुसार सदा सत्कर्म्म करते रहते हैं उन्को आत्मप्रसाद का सच्चा सुख मिल्ता है उनका मन विकसित पुष्पों के समान सदा प्रफुल्लित रहता है। जो लोग कह सक्ते हैं कि हम अपनी सामर्थ्य भर ईश्वर के नियमों का प्रतिपालन करते हैं, यथा शक्ति परोपकार करते हैं, सब लोगों के साथ अनीत छोड़कर नीति पूर्वक सुहृद् भाव रखते हैं, "अतिशय भक्ति और विश्वासपूर्वक ईश्वर की शरणागति हो रहे हैं वही सच्चे सुखी हैं। वह अपने निर्मल चरित्रों को बारम्बार याद करके परम संतोष पाते हैं। यद्यपि उन्का सत्कर्म्म मनुष्य मात्र न जान्ते हों इसी तरह किसी के मुख सै एक बार भी अपने सुयश सुन्ने की संभावना न हो, तथापि वह अपने कर्तव्य काम मैं अपनें को

+ यस्य वाङ्मनसी शुद्धे सम्यग्गुप्ते च सर्वदा।
सनै सर्व मवाप्नोति वेदान्तोपगतम्फलम्

कृत कार्य देखकर अद्वितीय सुख पाते हैं उचित रीति सै निष्प्रयोजन होकर किसी दुखिया का दुःख मिटानें की, किसी मूर्ख को ज्ञानोंपदेश करनें की एक बात याद आनें से उन्को जो सुख मिलता है वह किसी को बड़े सै बड़ा राज मिलनें पर भी नहीं मिल सक्ता। उन्का मन पक्षपात रहित होकर सबके हितसाधन मैं लगा रहता हे, इस्कारण वह सबके प्यारे होनें चाहिए। परंतु मूर्ख जलन सै, हटसै स्वार्थपरता से अथवा उन्का भाव जानें बिना उन्सै द्वेषकरै, उन्का बिगाड़ करना चाहे तो क्या कर सक्ते हैं? उन्का सर्वस्व नष्ट हो जाए तो भी वह नहीं घबराते; उन्के हृदय मैं जो धर्म्म का खजाना इकट्ठा हो रहा है उस्के छूनें की किस को समार्थ्य है। आपनें सुना होगा कि:–

"महाराज रामचन्द्रजी को जब राजतिलक के समय चौदहवर्ष का बनवास हुआ उस्समय उन्के मुखपर उदासी के बदले प्रसन्नता चमकनें लगी।

"इंगलेण्ड की गद्दी बाबत एलीजाबेथ और मेरी के बीच विवाद हो रहा था उस्समय लेडी जेनेग्रेको उस्के पिता, पति और स्वसुरनें गद्दी पर बिठाना चाहा परंतु उस्को राज का लोभ न था वह होशियार, बिद्वान और धर्मात्मा स्त्री थी, उस्नें उन्को समझाया कि मेरी "निस्बत मेरी और ऐलिजाबेथ का ज्यादः हक है और इस काम सै तरह, तरह के बखेड़े उठनें की संभावना है। मैं अपनी वर्तमान अवस्था मैं बहुत प्रसन्न हूँ इसलिए मुझको क्षमा करो" पर अंत मैं उस्को अपनी मरजी के उपरान्त बड़ों की आज्ञासै राजगद्दी पर बैठना पड़ा परंतु दस दिन नहीं बीते इतनेंमैं मेरी नें पकड़कर उसै कैद किया और उस के पति समेत फाँसी का हुक्म दिया। वह फाँसी के पास पहुँची उस्समय उस्नें अपनें पति को लटकते देखकर तत्काल अपनी याददाश्त मैं यह तीन बचन लाटिन, यूनानी और अंग्रेजी मैं क्रम से लिखे कि "मनुष्य जाति के न्याय ने मेरी देह को सजा दी परंतु ईश्वर मेरे ऊपर कृपा करेगा, और मुझको किसी पाप के बदले यह सजा मिली होगी तो अज्ञान अवस्था के कारण मेरे अपराध क्षमा किए जाएँगे। और मैं आशा रखती हूँ कि सर्वशक्तिमान परमेश्वर और भविष्य काल के मनुष्य मुझ पर कृपा दृष्टि रक्खेंगे" उस्नें फाँसी पर चढ़कर सब लोगों के आगे एक वक्तृता कि जिस्मैं अपनें मरनें के लिए अपने सिवाए किसी को दोष न दिया वह बोली "कि इंग्लैंण्ड की गद्दी पर बैठने के वास्तै उद्योग करनें का दोष न कोई नहीं लगावेगा परंतु इतना दोष अवश्य लगावेगा कि "वह औरों के कहनें सै गद्दी पर क्यों बैठी? उस्नें जो भूल की वह लोभ के कारण नहीं केवल बड़ों के आज्ञावर्ती होकर की थी, सो यह करना मेरा फर्ज था परंतु किसी तरह करो जिस्के साथ मैंने अनुचित व्यवहार किया उस्कै साथमैं प्रसन्नतासै अपने प्राण देनें को तैयार हूँ" यह कहकर उस्नें बड़े धैर्यसे अपनी जान दी"

"दुखिया अपनें मनको धैर्य देने के लिए चाहे जैसे समझा करैं परंतु साधारण रीति तो यह है कि उचित उपायसै हो अथवा अनुचित उपायसै हो जो अपना काम

निकाल लेता है वही सुखी समझा जाता है, आप विचार कर देखेंगे तो मालूम हो जाएगा कि आज भूमंडल मैं जितने अमीर और रहीस दिखाई देते हैं उन्के बड़ों सै बहुतों नें अनुचित कर्म करकै यह वैभव पाया होगा" मुंशी चुन्नीलालनें कहा।

"कभी अनुचित कर्म करनेंसै सच्चा सुख नहीं मिलता—प्रथम तो मनु महाराज और लोमेश ऋषि एक स्वरसै कहते हैं कि "कर अधर्म पहले बढ़त सुख पावत बहुत भाँत।। शत्रु न जय कर आप पुन मूलसहित बिनसात।।*" फिर जिस तरह सत्कर्म का फल आत्म प्रसाद है इसी तरह दुष्कर्म का फल आत्मग्लानि, आंतरिक दुःख अथवा पछतावा हुए बिना सर्वथा नहीं रहता मनुस्मृति मैं लिखा है "पापी समुझत पाप कर काहू देख्यो नाहिं।। पैसुर अरुनिज आतमा निस दिन देखत जाहिं।*" लाला ब्रजकिशोर कहने लगे "जिस्समय कोई निकृष्ट प्रवृत्ति अत्यंत प्रबल होकर धर्म्मप्रवृत्ति की रोक नहीं मान्ती उस्समय हम उस्की इच्छा पूरी करनें के लिए पाप करते हैं परंतु उस काम सै निवृत्ति होते ही हमारे मनमैं अत्यन्त ग्लानि होती है हमारी आत्मा हमको धिक्कारती है और लोक परलोकके भयसै चित्त बिकरलरहता हैं जिस्नें अपनें आधर्म्म सै किसी का सुख हर लिया है अथवा स्वार्थपरता के बसवर्ती होकर उपकार के बदले अपकार किया है, अथवा छल बलसै किसी का धर्म भ्रष्ट कर दिया है, जो अपने मन मैं समझता है कि मुझसे फलानें का सत्यानाश हुआ, अथवा मेरे कारण फलानें के निर्मल कुल मैं कंलक लगा, अथवा संसार मैं दुःख के सोते इतने अधिक हुए मैं उत्पन्न न हुआ होता तो पृथ्वी पर इतना पाप कम होता, केवल इन बातों की याद उस्का हृदय विदीर्ण करनें के लिए बहुत है और जो मनुष्य ऐसी अवस्था मैं भी अपनै मनका समाधान रख सकै। उस्को मैं वर्जहृदय समझता हूँ जिस्नें किसी निर्धन मनुष्य के साथ छल अथवा विश्वासघात करके उस्की अत्यन्त दुर्दशा की है उस्की आत्मग्लानि और आंतरिक दुःख का बरनन कोन कर सक्ता है? अनेक प्रकार के भोगविलास करनेंवालों को भी समय पाकर अवश्य पछतावा होता है जो लोग कुछ काल श्रद्धा और यत्नपूर्वक धर्म्मका आनन्द लेकर इस दलदल मैं फस्ते हैं उन्सै आत्मग्लानि और आंतरिक दाहका क्लेश पूछना चाहिए।"

"टरकी का खलीफा मौन्तासर अपनें बापको मरवाकर उस्के महल का कीमती सामान देख रहा था उस्समय एक उम्दा तस्वीर पर उस्की दृष्टी पड़ी जिस्मैं एक

---

* अधर्मेणैधते तावत्ततो भद्राणि पश्यति।।
ततः सपत्नाम् जयतिस मुलस्तूविनस्यति।।
वर्द्धत्य धर्मेण नरस्ततो भद्राणि पश्यति।।
ततः मपत्लान् जयति समूलस्तू विनश्यति।।

* मन्यन्ते वै पापकृतो न कश्चित्पश् यतीतिनः।।
तांस्तु देवाः पप्रश्यन्ति स्वस्यै वान्तर पुरुषः

सुशोभित तरुण पुरुष घोड़े पर सवार था और रत्नजटित "ताज" उस्के सिर पर शोभायमान था। उस्के आसपास फारसी मैं बहुत सी इबारत लिखी थी खलीफा नें एक मुंशी को बुलाकर वह इबारत पढ़वाई। उस्मैं लिखा था कि "मैं सीरोज खुसरोका बेटा हूँ मैंने अपने आपको बापका ताज लेनेंके वास्ते उसे मरवाडाला पर उस्के पीछें वह ताज मैं सिर्फ छः महीनें अपनें सिर पर रखसका।" यह बात सुन्तेहीं खलीफा मौतासर के दिल पर चोट लगी और अपने आंतरिक दुःखसै वह केवल तीन दिन राज करकै मर गया।

"यह आत्मग्लानि अथवा आन्तरिक क्लेश किसी नए पंछी को जाल मैं फसनैसै भलें ही होता हो पुराने खिलाड़ियों की तो इस्की खबर भी नहीं होती। संसार मैं इस्समय ऐसे बहुत लोग मौजूद हैं जो दूसरे के प्राण लेकर हाथ भी नहीं धोते" मास्टर शिंभूदयाल ने कहा।

"यह बात आपनें दुरूस्त कही निःसंदेह जो लोग लगातार दुष्कर्म करते चले जाते हैं और एक अपराधी से बदला लेने के लिए आप अपराधी बन जाते हैं अथवा एक दोष छिपाने के लिए दूसरा दूषितकर्म करने लगते हैं या जिन्को केवल अपनें मतलब से गर्ज रहती है उन्के मन से धीरे, धीरे अधर्म की अरुचि उठती जाती है" लाला ब्रजकिशोर कहनें लगे जैसे दुर्गन्ध मैं रहने वाले मनुष्यों के मस्तक मैं दुर्गन्ध समा जाती है तब उन्को वह दुर्गन्ध नहीं मालूम होती अथवा बार, बार तरवार को पत्थर मारनें सै उसकी धार अपनें आप भोंटी हो जाती है इसी तरह ऐसे मनुष्यों के मन सै अभ्यास बस अधर्म की ग्लानि निकल कर उनके मन पर निकृष्ट प्रवृत्तियों का पूरा अधिकार हो जाता है। विदुरजी कहते हैं "तासों पाप न करत बुध किए बुद्धि कौ नाश।। बुद्धि नासते बहुरि पर पापै करत प्रकाश।।* यह अवस्था बड़ी भंयकर है सन्निपात के समान इस्सै आरोग्य होनें की आशा बहुत कम रहती है। ऐसी अवस्था मैं निस्संदेह शिंभूदयाल के कहनें मजूब उन्कों अनूचित रीति सैं अपनी इच्छा पूरी करनें मैं सिवाए आनन्द के कुछ पछतावा नहीं होता परंतु उन्को पछतावा हो या न हो ईश्वर के नियमानुसार उन्हें पापों का फल अवश्य भोगना पड़ता है। मनुस्मृति मैं लिखा है "बेद, यज्ञ, तप, नियम अरू भाँति के दान। दुष्ट हृदय को जगत मैं करत न कुछ कल्यान।।×"ऐसे मनुष्यों को समाज की तरफ सै, राज की तरफ सै अथवा ईश्वर की तरफ सै अवश्य दंड मिल्ता है और

---

* तस्मात् पापं नकुर्वीत पुरुषः शंसितव्रत।।
पापं प्रज्ञां नाशयति क्रियमाणं पुनः पुनः।।
वेदात्यागश्चयज्ञाथ नियमाश्च तपांसिच।।
नविप्रभावदुष्टस्य सिद्धि गच्छन्ति कर्हिचित्।।

× अकस्मा देव कुप्यंति प्रसीदंत्यंनिमित्तज्ञः।।
शीलमेतदसाधूनामभ्रं पारिप्लवं यथा।।

बहुधा वह अपना प्राण देकर उस्सै छुट्टी पाते हैं इसलिए सुख-दुःख का आधार इच्छा फल की प्राप्ति पर नहीं बल्कि सत्कर्म और दुष्कर्म पर है।

इस्तरह पर अनेक प्रकार की बातचीत करते हुए लाला मदनमोहन की बग्गी मकान पर लौटआई और लाला ब्रजकिशोर वहाँ सै रुखसत होकर अपनें घर गए।

प्रकरण-13

बिगाड़ का मूल-विवाद

कौपे बिन अपराध। रीझै बिन कारन जुनर।।
ताके झील असाध। शरदकालके मेघ जों।।

विदुरप्रजागरे.

लाला मदनमोहन हवा खाकर आए उस्समय लाला हरकिशोर साठन की गठरी लाकर कमरे मैं बैठे थे।

"कल तुमने लाला हरदयाल साहब के सामूने बड़ी ढिठाई की परंतु मैं पुरानी बातोंका विचार करके उस्समय कुछ नहीं बोला" लाला मदनमोहन ने कहा।

"आपने बड़ी दया की पर अब मुझको आपसै एकान्त मैं कुछ कहना है, अवकाश हो तो सुन लीजिए" लाला हरकिशोर बोले।

"यहाँ तो एकांत ही है तुमको जो कुछ कहना हो निस्संदेह कहो" लाला मदनमोहन नें जवाब दिया।

"मुझको इतना ही कहना है कि मैंने अब तक अपनी समझ मुजिब आप को अप्रसन्न करनें की कोई बात नहीं की परंतु मेरी सब बातें आपको बुरी लगती हैं तो मैं भी ज्यादः आवा जाई रखनें मैं प्रसन्न नहीं हूँ। किसी नें सच कहा है "जब तो हम गुल थे मियां लगते हजारों के गले।। अब तो हम खार हुए सब सै किनारे ही भले।।" संसार मैं प्रीति स्वार्थपरता का दूसरा नाम है। समय निकले पीछै दूसरे सै मैल रखनें की किसी को क्या गरज पड़ी है? अच्छा! महरबानी करके मेरे माल की कीमत मुझको दिलवा दें" हरकिशोर नें रूखाई सै कहा।

"क्या तुम कीमत का तकाजा करके लाला साहब को दबाया चाहते हो?" मुंशी चुन्नीलाल बोले।

"हरगिज नहीं मेरी क्या मजाल? हरकिशोर कहनें लगे-"सब जान्ते हैं कि मेरे पास गाँठ की पूँजी नहीं है, मैं जहाँ-तहाँ सै माल लाकर साहब के हुक्म की तामील कर देता था परन्तु अबकी बार रुपे मिलने मैं देर हुई। कई एकरार झूठे हो गए

इसलिए लोगों का विश्वास जाता रहा। अब आज कल मैं उन्के माल की कीमत उन्के पास न पहुँचेगी तो वे मेरे ऊपर नालिश कर देंगे और मेरी इज्जत धूल मैं मिल जाएगी।''

''तुम कुछ दिन धैर्य धरो तुम्हारें रुपे का भुगतान हम बहुत जल्दी कर देंगे'' लाला मदनमोहन नें कहा।

जब मेरे ऊपर नालिश हो गई और मेरी साख जाती रही तो फिर रुपे मिलनें सै मेरा क्या काम निकला? ''देखो अवसर को भलो जासों सुधरे काम। खेती सूखे बरसवों धन को निपट निकाम।।'' मैं जानता हूँ कि आप को अपनें कारण किसी गरीब की इज्जत मैं बट्टा लगाना मंजूर न होगा लाला हरकिशोर नें कुछ नरम पड़कर कहा।

''तुम्हारा रुपया कहां जाता है? तुम जरा धैर्य रक्खों। तुमनें यहाँ सै बहुत कुछ फायदा उठाया है फिर अबकी बार रुपे मिलने मैं दो, चार दिनकी देर हो गई तो क्या अनर्थ हो गया? तुमको ऐसा कड़ा तकाजा करनें मैं लाज नहीं आती? क्या संसार सै मेल मलाहजा बिल्कुल उठगया? मुंशी चुन्नीलाल नें कहा।''

मैंभी इसी चारा बिचार मैं हूँ, हरकिशोर नें जवाब दिया ''मैंतो माल देकर मोल चाहता हूँ। जरूरत के सबब सै तकाजा करता हूँ पर न जानें और लोगों को क्या होगया जो बेसबब मेरे पीछै पड़ रहे हैं? मुझसै उन्को बहुत कुछ लाभ हुआ होगा परंतु इस्समय वे सब 'तोता चश्म' होगए। उन्हीं के कारण मुझको यह तक़ाजा करना पड़ता है जो आजकल मैं मेरे लेनदारोंका रुपया न चुका, तो वे निस्संदेह मुझपर नालिश कर देंगे और मैं गरीब, अमीरोंकी तरह दबाव डालकर उनकों किसी तरह न रोक सकूँगा?

''तुम्हारी ठगविद्या हम अच्छी तरह जान्ते हैं, तुम्हारी जिद सै इस्समय तुमको फूटी कौड़ी न मिलेगी, तुम्हारे मन मैं आवैं सो करो।'' मुंशी चुन्नीलाल नें कहा।

''जनाब जबान सम्हाल कर बोलिए। माल देकर कीमत माँगना ठग विद्या है? गिरधर सच कहता है'' ''साईं नदी समुद्रसों मिली बड़प्पन जानि। जात नास भयो आपनो मान महत की हानि।। मान महत की हानि कहो अब कैसी कीजै।। जलखारी ह्यौ गयो ताहि कहो कैसैं पीजै।। कह गिरधर कबिराय कच्छ मच्छ न सकुचाई।। बड़ो फजीहत चार भयो नदियन को साईं।।''

''बस अब तुम यहाँ सै चल दो। ऐसे बाजारू आदमियोंका यहाँ कुछ काम नहीं हैं'' मास्टर शिंभूदयाल नें कहा।

''मैंनें किसी अमीर के लड़केको बहका कर बदचलनी सिखाई? या किसी अमीर के लड़केको भोगबिलास मैं डालकर उस्की दौलत ठग ली जो तुम मुझे बाजारु आदमी बताते हो?''

''तुम कपड़ा बेचनें आए हो या झगड़ा करनें आए हो?'' मुंशी चुन्नीलाल पूछनें लगे।

न मैं कपड़ा बेचनें आया न मैं झगड़ा करनें आया। मैंतो अपना रुपया वसूल करनें आया हूँ। मेरा रुपया मेरी झोली मैं डालिए फिर मैं यहाँ क्षण भर न ठैरूँगा''

''नहीं जी, तुमको जबरदस्ती यहाँ ठैरनें को कुछ अखत्यार नहीं हैं, रुपे का दावा हो तो जाकर अदालत मैं नालिश करो।'' मास्टर शिंभूदयाल बोले।

तुम लोग अपनी गलीके शेरहो—यहाँ चाहे जो कहलो परंतु अदालत मैं तुम्हारी गीदड़ भपकी नहीं चल सक्ती। तुम नहीं जान्ते कि ज्यादः घिस्नें पर चंदन सै भी आग निकलती है। अच्छे आदमी को खातर शिष्टाचारी सै चाहे जितना दबालो। परंतु अभिमान और धमकी सै वह कभी नहीं दबता।''

''तो क्या तुम हमको इन बातों सै दबा लोगे?'' लाला मदनमोहन नें त्योरी चढ़ाकर कहा।

''नहीं साहब, मेरा क्या मक़दूर है? मैं गरीब, आप अमीर, मुझको दिनभर रोजगार धंघा करना पड़ता है, आपका सबदिन हँसी दिल्लगी की बातों मैं रह जाता है। मैं दिनभर पैदल भटकता हूँ, आप सवारी बिना एक कदम नहीं चल्ते। मेरे रहने की एक झोपड़ी, आप के बड़े बड़े महल, मुल्क मैं अकालहो, गरीब बिचारे भूखों मरते हों, आप के यहाँ दिन रात ये ही हाहा, हीहो, रहैगी। सच है आप पर उन्का क्या हक है? उन्सै आपका क्या संबंध है? परमेश्वर नें आपको मनमानी मोज करनें के लिए दौलत देदी फिर औरों के दुःख दर्द मैं पड़ने की आपको क्या जरूरत रही? आपके लिए नीति अनीति की कोई रोक नहीं है आप—''

''क्यों जी! तुम अपनी बकवाद नहीं छोड़ते अच्छा जमादार इन्को हाथ पकड़ कर यहाँ सै बाहर निकालदो और इन्की गठरी उठाकर गली मैं फेंक दो'' मुंशी चुन्नीलाल नें हुक्म दिया।

''मुझको उठानें की क्या जरूरत है? मैं आप जाता हूँ परंतु तुमनें बेसबब मेरी इज्जत ली है इस्का परिणाम थोड़े दिन मैं देखोगे, जिस तरह राजा द्रुपद नें बचपन मैं द्रोणाचार्य सै मित्रता करके राज पानें पर उनका अनादर किया तब द्रोणाचार्य नें कौरव पांडवों को चढ़ा ले जाकर उसकी मुश्के बंधवा ली थी और चाणक्यनें अपनें अपमान होनें पर नन्दवंश का नाश करके अपनी प्रतिज्ञा पूरी कर दिखाई थी। पृथ्वीराज नें संयोगता के बसवर्ती होकर चन्द और हाहुली राय को लोंडियों के हाथ पिटवाया तब हाहुली राय नें उस्का बदला पृथ्वीराज सै लिया था, इसी तरह परमेश्वर नें चाहा तो मैं भी इस्का बदला आपसे लेकर रहूँगा।'' यह कहकर हरकिशोर नें तत्काल अपनी गठरी उठाली और गुस्सै मैं मूछोंपर ताव देता चला गया।

''ये बदला लेंगे! ऐसै बदला लेनें सैकड़ों झकमारते फिरते हैं'' हरकिशोर के जाते ही मुंशी चुन्नीलाल नें मदनमोहन को दिलासा देने के लिए कहा।

''जो यौं किसी के बैर भाव सै किसी का नुकसान होजाया करै तो बस संसार के काम ही बंद हो जायं'' मास्टर शिंभूदयाल बोले।

''सूर्य चंद्रमा की तरफ धूल फैंकनें वाले अपनेही सिर पर धूल डालते हैं'' पंडिंत पुरुषोत्तमदास नें कहा। पर इनबातों सै लाला मदनमोहन को संतोष न हुआ।

''मैं हरकिशोर को ऐसा नहीं जान्ता था, वह तो आज आपे सै बाहर होगए। अच्छा! अब वह नालिश कर दै तो उन्की जवाब दिही किस तरह करनी चाहिए? मैं चाहता हूँ कि चाहे जितना रुपया खर्च होजाए परंतु हरकिशोर के पल्लै फूटी कौड़ी न पड़े'' लाला मदनमोहन नें अपनें स्वभावानुसार कहा।

''मदनमोहन के निकटवर्ती जान्ते थे कि मदनमोहन जैसै हठीले वैसे ही कमहिम्मत हैं, जिस्समय उन्को किसी तरह का घबराहट हो हरेक आदमी दिलजमई की झूँटी सच्ची बातैं बनाकर कर उन्को अपनें काबू पर चढ़ा सक्ता है और मन चाहा फ़ायदा उठा सक्ता है, इसलिए अब चुन्नीलाल नें वह चाल डाली।

''यह मुकद्दमा क्या चीज है! ऐसे सैकड़ों मुकद्दमे आप के पुन्य प्रताप सै चुटकियों मैं उड़ा सकता हूँ परंतु इस्समय मेरे चित्त को जरा उद्वेग हो रहा है इसी सै अक़ल काम नहीं देती'' मुंशी चुन्नीलाल नें कहा।

''क्यों तुम्हारे चित के उद्वेग का क्या कारण है? क्या हरकिशोर की धमकी सै डर गए? ऐसा हो तो विश्वास रक्खो कि मेरी सब दौलत खर्च हो जाएगी तो भी तुम्हारे ऊपर आँच न आनें दूँगा'' लाला मदनमोहन नें कहा।

''नहीं, महाराज! ऐसी बातोंसै मैं कब डरता हूँ? और आपके लिए जो तकलीफ मुझको उठानी पड़े उस्मैं तो और मेरी इज्जत है। आपके उपकारोंका बदला मैं किसी तरह नहीं दे सक्ता, परंतु लड़कीके ब्याहके दिन बहुत पास आ गए, तैयारी अबतक कुछ नहीं हुई, ब्याह आपकी नामवरीके मूजिब़ करना पड़ेगा, इस्सै इन दिनों मेरी अकल कुछ गुमसी हो रही है'' मुंशी चुन्नीलालनें कहा।

''तुम धैर्य रक्खो तुम्हारी लड़कीके ब्याह का सब खर्च हम देगें'' लाला मदनमोहन नें एक दम हामी भर ली।

''ऐसी सहायता तो इस सरकार सै सब को मिलती ही है परंतु मेरी जीविका का वृतान्त भी आप को अच्छी तरह मालूम है और घर का गृहस्थका खर्च भी आपसै छिपा नहीं है, भाई खाली बैठे है जब आपके यहाँसै कुछ सहायता होगी तो ब्याहका काम छिड़ैगा कपड़े लत्ते बग़ैरे की तैयारी मैं महीनों लगते हैं'' मुंशी चुन्नीलालनें कहा।

''लो; ये दो सौ रुपेके नोट लेकर इस्समय तो काम चल्ता करो, और बातोंके लिए बंदोबस्त पीछेसै कर दिया जाएगा'' लाला मदनमोहननें नोट देकर कहा।

''जी नहीं हुजूर! ऐसी क्या जल्दी थी'' मुंशी चुन्नीलाल नोट जेब मैं रखकर बोले,

''यह भी अच्छी बिद्या है'' पंडितजीनें भरमा भरमी सुनाई।

''मैं जान्ता हूँ कि प्रथम तो हरकिशोर नालिश ही नहीं करेंगे और की भी तो दमभर मैं खारिज कर दी जाएगी'' मुंशी चुन्नीलालनें कहा।

निदान लाला मदनमोहन बहुत देरतक इस प्रकार की बातों सै अपनी छातीका बोझ हल्का करके भोजन करनें गए और गुपचुप बैजनाथके बुलानेंके लिए एक आदमी भेज दिया।

प्रकरण-14

↕

पत्रव्यवहार

अपनें अपनें लाभकों बोलतबैन बनाय
वेस्या बरस घटावहीं, जोगी बरस बढाय।

बृन्द.

लाला मदनमोहन भोजन करके आए उस्समय डाकके चपरासी नें लाकर चिट्ठीयाँ दीं।

उन्मैं एक पोस्कार्ड महरोलीसै मिस्टर बेलीनें भेजा था उस्मैं लिखा था कि "मेरा बिचार कल शामको दिल्ली आनेंका है आप महरबानी करके मेरे वास्तै डाकका बंदोबस्त कर दें और लोटती डाकमैं मुझकों लिख भेजें" लाला मदनमोहननें तत्काल उस्का प्रबंध कर दिया।

दूसरी चिट्ठी कलकत्ते सै हमल्टीन कंपनी जुएलर (जोहरी) की आई थी उस्मैं लिखा था "आपके आरडरके बमूजिब हीरोंकी पाकट चेन बनकर तैयार हो गई है, एक दो दिनमैं पालिश करके आपके पास भेजी जाएगी और इस्पर लागत चार हजार अंदाज रहैगी। आपनें पन्नेकी अंगूठी और मोतियोंकी नेकलेसके रुपे अब तक नहीं भेजे सो महरबानी करके इन तीनों चीजों के दाम बहुत जल्द भेज दीजिए"

तीसरा फारसी खत अल्लीपूरसे अब्दुर्रहमान मेटका आया था, उस्मैं लिखा था कि "रुपे जल्दी भेजिए नहीं तो मेरी आबरूमैं फर्क आ जाएगा और आपका बड़ा हर्ज होगा। कंकरवाले का रुपया बहुत चढ़ गया इसिलए उस्ने खेप भेजनी बंद कर दी। मज्दूरोंका चिट्ठा एक महीनेंसै नहीं बँटा इस लिए वह मेरी इज्जत लिया चाहते हैं, इस ठेके बाबत पाँच हजार रुपे सरकारसै आपको मिलनें वाले थे वह मिलें होंगे, महरबानी करके वह कुल रुपे यहाँ भेज दीजिए जिस्सै मेरा पीछा छूटे। मुझको बड़ा अफसोस है कि इस ठेकेमैं आपको नुक्सान रहैगा परंतु मैं क्या करूँ? मेरे बसकी बात न थी। जमीन बहुत ऊँची नीची निकली, मज्दूर दूर, दूरसै दूनी मज्दूरी देकर बुलानें पड़े, पानी का कोसों का पता न था मुझसै हो सका जहाँतक मैंने अपनी जान लड़ाई। खैर इस्का इनाम तो हुजूर के हाथ है परंतु रुपे जल्दी भेजिए, रुपयों के बिना यहाँका काम घड़ी भर नहीं चल सक्ता।"

लाला मदनमोहन नोकरोंका काम बतानें, और उन्की तन्ख्वाहका खर्च निकालनेंके लिए बहुधा ऐसे ठेके वगैरा ले लिया करते थे नोकरोंके विषयमैं उन्का बरताव बड़ा बिलक्षण था, जो मनुष्य एक बार नोकर हो गया वह हो गया। फिर उस्सै कुछ काम लिया जाए या न लिया जाए। उस्के लायक कोई काम हो या न हो। वह अपना काम अच्छी तरह करे या बुरी तरह करे, उस्के प्रतिपालन करनेंका कोई हक अपनें ऊपर हो या न हो, वह अलग नहीं हो सक्ता और उस्पर क्या है? कोई खर्च एक बार मुकर्रर हुए पीछे कम नहीं हो सक्ता, संसारके अपयश का ऐसा भय समा रहा है कि अपनी अवस्थाके अनुसार उचित प्रबंध सर्वथा नहीं होनें पाता। सब नोकर सब कामोंमैं दखल देते हैं परंतु कोई किसी कामका जिम्मेवार नहीं है, और न कोई संभाल रखता है, मामूली तनख्वाहमैं तो उन लोगोंने बादशाही पेन्शन समझ रक्खी है, दस पंदरह रुपे महीनेंकी तनख्वाहमैं हजार पाँच सो रुपे पेशगी ले रखना, दो, चार हजार पैदा कर लेना कौन बड़ी बात है? पाँच रुपे महीनेंके नोकर हों, या तीन रुपे महिनेंके नोकर हों विवाह आदिका खर्च लाला साहब के जिम्में समझते हैं, और क्यों न समझे? लाला साहब की नोकरी करें तब बिवाह आदिका खर्च लेनें कहाँ जाए? मदत का दारोग़ा मदत मैं, चीजबस्त लानें चीजबस्त मैं, दुकान के गुमाश्ते दुकान मैं, मनमाना काम बनारहे है जिसनें जिसकाम के वास्तैं जितना रुपया पहले ले लिया वह उस्के बाद दादे का होचुका, फिर हिसाब कोई नहीं पूछता। घाटे नफे और लेन देन की जाँच परताल करनें के लिए कागज कोई नहीं देखता। हाल मैं लाला मदनमोहन नें अपने नोकरों के प्रतिपालन के लिए अल्लीपुर रोड का ठेका ले रक्खा था जिस्मैं सरकार सै ठेका लिया उस्ने दून रुपे अब तक खर्च हो चुके थे पर काम आधा भी नहीं बना था और खर्च के बास्तै वहाँ से ताकीद पर ताकीद चली आती थी परमेश्वर जानें अब्दुर्रहमान को अपने घर खर्चके वास्तै रुपे की जरूरत थी या मदद वास्तै रुपे की जरूरत थी।

चोभा खत एक अख़बार के एडीटर का था। उस्मैं लिखा था कि "आपनें इस महीनें की तेरहवीं तारीख़ का पत्र देखा होगा, उस्मैं कुछ वृतान्त आपका भी लिखा गया है। इस्सयम के लोगों को खुशामद बहुत प्यारी हैं और खुशामदी चैन करते हैं परंतु मेरा यह काम नहीं। मैंने जो कुछ लिखा वह सच, सच लिखा है, आप से बुद्धिमान, योग्य, सच्चे, अभिज्ञ, उदार और देशाहितैषी हिंदुस्थान मैं बहुत कम हैं इसी सै हिंदुस्थान की उन्नति नहीं होती, विद्याभ्यास के गुण कोई नहीं जान्ता, अख़बारों की कदर कोई नहीं करता, अख़बार जारी करनें वालों को नफ़ेके बदले नुक्सान उठाना पड़ता है। हम लोग अपना दिमाग़ खिपा कर देश की उन्नति के लिए आर्टिकल लिखते हैं, परंतु अपनें देश के लोग उस्की तरफ आँख उठाकर भी नहीं देखते इस्सै जी टूटा जाता है। देखिए अखबारके कारण मुझ पर एक हजार रुपे का कर्ज होगया और आगे को छापे खानें का खर्च निकालना भी बहुत कठिन मालूम होता है। प्रथम

तो अखबार के पढ़नेवाले बहुत कम, और जो हैं उन्मैं भी बहुधा कारस्पोंडेंट बनकर बिना दाम दिए पत्र लिया चाहते हैं और जो गाहक बनते हैं उन्मैं बहुधा दिवालिये निकल जाते हैं। छापेखानें का दो हजार रुपया इस्समय लोगों मैं बाकी है परंतु फूटी कौड़ी पटनें का भरोसा नही। कोई आपसा साहसी पुरुष देश का हित विचार कर इस डूबती नाव को सहारा लगावे तो बेड़ा पार होसक्ता है नहीं तो खैर जो इच्छा परमेश्वर की।''

एक अखबार के एडीटर की इस लिखावट सै क्या, क्या बातें मालूम होती हैं? प्रथम तो यह है कि हिंदुस्थान मैं बिद्या, सर्व साधारण की अनुमति जान्नें का, और देशान्तर के वृतान्त जान्ने का, और देशोन्नति के लिए देश हितकारी बातों पर चर्चा करनें का व्यसन अभी बहुत कम है। विलायत की अबादी हिंदुस्थान की आबादी सै बहुत ही थोड़ी हैं तथापि वहाँ अखबारों की इतनी बृद्धि है कि बहुत से अखबारों की डेढ़, ढेढ़ दो लाख कापियाँ निकलती हैं। वहाँ के स्त्री, पुरुष, बूढे, बालक, गरीब, अमीर सब अपनें देश का वृतान्त जान्ते हैं और उस्पर वाद-विवाद करते हैं। किसी अखबार मैं कोई बात नई छपती है तो तत्काल उस्की चर्चा सब देश मैं फैंल जाती हैं और देशान्तर को तार दौड़ जाते हैं। परंतु हिंदुस्थान मैं ये बात कहाँ? यहाँ बहुत से अखबारों की पूरी दो, दो सौ कापियाँ भी निकलतीं! और जो निकलती हैं उन्मैं भी जान्नें के लायक बातैं बहुत ही कम रहती हैं क्योंकि बहुतसे एडीटर तो अपना कठिन काम सम्पादन करनें की योग्यता नहीं रखते और वलायत की तरह उन्को और बिद्वानों की सहायता नहीं मिल्ती, बहुत सै जान बूझकर अपना काम चलानें के लिए अजान बनजाते हैं इसलिए उचित रीति सै अपना कर्त्तव्य संपादन करनें वाले अख़बारों की संख्या बहुत थोड़ी है पर जो है उस्को भी उत्तेजना देनेंवाला और मन लगाकर पढ़नें वाला कोई नहीं मिल्ता। बड़े, बड़े अमीर, सौदागर, साहूकार, जमींदार, दस्तकार, जिन्की हानि, लाभ का और देशों सै बड़ा संबंध है वह भी मन लगाकर अख़बार नहीं देखते बल्कि कोई, कोई तो अख़बार के एडीटरों को प्रसन्न रखनें के लिए अथवा गाहकों के सूचीपत्र मैं अपना नाम छपवानें के लिए अथवा अपनी मेज को नए, नए अख़बारों सै सुशोभित करनें के लिए अथवा किसी समय अपना काम निकाल लेनें के लिए अखबार खरीदते हैं! जिस्पर अख़बार निकालनेंवालों की यह दशा है! लाला मदनमोहन इस खत को पढ़कर साहयता करनें के लिए बहुत ललचाए परंतु रुपे की तंगी के कारण तत्काल कुछ न कर सके।

"हजूर? मिस्टर रसल के पास रुपे आज भेजनें चाहिए" मुंशी चुन्नीलाल नें डाक देख पीछै याद दिवाई।

"हाँ! मुझको बहुत ख्याल है परंतु क्या करूँ? अबतक कोई बानक नहीं बना" लाला मदनमोहन बोले।

"थोड़ी बहुत रक़म तो मिस्टर ब्राइट के यहाँ भी जरूरी भेजनी पड़ेगी" मास्टर शिंभूदयाल नें अवसर पाकर कहा।

"हाँ और किशोर नें नालिश करदी तो उस्मैं जवाब दिही करने के लिए भी रुपे चाहिएँगे" लाला मदनमोहन चिंता करनें लगे।

"आप चिंता न करें, ज्योतिष सै सब होनहार मालूम हो सक्ता है। चाणक्य नें कहा हैं "का ऐश्वर्य विशाल मैं का मोटेदुख पाहिं। रस्सी बांध्यो होए जों पुरुष दैव बस माहिं।।*" इसलिए आपको कुछ आगे का बृतान्त जान्ना हो तो आप प्रश्न करिए, जोतिष सै बढ़कर होनहार जान्ने का कोई सुगम मार्ग नहीं है" पंडित पुरुषोत्तमदास नें लाला मदनमोहन को कुछ उदास देख कर अपना मतलब गाँठनें के लिए कहा वह जान्ता था कि निर्बल चित्त के मनुष्य सुख मैं किसी बात की गर्ज नहीं रखते परंतु घबराहट के समय हर तरफ़ को सहारा तकते फिरते हैं।

"बिद्या का प्रकाश प्रतिदिन फैल्ता जाता है इसलिए अब आपकी बातों मैं कोई आवेगा" मास्टर शिंभूदयालनें कहा।

यह तो आजकलके सुधरे हुओं की बात है परंतु वे लोग जिस का बिद्याका नाम नहीं जान्ते उस्मैं उन्की बात कैसै प्रमाण हो? पंडितजीनें जवाब दिया।

"अच्छा आप करेलेके सिवाए और क्या जान्ते हैं? आपको मालूम है कि नई तहकीकात करनें वालोंने कैसी, कैसी दूरबीनें बनाकर ग्रहों का हाल निश्चय किया है?" मास्टर शिंभूदयाल बोंले।

"किया होगा परंतु हमारे पुरुखोंनें भी इस विषयमैं कुछ कसर नहीं रक्खी' पंडित पुरुषोत्तमदास कहनें लगें "इस समय के बिद्वानोंनें बड़ा खर्च करके जो कलें ग्रहों का बृतान्त निश्चय करनें के लिए उन्सै बढ़कर काम निकाला था। संस्कृत की बहुतसी पुस्तकें अब मौजूद हैं उन्मैं ढूँढनें वालों के लिए कुछ थोड़ा खजाना नहीं है। हाँ आप की तरह कोई कुछ ढूँढभाल करे बिना दूर ही सै 'कुछ नहीं' 'कुछ नहीं' कहकर बात उड़ा दे तो यह जुदी बात हैं"

"संस्कृत बिद्या को तो आजकल के सब बिद्वान एक स्वर होकर प्रशंसा करते हैं परंतु इस्समय जोतिष की चर्चा थी सो निस्संदेह जोतिष मैं फलादेश की पूरी बिध नहीं मिल्ती शायद बतानेंवालों की भूल हो तथापिमैं इस विषय मैं किसी समय तुमसै प्रश्न करूँगा और तुम्हारी बिध मिल जाएगी तुम्हारा अच्छा सत्कार किया जाएगा" लाला मदनमोहन नें कहा और यह बात सुनकर पंडितजी के हर्ष की कुछ हद न रही।

---

* ऐश्वर्ये वासुनिरतीर्ण व्यसनें वापि दारुणे।।
रज्जेव पुरुषो बद्धः क्वतांतेनोपनीयते।।

प्रकरण-15

↕

प्रिय अथवा पियू?

दमयन्ति बिलपतहुती बनमैं अहि भए पाइ
अहिबध बधिक अधिक भयो ताहूते दुखदाइ।

नलोपाख्याने.

ज्योतिष की बिध पूरी नहीं मिल्ती इसलिए उस्पर बिश्वास नहीं होता परंतु प्रश्न का बुरा उत्तर आवे तो प्रथम हीसै चित्त ऐसा व्याकुल हो जाता है कि उस काम के अचानक होंनें पर भी वैसा नहीं होता, और चित्त का असर ऐसा प्रबल होता है कि जिस वस्तु की संसार मैं सृष्टि ही न हो वह भी वहम समाजानें सै तत्काल दिखाई देनें लगती है। जिस्पर जोतिष ग्रहों का उलट पुलट नहीं कर सक्ते, अच्छे बुरे फल को बदल नहीं सक्ते, फिर प्रश्न करनें सै लाभ क्या? कोई ऐसी बात करनी चाहिए जिस्सै कुछ लाभ हो'' मुंशी चुन्नीलाल नें कहा।

''अगर हुक्म दें तो मैं कुछ अर्ज करूँ?'' बिहारी बाबू बहुत दिन से अवसर देख रहे थे वह धीरे सै पूछनें लगे।

''अगर कहो'' मुंशी चुन्नीलाल नें मदनमोहन के कहने से पहले ही कह दिया।

''भोजला पहाड़ी पर एक बड़े धनवान जागीरदार रहते हैं। उन्को ताश खेलने का बड़ा व्यसन है। वह सदा बाजी बद कर खेल्ते हैं और मुझको इस खेल के पत्ते ऐसी राह सै लगानें आते हैं कि जब खेलैं तब अपनी जीत हो। मैंने उन्को कितनी ही बार हरा दिया इसलिए अब वह मुझको नहीं पतियाते परंतु आप चाहैं तों मैं वह खेलें आपको सिखा दूँ फिर आप उन्सै निधड़क खेलैं, आप हार जाएँगे तो वह रकम मैं दूंगा और जीतें उस्मैं सै मुझको आधी ही दें'' बिहारी बाबू नें जुए का नाम छिपा कर मदनमोहन को आसामी बनानें के वास्ते कहा।

''जीतेंगे तो चौथाई देंगे, परंतु हारनें केलिए रक़म पहले जमा करा दो'' मुंशी चुन्नीलाल मदनमोहन की तरफ सै मामला करने लगें,

''हारनें के लिए पहले पाँच सौ की थैली अपनें पास रख लीजिए परंतु जीत मैं, आधा हिस्सा लूँगा'' बिहारी बाबू हुज्जत करनें लगें।

'नहीं, जो चुन्नीलाल नें कह दिया वह हो चुका, उस्सै अधिक हम कुछ न देंगे'' लाला मदनमोहन नें कहा।

और बड़ी मुश्किल सै बिहारी बाबू उस्पर कुछ, कुछ राजी हुए परंतु सौभाग्य बस उस्समय बाबू बैजनाथ आ गए इस्सै सब काम जहाँ का तहाँ अटक गया।

''बिहारी बाबू सै किस बात का मामला हो रहा है?'' बाबू बैजनाथ नें पहुँचते ही पूछा।

“कुछ नहीं, यह तो ताश के खेल का जिक्र था” मुंशी चुन्नीलाल नें साधारण रीति सै कहा।

बिहारी बाबू कहते हैं कि “मैं पत्ते लगानें सिखा दूँ जिस्तरह पत्ते लगाकर आप एक धनवान जागीरदार सै ताश खेलैं, और बाजी बदल लें। जो हारेंगे तो सब नुक्सान मैं दूँगा। और जीतेंगे तो उस्मैं चौथाई ही मैं लूँगा” लाला मदनमोहन नें भोले भाव सै सच्चा वृतांत कह दिया।

“यह तो खुला जुआ है और बिहारी बाबू आप को चाट लगानें के लिए प्रथम यह सब्ज बाग दिखाते हैं” बाबू बैजनाथ कहनें लगे “जिस तरह सै पहलै एक मेवनें, आपको गड़ी दौलत का ताँबेपत्र दिखाया था, और वह सब दौलत गुपचुप आपके यहाँ ला डालनें की हामी भरता था परंतु आपसै खोदनें के बहानें सौ, पचास रुपे मार ले गया तब सै लौट कर सूरत तक न दिखाई! आपको याद होगा कि आपके पास एक बदमाश स्याम का शाहजादा बनकर आया था, और उस्नें कहा था कि 'मैं हिंदुस्थान की सैर करनें आया हूँ मेरे जहाज ने कलकत्ते मैं लंगर कर रक्खा है मुझको यहाँ खर्च की जरूरत है आप अपनें आढ़तिए का नाम मुझे बता दें मैं अपनें नोकरों को लिखकर उस्के पास रुपे जमा कर दूँगा जब उस्की इत्तला आप के पास आजाए तब आप रुपे मुझे देदें” निदान आप के आढ़तिए के नाम सै तार आप के पास आगया और आपनें रुपे उस्को दे दिए, परंतु वह तार उन्हीं के किसी साथी ने आपके आढ़तिए के नाम सै आपको दे दिया था इसलिए यह भेद खुला उस्समस शाहजादे का पता न लगा! एक बार एक मामला करानेंवालो एक मामला आपके पास लाया था जब उस्नें कहा था कि “सरकार मैं रसद के लिए लड़कियों की खरीद है और तहसील मैं ढाई मन का भाव है। मैं सहकारी हुक्म आप को दिखा दूँगा आप चार मन के भाव मैं मेरी मारफत एक जंगलवाले की लकड़ी लेनी कर लें” यह कहकर उस्नें तहसील सै निंर्खनामे की दस्तखती नकल लाकर आपको दिखा दी पर उस भाव मैं सरकार की कुछ खरीददारी न थी! इन्के सिवाए जिस्तरह बहुत से रसायनी तरह, तरह का धोखा देकर सीधे आदमियों को ठगते फिरते हैं इसी तरह यह भी जुआरी बनानें की एक चाल है, जिस काम मैं वे लागत और बे महनत बहुतसा फायदा दिखाई दे उस्मैं बहुधा कुछ न कुछ धोकेबाजी होती है। ऐसे मामलेवालें ऊपर सै सब्जबाग दिखाकर भीतर कुछ न कुछ चोरी जरूर रखते हैं।”

“बाबू साहब! मैंने जिस तरह राह सै ताश खेलनें के वास्ते कहा था वह हरग़िज जुए मैं नहीं गिनी जा सक्ती परंतु आप उस्को जुआ ही ठैराते हैं तो कहिए जुए मैं क्या दोष है?” बिहारी बाबू मामला बिगड़ता देखकर बोले दिवाली के दिनों मैं सब संसार जुआ खेल्ता है और असल मैं जुआ एक तरह का व्यापार है जो नुकसान के डर सै जुआ बर्जित हो तो और सब तरहके व्यापार भी वर्जित होनें चाहिए। और व्यापार मैं घाटा देनें के समय मनुष्य की नीयत ठिकानें नहीं रहती परंतु जुए के लेन देन बाबत अदालत की डिग्री का डर नहीं है तो भी जुआरी अपना सब माल अस्बाब

बेचकर लेनदारों की कौड़ी, कौड़ी चुका देता है। उस्के पास रुपया हो तो वह उस्के लुटानें मैं हाथ नहीं रोकता और अपनें काम मैं ऐसा निमग्न हो जाता है कि उसै खानें पीनें तक याद नहीं रहती, उस्के पास फूटी कोड़ी न रहै तोभी वह भूखों नहीं मरता फडपर जाते ही जीते जुआरी दो, चार गंडे देकर काम अच्छी तरह चला देते हैं।''

''राम! राम; दिवाली पर क्या? समझवार तो स्वप्न मैं भी जुए के पास नहीं जाते हुए सै व्यापार का क्या संबंध? उस्की कुछ सूरत मिल्ती है तो बदनी सै मिल्ती है पर उस्को जुए सै अलग कौन समझता है? उस्को प्रतिष्ठित साहूकार कब करते हैं? सरकार मैं उस्की सुनाई कहाँ होती है? निरी बातों का जमा खर्च ब्यापार मैं सर्वथा नहीं गिना जाता। व्यापार के तत्व ही जुदे हैं, भविष्यत काल की अवस्था पर दृष्टि पहुँचाना, परता लगाना, माल का खरीदना, बेचना या दिसावरको बीजक भेजकर माल मँगाना और माल भेजकर बदला भुगताना, व्यापार है परंतु जुए में यह बातें कहाँ? जुआ तो सब अधर्मों की जड़ है। मनु औ बिदुर जी एक स्वर सै कहते हैं ''सुनो पुरातन बात, जुआ कलह को मूल है।। हाँसीहूँ मैं तात, तासों नहीं खेलै चतुर।।''* बाबू बैजनाथ ने कहा।

''आप वृथा तेज होते हैं। मैं खुद जुए का तरफदार नहीं हूँ परंतु विवाद के समय अच्छी, अच्छी युक्तियों सै अपना पक्ष प्रबल करना चाहिए। क्रोध करके गाली देनें सै जय नहीं होती, आपकी दृष्टि मैं मैं झूँठा हूँ परंतु मेरी सदुक्तियों को आप झूठा नहीं ठैरा सक्ते। मुझ पर किस तरह का दोषारोपण किया जाए तो उस्को युक्ति पूर्वक साबित करना चाहिए और और बातों मैं मेरी भूल निकालनें सै क्या वह दोष साबित हो जाएगा?''

''जुए का नुक्सान साबित करनें के लिए विशेष परिश्रम नहीं करना पड़ेगा। देखो नल और युधिष्ठिरादि की बरबादी इस्का प्रत्यक्ष प्रमाण है'' बाबू बैजनाथ बोले।

''मैं आप सै कुछ अर्ज कर सक्ता परंतु—''

''बसजी! रहनें दो बाबू साहब तुम सै बहस करनें के लिए इस्समय यहाँ नहीं आए'' यह कहकर लाला मदनमोहन बाबू बैजनाथ को अलग ले गए और हरकिशोर की तकरार का सब वृतान्त थोड़े मैं उन्हैं सुना दिया।

''मैं पहले हरकिशोर को अच्छा आदमी समझता था। परंतु कुछ दिन सै उस्की चाल बिल्कुल बिगड़ गई। उस्को आप की प्रतिष्ठा का बिल्कुल बिचार नहीं रहा और आज तो उस्नें ऐसी ढिठाई की कि उस्को अवश्य दंड होना चाहिए था सो अच्छा हुआ कि वह अपनें आप यहाँ सै चला गया, उस्के चले जानें सै उस्के सब हक जाते रहे। अब कुछ दिन धक्के खानें सै उस्की अकल अपनें आप ठिकानें आ जाएगी।''

''और उसनें नालिश कर दी तो?'' लाला मदनमोहन घबराकर बोले।

---

* द्यूतमेतत्पुराकल्पे दृष्टं बैरकरम् महत।।
तस्मात् द्यूतन्नसेवेत हास्यार्थमपि बुद्धिमान्।।

"क्या होगा? उस्के पास सबूत क्या है? उस्का गबाह कौन है? वह नालिश करैगा तो हम क़ानूनी पाइन्ट सै उस्को पलट देंगे परंतु हम जान्ते हैं कि यहाँ तक नौबत न पहुँचेगी अच्छा! उस्के पास आप की कोई सनद है?"

"कोई नहीं!"

"तो फ़िर आप क्यों डरते हैं? वह आप क्या कर सक्ता है?"

"सच है उस्को रुपे की ग़र्ज होगी तो वह नाक रगड़ता आप चला जाएगा हम उस्के नीचे नहीं दबे वही कुछ हमारे नीचे दब रहा है"

"आप इस विषय मैं बिल्कुल निश्चिन्त रहैं"

"मुझको थोड़सा खटका लाला ब्रजकिशोर की तरफ का है यह हरबात मैं मेरा गला घोटते हैं और मुझको तोते की तरह पिंजरे मैं बंद रक्खा चाहते हैं"

"वकीलों की चाल ऐसीही होती हैं। वह प्रथम धरती आकाशके कुल्लाबे मिलाकर अपनी योग्यता जताते हैं फिर दूसरे को तरह, तरह का डर दिखाकर अपना आधीन बनाते हैं और अंत मैं आप उस्कै घरबार के मालक बन बैठते हैं परंतु चाहे जैसा फायदा हो मैंतो ऐसी परतन्त्रता सै रहनें को अच्छा नहीं समझता"

"मेरा भी यही विचार है मैं जोंजों दबता हूँ वह ज्यादः दबाते जाते हैं इसलिए अब मैं नहीं दबना चाहता"

"आपकों दबनें की क्या जरूरत है? जबतक आप इनको मुँहतोड़ जवाब न देंगे यह सीधे न होंगे, लाला ब्रजकिशोर आपके घर के टुकड़े खा-खाकर बड़े हुए थे वह दिन भूल गए!"

लाला मदनमोहन नें बाबू बैजनाथ की नेंकसलाहों का बहुत उपकार माना और वह लाला मदनमोहन सै रुखसत होकर अपनें घर गए।

प्रकरण-16

↕

सुरा (शराब)

जेनिंदितकर्मनडरहिं करहिंकाज शुभजान।।
रक्षैं मंत्र प्रमाद तज करहिं न ते मदपान।*

बिदुरनीति.

"अब तो यहाँ बैठे, बैठे जी उखताता है चलो कहीं बाहर चलकर दस पाँच दिन सैर कर आवैं" लाला मदनमोहन ने कमरे मैं आकर कहा।

* अकार्य कारणा द्वीतः कार्याणांच विवर्जनात्।।
अकाले मंत्र भेदाच्च येनमाद्येन्नतत्पिबेत्।।

"मेरे मन मैं तो यह बात कई दिन सै फिर रही थी परंतु कहनें का समय नहीं मिला" मास्टर शिंभूदयाल बोले।

"हुजूर! आजकल कुतब मैं बड़ी बहार आ रही है, थोड़े दिन पहलै एक छींटा होगया था इस्मै चारों तरफ़ हरियाली छागई है। इस्समय झरनें की शोभा देखनें लायक़ है" मुंशी चुन्नीलाल कहनैं लगे।

"आह! वहाँ की शोभाका क्या पूछना है? आमके मौर की सुगंधी सै सब अमरैयें महक रही है। उन्की लहलही लताओं पर बैठकर कोयल कुहुकती रहती है। घनघोर वृक्षों की घटासी छटा देखकर मोर नाचा करते हैं। नीचै झरनाझरता है ऊपर बेल और लताओं के मिलनें सै तरह, तरह की रमणीक कुँजे और लता मंडप बन गए हैं रंग, रंग के फूलों की बहार जुदी ही मनकों लुभाती है। फूलों पर मदमाते भौरों की गुँजार और भी आनन्द बढ़ाती है। शीतल मंद सुगधिंत हवा सै मन अपनें आप खिल जाता है निर्मल सरोवरों के बीच बारहदरी मैं बैठकर चद्दर और फुआरों की शोभा देखने सै जी कैसा हरा हो जाता है? बृक्षों की गहरी छाया मैं पत्थर के चटानों पर बैठकर यह बहार देखनें सै कैसा आनन्द आता है?" पंडित पुरुषोत्तमदास नें कहा।

"पहाड़ की ऊँची चोटियों पर जानें सै कुछ और विशेष चमत्कार दिखाई देता है जब वहाँ सै नीचे की तरफ देखते हैं कही बर्फ, कहीं पत्थर की चटानें, कहीं कहीं बड़ी कंदराएँ, कहीं पानी बहनें के घाटों मैं कोसोंतक वृक्षों की लँगतार, कहीं सुअर, रीछ, और हिरनों के झुँड कहीं जोर से पानी का टकराकर छींट, छींट हो जाना और उन्मैं सूर्य की किर्णों के पड़नें सै रंग, रंग के प्रतिबिबों का दिखाई देना, कहीं बादलों का पहाड़ सै टकराकर अपनें आप बरस जाना, बरसा की झड़ अपनें आस पास बादलों का झूम, झूम कर घिर आना अति मनोहर दिखाई देता है" मास्टर शिंभूदयाल नें कहा।

"कुतब मैं ये बहार नहीं हो तोभी वो अपनी दिल्लगी के लिए बहुत अच्छी जगह है" मुंशी चुन्नीलाल बोले।

"रात को चाँद अपनी चाँदनी सै सब जगत को रूपहरी बना देता है उस्समय दरिया किनारे हरियाली के बीच मीठी तान कैसी प्यारी लगती है?" हकीम अहमदहुसैन नें कहा, "पानी कीं झरनें की झनझनाहट; पक्षियों की चहचहाहट, हवा की सन् सनाहट, बाजे के सुरों सै मिलकर गानेंवाले की लय को चौगुना बढ़ा देते है। आहा! जिस्समय यह समा आँख के साम्नें हो स्वर्ग का सुख तुच्छ मालूम देता है"

"जिस्मैं यह बसंतऋतु तो इसके लिए सब सै बढ़कर है" पंडितजी कहने लगे, नई कोंपल, नए पत्ते, नहीं कली, नए फूलों सै संज सजाकर वृक्ष ऐसै तैयार हो जाते हैं जैसे बुढ्ढों मैं नए सिर सै जवानी आजाय"

"निस्संदेह वहाँ कुछ दिन रहना हो, सुख भोग की सब सामग्री मौजूद हो और भीनी-भीनी रात मैं तालसुर के साथ किसी पिकबयनी की आवाज आकर कान मैं

पड़े तो पूरा आनंद मिले'' मास्टर शिंभूदयाल नें कहा।

''शराब की चसबिना यह सब मज़ा फीका है'' मुंशी चुन्नीलाल बोले।

''इसमैं कुछ संदेह नहीं।'' मास्टर शिंभूदयाल नें सहारा लगाया। ''मन की चिंता मिटानें कि लिए तो ये अक्सीर का गुण रखती है। इस्की लहरों के चढ़ाव उतार मैं स्वर्ग का सुख तुच्छ मालूम होता है इस्के जोश मैं बहादुरी बढ़ती है बनावट और छिपाव दूर हो जाता है हरेक काम मैं मन खूब लगता है।''

''बस; विशेष कुछ न कहो ऐसी बुरी चीज की तुम इतनी तारीफ करते हो इस्सै मालूम होता हे कि तुम इस्समय भी उसी के बसवर्ती हीं रहे हो'' बाबू बैजनाथ कहनें लगे। ''मनुष्य बुद्धि के कारण और जीवों सै उत्तम है फिर भी जिस्के पान सै बुद्धि मैं विकार हो, किसी काम के परिणाम की खबर न रहै हरेक पदार्थ का रूप और सै जाना जाए। स्वेच्छाचार की हिम्मत हो, काम क्रोधादि रिपु प्रबल हो, शरीर जर्जर हो, यह कैसे अच्छी समझी जाए?

''यों तो गुणदोष सै खाली कोई चीज नहीं है परंतु थोड़ी शराब लेनें सै शरीर मैं बल और फुर्ती तो जरूर मालूम होती है'' मुंशी चुन्नीलाल नें कहा।

''पहले थोड़ी शराब पीनें सै निःसंदेह रुधिर की गति तेज होती है, नाड़ी बलवान होती है और शरीर मैं फुर्ती पाई जाती है परंतु पीछै उतनी शराब का कुछ असर नहीं मालूम होता इसलिए वह धीरे, धीरे बढ़ानी पड़ती है। उस्के पान किए बिना शरीर शिथिल हो जाता हे, अन्न हजम नहीं होता। हात-पांव काम नहीं देते। पर बढ़ानें सै बढ़ते, बढ़ते वोही शराब प्राण घातक हो जाती है। डाक्टर पेरेरा लिखते हैं कि शराब से दिमाग और उदर आदि के अनेक रोग उत्पन्न होते हैं डाक्टर कार्पेन्टर नें इस बाबत एक पुस्तक रची है जिस्मैं बहुत सै प्रसिद्ध डाक्टरों की राय से साबित किया कि शराब सै लक़वा मंदाग्नि, बात, मूत्ररोग, चर्मरोग, फोड़ाफुंसी, और कँपवायु आदि अनेक रोग उत्पन्न होते हैं, शराबियों की दुर्दशा प्रतिदिन देखी जाती है। कभी, कभी उनका शरीर सूखे काठ की तरह अपनें आप भभक उठता है, दिमाग मैं गर्मी बढ़ने सै बहुधा लोग बावले हो जाते हैं।''

''शराब मैं इतनें दोष होते तो अंग्रेजों मैं शराब का इतना रिवाज हरगिज न पाया जाता'' मास्टर शिंभूदयाल बोले।

''तुम को मालूम नहीं है। वलायत के सैकड़ों डाक्टरों नें इस्के बिपरीत राय दी है और वहाँ सुरापन निवारणी सभा के द्वारा बहुत लोग इसे छोड़ते जाते हैं परंतु वह छोड़ें तो क्या और न छोड़े तो क्या?'' इन्द्र के परस्सत्री (अहिल्या) गमन सै क्या वह काम अच्छा समझ लिया जाएगा? अफसोस! हिंदुस्थान मैं यह दुराचार दिन, दिन बढ़ता जाता है। यहाँ के बहुत सै कुलीन युवा छिप छिपकर इस्मैं शामिल होनें लगे हैं पर जब इंग्लैण्ड जैसे ठंडे मुल्क मैं शराब पीनें सै लोगों की यह गत होती है तो न जानें हिंदुस्थानियों का क्या परिणाम होगा और देश की इस दुर्दशा पर कौन्से देश

हितैषी की आँखों सै आँसू टपकैंगे''

''अब तो आप हदसै आबे बढ़ चले'' मुंशी चुन्नीलाल नें कहा।

''नहीं, हरगिज नहीं मैं जो कुछ कहता हूँ यथार्थ कहता हूँ देखों इसी मदिरा के कारण छप्पन कोटि यादवों का नाश घड़ी भर मैं हो गया इसी मदिरा के कारण सिंकदर नें भर जवानी मैं अपनें प्राण खो दिए। मनुस्मृति मैं लिखा है'' ''द्विजघाती, मद्यप बहुरि चोर, गुरु, स्त्री मीत।। महापातकी है सोऊ जाकी इनसों प्रीति।। इसी तरह कुरान मैं शराब के स्पर्शतक का महादोष लिखा है''

'आज तो बाबू साहब नें लाला ब्रजकिशोर की गद्दी दबा ली'' मुंशी चुन्नीलाल नें मुस्करा कर कहा।

''राम, राम उन्का ढंग दुनिया सै निराला है। वह क्या अपनी बातचीत मैं किसी को एक अक्षर बोलेनें देते हैं'' मास्टर शिंभूदयाल बोले।

''उन्की कहन क्या है अर्गन बाजा है। एक बार चाबी दे दी घंटो बजता रहा,'' मुंशी चुन्नीलाल नें कहा।

''मैंनें तो कल ही कह दिया था। कि ऐसे फिलासफर विद्या संबंधी बातों मैं भलेही उपकारी हों संसारी बातों मैं तो किसी काम के नहीं होते' मास्टर शिंभूदयाल बोंले।

''मुझ को तो उन्का मन भी अच्छा नहीं मालूम देता'' लाला मदनमोहन आप ही बोल उठे।

''आप उन्सै जरा हरकिशोर की बाबत बातचीत करेंगे तो रहा सहा भेद और खुल जाएगा देखैं इस विषय मैं वह अपनें भाई की तरफ़दारी करते हैं या इंसाफ़ पर रहते हैं'' मुंशी चुन्नीलाल नें पेंच सै कहा।

''क्या कहैं? हमारी आदत निंदा करनें की नहीं है। परसों शाम को लाला साहब मुझ सै चाँदनीचौक मैं मिले थे आँख की सैन मारकर कहनें लगे ''आजकल तो बड़े गहरों मैं हो, हम पर भी थोड़ी कृपादृष्टि रक्खा करो'' मास्टर शिंभूदयाल नें मदनमोहन का आशय जान्ते ही जड़ दी।

''है! तुम सै ये बात कही?'' लाला मदनमोहन आश्चर्य सै बोले।

''मुझ सै तो सैकड़ों बार ऐसी नोंक झोंक हो चुकी है परन्तु मैं कभी इन्बातों का विचार नहीं करता'' मुंशी चुन्नीलाल नें मिल्ती मैं मिलाई।

''जब वह मेरे पीछे मेरा ठट्टा उड़ाते हैं तो मेरे मित्र कहां रहे? जब तक वह मेरे कामों के लिये केवल मुझसै झगड़ते थे मुझको कुछ बिचार न था परंतु जब वह मेरे पासवालों को छेड़नें लगे तो मैं उन्को अपना मित्र कभी नहीं समझ सक्ता'' लाला मदनमोहन बोल उठे।

''सच तो ये है कि सब लोग आप की इस बरदास्त पर बड़ा आश्चर्य करते हैं'' मुंशी चुन्नीलाल अवसर पाकर बात आगै बढ़ाई।

आपको लाला ब्रजकिशोर का इतना दबाव है? उन्सै आप इतनें क्यों दबते हैं?

मास्टर शिंभूदयाल नें कहा।

"सच है मैं अपनी दौलत खर्च करता हूँ इस्मैं उन्की गाठ का क्या जाता है? और वह बीच, बीच मैं बोलनेंवाले कौन हैं?" लाला मदनमोहन तेज होकर कहनें लगे।

"इस्तरह पर हर बात मैं रोक-टोक होनें सै बात का गुमर नहीं रहता; नोकरों को मुक़बला करनें का होसला बढता जाता है और आगै चलकर कामकाज मैं फ़र्क आनें की सूरत हो चली है" मुंशी चुन्नीलाल लै बढ़ानें लगे।

"मैं अब उन्सै हरगिज नहीं दबूँगा। मैंनें अब तक दब, दब कर वृथा उन्को सिर चढ़ा लिया है" लाला मदनमोहन नें प्रतिज्ञा की।

"जो वह झरनें के सरोवरों मैं अपना तैरना और तिबारी के ऊपर सै कलामुंडी खा खाकर कूदना देखेंगे तो फिर घंटों तक उन्का राग काहेको बंद होगा?" पंडित पुरुषोत्तमदास बड़ी देर सै बोलनें के लिए उमाह रहै थे, वह झट पट बोल उठे।

"उनका वहाँ चलनें का क्या काम है? उन्की दोस्तों मैं बैठकर हँसने बोलने की आदतही नहीं है। वह तो शाम सबेर हवा खा लेते हैं और दिन भर अपनें काम मैं लगे रहते हैं या पुस्तकों के पन्ने उलट पुलट किया करते हैं! वह संसारका सुख भोगनें के लिए पैदा नहीं हुए। फिर उन्हें लेजाकर हम क्या अपना मजा मट्टी करै?" लाला मदनमोहन नें कहा।

"बरसात मैं तो वहाँ झूलों की बड़ी बहार रहती है" हकीम अहमद हुसैन बोले।

"परंतु यह ऋतु झूलों की नहीं है आजकल तो होली की बहार है पंडित पुरुषोत्तमदास नें जवाब दिया।"

"अच्छा फिर कब चलने की ठैरी और कितनें दिल की रुखसत ले आऊँ" मास्टर शिंभूदयाल नें पूछा।

"बृथा देर करनें सै क्या फायदा हैं?" चलनाही ठैरा तो कल सबेरे यहाँ सै चल दैंगे और कम से कम दस बारह दिन वहाँ रहैंगे" लाला मदनमोहन नें जवाब दिया।

लाला मदनमोहन केवल सैर के लिए कुतब नहीं जाते, ऊपर सै यह केवल सैर का बहाना करते हैं परंतु इन्के जीमैं अब तक हरकिशोर की धमकी का खटका बनरहा है, मुंशी चुन्नीलाल और बाबू बैजनाथ वगैरे इन्को हिम्मत बंधानें मैं कसर नहीं रक्खी परंतु इन्का मन कमजोर है इस्सै इन्की छाती अब तक नहीं ठुकती, यह इस अवसर पर दस पाँच दिन के लिए यहाँ सै टलजाना अच्छा समझते हैं इन्का मन आज दिन भर बेचैन रहा है इसलिए और कुछ फ़ायदा हो या न हो यह अपना मन बहलानें के लिए, अपनें मनसै यह डरावनें विचार दूर करनें के लिए दस पाँच दिन यहाँ से बाहर चले जाना अच्छा समझते हैं और इसी बास्तै ये झटपट दिल्ली सै बाहर जानें की तैयारी कर रहे हैं।

प्रकरण-17

↕

स्वतंत्रता और स्वेच्छाचार.

जो कंहु सब प्राणीन सों होय सरलता भाव।
सब तीरथ अभीषेक ते ताको अधिक-प्रभाव +

बिदुरप्रजागरे.

लाला मदनमोहन कुतब जानें की तैयारी कर रहे थे इतनें मैं लाला ब्रजकिशोर भी आ पहुँचे।

"आपनें लाला हरकिशोर का कुछ हाल सुना? ब्रजकिशोर के आते ही मदनमोहन नें पूछा।"

"नहीं! मैं तो कचहरी से सीधा चला आया हूँ"

"फिर आप नित्य तो घर होकर आते थे आज सीधे कैसे चले आए?" मास्टर शिंभूदयाल नें संदेह प्रगट करके कहा।

"इस्मैं कुछ दोष हुआ? मुझको कचहरी मैं देर हो गई थी इस्वास्तै सीधा चला आया तुम अपना मतलब कहो"

"मतलब तो आपका और मेरा लाला साहब खुद समझते होंगे परंतु मुझको यह बात कुछ नई, नईसी मालूम होती है" मास्टर शिंभूदयाल नें संदेह बढ़ाने के वास्ते कहा।

"सीधी बात को बे मतलब पहेली बनाना क्या जरूर है? जो कुछ कहना हो साफ़ कहो।"

"अच्छा! सुनिये" लाला मदनमोहन कहनै लगे "लाला हरकिशोर के स्वभाव को तो आप जान्तेही हैं आपके और उन्के बीच बचपन सै झगड़ा चला आता है—"

"वह झगड़ा भी आपही की बदौलत है परंतु खैर! इससमय आप उस्का कुछ विचार न करें अपना बृतान्त सुनाएँ औरों के काम मैं जितनी निज की बातों का संबंध मिलाना बड़ी अनुचित बात है?" लाला ब्रजकिशोर नें कहा।

"अच्छा! आप हमारा बृतान्त सुनिए" लाला मदनमोहन कहनें लगे "कई दिन सै लाला हरकिशोर रूठे रूठेसे रहते थे। कल बेसबब हरगोविन्द सै लड़ पड़े। उस्की जिदपर आप पांच, पांच रुपये घाटेसै टोपियें देनें लगे। शामको बाग मैं गए। तो लाला हरदयाल साहब सै बृथा झगड़ पड़े, आप यहाँ आए तो मुझको और चुन्नीलाल को सैकड़ों कहनी न कहनी सुनागए!"

"बेसबब तो कोई बात नहीं होती आप इस्का अस्ली सबब बताइए? और

+ सर्वतीर्थेषु वा स्नानं सर्व भूतेषु चार्जवम्।।
उभे त्वेते सने स्याता मार्जवं वा विशिष्यते।।

लाला हरकिशोर पाँच, पाँच रुपेके घाटेपर प्रसन्नता सै आपको टोपियाँ देते थे तो आपने उन्मैं सै दस पाँच क्यों नहीं लेली? इन्मैं आपसै आप हरकिशोर पर बीस-पच्चीस रुपे का जुर्माना हो जाता" लाला ब्रजकिशोर नें मुस्करा कर कहा।

"तो क्या मैं हरकिशोर की जिदपर उस्की टोपियें ले लेता और दसबीस रुपे के वास्तै हरगोविन्द को नीचा देखनें देता? मैं हरगोविन्द की भूल अपनें ऊपर लेनेंको तैयार हूँ परंतु अपनें आश्रितुओं की ऐसी बेइज्जती नहीं किया चाहता" लाला मदनमोहन नें जोर देकर कहा।

"यह आपका झूँठा पक्षपात है" लाला ब्रजकिशोर स्वतंत्रता सै कहनें लगे "पापी आप पाप करनें सै ही नहीं होता, पापियों की सहायता करनें वाले, पापियों की उत्तेजन देनेंवाले, बहुत प्रकार के पापी होते हैं; कोई अपनें स्वार्थ सै, कोई अपराधी की मित्रता सै, कोई औरों की शत्रुतासै, कोई अपराधी के सम्बन्धियों की दया सै, कोई अपनें निजके संबंध से, कोई खुशामद सै महान् अपराधियों का पक्ष करनेंवाले बन जाते हैं, परंतु वह सब पापी समझे जाते हैं और वह प्रगट मैं चाहे जैसे धर्मात्मा, दयालु, कोमल चित्त हों, भीतर सै वह भी बहुधा वैसे ही पापी और कुटिल होते हैं"

"तो क्या आपकी राय मैं किसी की सहायता नहीं करनी चाहिए?" लाला मदनमोहन नें तेज होकर पूछा।

"नहीं, बुरे कामोंके लिए बुरे आदमियों की सहायता कभी नहीं करनी चाहिए" लाला ब्रजकिशोर कहनें लगे "रशिया का शहन्शाह पीटर एक बार भरजवानी मैं ज्वर सै मरनें लायक हो गया था। उस्समय उस्के वज़ीर नें पूछा कि "नो अपराधियों को अभी लूट, मार के कारण कठोरदंड दिया गया हैं क्या वह भी ईश्वर प्रार्थना के लिए छोड़ दिए जाएँ?" पीटर नें निर्बल आवाज सै कहा "क्या तुम यह समझते हो कि इन अभागों को क्षमा करनें और इंसाफ की राह मैं कांटे बोने सै मैं कोई अच्छा काम करूंगा? और जो अभागे माया जाल मैं फँसकर उस सर्वशक्तिमान ईश्वर कोही भूल गए हैं मेरे फायदे के लिए ईश्वर उन्की प्रार्थना अंगीकार करैगा? नहीं हरगिज नहीं; जो कोई काम मुझ सै ईश्वर की प्रसन्नता लायक बन पड़े तो यह यही इंसाफ का शुभ काम है"

"मैं तो आप के कहनें सै इंसाफ के लिए परमार्थ करना कभी नहीं छोड़ सक्ता," लाला मदनमोहन तमक कर कहनें लगें।

"जो जिस्के लिए करना चाहिए सो करना इंसाफ मैं आ गया परंतु स्वार्थ का काम परमार्थ कैसा हो सक्ता है? एक के लाभ के लिए दूसरों की अनुचित हानि परमार्थ मैं कैसी समझी जा सक्ती है? किसी तरह के स्वार्थ बिना केवल अपनें ऊपर परिश्रम उठाकर, आप दुःख सहकर, अपना मान मारकर औरों को सुखी करना सच्चा धर्म समझा जाता है जैसै यूनान मैं कोडर्स नामी बादशाह राज करता था। उस्समय यूनानियों पर हेरेकडिली लोगों ने चढ़ाई की। उस्समय के लोग ऐसे अवसर पर मंदिर मैं जाकर हार-जीत का प्रश्न किया करते थे। इसी तरह कोडर्सनें प्रश्न किया तब

उसै यह उत्तर मिला कि "तू शत्रु के हाथ सै मारा जाएगा तो तेरा राज स्वदेशियोंके हाथ बना रहेगा और तू जीता रहेगा तो शत्रु प्रबल होता जाएगा" कोडर्स देशोपकार के लिए प्रसन्नता सै अपनें प्राणदेनें को तैयार था परंतु कोडर्स के शत्रु को भी यह बात मालूम हो गई इसलिए उसनें अपनी सेनामैं हुक्म दे दिया कि कोडर्स को कोई न मारे तथापि कोडर्स नें यह बात लोग दिखाईके लिए नहीं की थी इससै वह साधारण सिपाही का भेष बनाकर लड़ाई मैं लड़ मरा परंतु अपनें देशियों की स्वतन्त्रता शत्रु के हाथ न जानें दी।

"जब आप स्वतंत्रता को ऐसा अच्छा पदार्थ समझते हैं तो आप लाला साहब को इच्छानुसार काम करनें सै रोककर क्यों पिंजरेका पंक्षी बनाया चाहते हैं?" मास्टर शिंभूदयाल नें कहा।

"यह स्वतंत्रता नहीं स्वेच्छाचार है; और इन्को एक समझनें सै लोग बारम्बार धोखा खाते हैं" लाला ब्रजकिशोर कहनें लगे 'ईश्वर नें मनुष्यों को स्वतंत्र बनाया है पर स्वेच्छाचारी नहीं बनाया क्योंकि उस्को प्रकृति के नियमों मैं अदलबदल करनें की कुछ शक्ति नहीं दी गई वह किसी पदार्थ की स्वाभाविक शक्ति मैं तिलभर घटा बढ़ा नहीं कर सक्ता। जिन पदार्थो मैं अलग, अलग रहनें अथवा रसायनिक संयोग होनें सै जो, सो शक्ति उत्पन्न होनें का नियम ईश्वर नें बना दिया है बुद्धि द्वारा उन पदार्थों की शक्ति पहचानकर केवल उन्सै लाभ लेनें के लिए मनुष्य को स्वतंत्रता मिली है इसलिए जो काम ईश्वर के नियमनुसार स्वाधीन भाव से किया जाए वह स्वतंत्रता मैं समझा जाता है और जो काम उस्के नियमों के विपरीत स्वाधीन भाव से किया जाए वह वह स्वेच्छाचार और उस्का स्पष्ट दृष्टांत यह है कि शतरंज के खेल मैं दोनों खिलाड़ियों को अपनी मर्जी मूजब चाल चलनें की स्वतत्रता दी गई है परंतु वह लोग घोड़े को हाथी की चाल या हाथी को घोड़े की चाल नहीं चल सक्ते और जौ वे इस्तरह चलैं तो उन्का चलना शतरंज के खेल सै अलग होकर स्वेच्छाचार समझा जाएगा यह स्वेच्छाचार अत्यंत दूषित है और इस्का परिणाम महा भंयकर होता है इसलिए वर्तमान समय के अनुसार सब के फायदे की बातों पर सत शास्त्र और शिष्टाचार की एकता सै बरताव करना सच्ची स्वतंत्रता है बड़े लोगों नें स्वतंत्रताकी यह हद बाँध दी है। मनुमहाराज कहते हैं "बिना सताए काहु के धीरे धर्म्म बटोर।। जो मृत्तिका दीमक हरत क्रम क्रमसों चहुँ ओर।।* महाभारत कर्णपर्व मैं युधिष्ठर और अर्जुन का बिगाड़ हुआ उस्समय श्रीकृष्णनें अर्जुन सै कहा कि "धर्म्म ज्ञान अनुमानते अतिशय कठिन लखाय।। एक धर्म्म है बेद यह भाषत जनसमुदाय।।[1] कोमैं कुछ संशय नहीं पर लख

---

* धर्म्म शनस्सं चिंनुयाद्वल्मीक मिव पुत्तिका।
परलोक सहायतार्थ सर्व भूतान्य पीडयनु।

1. दुष्करं परमं ज्ञानं तर्केणानु व्यवस्यति।।
श्रुतेर्धर्य इतितद्येके बंदति बहवोजनाः।।

धर्म्म अपार।। स्पष्टकरन हित कहुँ, कहूँ पंडित करत बिचार।।[2] जहाँ न पीडित होए कोउ सोसुधर्म्म निरधार।। हिंसक हिंसा हरनहित भयो सुधर्म्म प्रचार।।[3] प्राणिनकों धारण करे ताते कहियत धर्म्म।। जासो जन रक्षित रहैं सो निश्चय शुभकर्म।।[4] जे जन परसंतोष हित करैं पाप शुभजान।। तिनसो कबहुँ न बोलिए श्रुति विरुद्ध पहिचान।।[5] इसलिए दूसरेकी प्रसन्नता के हेतु अधर्म्म करनें का किसी को अधिकार नहीं है इसी तरह अपनें या औरों के लाभ के लिए दूसरे के वाजाबी हकों मैं अंतर डालनें का भी किसी को अधिकार नहीं है। जिस्सयम महाराज रामचन्द्रजी नें निर्दोष जनकनंदनी का परित्याग किया जानकीजी को कुछ थोड़ा दुःख था? परंतु वह गर्भनाश के भय सै अपना शरीर न छोड़ सकीं।। हाँ जिस्तरह उन्नें अकारण अत्यंत दुःख पानें पर भी कभी रघुनाथजी के दोष नहीं विचारे थे, इस तरह सब प्राणियों को अपने विषय मैं अपराधी के अपराध क्षमा करनें का पूरा अधिकार है और इस तरह अपनें निज के अपराधों का क्षमा करना मनुष्यामात्र के लिए अच्छे सै अच्छा गुण समझा जाता है परंतु औरों को किसी तरह की अनुचित हानि हो वहाँ यह रीति काम मैं नहीं लाई जा सक्ती''

''मैं तो यह समझता हूँ कि मुझसैं एक मनुष्य का भी कुछ उपकार हो सके तो मेरा जन्म सफल है'' लाला मदनमोहन नें कहा।

''जिस्मैं नामवरी आदि का स्वार्थका कुछ अंश हो वह परोपकार नहीं और परोपकार करनें मैं भी किसी खास मनुष्य का पक्ष किया जाए तो बहुधा उस्के पक्षपात सै औरों की हानि होनें का डर रहता है इसलिए अशक्त अपाहजों का पालन पोषण करना, इंसाफ का साथ देना और हर तरह का स्वार्थ छोड़कर सर्व साधारण के हित मैं तत्पर रहना, मेरे जान सच्चा परोपकार है'' लाला ब्रजकिशोर नें जवाब दिया।

---

2. तत्तेन प्रत्यसूयामि नचसर्ब विधीयते।।
   प्रभवार्थाय भूतानां धर्म्म प्रवचनं कृतं।।
3. यतस्याद हिंसा संयुक्त सधर्मइति निश्चयः।।
   अहिंसार्थाय हिस्त्राणां धर्म प्रवचनं कृतं।।।
4. धारणाद्धर्म मित्याहु धर्मो धारयते प्रजाः।।
   यत्स्याद्धारण संयुक्तं सधर्मइति निश्चयः।।
5. येन्नायेन जिहीर्षतो धर्म्ममिच्छंति कर्हिचित्।।
   अकूजनेन मोक्षं वा नानुकूजेत् कथंचन।।

प्रकरण-18

↕

क्षमा

नरको भूषण रूप है रूपहुको गुणजान।।
गुणको भूषण ज्ञान है क्षमा को मान।।1।।*

सुभाषितरत्नाकरे.

"आप चाहे स्वार्थ समझैं चाहे पक्षपात समझैं हरकिशोर नें तो मुझे ऐसा चिढ़ाया है कि मैं उस्सै बदला लिए बिना कभी नहीं रहूँगा" लाला मदनमोहन नें गुस्सै सै कहा।

"उस्का कसूर क्या है?" हरेक मनुष्य सै तीन तरह की हानि हो सक्ती है। एक अपवाद करके दूसरे के यश मैं धब्बा लगाना, दूसरे शरीर की चोट, तीसरे माल का नुकसान करना। इन्मैं हरकिशोर ने आप की कौनसी हानि की?" लाला ब्रजकिशोर नें कहा।

लाला मदनमोहन के मन मैं यह बात निश्चत समा रही थी कि हरकिशोर नें कोई बड़ा भारी अपराध किया है परंतु ब्रजकिशोर नें तीन तरह के अपराध बताकर हरकिशोर का अपराध पूछा वह कुछ न बता सके क्योंकि मदनमोहन की वाक़फियत मैं ऐसा कोई अपराध हरकिशोर का न था। मदनमोहन को लोगों ने आस्मान पर चढ़ा रक्खा था इसलिए केवल हरकिशोर के जवाब देनें सै उस्कै मन मैं इतना गुस्सा भर रहा था।

"उस्ने बड़ी ढ़िटाई की। वह अपनें रुपे तत्काल माँगनें लगा और रुपया लिए बिना जानें सै साफ इंकार किया" लाला मदनमोहन नें बड़ी देर सोच विचार कर कहा।

"बस उस्का यही अपराध है? इस्मैं उस्नें आप की कुछ हानि नहीं की। मनुष्य को अपना सा जी सबका समझना चाहिए। आपका किसी पर रुपया लेना हो और आप को रुपे की जरूरत हो अथवा उस्की तरफ सै आप के जी मैं किसी तरहका शक आजाए अथवा आपके और उस्के दिलमैं किसी तरह का अंतर आजाए जो क्या आप उस्सै व्यवहार बंद करनें के लिए अपनें रुपेका तकाजा न करेंगे? जब ऐसी हालतों मैं आप को अपने रुपे के लिए औरों पर तकाजा करनें का अधिकार है तो औरों का आप पर तकाजा करनें का अधिकार क्यों न होगा? आप बेसबब जरा, जरासी बातों पर मुँह बनायं, वाजबी राह सै जरासी बात दुलख देनें पर उस्को अपना शत्रु समझने लगे और दूसरे की वागजबी बात कहनें का भी अधिकार न हो!" लाला ब्रजकिशोर नें जोर देकर कहा।

---

* **नरस्याभरणं रूपं रूपस्याभरणं गुणः।**
गुणस्याभरणं ज्ञानं ज्ञानस्याभरण क्षमा।।

"साहब! उस्नें लाला साहब को तंग करनें की नीयत सै ऐसा तकाजा किया था" मुंशी चुन्नीलाल बोले।

"लाला साहब को उस्का स्वभाव पहचान्कर उस्सै व्यवहार डालना चाहिए था अथवा उस्का रुपया बाकी रखना चाहिए था। जब उस्का रुपया बाकी है तो उस्को तकाजा करनें का निस्संदेह अधिकार है और उस्नें कड़ा तकाजा करनें मैं कुछ अपराध भी किया हो तो उस्के पहले कामोंका संबंध मिलाना चाहिए" लाला ब्रजकिशोर कहनें लगे प्रल्हादजीनें राजा बलिसै कहा है "पहलो उपकारी करै जो कहुँ अतिशय हान।।" तोहू ताकों छोड़िए पहले गुण अनुमान।।[1] ।। बिना समझे आश्रित करै सोऊ क्षमिए तात।। सब पुरुषनमैं सहज नहिं चतुराई की बात।।[2]।। यह सब सच है कि छोटे आदमी पहले उपकार करकै पीछे उस्का बदला बहुदा अनुचित रीतिसै लिया चाहते हैं परंतु यहाँ तो कुछ ऐसा भी नहीं हुआ।"

"उपकार हो या न हो ऐसे आदमियों उन्की करनी का दंड तो अवश्य मिलना चाहिए" मास्टर शिंभूदयाल कहनें लगे। जो उन्को उन्की करनी का दंड न मिलेगा तो उन्की देखा देखी और लोग बिगड़ते चले जाएँगे और भय बिना किसी बात का प्रबंध न रह सकेगा। सुधरे हुए लोगों का यह नियम है कि किसीको कोई नाहक न सतावै और सतावै तो दंड पावै। दंडका प्रयोजन किसी अपराधी सै बदला लेनें का नहीं हैं बल्कि आगे के लिए और अपराधों सै लोगों को बचानें का है"

"इस वास्तै मैं चाहता हूँ कि मेरा चाहै जितना नुक्सान हो जाए परंतु हरकिशोर के पल्ले फूटी कौड़ी न पड़ने पावै" लाला मदनमोहन दाँत पीसकर कहनें लगे।

"अच्छा! लाला साहबनें कहा, इस रीति सै क्या मास्टर साहब के कहनें का मतलब निकल आवैगा?" लाला ब्रजकिशोर पूछनें लगे। आप जान्ते हैं कि दंड दो तरह का है एक तो उचित रीति सै अपराध को दंड दिवाकर औरों के मन मैं अपराध की अरुचि अथवा भय पैदा करना, दूसरे अपराधी सै अपना बैर लेना और अपनें जी का गुस्सा निकालना। जिस्नें झूठी निंदा करके मेरी इज्जत ली उस्को उचित रीति सै दंड करानेंमैं अपनें देशकी सेवा करता हूँ परंतु मैं यह मार्ग छोड़कर केवल उस्की बरबादी का बिचार करूँ अथवा बैर उस्के निर्दोष संबंधियों सै लिया चाहूँ, आधीरात के समय चुपके सै उस्के घर मैं आग लगा दूँ और लोगों को दिखानें के लिए हाथ मैं पानी लेकर आग बुझानें जाऊँ तो मेरी बराबर नीच कौन होगा? बिदुरजी नें कहा है "सिद्ध होत बिनहू जतन मिथ्या मिश्रित काज। अकर्तब्यते स्वप्नहू मन न धरो महाराज।।[3]" ऐसी कारवाई करनेंवाला अपनें मनमैं प्रसन्न होता है कि मैनें अपनें

---

1. पूर्वोपकारी यस्ते स्यादपराधगरीयसि।। उपकारण तत्तस्य क्षंतव्यमपराधिन।।
2. अबुद्धिमाश्रितानांतु क्षतव्यमपराधिनां।। नहि सर्वत्र पांडित्यं सुलभं पुरूषेणवै।।
3. मिथ्योपेतानि कर्माणि सिद्ध्युर्यानि भारत।।
   अनुपायप्रयुक्तानि मास्म तेषु मनः कृथाः।।

बैरीको दुखी किया परंतु आप महापापी बन्ता है और देश का पूरा नुकसान करता है। मनु महाराज नें कहा है "दुखित होय भाखै न तो मर्म बिभेदक बैन।। द्रोह भाव राखै न चित करै न परहि अचैन।।[4]"

"जो अपराध केवल मन को सतानें वाले हों और प्रगट मैं साबित न हों सकैं तो उन्का बदला दूसरे सै कैसा लिया जाय?" लाला मदनमोहन नें कहा।

"प्रथम तो ऐसा अपराध हो ही नहीं सक्ता और थोड़ा बहुत हो भी तो वह ख़याल करनें लायक नहीं है क्योंकि संदेह का लाभ सदा अपराधी को मिल्ता है इस्के सिवाए जब कोई अपराधी सच्चे मन सै अपनें अपराध का पछतावा कर ले तो वह भी क्षमा करनें योग्य हो जाता है और उस्सै भी दंड देनें के बराबर ही नतीजा निकल आता है।"

"पर एक अपराधी पर इतनी दया करनी क्या जरूरी है? लाला मदनमोहन ने ताज्जुब से पूछा।"

"जब हम लोग सर्व शक्तिमान परमेश्वर के अत्यंत अपराधी होकर उस्सै क्षमा करनें की आशा रखते हैं तो क्या हम को अपनें निज के कामों के लिए, अपनें अधिकार के कामों के लिए, आगे की राह दुरुस्त हुए पीछै, अपराधी के मन मैं शिक्षा के बराबर पछतावा हुए पीछै क्षमा करना अनुचित है? यदि मनुष्य के मन मैं क्षमा और दया का लेश न हो तो उस्मैं और एक हिंसक जन्तु मैं क्या अंतर है?

पोप कहता है "भूल करना मनुष्य का स्वभाव है परंतु उस्को क्षमा करना ईश्वर का गुण है"+ एक अपराधी अपना कर्त्तव्य भूल जाय तो क्या उस्की देखा देखी हम को भी अपना कर्त्तव्य भूल जाना चाहिए। सादीनें कहा है–"होत हुमे याही लिये सब पक्षिन को राय।। अस्थिभक्ष रक्षे तनहि काहू को न सताय।।"* दूसरे का उपकार याद रखना वाजबी बात है परंतु अपकार याद रखनें मैं या यों कहो कि अपनें कलेजे का घाव हरा रखनें मैं कौन-सी तारीफ़ है? जो दैव योग सै किसी अपराधी को औरोंके फ़ायदे के लिए दंड दिवानें की जरूरत हो तो भी अपनें मन मैं उस्की तरफ दया और करुणा ही रखनी चाहिए"

"ये बस बातें हँसी खुशी मैं याद आती हैं। क्रोध मैं बदला लिए बिना किसी तरह चित्त का संतोष नहीं होता" लाला मदनमोहन नें कहा।

"बदला लेने का तो इस्सै अच्छा दूसरा रास्ता ही नहीं है कि वह अपकार करे और उस्के बदले आप उपकार करो" लाला ब्रजकिशोर कहनें लगे "जब वह अपनें

---

4. नारुन्तुदः स्यादार्तोपि न परद्रोहकर्म्मधीः।।
ययास्योद्विजते वाचा नालोक्यान्तमुदीरयेत्।।

\+ **To err is human, to forgive divine**

* हुमाय बरसरे मुर्गां अजां शरफ़ दारद्।।
किउस्तुख्वां खुरदो तायरे नयाजारद

अपराधों के बदले आप की मेहरबानी देखेगा तो लज्जित होगा और उस्का मन ही उस्को धिःकारनें लगेगा। बैरी के लिए इस्सै कठोर दंड दूसरा नहीं है परंतु यह बात हर किसी सै नहीं हो सक्ती। तरह, तरह का दुःख नुक्सान और निंदा सहनें के लिए जितनें साहस, धैर्य और गंभीरता की जरूरत है बैरी सै बैर लेनें के लिए उन्की कुछ भी जरूरत नहीं होती। यह काम बहुत थोड़े आदमियों सै बन पड़ता है पर जिन्सै बन पड़ता है वहीं सच्चे धर्मात्मा है :–

"जिस्समय साइराक्यूजवालों नें एथेन्स को जीत लिया साइराक्यूज़ की कौन्सिल मैं एथीनियन्स को सजा देनें के बाबत बिबाद होनें लगा इतनें मैं निकोलस नामी एक प्रसिद्ध गृहस्थ्य बुढ़ापे के कारण नौकरों के कंधेपर बैठकर वहाँ आया और कौन्सिल को समझाकर कहनें लगा "भाइयों! मेरी ओर दृष्टि करों मैं वह अभागा बाप हूँ जिस्की निस्बत ज्यादः नुक्सान इस लड़ाई मैं शायद ही किसी को हुआ होगा, मेरे दो जवाब बेटे इस लड़ाई मैं देशोपकार के लिए मारे गए। उन्सै मानो मेरे सहारे की लकड़ी छिन गई, मेरे हाथ पाँव टूट गए। जिन एथेन्सवालों ने यह लड़ाई की उन्को मैं अपनें पुत्रों के प्राणघातक समझकर थोड़ा नहीं धिक्कारता तथापि मुझको अपनें निज के हानि लाभ के बदले अपनें देश की प्रतिष्ठा अधिक प्यारी है बैरियों सै बदला लेनें की लिए जो कठोर सलाह इस्समय हुई है, वह अपनें देश के यश को सदा सर्वदा के लिए कलंकित कर देगी, क्या अपनें बैरियों को परमेश्वर की ओर सै कठिन दण्ड नहीं मिला? क्या उन्के युद्ध मैं इस तरह हारनै से अपना बदला नहीं भुगता? क्या शत्रुओं ने अपनी प्राणरक्षा के भरोसे पर तुमको हथियार नहीं सोपें? और अब तुम उन्सै अपना बचन तोड़ोगे तो क्या तुम विश्वासघाती न होगे? जीतनें से अविनाशी यश नहीं मिल सक्ता परंतु जीते हुए शत्रुओं पर दया करनें सै सदा सर्वदा के लिए यश मिलता है" साइराक्यूज की कौन्सिल के चित्त पर निकोलास के कहनें का ऐसा असर हुआ कि सब एथीनियन्स तत्काल छोड़ दिए गए"

"आप जान्ते हैं कि शरीर के घाव औषधि सै रुज़ जाते हैं परंतु दुखती बातों का घाव कलेजे पर सै किसी तरह नहीं मिटता" मुंशी चुन्नीलाल नें कहा।

"क्षमाशील के कलेजे पर ऐसे घाव क्यों होनें लगा है? वह अपनें मन मैं समझता है कि जो किसी नें मेरा सच्चा दोष कहा तो बुरे मान्नें की कौन्सी बात हुई? और मेरे मतलब को बिना पहुँचे कहा तो नादान के कहनें सै बुरा मान्नें की कौन्सी बात रही? और जानबूझ कर मेरा जी दुखानें के वास्तैं मेरी झूँटी निंदा की तो मैं उचित रीति सै उस्को झूंटा डाल सक्ता हूँ? सजा दिवा सक्ता हूँ फिर मन मैं द्वेष और प्रगट मैं गाली गालौज लड़नें की क्या जरूरत है? आप बुरा हो और लोग अच्छा कहैं इस्की निस्बत आप अच्छा हो और लोग बुरा कहैं यह बहुत अच्छा है" लाला ब्रजकिशोर ने जवाब दिया।

प्रकरण-19

↕

स्वतंत्रता

"स्तुति निंदा कोऊ करहि लक्ष्मी रहहि की जाय
मरै कि जियै न धीरजन धरै कूमारग जाए।।*"

प्रसंगरत्नावली.

सच तो यह है कि आजा लाला ब्रजकिशोर साहब नें बहुत अच्छी तरह भाईचारा निभाया। इन्की बातचीत मैं यह बड़ी तारीफ़ है कि जैसा काम किया चाहते हैं वैसा ही असर सब के चित्त पर पैदा कर देते हैं" मास्टर शिंभूदयाल नें मुस्करा कर कहा।

"हरगिज नहीं, हरगिज नहीं, मैं इंसाफ के मामले मैं भाई चारे को पास नहीं आनें देता जिस रीति सै बरतनें के लिए मैं और लोगों को सलाह देता हूँ उस रीति बरतना मैं अपने ऊपर फर्ज समझता हूँ। कहना कुछ और, करना कुछ और नालायकों का काम हैं और सचाई की अमिट दलीलों को दलील करनेंवाले पर झूँटा दोषारोपण करके उड़ा देनें वाले और होते हैं, लाला ब्रजकिशोर नें शेर की तरह गरज कर कहा और क्रोध के मारे उन्की आँखे लाल हो गई।

लाला ब्रजकिशोर अभी मदनमोहन को क्षमा करने के लिए सलाह दे रहे थे इतनें मैं एका एक शिंभूदयाल की जरासी बात पर गुस्सै मैं कैसे भर गए? शिंभूदयाल ने तो कोई बात प्रगट मैं ब्रजकिशोर के अप्रसन्न होनें लायक नहीं कहीं थी? निस्संदेह प्रकट मैं नहीं कही परंतु भीतर सै ब्रजकिशोर का ह्रदय विदीर्ण करनें के लिए यह साधारण बचन सबसै अधिक कठोर था। ब्रजकिशोर और सब बातों मैं निरभिमानी परंतु अपनी ईमानदारी का अभिमान रखते थे इसलिए जब शिंभूदयाल नें उन्की ईमानदारी मैं बट्टा लगाया तब उन्को क्रोध आये बिना न रहा। ईमानदार मनुष्य को इतना खेद और किसी बात सै नहीं होता जितना उस्को बेईमान बतानें सै होता है।

"आप क्रोध न करें। आपको यहाँ की बातों मैं अपना कुछ स्वार्थ नहीं है तो आप हरेक बात पर इतना जोर क्यों देते हैं? क्या आप ये सब बातें किसी को याद रह सक्ती हैं? और शुभचिन्तकी के विचार सै हानि लाभ जतानें के लिए क्या एक इशारा काफी नहीं है?" मुंशी चुन्नीलाल नें मास्टर शिंभूदयाल की तरफ़दारी करके कहा।

"मैंने अबतक लाला साहब सै जो स्वार्थ की बात की होगी वह लाला साहब लोग जान्ते होगे। जो इशारे मैं काम हो सक्ता तो मुझको इतनें बढ़ा कर कहनें सै क्या लाभ था? मैंने कही है वह सब बातें निस्संदेह याद नहीं रह सक्ती परंतु मन लगा

---

* निन्दन्तु नीतिनिपुणा यदिवास्तुवनतु, लक्ष्मीः समाविशतुगच्छतु वा यथेष्टम्
अद्यैव वा मरणमस्तु यूगान्तरे वा न्याय्यात् पथः प्रविचलन्ति पदं धीराः।।

कर सुन्नें से बहुधा उन्का मतलब याद रह सक्ता है और उस्समय याद न भी रहै तो समय पर याद आ जाता है। मनुष्य के जन्म सै लेकर वर्तमान समय तक जिस, जिस हालत मैं वह रहता है उस सब का असर बिना जाने उस्की तबियत मैं बना रहता है इस वास्ते मैंने ये बातें जुदे, जुदे अवसर पर यह समझ कर कह दीं थी कि अब कुछ फायदा न होगा तो आगे चल कर किसी समय काम आवेंगी'' लाला ब्रजकिशोर नें जवाब दिया।

''अपनी बातोंका आप अपनें पास ही रहनें दीजिए क्योंकि यहाँ इन्का कोई ग्राहक नहीं है'' लाला मदनमोहन कहनें लगे आपके कहनें का आशय यह मालूम होता है कि आपके सिवाए सब लोग अनसमझ और स्वार्थपर हैं''।

''मैं सबके लिए कुछ नहीं कहता परंतु आपके पास रहनें वालों मैं तो निस्संदेह बहुत लोग नालायक और स्वार्थपर हैं'' लाला ब्रजकिशोर कहनें लगे ''ये लोग दिनरात आपके पास बैठे रहते हैं, हरबात मैं आपकी बड़ाई किया करते हैं, हर काम मैं अपनी जान हथेली पर लिए फिरते हैं पर यह आपके नहीं; आप के रुपे के दोस्त हैं परमेश्वर न करे जिस दिन आपके रुपे जाते रहेंगे इन्का कोसों पता न लगेगा। जो इज्जत, दौलत और अधिकार के कारण मिल्ती है वह उस मनुष्य की नहीं होती। जो लोग रुपेके कारण आपको झुक, झुककर सलाम करते हैं वही अपनें घर बैठकर आपकी बुद्धिमानीका ठट्टा उड़ाते हैं! कोई काम पूरा नहीं होता जबतक उस्मैं अनेक प्रकारके नुक्सान होनें की संभावना रहती है पूरे होनें की उम्मेद पर दस काम उठाए जाते हैं जिस्मैं मुश्किल सै दो पूरे पड़ते हैं परंतु आपके पास वाले खाली उम्मेद पर बल्कि भीतर की नाउम्मेदी पर भी आपको नफ़े का सब्ज बाग दिखा कर बहुतसा रुपया खर्च करा देते हैं! मैं पहले कह चुका हूँ कि आदमी की पहचान जाहिरी बातों सै नहीं होती उस्के बरताव सै होती हैं। इस्मैं आपका सच्चा शुभचिंतक कौन है? आपके हानि लाभका दर्सानें वाला कौन है? आपके हानिलाभ का विचार करनें वाला कौन है? क्या आपकी हाँमैं मिलानै सै सब होगया? मुझको तो आपके मुसाहिबों मैं सिवाए मसखरापनके और किसी बातकी लियाकत नहीं मालूम होती। कोई फबतियाँ कहकर इनाम पाता है, कोई छेड़ छाड़कर गालियें खाता है, कोई गानें बजानें का रंग जमाता हैं, कोई धोलधप्पे लड़ाकर हँसता हँसाता है पर ऐसे आदमियोंसै किसी तरह की उम्मेद नहीं हो सक्ती।''

''मेरी दिल्लगी की आदत है। मुझमैं तो हँसी दिल्लगी बिना रोनी सूरत बनाकर दिनभर नहीं रहा जाता परंतु इन बातोंसै काम की बातों मैं कुछ अंतर आया हो बताइए'' लाला मदनमोहन नें पूछा।

''आपके पिताका परलोक हुआ जबसै आपकी पूँजीमैं क्या घटा बढ़ी हुई? कितनी रकम पैदा हुई? कितनी अहंड (बर्बाद) हुई कितनी गलत हुई, कितनी खर्च हुई इन बातोंका किसीनें विचार किया है? आमदनीसै अधिक खर्च करनें का क्या परिणाम हैं? कौनसा खर्च वाजबी है, कौन्सा गैरवाजबी है, मामूलीं खर्चके बराबर बंधी

आमदनी कैसे हो सक्ती है? इन बातों पर कोई दृष्टि पहुँचाता है? मामूली आमदनी पर किसीका निगाह है? आमदनी देखकर मामूली खर्चके वास्ते हरेक सीगेका अंदाजा पहलेसै कभी किया गया है, गैर मामूली खर्चोंके वास्ते मामूली तौर पर सीगेवार कुछ रकम हरसाल अलग रक्खी जाती है ? बिनाजानें नुक्सान, खर्च और आमदनी कमहोनें के लिए कुछ रकम हरसाल बचाकर अलग रक्खी जाती है? पैदावार बढ़ानें के लिए वर्तमान समय के अनुसार अपनें बराबर वालों की कारवाई देशदेशान्तर का बृतान्त और होनहार बातों पर निगाह पहुँचाकर अपनें रोजगार धंदेकी बातोंमैं कुछ उन्नति की जाती है। व्यापारके तत्व क्या हैं। थोड़े खर्च, थोड़ी मेहनत और थोड़े समयमैं चीज़ तैयार होनेंसै कितना फ़ायदा होता है, इन बातोंपर किसीनें मन लगाया है? उगाही मैं कितनें रुपे लेनें हैं, पटनें की क्या सूरत है, देनेदारों की कैसी दशा है। मियादके कितनें दिन बाकी हैं इन बातों पर ध्यान देता है? व्योपार सिगा के मालपर कितनी रकम लगती है, माल कितना मोजूद है किस्समय बेचनें में फ़ायदा होगा इन बातों पर कोई निगाह दौड़ाता है? खर्च सीगाके मालकी कभी बिध मिलाई जाती है? उस्की कमी बेशीके लिए कोई जिम्मेदार है? नौकर कितनें हैं तन्ख्वाह क्या पाते हैं, क्या काम करते हैं, उन्की लियाक़त कैसी है, नीयत कैसी है, कारवाई कैसी है, उन्की सेवाका आप पर क्या हक है, उन्के रखनें न रखनेंमैं आपका क्या नफ़ा नुक्सान है इनबातों को कभी आपनें मन लगाकर सोचा है?

"मैं पहले ही जान्ता था कि आप हिर फिरकर मेरे पास के आदमियों पर चोट करेंगे परंतु अब मुझको यह बात असह्य है। मैं अपना नफ़ा नुक्सान समझता हूँ आप इस विषय मैं अधिक परिश्रम न करै" लाला मदनमोहननें रोककर कहा।

मैं क्या कहूँगा पहलेसै बुद्धिमान कहते चले आए हैं" लाला ब्रजकिशोर कहनें लगें "विलियम कपूर कहता हैः—

*जिन नृपन को शिशुकालसै सेवहिं छली तनमन दिये।।
तिनकी दशा अबिलोक करुणाहोत अति मेरें हिये।।

---

* I pity kings whom worship waits upon,
Obsequious fromthe cradle to the throne;
Before whose infant eyes the flatterer bows,
And binds a wreath about their body brows;
Whom education, stiffens into state,
And death awakens form that dream to late.
Oh! if servility with supple knees,
Whose trade it is to smile, to crouch, to please;
if smooth dissimulation, skil'd to grace;
A devil's purpose with an angel's face;
if smiling peeresses, and simp'ring peers,

आजन्मों अभिषेकलों मिथ्या प्रशंसा जानकरैं।।
बहु भाँत अस्तुति गाय, गाय सराहि सिर स्हेरा धरैं।।
शिशुकाल ते सीखत सदा सजधज दिखावन लोक मैं।।
तिनको जगावत मृत्यु बहुतिक दिनगए इहलोक मैं।।
मिथ्या प्रशंसी बैठ घुटनन, जोड़ कर, मुस्कावहीं।।
छलकी सुहानी बातकहिं पापहि परम दरसावहीं।।
छबिशालिनी, मृदुासिनी अरु धनिक नितघैरें रहैं।।
झूँटी झलक दरसाए मनहि लुभाए कुछ दिनमैं लह।।
जे हेम चित्रित रथन चढ़, चंचल तुरंग भजावहीं।।
सैना निरख अभिमानकर, यों ब्यर्थ दिवस गमावहीं।।
तिनकी दशा अबिलोक भाखत फरेहूँ मनदुख लिये।।
नृपकी अधमगति देख करूणा होत अति मेरे हिये।।*

"लाला साहब अपनें सरल स्वभाव सै कुछ नहीं कहते इस वास्ते आप चाहे जो कहते चले जाएँ परंतु कोई तेज स्वभाव का मनुष्य होता तो आप इस तरह हरगिज न कहनें पाते" मास्टर शिंभूदयाल नें अपनी जात दिखाई।

"सच है! बिदुरजी कहते हैं 'दयावन्त लज्जा सहित मृदु अरु सरल सुभाई।। तो नर को असमर्थ गिन लेत कुबुद्धि दबाइ।।'"+ इसलिए इन गुणों के साथ सावधानी की जरूरत है। सादगी और सीधेपन सै रहनें मैं मनुष्य की सच्ची अशराफ़त मालूम होती है। मनुष्य की उन्नति का सीधा मार्ग है परंतु चालाक आदमियोंकी चालाकी सै बचनें के लिए हर तरह की वाकफ़ियत भी जरूर होनी चाहिए" लाला ब्रजकिशोर नें जवाब दिया।

Enocompassing his throne a few short years;
If the gift carriage, and the pamper'd steed,
That wants no driving, and disdains the lead;
If guards, mechanically form'd in rank,
Playing, at beat of drum, their martial pranks,
Should' ring and standing as if stuck to stone,
While condescending majesty looks on-
If monarchy consist in such base things,
Sighing I say again, I pity sings!

William Cowper

\+ आजवन नरं युक्त मार्जवात् सव्यपत्नम्।।
अशक्तं मन्यमानास्तु धर्षयन्ति कुबुद्धयः।।

"दोषदर्शी मनुष्यों के लिए सब बातों मैं दोष मिल सक्ते हैं क्योंकि लाला साहबके सरल स्वभाव की बड़ाई सब संसार मैं हो रही है परंतु लाला ब्रजकिशोर को उस्मैं भी दोष ही दिखाई दिया! पंडित पुरुषोत्तमदास बोले।

"द्रव्य की लालूचियों की बड़ाई पर मैं क्या विश्वास करूँ? बिदुरजी कहते हैं कि "जाहि सराहत हैं सब ज्वारी-जाहि सराहत चंचल नारी। जाहि सराहत भाट बृथा ही। मानहुँ सो नर जीवत नहीं।।* लाला ब्रजकिशोर नें जवाब दिया।

मैं अच्छा हूँ या बुरा हूँ आपका क्या लेता हूँ? आप क्यों हात धोकर मेरे पीछे पड़े हैं? आपको मेरी रीति भाँति अच्छी नहीं लगती तो आप मेरे पास न आए?" लाला मदनमोहन नें बिगड़ कर कहा।

"मैं आपका शत्रु नहीं; मित्र हूँ परंतु आपको ऐसा ही जचता है तो अब मैं भी आपको अधिक परिश्रम नहीं दिया चाहता। मेरी इतनी ही लालसा है कि आपके बड़ों की बदौलत मैंने जो कुछ पाया है वह मैं आपकी भेंट कर करता जाऊँ" लाला ब्रजकिशोर लायकी सै कहने लगे "मैंने आपके बड़ो की कृपा सै विद्या धन पाया है जिस्का बड़ा हिस्सा मैं आपके सन्मुख रख चुका तथापि जो कुछ बाकी रहा है उस्को आप कृपा करके और अंगीकार कर लें मैं चाहता हूँ कि मुझसै आप भले ही अप्रसन्न रहें, मुझको हरगिज अपनें पास न रक्खें परंतु आपका मंगल हो। यदि इस बिगाड़ सै आपका कुछ मंगल होता हो तो मैं इसै ईश्वर की कृपा समझूँगा, आप मेरेदोषों को ओर दृष्टि न दें। मेरी थोथी बातों मैं जो कुछ गुण निकलता हो उसे ग्रहण करें। हजरत सादी कहते हैं "भींत लिख्यो तिख्यो उपदेशजू कोऊ।। सादर ग्रहण कीजिए सोऊ।।++" इसलिए आप स्वपक्ष और विपक्ष का विचार छोड़कर गुण संग्रह करनें पर दृष्टि रक्खैं आपका बरताव अच्छा होगा तो मैं क्या हूँ? बड़े-बड़े लायक आदमी आपको सहज मैं मिल जाएँगे, परंतु आपका बरताव अच्छा न हुआ तो जो होंगे वह भी जाते रहेंगे, एक छोटेसे पखेरू ही क्या हैं? जहाँ रात हो जाए वही उस्का रैन बसेरा हो सक्ता है परंतु वह फलदार वृक्ष सदा हरा भरा रहना चाहिए जिस्के आश्रय से पक्षी जाते हों।"

"बहुत कहनें सै क्या है? आपको हमसै संबंध रखना हो तो हमारी मर्जी के मूजिब रक्खो, नहीं तो अपना रस्ता लो। हमसै अब आपके तानें नहीं सहे जाते" लाला मदनमोहन नें ब्रजकिशोर को नरम देखकर ज्यादः दबानें की तजबीज की।

"बहुत अच्छा! मैं जाता हूँ। बहुत लोग जाहरी इज्जत बनानें के लिए, भीतरी इज्जत खो बैठते हैं परंतु मैं उन्मैं का नहीं हूँ। तुलसीकृत रामायण मैं रघुनाथजी नें

---

* यं प्रशंसन्ति कितवः यं प्रशंसन्ति चारणाः।।
यं प्रशंसन्ति बन्धक्यो न सजीवतिमानवः।।

++ मर्द्र बायद कि गीरद अन्दरगोश।।
बर नबिश्तस्द पन्दबर दीवार।।

कहा हैं "जो हम निदरहि विप्रवद्ध सत्यसुनहु भृगुनाथ।। तो अस को जग सुभटतिहिं भय बस नावहि मांथ।" सोई प्रसंग इस्सयम मेरे लिए वर्तमान है। एथेन्समैं जिन दिनों तीस अन्याइयोंकी कौन्सिल का अधिकार था, एकबार कौन्सिलनें सेक्रिटीज को बुलाकर हुक्म दिया कि तुम लिओ नामी धनवान को पकड़ लाओ जिस्सै उस्का माल जब्त किया जाए" सेक्रिटीजनें जवाब दिया कि "एक अनुचित काममैं मैं अपनी प्रसन्नतासै कभी सहायता न करूँगा" कौन्सिल के प्रैसिन्डेन्टने धमकी दी कि 'तुम को आज्ञा उल्लंघन करने के कारण कठोर दंड मिलेगा" सेक्रिटीजन नें कहा कि "यह तो मैं पहले हीसै जान्ता हूँ परंतु मेरे निकट अनुचित काम करनें के बराबर कोई कठोर दंड नहीं है" लाला ब्रजकिशोर बोले।

"जब आप हमको छोड़नें का ही पक्का बिचार कर चुके तो फिर इतना बादबिबाद करनेंसवै क्या लाभ? हमारे प्रारब्धमैं होगा वह हम भुगतलेंगे, आप अधिक परिश्रम न करैं।" लाला मदनमोहननें त्योगीं बदलकर कहा।

"अब मैं जाता हूँ। ईश्वर आपका मंगल करे। बहुत दिन पास रहनें के कारण जानें बिना जानें अब तक जो अपराध हुए हो वह क्षमा करना" यह कह कर लाला ब्रजकिशोर तत्काल अपनें मकानको चले गए।

लाला ब्रजकिशोर के गए पीछै मदनमोहनके जीमैं कुछ, कुछ पछतावा सा हुआ, वह समझे कि "मैं अपनें हठसै आज एक लायक आदमीको खो बैठा परन्तु अब क्या? अब तो जो होना था हो चुका। इस्समय हार माननें सै सबके आगे लज्जित होना पड़ेगा और इस्समय ब्रजकिशोरके बिना कुछ हर्ज भी नहीं, हाँ ब्रजकिशोरनें हरकिशोरको सहायता दी तो कैसी होगी? क्या करैं? हमको लज्जित होना न पड़े और सफाई की कोई राह निकल आवे तो अच्छा हो" लाला मदनमोहन इसी सोच बिचार मैं बड़ी देर बैठे रहे मन की निर्बलता सै कोई बात निश्चय न कर सके।

प्रकरण-20

↕

कृतज्ञता.

तृणहु उतारे जनगनत कोटि मुहर उपकार
प्राण दियेहु दुष्टजन करत बैर ब्यवहार।।*

भोजप्रबंधसार.

---

* सन्त स्तृणोत्तारणमृतमांगात् सुवर्णकोटयर्पणभां मनन्ति।।
प्राणव्ययेनापि कृतोपकाराः खलाः परम्बैरामिवोद्वहिन्त।।

लाला ब्रजकिशोर मदनमोहन के पास सै उठकर घर को जानें लगे उस्समय उन्का मन मदनमोहन की दशा देखकर दुःख सै बिबस हुआ जाता था। वह बारम्बार सोचते थे कि मदनमोहन नें केवल अपना ही नुक्सान नहीं किया अपने बाल बच्चों को हक भी डबो दिया। मदनमोहन ने केवल अपनी पूँजी ही नहीं अपनें ऊपर कर्ज भी कर लिया।

भला! लाला मदनमोहन को कर्ज़ करनें की क्या जरूरत थी? जो यह पहलै ही सै प्रबंध करनें की रीति जान्कर तत्काल अपनें आमद खर्च का बंदोबस्त कर लेते हैं तो इन्का क्या, इन्के बेटे पोतों को भी तंगी उठानें की कुछ जरूरत न थी। मैं आप तकलीफ़ सै रहनें को, निर्लज्जता सै रहनें को, बदइन्तजामी सै रहनें को, अथवा किसी हकदार से हक मैं कमी करनें को पसंद नहीं करता, परंतु इन्को तो इन्बातों के लिए उद्योग करनें भी की कुछ जरूरत न थी। यह तो अपनी आमदनी का बंदोबस्त करके असल पूँजी के हाथ लगाए बिना अमीरी ठाठ सै उमरभर चैन कर सक्ते थे बिदुरजी नें कहा है "फल अपक्क जो बृक्ष ते तोर लेते नर कोय।। फल को रस पावै नहीं नास बीजको होय।। नासबीज को हाय यहै निज चित्त विचारै।। पके, पके फललेई समय परिपाक निहारै।। पके, फललेई स्वाद रस लहै बुद्धिबल।। फलते पावै बीज, बीजते होइ बहुरिफल।।+" यह उपदेश सब नीतिका सार की है परंतु जहाँ मालिक को अनुभव न हो, निकटवर्ती स्वार्थपर हों वहाँ यह बात कैसे हो सक्ती है? जैसे माली बाग को राखत हितचित चाहि। तैसै जो कोला करत कहा दरद है ताहि?"

लाला मदनमोहन अब तक कर्जदारी की दूर्दशा का बृतान्त नहीं जान्ते।

जिस्समय कर्जदार वादे पर रुपया नहीं दे सक्ता उसी समय सै लेनदार को अपने कर्ज के अनुसार कर्जदार की जायदाद और स्वतंत्रता पर अधिकार हो जाता है। वह कर्जदार को कठोर से कठोर वाक्य "बेईमान" कह सक्ता है, रास्ता चल्ते मैं उस्का हाथ पकड़ सक्ता है। यह कैसी लज्जा की बात है कि एक मनुष्य को देखते ही डर के मारे छाती धड़कने लगे और शर्म के मारे आँखे नीची हो जाएँ, सब लोग लाला मदनमोहन की तरह फ़िजूल खर्ची और झूँठी ठसक दिखानें मैं बरबाद नहीं होते सौ मैं दो, एक समझवार भी किस का काम बिगड़ जानें सै या किसी की जामनी कर देनें सै या किसी और उचित कारण सै इस आफत मैं फँस जाते हैं परंतु बहुधा लोग अमीरों की सी ठसक दिखानें मैं और अपनें बूते रौ बढ़कर चलनें मैं कर्जदार होते हैं।

क़र्ज़दारी मैं सबसै बड़ा दोष यह है कि जो मनुष्य, धर्मात्मा होता है वह भी कर्जमैं फँसकर लाचारी सै अधर्म की राह चलनें लगता है। जब सै कर्ज लेने की इच्छा

\+ बनस्पतेरपक्वानि फलानिप्रचिनोति यः।।
सनाप्नोति रसं तेभ्यो बीजंचास्यविनश्यति।।
यस्तु पक्वमुपादत्ते काले परिणतं बलं।।
फलाद्रसं सलभते बीज च्चैव फलं पुनः।।

होती है तब हीसै लेनेंवाले को ललचानें, और अपनी साहूकारी दिखानें के लिए तरह, तरह की बनावट की जाती है। एकबार कर्ज़ लिए पीछै कर्ज़ लेनें का चस्का पड़ जाता है और समय पर कर्ज नहीं चुका सक्ता तब लेनदार को धीर्य देनें और उस्की दृष्टि मैं साहूकार दीखेनें के लिए ज्यादाः, ज्यादाः कर्ज मैं जकड़ता जाता है और लेनदार का कड़ा तकाजा हुआ तो उस्का कर्ज चुकानें के लिए अधर्म करनें की रूचि हो जाती है। कर्जदार झूठ बोलनें सै नहीं डरता और झूठ बोले पीछै उस्की साख नहीं रहती। वह अपनें बाल बच्चों के हक़ मैं दुश्मन सै अधिक बुराई करता है। मित्रों को तरह, तरह की जोखों मैं फँसाता है अपनी घड़ी भर की मौज के लिए आप जन्मभर के बंधन मैं पड़ता है और अपनी अनुचित इच्छा को सजीवन करनें के लिए आप मर मिटता है।

बहुत सै अबिचारी लोग कर्ज चुकानें की अपेक्षा उदारता को अधिक समझते हैं इस्का कारण यह है कि उदारता सै यश मिल्ता है, लोग जगह, जगह उदार मनुष्य की बड़ाई करते फिरते हैं परंतु क़र्ज चुकाना केवल इंसाफ है इसलिए उस्की तारीफ कोई नहीं करता, इंसाफ को लोग साधारण नेकी समझते हैं, इस कारण उस्की निस्बत उदारता की ज्यादः कदर करते हैं जो बहुधा स्वभाव की तेजी और अभिमान से प्रगट होती है परंतु बुद्धिमानी सै कुछ संबंध नहीं रखती। किसी उदार मनुष्य सै उस्का नौकर जाकर कहै कि फ़लाना लेनदार रुपेका तकाज़ा करनें आया है और आप के फ़लानें ग़रीब मित्र अपनें निर्बाह के लिए आप की सहायता चाहते हैं वह उदार मनुष्य तत्काल कह देगा कि लेनदार अपनें को टाल दो और उस गरीब को रुपे देदो क्यों कि लेनदार का क्या? वह तो अपनें लेनें लेता इस्के देनें सै वाह वाह होगी।

परंतु इंसाफ का अर्थ लोग अच्छी तरह नहीं समझते क्योंकि जिस्के लिए जो करना चाहिए वह करना इंसाफ है इसलिए इंसाफ मैं सब नेकिए आगई। इंसाफ का काम वह है जिस्मैं ईश्वर की तरफ का कर्त्तव्य, और अपनी आत्मा की तरफ कर्त्तव्य अच्छी तरह संपन्न होता हो। इंसाफ सब नेकियों की जड़ है और सब नेकियाँ उस्की शाखा प्रशाखा हैं, इंसाफ की सहायता बिना कोई बात मध्यम भाव सै न होगी तो सरलता अविवेक, बहादुरी दुराग्रह, परोपकार अन्समझी और उदारता फिजूलखर्ची हो जाएँगी।

कोई स्वार्थ रहित काम इंसाफ के साथ न किया जाए तो उस्की सूरत ही बदल जाती है और उसका परिणाम बहुधा भयंकर होता है। सिवाय की रकम मैं सै अच्छे कामों मैं लगाए पीछै कुछ रुपया बचै और वो निर्दोष दिल्लगी की बातों मैं खर्च किया जाए तो उस्को कोई अनुचित नहीं बता सक्ता परंतु कर्त्तव्य कामों को अटका कर दिल्लगी की बातों मैं रुपया या समय खर्च करना अभी अच्छा नहीं हो सक्ता, अपनें बूते मूजब उचित रीति सै औरों की सहायता करनी मनुष्य का फर्ज़ है परंतु इस्का यह अर्थ नहीं है कि अपनें मन की अनुचित इच्छाओं को पूरा करनें का उपाय करै अथवा ऐसी उदारता पर क़मर बाँधे कि आगै को अपना कर्त्तव्य संपादन करनें के

लिए और किसी अच्छे काम मैं खर्च करनें के लिये अपनें पास फूटी कौड़ी न बचे बल्कि सिवाय म कर्ज होजाए।

अफ़सोस लाला मदनमोहन की इस्समय ऐसी ही दशा हो रही है। इन्पर चारों तरफ़ सै आफत के बादल उमड़े चले आते हैं परंतु इन्है कुछ खबर नहीं है बिदुरजी नें सच कहा हैः–'बुद्धिभ्रंशते लहत बिना सहि।। ताहि अनीति नीतिसी भासहि।।"*

इस तरह सै अनेक प्रकार के सोच विचार में डूबे हुए लाला ब्रजकिशोर अपनें मकान पर पहुँचे परंतु उन्के चित्त को किसी बात सै जरा भी धैर्य न हुआ।

लाला ब्रजकिशोर कठिन से कठिन समय मैं अपनें मन को स्थिर रख सक्ते थे परंतु इस्समय उन्का चित्त ठिकानें न था। उन्नें यह काम अच्छा किया कि बुरा किया? इस बात का निश्चय वह आप नहीं कर सक्ते थे। वह कहते थे कि इस दशा मैं मदनमोहन का काम बहुत दिन नहीं चलेगा और उस्समय ये सब रुपे के मित्र मदनमोहन को छोड़कर अपनें, अपनें रस्ते लगेंगे परंतु मैं क्या करूँ? मुझको कोई रास्ता नहीं दिखाई देता और इस्समय मुझ सै मदनमोहन की कुछ सहायता न हो सकी तो मैंने संसार मैं जन्म लेकर क्या किया?

फ्राँस के चौथे हेन्री नें डी ला ट्रेमाइल को देशनिकाला दिया था और काउण्ट डी आविग्नी उस्सै मेल रखता था। इस्पर एक दिन चौथे हेन्री नें डी आविग्नी सै कहा कि "तुम अबतक डी ला ट्रेमाइल की मित्रता कैसै नहीं छोड़ते?" डी आविग्नी नें जवाब दिया कि मैं ऐसी हालत मैं उस्की मित्रता नहीं छोड़ सक्ता क्योंकि मेरी मित्रता के उपयोग करनें का काम तो उस्को अभी पड़ा है।"

पृथ्वीराज महोबेकी लड़ाई मैं बहुत घायल होकर मुर्दो के शामिल पड़े थे और संजमराय भी उन्के बराबर उसी दशा मैं पड़ा था। उस्समय एक गिद्ध आके पृथ्वीराज की आँख निकालने लगा। पृथ्वीराज को उस्के रोकनें की सामर्थ्य न थी इसपर संजमराय पृथ्वीराजको बचानें के लिए अपनें शरीर का माँस काट, काट कर गिद्ध के आगे फैकनें लगा जिस्सै पृथ्वीराज की आँखैं बच गईं और थोड़ी देर मैं चन्द वगैर आ पहुँचे।

हेन्री रिचमन्ड, पीटरके भय से ब्रीटनी छोड़ कर फ्राँन्सको भागनें लगा उस्समय उस्के सेवक सीमारनें उस्के वस्त्र पहन. कर उस्की जोखों अपनें सिर ली और उस्को साफ निकाल दिया।

क्या इस्तरहसै मैं मदनमोहन की कुछ सहायता इस्समय नहीं कर सक्ता! यदि हमइस काममैं मेरी जान भी जाती रहै तो कुछ चिंता नहीं। जब मैं उन्को अनसमझ जान कर उनके कहनें सै उन्है छोड़ आया तो मैंनें कौन्सी बुद्धिमानी की? पर मैं रह कर क्या करता? हाँ मैं हाँ मिला कर रहना रोगी को कुपथ्य देनें सै कम न था और

---

* बुद्धौ कलुषभूतायां बिनाशे प्रत्युपस्थिते।।
अनर्यो नयसंकाशो हृदयान्नाप र्सपति।।

ऐसे अवसर पर उन्का नुक्सान देखकर चुप हो रहना भी स्वार्थपरता सै क्या कम था? मेरा विचार सदैव सै यह रहता है कि काम रहता तो विधिपूर्वक करना होसके तो चुप हो रहना, बेगार तक को बेगार न समझाना परंतु वहाँ तो मेरे वाजबी कहनें सै उल्टा असर होता था और दिनपर दिन जिद बढ़ती जाती थी। मैंनें बहुत धैर्य सै उन्को राह पर लानें के उपाय कियें पर उन्नें किसी हालत मैं अपनी हद से आगै बढ़ना मंजूर न किया।

असल तो ये है कि अब मदनमोहन बच्चे नहीं रहे, उन्की उम्र पक गई किसी का दबाव उन्पर नहीं रहा, लोगोंने हाँ मैं हाँ मिला कर उन्की भूलों को और दृढ़ कर दिया। रुपे के कारण उन्को अपनी भूलों का फल मिला और संसारके दुःख सुखका अनुभव न होनें पाया बस रंग पक्का हो गया। बिदुरजी कहते हैं कि "सन्त असन्त तपस्वी चोर। पापी सुकृति हृदय कठोर।। तैसो होय बसे जिहि संग।। जैसो होत बसन मिल रंग।।"*

यदि सावधान हों तो अंगद हनुमान की तरह उन्की आज्ञा का पालन करनें मैं सब कर्तव्य संपादन हो जाते हैं परंतु जहाँ ऐसा होता वहीं बड़ी कठिनाई पड़ती है। सकड़ी गली मैं हाथी नहीं चल्ता तब महावत कूढ़ बाजता है। वृन्द कहता है कि 'ताकों त्यो समझाइये जो समझे जिहिं बानि।। बैन कहत मग अंधकों अरु बहरे को पानि।।" जिस तरह सुग्रीव भोगविलास मैं फँस गया तब रघुनाथजी केवल उस्को धमकी देकर राह पर ले आए थे इस तरह लाला मदनमोहन के लिए क्या कोई उपाय नहीं हो सक्ता? हे जगदीश! इस कठिन काम मैं तू मेरी सहायता कर।

लाला ब्रजकिशोर इन्बातों के विचार मैं ऐसे डूबे हुए थे कि उन्को अपना देहानुस्नधान न था। एक बार वह सहसा कलम उठा कर कुछ लिखेनें लगे और किसी जगह को पूरा महसूल देकर एक जरूरी तार तत्काल भेज दिया। परंतु फिर उन्हीं बातों के सोच विचार मैं मग्न हो गए। इस्समय उन्के मुखसै अनायास कोई, कोई शब्द निकल जाते थे जिन्का अर्थ कुछ समझ मैं नहीं आता था। एकबार उन्नें कहा "तुलसीदास जी सच कहते हैं "षट्रस बहु प्रकार ब्यंजन कोउ दिन अरु रैन बखानें।। बिन बोले संतोष जनित सुख जाए खाए सोई पै जोनें।।" थोड़ी देर पीछे कहा "मुझको इस्समय इस बचन पर बरताव रखना पड़ेगा (वृन्द) झूंटहु ऐसो बोलिए साँच बराबर होए।। जो अंगुरी सों भीत पर चन्द्र दिखावे कोए।।" परंतु पानी जैसा दूध सै मिल जाता है तेल सै नहीं मिल्ता। विक्रमोर्बशी नाटक मैं उर्वशी के मुख सै सच्ची प्रीती के कारण पुरुषोत्तम की जगह पुरुरवा का नाम निकल गया था इसी तरह मेरे मुख के सै डरना तो वृथा निकल गया तो क्या होगा? थोड़ी देर पीछै कहा। "लोक निंदा सै डरना तो वृथा है जब वह लोग जगत जननी जनक नन्दिनी की झूँटी

---

* यदि सन्तं सेवति यद्यसन्तं तपस्विनं यदि वा स्तनमेव।।
बासो यथा रंगवशं प्रयाति तथा सतेषां वशमभ्युपैति।।

निंदा किए बिना नहीं रहे। श्रीकृष्णचन्द्र को जाति वालों के अपवाद का उपाए नारदजी सै पूछना पड़ा! तो हम जैसे तुच्छ मनुष्यों की क्या गिन्ती है, सादीनें लिखा है "एक विद्वान सै पूछा गया था कि कोई मनुष्य ऐसा होगा जो किसी रूपवान सुंदरी के साथ एकांत मैं बैठा हो दरवाजा बंद हो, पहरे वाला सोता हो, मन ललचा रहा हो, काम प्रबल हो++ और वह अपनें शम दम के बल सै निर्दोष बच सकै?" उसनें कहा कि "हाँ वह रूपवान सुन्दरी सै बच सक्ता है परंतु निन्दकों की निन्दा सै नहीं बच सक्ता।" फिर लोक निन्दा के भय सै अपना कर्त्तव्य न करना बड़ी भूल है धर्म्म औरों के लिए नहीं अपनें लिए और अपनें लिए भी फल की इच्छा सै नहीं, अपना कर्त्तव्य पूरा करनें के लिए करना चाहिए परंतु धर्म्म अधर्म होजाए, नेंकी करते बुराई पल्ले पड़े। औरों की निकालती बार आप गोता खानें लगें तो कैसा हो? रुपेका लालच बड़ा प्रबल है और निर्धनौं को तो उन्के काम निकालनें की चाबी होनें के कारण बहुत ही ललचाता है" थोड़ी देर पीछै कहा "हलधरदास नें कहा है "बिन काले मुख नहिं पलाश को अरुणाई है।। बिन बूडे। समुद्र काहु मुक्ता पाई है।।" इसी तरह गोल्ड स्मिथ कहता है कि "साहस किए बिना अलभ्य वस्तु हाथ नहीं लग सक्ती" इसलिए ऐसै साहसी कामों मैं अपनी नीयत अच्छी रखनी चाहिये यदि अपनी नीयत अच्छी होगी तो ईश्वर अवश्य सहायता करैगा और डूब भी जाँएगे तो अपनी स्वरूप हानि न होगी"।

प्रकरण-21

↕

पतिब्रता.

पतिके संग जीवन मरण पति हर्षे हर्षाय
स्नेहमई कुलनारि की उपमा लखी न जाय*

शारंगधरे.

लाला ब्रजकिशोर न जानें कब तक इसी भंवर जाल मैं फँसे रहते परंतु मदनमोहन की पतिब्रता स्त्री के पास सै उस्के दो नन्हें, बच्चों को लेकर एक बुढ़िया आ पहुँची इस्सै ब्रजकिशोर का ध्यान बट गया।

उन बालकों की आँखों मैं नींद घुल रही थी उन्को आतेही ब्रजकिशोर नें बड़े प्यार सै अपनी गोद मैं बिठा लिया और बुढ़िया सै कहा "इन्को इस्समय क्यों हैरान किया? देख इन्की आँखों मैं नींद घुल रही है जिस्सै ऐसा मालूम होता है कि मानो यह भी अपनें बाप के काम काज की निर्बल अवस्था देखकर उदार हो रहे हैं" उन्को

---

* जीवति जीवति नाथे मृतेमृता या मुदायुता मुदिते।।
सहजस्नेह रसाला कुलबनिता केन तुल्यासृयात्।।

छाती सै लगाकर कहा शाबास! बेटे शाबास! तुम अपनें बाप की भूल नहीं समझते तोभी उदास मालूम होते हो परंतु वह सब कुछ समझता है तोभी तुम्हारी हानि लाभ का कुछ विचार नहीं करता। झूँटी जिद अथवा हठधर्मी सै तुम्हारा वाजबी हक खोए देता है तुम्हारे बाप को लोग बड़ा उदार और दयालु बताते हैं परंतु वह कैसा कठोर चित्त है कि अपनें गुलाब जैसे कोमल, और गंगाजल जैसे निर्मल बालकों के साथ विश्वासघात करके उन्को जन्म भर के लिए दरिद्री बनाए देता है वह नहीं जान्ता कि एक हकदार का हक छीनकर मुफ्तखोरों को लुटा देनें मैं कितना पाप है! कहो अब तुम्हारे बास्तै क्या मंगवाए?"

"खिनोंनें" (खिलौनें) छोटे नें कहा "बफ्फी" (बर्फी) बड़े बोले और दोनों ब्रजकिशोर की मूँछें पकड़ कर खेलनें लगे। ब्रजकिशोर नें बड़े प्यार सै उन्के गुलाबी गालों पर एक, एक मीठी चूमी ले ली और नौकरों को आवाज देकर खिलौनें और बरफी लानें का हुक्म दिया।

"जी! इन्की माँ नें ये बच्चे आप के पास भेजे हैं" बुढ़िया बोली "और कह दिया है कि इन्कौ आप के पाँओं मैं डालकर कह देना कि मुझको आप के क्रोधित होकर चले जानें का हाल सुन्कर बड़ी चिंता हो रही है, मुझको अपनें दुःख सुख का कुछ बिचार नहीं मैं तो उन्के साथ रहनें मैं सब तरह प्रसन्न हूँ परंतु इन छोटे, छोटे बच्चों की क्या दशा होगी? इन्को विद्या कौन पढ़ायगा? नीति कौन सिखायगा? इन्की उमर कैसै कटेगी? मैं नहीं जान्ती की आपको इस कठिन समय मैं अपना मन मार कर उन्की बुद्धि सुधारनी चाहिए थी अथवा उन्को अधर धार मैं लटका कर चले जाना चाहिए था? खैर? आप उन्पर नहीं तो अपनें कर्तव्य पर दृष्टि करें। अपनें कर्त्तव्य पर नहीं तो इन छोटे, बच्चों पर दया करें ये अपनी रक्षा आप नहीं कर सक्ते इन्का बोझ आपके सिर है आप इन्की खबर न लेंगे तो संसार मैं इन्का कहीं पता न लगेगा और ये बिचारें योंही झुर कर मर जाएँगे?"

यह बात सुनकर ब्रजकिशोर की आँखें भर आईं। थोड़ी देर कुछ नहीं बोला गया फिर चित्त स्थिर करके कहनें लगे" तुम बहन सै कह देना कि मुझको अपना कर्त्तव्य अच्छी तरह याद है परंतु क्या करूँ? मैं बिबस हूँ काल की कुटिल गति सै मुझ को अपनें मनोर्थ के विपरीत आचरण (बरताव) करना पड़ता है यद्यपि वह चिंता न करे। ईश्वर का कोई काम भलाई सै खाली नहीं होता, उस्नें इस्मैं भी अपना कुछ न कुछ हित ही सोचा ही होगा" लड़कों की तरफ देखकर कहा "बेटे! तुम कुछ उदास मत हो जिस तरह सूर्य चन्द्रमा को ग्रहण लग जाता है इसी तरह निर्दोष मनुष्यों पर भी कभी, कभी अनायास विपत्ति आ पड़ती है परंतु उस समय उन्हें अपनी निर्दोषता का विचार करके मनमैं धैर्य रखना चाहिए"

उन अनसमझ बच्चों को इन बातों की कुछ परवा न थी बरफी और खिलोनों के लालच सै उन्की नींद उड़ गई थी इस वास्तै वह तो हरेक चीज की उठाया धरी मैं लग रहे थे और ब्रजकिशोर पर तक़ाजा जारी था।

थोड़ी देर में बरफी और खिलौनें भी आ पहुँचे। इस्समय उन्की खुशी की हद न रही, ब्रजकिशोर दोनों की बरफी बाँटना चाहते थे इतनें मैं छोटा हाथ मार कर सब ले भागा और बड़ा उस्सै छीन्नें लगा तो सब की सब एक बार मुँह मैं रख गया। मुँह छोटा था इसलिए वह मुँह मैं नहीं समाती थी परंतु यह खुशी भी कुछ थोड़ी न थी कनअंखियों से बड़े की तरफ देखकर मुस्कराता जाता था और नाचता जाता था वह भोली, भोली सूरत ठुमक, ठुमक कर नाचना, छिप-छिप कर बड़े की तरफ देखना, सैन मारना उस्के मुस्करानें मैं दूध के छोटे, छोटे दाँतों की मोती की सी झलक देखकर थोड़ी देर के लिए ब्रजकिशोर अपनें सब चारा बिचार भूल गए, परंतु इस्को नाचता, कूदता देखकर अब बड़ा मचल पड़ा। उस्नें सब खिलौनें अपनें कब्जे मैं कर लिए और ठिनक, ठिनक कर रोनें लगा। ब्रजकिशोर उस्को बहुत समझाते थे कि "वह तुम्हारा छोटा भाई है तुम्हारें हिस्से की बरफी खाली तो क्या हुआ? तुम ही जानें दो" परंतु यहाँ इन्बातों की कुछ सुनाई न थी। इधर छोटे खिलोंनो की छीना झपटी मैं लग रहे थे! निदान ब्रजकिशोर को बड़े के वास्तै बरफी छोटे के वास्तै खिलौनें फिर मंगानें पड़े। जब दोनों की रजामंदी हो गई तो ब्रजकिशोर नें बड़ें प्यार से दोनों की एक मिठ्ठी (मीठी चूमी) देकर उन्हें बिदा कर किया और जाती बार बुढ़िया को समझा दिया कि "बहन को अच्छी तरह समझा देना वह कुछ चिंता न करे।"

परंतु बुढ़िया मकान पर पहुँची जितनें वहाँ की तो रंगत ही बदल गई थी। मदनमोहन के साले जगजीवनदास अपनी बहन को लिवा लेजानें के लिए मेरठ सै आए थे वह, अपनी माँ (अर्थात् मदनमोहन की सास) की तबियत अच्छी नहीं बताते थे और आज ही रात की रेल मैं अपनी बहन को मेरट लिवा लें जानें की तैयारी करा रहे थे। मदनमोहन की स्त्री के मनमैं इस्समय मदनमोहन को अकेले छोड़कर जानें की बिल्कुल न थी परंतु एक तो वह अपनें भाई सै लज्जा के मारे कुछ नहीं कह सक्ती थी दूसरे माँ की मांदंगीका मामला था तीसरे मदनमोहन हुक्म दे चुके थे इसलिए लाचार होकर उस्नें दो, एक दिन के वास्तै जानें की तैयार की थी।

मदनमोहन की स्त्री अपनें पतिकी सच्ची प्रीतिमान, शुभचिंतक दुःख, सुखकी साथन, और आज्ञा मैं रहनेंवाली थी और मदनमोहन भी प्रारंभ मैं उस्सै बहुत ही प्रीति रखता था परंतु जब सै वह चुन्नीलाल और शिंभूदयाल आदि नएँ मित्रों की संगति मैं बैठनें लगा, नाचंरग की धुनलगी, बेश्याओंके झूँठे हावभाव देखकर लोटपोट होगया?" अय! सुभान अल्लाह! क्या जोवन खिल रहा है!" वल्लाह! क्या बहार आ रही है?" चश्म बद्दूर क्या भोली, भोली सूरत है!" "अय! परे हटो!" मैं सदकै! मैं कुर्बान! मुझे न छेड़ो" खुदाकी कसम! मेरी तरफ तिरछी नजर सै न देखो!" बस यह चोचलेकी बाते चित्तमैं चुभ गई। किसी बातका अनुभव तो था ही नहीं। तरुणाई की तरंग, शिंभूदयाल ओर चुन्नीलाल आदिकी संगति, द्रव्य और अधिकार के नशे मैं ऐसा चकचूर हुआ कि लोक-परलोक की कुछ खबर न रही।

यह बिचारी सीधीं सादी सुयोग्य स्त्री अब गंवारी मालूम होने लगी। पहले-पहले कुछ दिन यह बात छिपी रही परंतु प्रीति के फूलमैं कीड़ा लगे पीछे वह रस कहाँ रह सक्ता है? उस्समय परस्पर के मिलाप सै किसी का जी नहीं भरताथा, बातों की गुलझटी कभी सुलझनें नहीं पाती थी, आधी बात मुखमैं और आधी बात होठोंही मैं हो जाती थी, आँख सै आँख मिल्तेही दोनों को अपनें आप हँसी आ जाती थी केवल हँसी नहीं उस हँसी मैं धूप छाया की तरह आधी प्रीति और आधी लज्जा की झलक दिखाई देती थी और सही प्रीति के कारण संसार की कोई वस्तु सुन्दरता मैं उस्सै अधिक नहीं मालूम होती थी। एक की गुप्त दृष्टि सदा दूसरे की ताक, झाँक में लगी रहती थी। क्या चित्रपट देखनें मैं, क्या रमणीक स्थानों की सैर करनें मैं, क्या हँसी दिल्लगी की बातों मैं कोई मौका नोंक झोंक सै खाली नहीं जाता था और संसार के सब सुख अपनें प्राण जीवन बिना उन्को फीके लगते थे परंतु अब वह बातें कहाँ हैं? उस्की स्त्री अबतक सब बातों मैं वैसी ही दृढ़ है बल्कि अज्ञान अवस्था की अपेक्षा अब अधिक प्रीति रखती है परंतु मदनमोहन का चित्त वह न रहा। वह उस बिचारी सै कोसों भागता है उस्को आफ़त समझता है क्या इन बातों सै अनसमझ तरुणों की प्रीति केवल आँखों मैं नहीं मालूम होती? क्या यह उस्की बेकदरी और झूँठी हिर्सका सबसै अधिक प्रमाण नहीं है? क्या यह जानें पीछै कोई बुद्धिमान ऐसे अनसमझ आदमियों की प्रतिज्ञाओं का विश्वास कर सकता है? क्या ऐसी पवित्र प्रीति के जोड़े मैं अंतर डालनें वालों को बाल्मीकी ऋषि का शाप+ भस्म न करेगा? क्या एक हकदार की सच्ची प्रीति के ऐसे चोरों को परमेश्वर के यहाँ सै कठिन दंड न होगा?

मदनमोहन की पतिब्रता स्त्री अपने पति पर क्रोध करना तो सीखी ही नहीं है। मदनमोहन उस्की दृष्टि मैं एक देवता है। वह अपनें ऊपर के सब दुःखों को मदनमोहन की सूरत देखते ही भूल जाती है और मदनमोहन के बड़े सै बड़े अपराधों को सदा जाना न जाना करती है। मदनमोहन महीनों उस्की याद नहीं करता परंतु वह केवल मदनमोहन को देखकर जीती है। वह अपना जीवन अपनें लिए नहीं; अपनें प्राणपति के लिए समझती है। जब वह मदनमोहन को कुछ उदास देखती है तो सै उस्का शरीर सूखकर काँटा हो गया है। उस्को अपनें खानें पीनें की बिल्कुल लालसा नहीं है परंतु वह मदनमोहन क खानें पीनें की सब से अधिक चिंता रखती है। वह सदा मदनमोहन की बड़ाई करती रहती है और जो लोग निंदा करते हैं वह उन्की शत्रु बन जाती है। वह सदा मदनमोहन को प्रसन्न रखनें के लिए उपाय करती है उस्के सम्मुख प्रसन्न रहती है अपना दुःख उस्को नहीं जताती और सच्ची प्रीति सै बड़प्पन का विचार रखकर भय और सावधानी के साथ उस्की आज्ञा प्रतिपालन करती रहती है।

\+ मानिषादप्रतिष्ठात्वपगमः साश्वतीसमाः।।
यतक्रौंचमिथुनोदकमवधीःकाममोहितम्।।

थोड़े खर्च मैं घर का प्रबंध ऐसी अच्छी तरह कर रक्खा है कि मदनमोहन को घर के कामों मैं जरा परिश्रम नहीं करना पड़ता जिस्पर फुर्सत के समय खाली बैठकर और लोगों की पंचायत और स्त्रियों के गहनें गाँठे की थोथी बातों के बदले कुछ, कुछ लिखनें पढ़नें, कसीदा काढ़ने और चित्रादि बनानें का अभ्यास रखती है। बच्चे छोटे हैं परंतु उन्को खेल ही खेल मैं अभी से नीति के तत्व समझाए जाते हैं औ बेमालूम रीति सै धीरे, धीरे हरेक वस्तु का ज्ञान बढ़ाकर ज्ञान बढ़ानें की उन्की स्वाभाविक रुचि को उत्तेजित दिया जाता है परंतु उन्के मन पर किसी तरह को बोझ नहीं डाला जाता उन्के निर्दोष खेलकूद और हँसनें बोलनें की स्वतंत्रता मैं किसी तरह की बाधा नहीं होनें पाती।

मदनमोहन की स्त्री अपनें पतिको किसी समय मौकेसै नेक सलाह भी देती है परंतु बड़ोंकी तरह दबाकर नहीं। बराबर वालों की तरह झगड़ कर नहीं। छोटों की तरह अपने पतिकी पदवीका बिचार करके उनके चित दुःखित होनें का विचार करके, अपनी अज्ञानता प्रगट करके, स्त्रियोंकी ओछी समझ जता कर धीरजसै अपना भाव प्रगट करती है परंतु कभी लोटकर जवाब नहीं देती, बिवाद नहीं करती। वह बुद्धिमती चुन्नीलाल और शिंभूदयाल इत्यादि की स्वार्थपरतासै अच्छी तरह भेदी है परंतु पति की ताबेदारी करना अपना कर्त्तव्य समझ कर समयकी बाट देख रही है और ब्रजकिशोर को मदनमोहनका सच्चा शुभचिंतक जान्कर केवल उसीसै मदनमोहनकी भलाई की आशा रखती है वह कभी ब्रजकिशोर सै सन्मुख होकर नहीं मिली परंतु उसको धर्म्मका भाई मान्ती है और केवल अपनें पतिकी भलाईके लिए जो कुछ नया वृतांत कहलाने के लायक मालूम होता है वह गुपचुप उस्सै कहला भेजती हैं। ब्रजकिशोर भी उस्को धर्म्म की बहन समझता है इस कारण आज ब्रजकिशोर अनायास क्रोध करके चले जानें पर उस्नें मदनमोहन के हकमैं ब्रजकिशोर की दया उत्पन्न करनें केलिए इस्समय अपनें नन्हें बच्चों को टहलनीके साथ ब्रजकिशोरके पास भेज दिया था परंतु वह लोटकर आए इतनें में अपनी ही मेरठ जानें की तैयारी होगई और रातों रात वहाँ जाना पड़ा। लाला ब्रजकिशोर उठकर कपड़े नहीं उतारनें पाए थे इतनें मैं हरकिशोर आ पहुँचा।

प्रकरण-22

↕

संशय

अज्ञपुरुष श्रद्धा रहित संशय युत विनशाय।।
बिनाश्रद्धा दुहं लाकमैं ताकों सुख न लखाय।।*

श्रीमद्भगवद्गीता।।

* अज्ञश्चाश्रद्दधानश्च संशयात्मा बिनश्यति।।
नायलीको स्तिनपरो नसुर्ख संशयात्मनः।।

"क्यों! भाई! आज तुम अपनें पुरानें मित्रसै कैसै लड़ आए?" ब्रजकिशोर ने पूछा।

"इस्सै आपको क्या? आपके हाँ तो घीके दिए जल गए होंगे" हरकिशोर नें जवाब दिया।

"मेरे हाँ घीके दिए जलनें में इस्मैं कौन्सी बात थी?" ब्रजकिशोर नें पूछा।

"आप हमारी मित्रता देखकर सदैव जला करते थे आज वह जलन मिट गई"

"क्या तुम्हारें मन मैं अब तक यह झूँटा बहम समा रहा हैं" ब्रजकिशोरनें पूछा।

"इस्मैं कुछ संदेह नहीं" हरकिशोर हुज्जत करनें लगा। "मैं ठेठसै देखता आता हूँ कि आप मुझको देखकर जल्ते हैं। मेरी और मदनमोहन की मित्रता देखकर आपकी छाती पर साँप लोटता है। आपनें हमारा परस्पर बिगाड़ करनेंके लिए कुछ थोड़े उपाय किए? मदनमोहनके पिता को थोड़ा भड़काया? जिस दिन मेरे लड़के की बारातमैं शहरके सब प्रतिष्ठित मनुष्य आए थे उन्को देखकर आपके जीमैं कुछ थोड़ा दुःख हुआ?" शहरके सब प्रतिष्ठित मनुष्योंसै मेरा मेल देखकर आप नहींकुढ़ते? आप मेरी तारीफ सुनकर कभी अपने मनमैं प्रसन्न हुए? आपनें किसी काममैं मुझको सहायता दी। मैंने अपनें लड़के के बिबाहमैं मजलिस की थी आपनें मजलिस करनैसे मुझे नहीं रोका? लोगों के बिबाहमैं मजलिस की थी आपनें मजलिस करनैसे मुझे नहीं रोका? लोगोके आगे मुझको बावला नहीं बताया? बहुत कहनें सै क्या है? आज ही मदनमोहन का मेरा बिगाड़ सुन्कर कचहरीसै वहाँ झटपट दोड़गए और दो घंटे एकांतमैं बैठकर उस्को अपनी इच्छानुसार पट्टी पढ़ा दी मुझको इन बातोंकी क्या परवा है? आप और वह दोनों मिल्कर मेरा क्या कर सक्ते हो? मैं सब समझलूँगा।"

लाला ब्रजकिशोर ये बातें सुन, सुनकर मुस्कराते जाते थे। अब वह धीरज सै बोले "भाई! तुम बृथा वहम का भूत बनकर इतना डरते हो। इस बहमका ठिकाना है?" तुम तत्काल इन बातों की सफाई करते चले जाते तो मनमैं इतना बहम सर्वथा नहीं रहता, क्या स्वच्छ अन्तःकरण का यही अर्थ है? मुझको जलन किस बात पर होती? तुम अपना सब काम छोड़कर दिन भर लोगों की हजारी साधते फिरोगे, उन्की चाकरी करोगे, उन्को तोहफ़ा तहायफ दोगे?, दस, दस बार मसाल लेकर उनके घर बुलानें जाओगे तो वह क्या न आवेंगे? अपनें गाँठ की दौलत खर्च करके उन्को नाच दिखाओगे तो वह क्यों न तारीफ करेंगे? परंतु यह तारीफ कितनी देरकी, वाह वाह कितनी देर की? कभी तुम पर आफत आ पड़ेगी तो इन्मैंसै कोई तुम्हारी सहायता को आवेगा? इस खर्चसै देशका कुछ भला हुआ? तुम्हारा कुछ भला हुआ? तुम्हारी संतान का कुछ भला हुआ? यदि इस फिजूल खर्ची के बदले लड़के के पढ़ानें लिखानें मैं यह रुपया लगाया जाता, अथवा किसी देश हितकारी काममैं खर्च होता तो निस्संदेह बड़ाई की बात थी परंतु मैं इस्मैं क्या तारीफ करता, क्या प्रसन्न होता, क्या सहायता करता, मुझको तुम्हारी भोली-भोली बातों पर बड़ा आश्चर्य था, इसी वास्तै

मैंने तुमको फिजूल खर्ची सै रोका था, तुमको बावला बताया था। परंतु तुम्हारी मेरी मनकी प्रीतिमैं कुछ अंतर कभी नहीं आया, क्या तुम यह विचारते हो कि जिस्सै संबंध हो उस्की उचित अनुचित हरेक बातका पक्षपात करना चाहिए? इंसाफ अपनें वास्ते नहीं केवल औरोंके वास्ते है? क्या हाथ मैं डिम-डिम लेकर सब जगह डोंडी पीटे बिना सच्ची प्रीति नहीं मालूम होती? इन सब बातोंमैं कोई बात तुम्हारी बड़ाईके लायक न हो तो भी तुम को प्रसन्न देखकर प्रसन्न होना तो घर फूँक तमाशा देखना है। मैं यह नहीं कहता कि मनुष्य ऐसे कुछ काम न करे, समय, समय पर अपनें बूते मूजिब सबकाम करनें योग्य हैं परंतु यह मामूली कारवाई है। जितना वैभव अधिक होता है उतनी ही धूमधाम बढ़ जाती है इसलिए इस्मैं कोई खास बात नहीं पाई जाती है। मैं चाहता हूँ कि तुम सै कोई देश हितैषी ऐसा काम बनें जिस्मैं मैं अपनें मनकी उमंग निकाल सकूँ। मनुष्य को जल उस मौके पर हुआ करती है जब वह आप उस लायक न हो परंतु तुम को जो बड़ाई बड़े परिश्रम से मिली है वह ईश्वर की कृपा सै मुझको बेमहनत मिल रही हैं। फिर मुझको जलन क्यों हो? तुम्हारी तरह खुशामद कर के मदनमोहन सै मेल किया चाहता तो मैं सहज मैं करलेता। परंतु मैंने आप यह चाल पसंद न की तो अपनी इच्छा सै छोड़ी हुई बातों के लिए मुझ को जलन क्यों हों? जलन की वृत्ति परमेश्वर नें मनुष्य को इसलिए दी है कि वह अपनें सै ऊँची पदवी के लिए लोगों को देखकर उचित रीति सै अपनी उन्नति का उद्योग करे परंतु जो लोग जलन के मारे औरों का नुक्सान करके उन्हें अपनी बराबर का बनाया चाहते हैं, वह मनुष्य के नाम को धब्बा लगाते हैं, मुझ को तुम सै केवल यह शिकायत थी और इसी विषय मैं तुम्हारे विपरीत चर्चा करनी पड़ी थी कि तुमनें मदनमोहन सै मित्रता करके मित्र के करनें का काम न किया, तुमको मदनमोहन के सुधारनें का उपाय करना चाहिए था। परंतु मैंने तुम्हारे बिगाड़ की कोई बात नहीं की। हाँ इस बहम का क्या ठिकाना है? खाते-पीते, बैठते, उठते, बिना जानें ऐसी सैकड़ों बातें बन जाती हैं कि जिन्का विचार किया करें तों एक दिन मैं बावले बन जाएँ। आए तो आए क्यों, बैठे तो बैठे क्यों, हँसे तो हँसे क्यों, फलानें सै क्या बात की, फलानें सै क्यो मिले? ऐसी निरर्थक बातों का विचार किया करें तो एक दिन काम न चले। छुटभैये सैकड़ों बातें बीच की बीच मैं बनाकर नित्य लड़ाई कर दिया करे। पर नहीं अपनें मन को सदैव दृढ़ रखना चाहिए निर्बल मन के मनुष्य जिस तरह की ज़रा जरासी बातों मैं बिगड़ खड़े होते हैं दृढ़ मन के मनुष्य को वैसी बातों की खबर भी नहीं होती इसलिए छोटी, छोटी बातों पर बिशेष बिचार करना कुछ तारीफ की बात नहीं है और निश्चय किए बिना किसी की निंदित बातों पर विश्वास न करना चाहिए। किसी बात मैं संदेह पड़ जाए तो स्वच्छ मन सै कह सुनकर उस्की तत्काल सफ़ाई कर लेनी अच्छी है क्योंकि ऐसी झूँटे, झूँटे बहम संदेह और मनः कल्पित बातों सै अब तक हजारों घर बिगड़ चुके हैं।''

"खैर! और बातों मैं आप चाहै जो कहें परंतु इतनी बात तो आप भी अंगीकार करते हैं कि मदनमोहन की और मेरी मित्रता के विषय मैं आपनें मेरे विपरीत चर्चा की। बस इतना प्रमाण मेरे कहनें की सचाई प्रकट करनें के लिए बहुत है" हरकिशोर कहनें लगा "आप का यह बरताव केवल मेरे संग नहीं बल्कि सब संसार के संग है। आप सबकी नुक्तेचीनी किया करते हैं"

"अब तो तुम अपनी बात को सब संसार के साथ मिलानें लगे, परंतु तुम्हारे कहने सै यह बात अंगीकार नहीं हो सक्ती, जो मनुष्य आप जैसा होता है वैसाही संसार को समझता है। मैनें अपना कर्तव्य समझकर अपनें मन के सच्चे, सच्चे बिचार तुम सै कह दिए। अब उन्को मानों या न मानों तुम्हैं अधिकार है " लाला ब्रजकिशार नें स्वतंत्रता सै कहा।

"आप सच्ची बात के प्रगट होनें सै कुछ संकोच न करैं। संबंधी हो अथवा बिगाना हो जिस्सै अपनी स्वार्थ हानि होती है उस्सै मनमैं अंतर तो पड़ही जाता है" हरकिशोर कहनें लगा "स्यमन्तक मणि के संदेह पर श्रीकृष्ण-बलदेव जैसै भाईयों मैं भी मन चाल पड़ गई। ब्रह्मसभा मैं अपमान होनें पर दक्ष और महादेव (ससुर—जँवाई) के बीच भी बिरोध हुए बिना न रहा।"

"तो यों साफ क्यों नहीं कहते कि मेरी तरह सै अब तक तुम्हारे मन मैं वही बिचार बन रहे हैं। मुझको कहना था वह कह चुका अब तुम्हारे मन मैं आवे जैसे समझते रहो" लाला ब्रजकिशोर नें बेपरवाई सै कहा।

"चालाक आदमियों की यह तो रीति ही होती है कि वह जैसी हवा देखते हैं वैसी बात करते हैं। अबतक मदनमोहन सै आपकी अनबन रहती थी अब मुकदमों का समय आते ही मेल हो गया! अबतक आप मदनमोहन सै मेरी मित्रता छुड़ानें का उपाय करते थे अब मुझको मित्रता रखनें के लिए समझानें लगे! सच है बुद्धिमान मनुष्य जो करना होता है वही करता है परंतु ओरों का ओलंभा मिटानें के लिए उन्के सिर मुफ्त का छप्पर जरूर धर देता है। अच्छा आपको लाला मदमोहन की नई मित्रता के लिए बधाई है और आपके मनोर्थ सफल करनें का उपाय बहुत लोग कर रहे हैं" हरकिशोर नें भरमा भरमी कहा।

"यह तुम क्या बक्ते हो, मेरा मनोर्थ क्या है? और मैंनें हवा देखकर कौन्सी चाल बदली?" लाला ब्रजकिशोर कहनें लगे "जैसै नावमैं बैठनें वाले को किनारे के बृक्ष चल्ते दिखाई देते हैं इसी तरह तुम्हारी चाल बदल जानें सै तुमको मेरी चाल मैं अन्तर मालूम पड़ता है। तुम्हारी तबियत को जाँचने के लिए तुमनें पहले सै कुछ नियम स्थिर कर रक्खे होते तो तुमको ऐसी भ्रांति कभी न होती। मैं ठेठ सै जिस्तरह मदनमोहन को चाहता था उसी तरह अब भी चाहता हूँ परंतु तुम्हारी तबियत ठिकानें नहीं है इस्सै तुम को बराबार मेरी चाल पर संदेह होता है सौ खैर! मुझै तो चाहै जैसा समझते रहो परंतु मदनमोहन के साथ बैर भाव मत रक्खो। तुच्छ बातों पर कलह

करना अनुचित है और बैरी सै भी बढ़ानें के बदले उस्के अपराध क्षमा करनें मैं बड़ाई मिलती है।"

"जी हाँ! पृथ्वीराज नें शहाबुद्दीन ग़ोरी को क्षमा करके जैसी बड़ाई पाई थी वह सब को प्रकट है" हरकिशोर नें कहा।

"आगे को हानि का संदेह मिटे पीछे पहले के अपराध क्षमा करनें चाहिए परंतु पृथ्वीराज नें ऐसा नहीं किया था इसी सै धोखा खाया और...........

"बस, बस यहीं रहनें दीजिए। मेरा मतलब निकल आया। आप अपनें मुख से ऐसी दशा मैं क्षमा करना अनुचित बता चुके उस्सै आगे सुन्कर मैं क्या करूँगा?" यह कह कर हरकिशोर, ब्रजकिशोर के बुलाते, बुलाते उठ कर चला गया।

और ब्रजकिशोर भी इनहीं बातों के सोच विचार मैं सै उठ कर पलंगपर जा लेटे।

प्रकरण-23

×

प्रामाणिकता

"एक प्रामाणिक मनुष्य परमेश्वर की सर्वोत्कृष्ट रचना है"+

पोप.

ब्रजकिशोर कौन् हैं? मदनमोहन की क्यों इतनी सहानुभूति (हमदर्दी) करतें हैं?

अच्छा! अब थोड़ी देर और कुछ काम नहीं है जितनें थोड़ा सा हाल इन्का सुनिए।

लाला ब्रजकिशोर गरीब माँ बाप के पुत्र हैं परंतु प्रामाणिक, सावधान, विद्वान और सरल स्वभाव हैं। इन्की अवस्था छोटी है तथापि अनुभव बहुत है। यह जो कहते हैं उसी के अनुसार चलते हैं। इन्की बहुत सी बातें अब तक इस पुस्तक मैं आचुकी हैं इसलिए कुछ विशेष लिखनें की जरूरत नहीं है तथापि इतना कहे बिना नहीं रहा जाता कि यह परमेश्वर की सृष्टि का एक उत्तम पदार्थ है, यह वकील है परंतु अपनी तरफ के मुकद्दमेवालों का झूँटा पक्षपात नहीं करते। झूँटे मुकद्दमे नहीं लेते, बूते सै ज्यादः काम नहीं उठाते, परंतु जो मुकद्दमे लेते हैं उन्की पैरवी बाजबी तौर पर बहुत अच्छी तरह करते हैं और बहुधा अन्याय सै सताए हुए गरीबों के मुकद्दमों में बे महन्ताना लिए पैरवी किया करते हैं, हाकिम और नगरनिवासियों को इन्की बात पर विश्वास है। यह स्वतंत्र मनुष्य हैं परन्तु स्वेच्छाचारी और अहंकारी नहीं हैं। अपनी स्वतंत्रता

\+ An Honest man is the noblest work of God.

Alexander Pope.

को उचित मर्यादा सै आगे नहीं बढ़ने देते। परमेश्वर और स्वधर्म पर दृढ़ विश्वास रखते हैं। बात सच कहते हैं परंतु ऐसी चतुराई सै कहते है कि इन्का कहना किसी को बुरा नहीं लगता और किसी की हक तल्फी भी नहीं होने पाती। यह थोथ़ी बातों पर विवाद नहीं करते और इन्के कर्त्तव्य मैं अन्तर न आता हो तो ये दूसरे की प्रसन्नता के लिए अकारण भी चुप हो रहते हैं अथवा केवल संकेत सा कर देते हैं। जहाँ तक औरों के हकमैं अंतर न आया ये अपनें ऊपर दुःख उठा कर भी परोपकार करते हैं; बैरी सै सावधान रहते हैं परंतु अपनें मन मैं उन्की तरफ का बैरभाव नहीं रखते। अपनी ठसक किसी को नहीं दिखलाया चाहते, यह मध्यम भाव सै रहनें को पसन्द करते है और इन्की भलमनसात सै सब लोग प्रसन्न हैं परंतु मदनमोहन को इन्की बातें अच्छी नहीं लगतीं। और लोगों सै यह केवल इतनी बात करते हैं जिस्मैं वह प्रसन्न रहें और इन्हें झूंट न बोलनी पड़े परंतु मदनमोहन सै ऐसा संबंध नहीं है। उस्की हानि लाभ को यह अपनी हानि लाभ सै अधिक समझते हैं इसी वास्तै इन्की उस्सै नहीं बन्ती। यह कहते हैं कि "जब तक कुछ काम न हो। अपने पल्ले मैं किसी तरह का दाग लगाए बिना हर तरह के आदमी सै अच्छी तरह मित्रता निभ सक्ती है परंतु काम पड़े पर उचित रीति बिना काम नहीं चलता"

"यह अपनी भूल जान्ते ही प्रसन्न सै उस्को अंगीकार करके उस्के सुधारनें का उद्योग करते हैं इसी तरह जो बात नहीं जान्ते उस्मैं अपनी झूँटी निपुणता दिखानें पर काम पड़ने पर उस्का अभ्यास करके जेम्सवाट की तरह अपनी सच्ची सावधानी सै लोगों को आश्चर्य मैं डालते हैं।

(बहुधा लोग जान्ते होंगे कि जेम्सवाट कलों के काम मैं एक प्रसिद्ध मनुष्य हो गया है उस्के समान काल मैं उस्की अपेक्षा बहुत लोग अधिक विद्वान् थे परंतु अपनें ज्ञान को काम मैं लानें के वास्ते जेम्सवाट नें जितनी महनत् की उतनी और किसी नें नहीं की। उस्नें हरेक पदार्थ की बारीकियों पर दृष्टि पहुँचानें के लिए खूब अभ्यास बढ़ाया। वह बढ़ई का पुत्र था। जब वह बालक था तब अपनें खिलोनों मैं सै बिद्या विषय ढूंढ निकालता था। उस्के बाप की दुकान मैं ग्रहोंके देखनें की कलें रक्खी थीं जिस्सै उस्को प्रकाश और ज्योतिष बिद्या का ब्यसन हुआ। उस्के शरीर मैं रोग उत्पन्न होनें सै उस्को बैद्यक सीखने की रुचि हुई। और बाहर गाँव मैं एकांत फिरनें की आदत सै उस्नें बनस्पति बिद्या और इतिहास का अभ्यास किया। गणितशास्त्र के औज़ार बनाते बनाते उस्को एक आर्गन बाजा बनानें की फ़र्मायश हुई। परन्तु उस्को उस्समय तक गाना एक नहीं आता था। इसलिए उस्नें प्रथम संगीत बिद्या का अभ्यास करके पीछे सै एक आर्गन बाजा बहुत अच्छा बना दिया। इसी तरफ एक बाफ़ की कल उस्की दुकान पर सुधरनें आई तब उस्नें गर्मी और बाफ विषयक बृतांत् सीखनें पर मन लगाया और किसी तरह की आशा अथवा किसी के उत्तेजना बिना इस काम मैं दस बरस परिश्रम करके बाफ़ की एक नई कल ढूँढ़

निकली जिस्सै उस्का नाम सदा के लिए अमर हो गया।

लाला ब्रजकिशोर को संसारी सुख भोगनें की तृष्णा नहीं है और द्रव्य की आवश्यकता यह केवल सांसारिक कार्य निर्वाह के लिए समझते हैं। इस्वास्तै संसारी कामों की जरूरत के लायक परिश्रम और धर्म सै रुपया पैदा किए पीछे बाकी का समय यह विद्याभ्यास और देशोपकारी बातों मैं लगाते हैं।

इन्के निकट उन गरीबों की सहायता करनें मैं सच्चा पुन्य है जो सचमुच अपना निर्वाह आप नहीं कर सक्ते, या जिन रोगियोंके पास इलाज करानें के लिए रुपया अथवा सेवा करनें के लिए कोई आदमी नहीं होता, ये उन अनसमझ बच्चों को पढ़ानें लिखानें मैं अथवा कारीगरी इत्यादि सिखाकर कमानें खानें के लायक बना देनें मैं सच्चा धर्म समझते हैं जिन्के माँ बाप दरिद्रता अथवा मूर्खता सै कुछ नहीं कर सक्ते। ये अपनें दशे मैं उपयोगी विद्याओं की चर्चा फैलनें, अच्छी पुस्तकों का और भाषाओं सै अनुवाद करवा कर अथवा नई बनवा कर अपनें देश मैं प्रचार करनें, और देश के सच्चे शुभचिंतक और योग्य पुरुषों को उत्तेजना देनें, और कलों की अथवा खेती आदि की सच्ची देश हितकारी बातों के प्रचलित करनें मैं सच्चा धर्म्म समझते हैं। परंतु शर्त यह है कि इन सब बातों मैं अपना कुछ स्वार्थ न हो, अपनी नामवरी का लालच न हो, किसी पर उपकार करनें का बोझ न डाला जाए बल्कि किसी को खबर ही न होने पाए।

इन्नें थोड़ी आमद मैं अपनें घरका प्रबंध बहुत अच्छा बाँध रक्खा है। इन्की आमदनी मामूली नहीं है तथापि जितनी आमदनी आती है उस्सै खर्च कम किया जाता है और उसी खर्च मैं भावी विवाह आदि का खर्च समझ कर उनके वास्तै क्रम सै सीग़ेवार रकम जमा हो जाती है। विवाहादि के खर्चो का मालूम बँध रहा है उन्मैं फिजूल खर्ची सर्वथा नहीं होने पाती परंतु वाजबी बातों मैं कसर भी नहीं रहती, इन्के सिवाए जो कुछ थोड़ा बहुत बचता है वह बिना बिचारे खर्च और नुक्सानादी के लिए अमानत रक्खा जाता है और विश्वास योग्य फायदे के कामों मैं लगानें सै उस्की वृद्धि भी की जाती है।

इन्कें दो भाईयों के पढ़ानें-लिखानें का बोझ इन्के सिर है, इसलिए ये उन्को प्रचलित विद्याभ्यास की रूढ़ी के सिबाय उन्के मानसिक बिचारों के सुधारनें पर सब सै अधिक दृष्टि रखते हैं। ये कहते हैं कि "मनुष्य के मन के विचार न सुधरे तो पढ़ने-लिखनें सै क्या लाभ हुआ?" इन्ने इतिहास और वर्तमान काल की दशा दिखा, दिखा कर भले बुरे कामों के परिणाम और उन्की बारीकी उन्के मन पर अच्छी तरह बैठा दी तथापि ये अपनी दूर दृष्टि से अपनी सम्हाल मैं गफ़लत नहीं करते उन्हैं कुसंगति मैं नहीं बैठनें देते। यह उन्के सं। ऐसी युक्ति सै बरतते हैं जिस्मैं न वो उद्धत होकर ढिठाई करनें योग्य होनें पावैं न भय सै उचित बात करनें मैं संकोच करैं। ये जान्ते हैं कि बच्चों के मनमैं गुरु के उपदेश सै इतना असर नहीं होता जितना

अपनें बड़ों का आचरण देखनें सै होता है इस लिए उन्को मुखसै उपदेश देकर उतनी बात नहीं सिखाते जितनी अपनी चालचलन सै उनके मन पर बैठाते हैं।

ब्रजकिशोर की सच्ची सावधानी सै हरेक काममैं सहायता मिल्ती है। सच्ची सावधानी मानों परमेश्वरकी तरफसै इन्को हरेक काम की राह बतानें वाली उपदेष्टा है परंतु लोग सच्ची सावधानी और चालाकीका भेद नहीं समझते। क्या सच्ची सावधानी और चालाकी एक है?

मनुष्य की प्रकृतिमैं बहुत सी उत्तमोत्तम वृत्ति मोजूद हैं परंतु सावधानीके बराबर कोई हितकारी नहीं है सावधान मनुष्य केवल अपनी तबियत पर ही नहीं औरोंकी तबियत पर भी अधिकार रखसक्ता है। वह दूसरेसै बात करते ही उसका स्वभाव पहचाना जाता है और उस्सै काम निकालनें का ढंग जान्ता है यदि मनुष्यमैं और गुण साधारण हों और सावधानी हो तो वह अच्छी तरह काम चला सक्ता है परंतु सावधानी बिना और गुणों से काम निकालना बहुत कठिन है।

जिस्तरह सावधानी उत्तम पुरुषोंके स्वभावमैं होती है इसी तरह चालाकी तुच्छ और कमीने आदमियोंकी तबियतमैं पाई जाती है। सावधानी हमको उत्तोमत्तम बातें बताती है और उन्के प्राप्त करनें के लिए उचित मार्ग दिखाती है। वह हर कामके परिणाम पर दृष्टि पहुँचाती है और आगे कुछ बिगाड़की सूरत मालूम हो तो झूँटे लालचके कामों को प्रारंभ सै पहले ही अटका देती है परंतु चालाकी अपनें आसपास की छोटी, छोटी चीजों को देख सक्ती है और केवल वर्तमान समय के फ़ायदोंका विचार रखती है, वह सदा अपनें स्वार्थ की तरफ झुकती है और जिस तरह हो सके, अपनें काम निकाल लेनें पर दृष्टि रखती है। सावधानी, आदमी की दृढ़ बुद्धिको कहते हैं और वह जों, लागोंमैं प्रगट होती जाती है, सावधान मनुष्य की प्रतिष्ठा बढ़ती जाती है परंतु चालाकी प्रगट हुए पीछे उसकी बातका असर नहीं रहता। चालाकी होशियारीकी नकल है और वह बहुधा जान्वरोंकी सी प्रकृतिके मनुष्योंमैं पाई जाती है इस लिए उस्मैं मनुष्य जन्मको भूषित करनें के लायक कोई बात नहीं है। वह अज्ञानियोंके निकट ऐसी समझी जाती है जैसे ठट्टेबाजी, चतुराई और भारी भरकम पना बुद्धिमानी समझे जाएँ।

लाला ब्रजकिशोर सच्ची सावधानी के कारण किसी के उपकार का बोझ अपनें ऊपर नहीं उठाया चाहते, किसी सै सिफारिश आदि की सहायता नहीं लिया चाहते, कोई काम अपनें आग्रह सै नहीं कराया चाहते, किसी को कच्ची सलाह नहीं देते, ईश्वर के सिवाय किसी भरोसे पर काम नहीं उठाते, अपनें अधिकार सै बढ़कर किसी काम मैं दस्तंदाजी नहीं करते, औरों की मारफ़त मामला करनेंके बदले रोबरू बातचीत करनें को अधिक पसंद करते हैं। वह लेनदेन मैं बड़े खरे हैं परंतु ईश्वर के नियमानुसार कोई मनुष्य सबके उपकारों से उऋण नहीं हो सक्ता। ईश्वर, गुरु और माता पितादि के उपकारों को बदला किसी तरह नहीं दिया जा सक्ता परंतु

ब्रजकिशोर पर केवल इन्हीं के उपकार का बोझ नहीं है वह इस्से सिवाए एक और मनुष्य के उपकार मैं भी बँध रहें हैं।

ब्रजकिशोर का पिता अत्यंत दरिद्री था। अपने पास सै फीस देकर ब्रजकिशोर की मदरसै मैं पढ़ानें की उस्की सामर्थ्य न थी और न वह इतनें दिन खाली रखकर ब्रजकिशोर को विद्या मैं निपुण किया चाहता था। परंतु मदनमोहन के पिता नें ब्रजकिशोर की बुद्धि और आचरण देखकर उसै अपनी तरफ सै ऊँचे दर्जे तक विद्या पढ़ाई थी, उस्की फीस अपनें पास सै दी थी। उस्की पुस्तकें अपनें पास सै ले दी थीं बल्कि उस्के घर का खर्च तक अपनें पास सै दिया था और यह सब बातैं ऐसी गुप्त रीति सै हुई कि इन्का हाल स्पष्ट रीति सै मदनमोहन को भी मालूम न होनें पाया था। ब्रजकिशोर उसी उपकार के बंधन सै इस्समय मदनमोहन के लिए इतनी कोशिश करते हैं।

प्रकरण-24

↕

(हाथसै पैदा करनें वाले)
(और पोतड़ों के अमीर)

अमिल द्रव्यहू यत्नते मिलै सु अवसर पाय।
संचितहू रक्षाबिना स्वतः नष्ट हो जाय।।+

हितोपदेशे.

मदनमोहन का पिता पुरानी चाल का आदमी था। वह अपना बूतादेखकर काम करता था और जो करता था वह कहता नहीं फिरता था। उस्नें केवल हिंदी पढ़ी थी। वह बहुत सीधा सादा मनुष्य था परंतु व्यापार मैं बड़ा निपुण था, साहूकारे मैं उस्की बड़ी साख थी। वह लोगों की देखा-देखी नहीं अपनी बुद्धि सै व्यापार करता था। उस्नें थोड़े व्यापार मैं अपनी सावधानीसै बहुत दौलत पैदा की थी। इस्समय जिस्तरह बहुधा मनुष्य तरह, तरह की बनावट और अन्याय से औरों की जमा मारकर साहूकार बन बैठते हैं, सोनें चांदी की जगमगाहट के नीचे अपनें घोर पापों को छिपाकर सज्जन बन्नें का दावा करते हैं, धनको अपनी पाप वासना पूरी करनें का एक साधन समझते हैं ऐसा उस्नें नहीं किया था। वह व्यापार मैं किसी को कसर नहीं देता था पर आप भी किसी सै कसर नहीं खाता था। उन दिनों कुछ तो मार्ग की कठिनाई आदि के कारण हरेक धुने जुलाहे को व्यापार करनें का साहस न होता था इसलिए व्यापार मैं

\+ अलब्धमिच्छतीर्थ योगदर्थस्य प्राप्तिरेव।।
अब्धस्या प्यरक्षितसय निधेरपिस्वयं बिनाशः।।

अच्छा नफ़ा था दूसरे वह वर्तमान दशा और होनहार बातों का प्रसंग समझकर अपनी सामर्थ्य मूजिब हरबार नए रोजगार पर दृष्टि पहुँचाया करता था। इसलिए मक्खन उस्के हाथ लग जाता था, छाछ मैं और रह जाते थे। कहते हैं कि एक बार नई खान के पन्नेंकी खड़ बाजार मैं बिकनें आई परंतु लोग उस्की असलियत को न पहचान सके उस्सै खरीद कर नगीना बनवानें का किसी को हौसला न हुआ परंतु उस्की निपुणाई सै उस्की दृष्टि मैं यह माल जच गया था इसलिए उस्नें बहुत थोड़े दामों मैं खरीद लिया और उस्के नगीनें बनवाकर भली-भाँत लाभ उठाया। उसी समय सै उस्की जड़जमी और पीछै वह उसै और, और व्यापार मैं बढ़ाता गया। परंतु वह आप कभी बढ़कर न चला। वह कुछ तकलीफ़ सै नहीं रहता था परंतु लोगों की झूँठी भड़क दिखानें के लिए फिजूलखर्ची भी नहीं करता था। उस्की सवारी मैं नागोरी बैलोंका एक सुशोभित तांगा था, और वह खासे मलमल सै बढ़कर कभी वस्त्र नहीं पहनता था। वह अपनें स्थान को झाड़ पोंछकर स्वच्छ रखता था परंतु झाड़फूस आदि को फिजूलखर्ची मैं समझता था। उसके मकान और दुकानपर बहुत थोड़े आदमी नोकर थे, परंतु हरेक मनुष्य का काम बटा रहता था, इसलिए बड़ी सुगमता सै सब काम अपनें, अपनें समय होता चला जाता था, वह अपने धर्म्म पर दृढ़ था। ईश्वर मैं बड़ी भक्ति रखता था। प्रतिदिन प्रातःकाल घंटा डेढ़ घंटा कथा सुन्ता था और दरिद्री, दुखिया, अपहाजों की सहायता करनें मैं बड़ी अभिरुचि रखता था परंतु वह अपनी उदारता किसी को प्रगट नहीं होनें देता था। वह अपने काम धंदे मैं लगा रहता था इसलिए हाकिमों और रहीसों सै मिलनें का उसे समय नहीं मिल सक्ता था परंतु वह वाजबी राह सै चल्ता था इसलिए उसै बहुधा उन्सै मिलनें की कुछ आवश्यकता भी न थी क्योंकि देशोन्नति का भार पुरानी रूढ़ि के अनुसार केवल राजपुरुषों पर समझा जाता था। वह महनती था। इसलिए तन्दुरुस्त था वह अपनें काम का बोझ हरगिज औरों के सिर नहीं डालता था। हाँ यथाशक्ति वाजबी बातों मैं औरों की सहायता करनें को तैयार रहता था।

परंतु अब समय बदल गया इस्समय मदनमोहन के विचार और ही होरहे हैं, जहाँ देखो; अमीरी ठाठ, अमीरी कारखानें, बागकी सजावट का कुछ हाल हम पहले लिख चुके हैं मकान मैं कुछ उस्सै अधिक चमत्कार दिखाई देता है, बैठक का मकान अंग्रेजी चाल का बनवाया गया है उस्मैं बहुमूल्य शीशे बरतन के सिवाए तरह, तरह का उम्दा सै उम्दा सामान मिसल सै लगा हुआ है। सहन इत्यादि मैं चीनी की ईंटों का सुशोभित फ़र्श कश्मीर के गलीचोंको मात करता है। तबेलेमैं अच्छी से अच्छी बिलायती गाड़ियें और अरबी, केप, बेलर आदिकी उम्दा, उम्दा जोड़ियें अथवा जीनसवारी के घोड़े बहुतायत सै मौजूद हैं। साहब लोगों की चिट्ठियें नित्य आती जाती हैं, अंग्रेजी तथा देसी अखबार और मासिकपत्र बहुतसै लिए जाते हैं और उन्मैं सै खबरें अथवा आर्टिकलों को कोई देखे या न देखे परंतु सौदागरों के इश्तहार अवश्य देखे जाते हैं, नई फैशन की चीजें अवश्य मंगाई जाती हैं, मित्रोंका जलूसा सदैव बना रहता है और कभी-कभी तो अंग्रेजों को भी बोल दिया जाता है, मित्रोंके सत्कार करनें

मैं यहाँ किसी तरह की कसर नहीं रहती है और जो लोग अधिक दुनियादार होते हैं उन्की पूजा बहुतही विश्वासपूर्वक की जाती है! मदनमोहन की अवस्था पच्चीस, तीस बरस सै अधिक न होगी। वह प्रगट मैं बड़ा विवेकी और विचारवान मालूम होता है। नए आदिमियों सै बड़ी अच्छी तरह मिल्ता उस्के मुखपर अमीरी झलकती है। वह वस्त्र सादे परंतु बहुमूल्य पहनता है। उस्के पिता को व्यापारी लोगों के सिवाए कोई नहीं जान्ता था परंतु उस्की प्रशंसा अखबारों मैं बहुधा किसी न किसी बहाने छपती रहती है और वह लोग अपनी योग्यता सै प्रतिष्ठित होनें का मान उसे देते हैं।

अच्छा! मदनमोहन नें उन्नति की अथवा अवनति की इस विषय मैं हम इस्समय विशेष कुछ नहीं कहा चाहते परंतु मदनमोहन नें यह पदवी कैसे पाई? पिता पुत्र के स्वभाव मैं इतना अंतर कैसे हो गया? इसका कारण इस्समय दिखाया चाहते हैं।

मदनमोहन का पिता आप तो हरेक बात को बहुत अच्छी तरह समझता था परंतु अपने विचारों को दूसरे के मन मैं (उस्का स्वभाव पहिचान कर) बैठादेनें की सामर्थ्य उसे न थी। उस्नें मदनमोहन को बचपन मैं हिन्दी, फारसी और अंग्रेजी भाषा सिखानें के लिए अच्छे, अच्छे उस्ताद नौकर रख दिए थे। परंतु वह क्या जान्ता था कि भाषा ज्ञान विद्या नहीं, विद्या का दरवाजा है। विद्याका लाभ तो साधारण रीति सै बुद्धि की तीक्ष्ण होनें पर और मुख्य कर के विचारों के सुधरनें पर मिल्ता है जब उस्को यह भेद प्रगट हुआ उस्नें मदनमोहन को धमका कर राह पर लाने की युक्ति विचारी परंतु वह नहीं जान्ता था कि आदमी धमकानें सै आँख और मुख बंद कर सक्ता है, हाथ जोड़ सक्ता है, पैरों मैं पड़ सक्ता है, कहो जैसे कह सक्ता है, परंतु चित्त पर असर हुए बिना चित्त नहीं बदलता और सत्संग बिना चित्त पर असर नहीं होता। जब तक अपनें चित्त मैं अपनी हालत सुधारनें की अभिलाषा न हो औरों के उपदेश सै क्या लाभ हो सक्ता है? मदनमोहन का पिता मदनमोहन को धमका कर उस्के चित्तका असर देखने के लिए कुछ दिन चुप हो जाता था परंतु मदनमोहन के मन दुखनें के बिचार सै आप प्रबंध न करता था और इस देरदार का असर उल्टा होना था। हरकिशोर शिंभूदयाल, चुन्नीलाल, वगैरे मदनमोहन की बाल्यावस्था को इसी झमेले मैं निकाला चाहते थे क्योंकि एक तो इस अवकाश मैं उन लोगों के संग का असर मदनमोहन के चित्त पर दृढ़ होता जाता था दूसरे मदनमोहन की अवस्था के संग उस्की स्वतंत्रता बढ़ती जाती थी इसलिए मदनमोहन के सुधरने का यह रस्ता न था। मदनमोहन के विचार प्रतिदिन दृढ़ होते जाते थे परंतु वह अपनें पिता के भय सै उन्हें प्रगट न करता था। खुलासा यह है कि मदनमोहन के पितानें अपनी प्रीति अथवा मदनमोहन की प्रसन्नता के विचार सै मदनमोहन के बचपन मैं अपनें रक्षक भाव पर अच्छी तरह बरताव नहीं किया अथवा यों कहो कि अपना कुदरती हक़ छोड़ दिया इसलिए इन्के स्वभाव मैं अंतर पड़नें का मुख्य ये ही कारण हुआ।

ब्रजकिशोर ठेठ सै मदनमोहन के विरुद्ध समझा जाता था। ब्रजकिशोर को वह लोग कपटी, चुगलखोर, द्वेषी और अभिमानी बताते थे। उन्के निकट मदनमोहन के

पिता का मन बिगाड़नें वाला वह था। चुन्नीलाल और शिंभूदयाल उस्की सावधानी सै डर कर मदनमोहन का मन उस्की तरफ सै बिगाड़ते रहते थे और मदनमोहन भी उस्पर पिता की कृपा देख कर भीतर सै जल्ता था। हरकिशोर जैसे मुँह फट तो कुछ, कुछ भरमा भरमी उस्को सुना भी दिया करते थे परंतु वह उचित जवाब देकर चुप हो जाता था और अपनी निर्दोष चाल के भरोसे निश्चिंत रहता था। हाँ उस्को इन्की चाल अच्छी नहीं लगती थी और इन्के मन का पाप भी मालूम था इसलिए वह इन्सै अलग रहता था इन्का बृतान्त जान्नें सै जान बूझकर बेपरवाई करता था उस्नें मदनमोहन के पिता सै इस विषय मैं बात-चीत करना बिल्कुल बंद कर दिया था। मदनमोहन के पिता का परलोक हुए पीछै निस्संदेह उस्को मदनमोहन के सुधारनें की चटपटी लगी। उस्नें मदनमोहन को राह पर लानें के लिए समझानें मैं कोई बात बाकी नहीं छोड़ी परंतु उस्का सब श्रम व्यर्थ गया। उस्के समझानें सै कुछ काम न निकला।

अब आज हरकिशोर और ब्रजकिशोर दोनों इज्जत खोकर मदनमोहन के पास सै दूर हुए हैं। इन्मैं सै आगे चलकर देखैं कौन् कैसा बरताव करता है?

□□

प्रकरण-25

↕

साहसी पुरुष

सानुबन्ध कारज करे सब अनुबन्ध निहार।
करै न साहस, बुद्धि बल पण्डित करै बिचार।।*

विदुरप्रजागरे

हम प्रथम लिख चुके हैं कि हरकिशोर सहासी पुरुष था और दूर के संबंध मैं ब्रजकिशोर का भाई लगता था, अब उस्के काम उस्की इच्छानुसार हुए जाते थे वह सब कामों मैं बड़ा उद्योगी और दृढ़ दिखाई देता था। उस्का मन बढ़ता जाता था और वह लड़ाई झगड़े वगैरे के भंयकर और साहसिक कामों मैं बड़ी कारगुजारी दिखलाया करता था। वह हरेक काम के अंग प्रत्यंग पर दृष्टि डालनें या सोच विचार के कामों मैं माथा खाली करनें और परिणाम सोचनें या कागजी और हिसाबी मामलों मैं मन लगानें के बदले ऊपर, ऊपर सै इन्को देखभाल कर केवल बड़े, बड़े कामों मैं अपनें तांई लगाए रखनें और बड़े आदमियों सै प्रतिष्ठा पानें की विशेष रुचि रखता था।

---

* **अनुबन्धान पेक्षेत सानुबन्धेषु कर्म्मसु॥**
संप्रधार्य च कुर्वीत न वेगेन समाचरेत॥

उस्नें हरेक अमीर के हां अपनी आवा-जाई कर ली थी और वह सबसै मेल रखता था। उस्के स्वभाव मैं जल्दी होनें के कारण वह निर्मूल बातों पर सहसा विश्वास कर लेता था और झटपट उन्का उपाय करनें लगता था। उस्के बिना बिचारे कामों सै जिस्तरह बिना विचारा नुक्सान हो जाता था इसी तरह बिना बिचारे फायदे भी इतनें हो जाते थे जो विचार कर करनें सै किसी प्रकार संभव न थे। जबतक उस्के काम अच्छी तरह संपन्न हुए जाते थे, उस्को प्रति दिन अपनी उन्नति दिखाई देती थी, सब लोग उस्की बात मान्ते थे। उस्का मन बढ़ता जाता था। और वो अपना काम संपन्न करनें के लिए अधिक, अधिक परिश्रम करता था। परंतु जहाँ किसी बात मैं उस्का मन रुका उसकी इच्छानुसार काम न हुआ। किसीनें उस्की बात दुलख दी अथवा उस्को शाबदाशी न मिली वहाँ वह तत्काल आग हो जाता था। हरेक काम को बुरी निगाह सै देखनें लगता था। उस्की कारगुजारी में फर्क आ जाता था और वह नुकसान सै खुश होनें लगता था इसलिए उस्की मित्रता भय सै खाली न थी।

कोई साहसी पुरुष स्वार्थ छोड़कर संसार के हितकारी कामों मैं प्रबृत्त हो तो कोलम्बसकी तरह बहुत उपयोगी हो सक्ता है और अब तक संसार की बहुत कुछ उन्नति ऐसे ही लोगों सै हुई है इसलिए साहसी पुरुष परित्याग करनें के लायक नहीं है परंतु युक्ति सै काम लेनें के लायक हैं हाँ! ऐसे मनुष्यों सै काम लेनें में उन्का मन बराबर बढ़ाते जाय तो आगे चलकर काबू सै बाहर हो जानें का भय रहता है इसलिए कोई बुद्धिमान तो उन्का मन ऐसी रीति से घटाते-बढ़ाते रहते हैं कि उन्का मन बिगड़नें पावै न हद्दसै आगै बढ़नें पावै कोई अनुभवी मध्यम प्रकृति के मनुष्य को बीच मैं रखते हैं कि वह उन्को वाजबी राह बताते रहैं। परंतु लाला मदनमोहन के यहाँ ऐसा कुछ प्रबंध न था। दूसरे उस्के विचार मूजिब मदनमोहन नें अपनें झूटें अभिमान सै भलाई के बदले जान-बूझकर उस्की इज्जत ली थी। इस्कारण हरकिशोर इससमय क्रोध के आवेश मैं लाल हो रहा था और बदला लेनें के लिए उस्के मनमैं तरंगैं उठती थीं। उस्नें मदनमोहन के मकान सै निकलते ही अपनें जी का गुबार निकालना आंरभ किया।

पहलै उस्को निहालचन्द मोदी मिला। उस्नें पूछा "आज कितने की बिक्री की?"

"खरीदारी की तो यहाँ कुछ हद ही नहीं है परंतु माल बेचकर दाम किस्सै लें? जिस्को बहुत नफे का लालच हो वह भले ही बेचे मुझको तो अपनी रकम डबोनी मंजूर नहीं" हरकिशोरनें जवाब दिया।

"हैं! यह क्या कहते हो? लाला साहब की रकम मैं कुछ धोका है?"

"धोके का हाल थोड़े दिन मैं खुल जाएगा मेरे जान तो होना था वह तो चुका।"

"तुम यह बात क्या समझ कर कहते हो? मोदीनें घबरा कर पूछा कम सै कम लाख, पचास हजार का तो शीशा बर्तन इस्समय इन्के मकान मैं होगा।"

"समय पर शीशे के बर्तन को कोई नहीं पूछता। उस्की लागत मैं रुपे के दो आनें नहीं उठते, इन्हीं चीजों की खरीदारी मैं तो सब दौलत जाती रही। मैंनें निश्चय सुना है कि इन चीजों की कीमत बाबत पचास हजार रुपे तो ब्राइट साहबके देनें हैं और कल एक अंग्रेज दस हजार रुपे मागनें आया था न जानें उस्के लेनें थे कि कर्ज माँगता था परंतु लाला साहब नें किसी मै उधार माँग कर देनें का करार किया है? फिर जहाँ उधार के भरोसे सब काम भुगतनें लगा वहाँ बाकी क्या रहा? मैंनें अपनी रकम के लिए अभी बहुत तकाजा किया पर वे फूटी कौड़ी नहीं देते इसलिए मैं तो अपनें रुपों की नालिश अभी दायर करता हूँ तुम्हारी तुम जानों"

यह बात सुन्ते ही मोदी के होश उड़ गए। वह बोला "मेरे भी पाँच हजार लेनें हैं मैंने कई बार तगादा किया पर कुछ सुनाई न हुई मैं अभी जाकर अपनी रकम माँगता हूँ जो सूधी तरह देदैंगे तो ठीक है नहीं तो मैं भी नालिश कर दूँगा ब्योहार मैं मुलाहिजा क्या?

इस्तरह बतला कर दोनों अपनें, अपनें रस्ते लगे, आगै चलकर हरकिशोर को मिस्टर ब्राइट का मुंशी मिला। वह अपनें घर भोजन करनें जाता था उसै देखकर हरकिशोर अपनें आप कहनें लगा "मुझे क्या है?" मेरे तो थोड़े से रुपे हैं मैं तो अभी नालिश करके पटा लूँगा। मुश्किल तो पचास, पचास हजार वालों की है देखै वह क्या करते हैं?"

"लाला हरकिशोर किस्पर नालिश की तैयारी कर रहे है?" मुंशी नें पूछा।

"कुछ नहीं साहब! मैं आप से कुछ नहीं कहता। मैं तो बिचारे मदनमोहन का बिचार कर रहा हूँ। हाँ! उस्की सब दौलत थोड़े दिन में लुट गई अब उस्के काम मैं हलचल हो रही है, लोग नालिश करनें को तैयार हैं। मैंने भी कमबख्त के मारे हजार दो एक का कपड़ा दे दिया था इसलिए मैं भी अपनें रुपे पटानें की राह सोच रहा हूँ। बिचारा मदनमोहन कैसा सीधा आदमी था?"

"क्या सचमुच उस्पर तकाजा हो गया? उस्पर तो हमारे साहब के भी पचास हजार रुपए लेनें हैं आज सबेरे तो लाला मदनमोहन की तरफ सै बड़े काचों की एक जोड़ी खरीदनें के लिए मास्टर शिंभूदयाल हमारें साहब के पास गए थे फिर इतनी देर मैं क्या हो गया? तुमनें यह बात किस्सै सुनी?"

"मैं आप वहाँ सै आता हूँ। कल सै गड़बड़ हो रही है कल एक साहब दस हजार रुपे माँगनें आए थे। इस्पर मदनमोहन नें स्पष्ट कह दिया कि मेरे पास कुछ नहीं है मैं कहीं सै उधार लेकर दो एक दिन मैं आपका बंदोबस्त कर दूँगा। मैंनें अपनें रुपे के लिए बहुत ताकीद की पर मुझको भी कोरा जवाब ही मिला। अब मैं नालिश करनें जाता हूँ और निहालचन्द्र मोदी अभी पाँच हजार के लिए पेट पकड़े गया है वह कहता है कि मेरे रुपे इस्समय न देंगे तो मैं भी अभी नालिश कर दूँगा जिस्की नालिश पहलै उस्को पूरे रुपे मिलैगें।"

"तो मैं भी जाकर साहब सै यह हाल कह दूँ। तुम्हारी रकम तो खेरीज है परंतु साहब का क़र्जा बहुत बड़ा है। जो साहब की इस रकम मैं कुछ धोका हुआ तो साहब का काम चलना कठिन हो जाएगा।" ये कहकर मिस्टर ब्राइट का मुंशी घर जानें के बदले साहब के पास दौड़ गया।

लाला हरकिशोर आगे बड़े तो मार्ग मैं लाला मदनमोहन की पचपनसो की खरीद के तीन घोड़े लिए हुए आगाहसनजान लाला मदनमोहन मकान की तरफ जाता मिला। उस्को देखकर हरकिशोर कहन लगे "ये ही घोड़े लाला मदनमोहन ने कल खरीदे थे। माल तो बड़े फायदे सै बिका पर दाम पट जायँ तब जानिये।"

"दामों की क्या है? हमारा हजारों रुपे का काम पहलै पड़ चुका है" आगाहसनजान नें जवाब दिया और मन मैं कहा "हमारी रकम तो अपनें लालच सै चुन्नीलाल और शिंभूदयाल घर बैठे पहुँचा जायेंगे"

"वह दिन गए. आजा लाला मदनमोहन का काम डिगमिगा रहा है। उस्के ऊपर लोगों का तगादा जारी है जो तुम किसी के भरोसे रहोगे तो धोका खाऔगे, जो काम करो, अच्छी तरह सोच समझकर करना।"

कल शाम को तो लाला साहब नें हमारे यहाँ आकर ये घोड़े पसंद किए थे फिर इतनी देर मैं क्या हो गया?"

जब तेल चुक जाता है तो दिए बुझनें मैं क्या देर लगती है? चुन्नीलाल, शिंभूदयाल सब तेल चाट गए। ऐसे चूहों की घात लगे पीछै भला क्या बाकी रही सक्ता था?"

"मैं जान्ता हूं कि लाला साहब का बहुतसा रुपया लोग खागए परन्तु उन्के काम बिगड़नें की बात मेरे मन मैं अबतक नहीं बैठती। तुमने यह हाल किस्सै सुना है?"

"मैं आप वहाँ सै आया हूँ। मुझको झूँट बोलने सै क्या फायदा है? मैं तो अभी जाकर नालिश करता हूँ, निहालचन्द मोदी नालिश करनें को तैयार है? ब्राइट साहब का मुंशी अभी सब हक़ीक़त निश्चय करके साहब के पास दौड़ा गया है। तुमको भरोसा न हो, निस्संदेह न मानो। तुम न मानोगे इस्सै मेरी क्या हानि होगी" यह कहकर हरकिशोर वहाँ से चल दिया।

पर अब मदनमोहन की तरफ से आगाहसनजान को धैर्य न रहा। असल रुपे का लालच उस्को पीछे हटाता था और नफे का लालच आगे बढ़ाता था। पहले रुपे के विचार से तबियत और भी घबराई जाती थी निदान यह राह ठैरी कि इस्समय घोड़ों को फेर ले चलो, मदनमोहन का काम बना रहैगा तो पहले रुपे वसूल हुए पीछे ये घोड़े देंगे, नहीं तो कुछ काम नहीं।"

इधर हरकिशोर का मार्ग मैं जो मिल्ता था। उस्सै वह मदनमोहन के दिवाले का हाल बराबर कहता चला जाता था और सब बातें बाजार मैं होती थीं इसलिए

एक सै कहनें पाँच और सुन लेते थे और उन पाँच के मुख से पचासों को यह हाल तत्काल मालूम हो जाता था फिर पसाच से पाँच सौ मैं और पाँच सौ से पाँच हजार मैं फैलते क्या देर लगती थी? और अधिक आश्चर्य की बात यह थी कि हरेक आदमी अपनी तरफ सै भी कुछ, न कुछ नोंन मिर्च लगा ही देता था। जिस्को एक के कहनें से भरोसा न आया दो कहनें से आ गया। दो के कहनेंसे न आया चार के कहनें से आगया मदनमोहन के चाल-चलन से अनुभवी मनुष्य तो यह परिणाम पहले ही से समझ रहे थे जिस्पर मास्टर शिंभूदयाल नें मदनमोहन की तरफ से एक दो जगह उधार लेनें की बातचीत की थी इसलिए इस चर्चा मैं किसी को संदेह न रहा। बारूद बिछ रही थी बत्ती दिखाते ही तत्काल भभक उठी।

परंतु लाला मदनमोहन या ब्रजकिशोर वगैरे को अबतक इस्का कुछ हाल मालूम न था। □□□

प्रकरण-26

↕

दिवाला

कीजै समझ, न कीजिए बिना बिचार व्यवहार।।
आय रहत जानत नहीं? सिरको पायन भार।।

बृन्द.

लाला मदनमोहन प्रातःकाल उठते ही कुतब जानें की तैयारी कर रहे थे। साथ जानेंवाले अपनें, अपनें कपड़े लेकर आते जाते थे, इतनें मैं निहालचन्द मोदी कई तकाजगीरों का साथ लेकर आ पहुँचा।

इस्नें हरकिशोर से मदनमोहन के दिवाले का हाल सुना था। उसी समय से इस्को तलामली लग रही थी। कल कई बार यह मदनमोहन के मकान पर आया, किसी नें इस्को मदनमोहन के पास तक न जानें दिया और न इस्के आनें इत्तला की। संध्या समय मदनमोहन के सवार होनें के भरोसे वह दरवाजे पर बैठा रहा परंतु मदनमोहन के सवार न हुए इस्से संदेह और भी दृढ़ होगया। शहर मैं तरह-तरह की हजारों बातें सुनाई देती थी इस्से वह आज सवेरे ही कई लेनदारों को साथ लेकर एकदम मदनमोहन के मकान मैं घुस आया और पहुँचते ही कहनें लगा "साहब! अपना हिसाब करके जितनें रुपे हमारे बाकी निकलें हमको इसी समय दे दीजिए। हमें आप का लेन-देन रखना मंजूर नहीं है। कल सै हम कई बार यहाँ आए परंतु पहरे वालों नें आप के पास नहीं पहुँचनें दिया।"

"हमारा रुपया खर्च करके हमारे तक़ाजे से बचनें के लिए यह तो अच्छी

युक्ति निकाली!" एक दूसरे लेनदार नें कहा "परंतु इस्तरह रकम नहीं पच सक्ती। नालिश करके दमभर मैं रुपया धरा लिया जाएगा।"

"बाहर पहरे चौकी का बंदोबस्त करके भीतर आप अस्बाब बांध रहे हैं!" तीसरे मनुष्य नें कहा जो दो, चार घड़ी हम लोग और न आते तो दरवाजे पर पहरा ही पहरा रह जाता लाला साहब का पता भी न लगता।"

"इस्मैं क्या संदेह हैं? कल रात ही को लाला साहब अपनें बाल बच्चों को मेरठ भेज चुके हैं" चौथे नें कहा "इन्सालवन्सी के सहारे से लोगों को जमा मारनें का इन दिनों बहुत होसला होगया है।"

क्या इस जमानें मैं रुपया पैदा करनें का लोगों नें यही ढंग समझ रक्खा है" एक और मनुष्य कहनें लगा "पहले अपनी साहूकारी, मातबरी, और रसाई दिखाकर लोगों के चित्त मैं विश्वास बैठाना, अंत मैं उन्की रकम मारकर एक किनारे हो बैठना"

"मेरी तो जन्म भर की कमाई यहीं है मैंनें समझा था कि थोड़ीसी उमर बाकी रही है सो इस्मैं आराम सै कट जाएगी परंतु अब क्या करूँ? एक बुढ्ढा आँखों मैं आँसू भरकर कहनें लगा "न मेरी उमर मेहनत करनें की है न मुझको किसी का सहारा दिखाई देता है जो तुम सै मेरी रकम न पटेगी तो मेरा कहाँ पता लगेगा?"

"हमारे तो पाँच हजार रुपे लेने हैं परंतु लाओ इस्समय हम चार हजार मैं फैसले करते हैं" एक लेनदार नें कहा।

"औरों की जमा मारकर भोगनें मैं क्या आनंद आता होगा?" एक और मनुष्य बोल उठा।

इतनें में और बहुतसे लोगों की भीड़ आगई। वह चारों तरफ मदनमोहन को घेरकर अपनी, अपनी कहनें लगे। मदनमोहन की ऐसी दशा कभी काहे को हुई थी? उस्के होश उड़ गए। चुन्नीलाल, शिंभूदयाल वगैरे लोगों का धैर्य देनें की कोशिश करते थे परंतु उन्को कोई बोलनें ही नहीं देता था। जब कुछ देर खूब गड़बड़ हो चुकी लोगों का जोश कुछ नरम हुआ तब चुन्नीलाल पूछनें लगा "आज क्या है? सब के सब एकाएक ऐसी तेजी मैं कैसे आ गए? ऐसी गड़बड़ सै कुछ भी लाभ न होगा। जो कुछ कहना हो धीरे सै समझा कर कहो"

"हम को और कुछ नहीं कहना हम तो अपनी रकम चाहते हैं" निहालचन्द ने जवाब दिया।

"हमारी रकम हमारे पल्ले डालो फिर हम कुछ गड़बड़ न करेंगे" दूसरे नें कहा।

"तुम पहले अपनें लेनें का चिट्ठा बनाओ अपनी अपनी दस्तावेज दिखाओ, हिसाब करो, उस्समय तुम्हारा रुपया तत्काल चुका दिया जायगा।" मुंशी चुन्नीलाल नें जवाब दिया।

"यह लो हमारे पास तो यह रुक्का है" हमारा हिसाब यह रहा "इस रसीद को देखिए" हमनें तो अभी रकम भुगताई है। यह तरह पर चारों तरफ सै लोग कहनें लगे।

''देखो जी! तुम बहुत हल्ला करोगे तो अभी पकड़ कर कोतवाली मैं भेज दिए जाओगे और तुम पर हतक इ़ज़्ज़त की नालिश की जाएगी नहीं तों जो कुछ कहना हो धीरज से कहो'' मास्टर शिंभूदयाल नें अवसर पाकर दबानें की तजवीज की।

हमको लड़नें झगड़नें की जरूरत है? हम तो केवल जवाब चाहते हैं। जवाब मिले पीछे आप सै पहले हम नालिश कर देंगे'' निहालचन्द नें सबकी तरफ़ सै कहा।

''तुम वृथा घबराते हो। हमारा सब माल मता तुम्हारे साम्हनें मौजूद है। हमारे घर मैं घाटा नहीं है ब्याज समेत सबको कौड़ी, कौड़ी चुका दी जाएगी'' लाला मदनमोहन नें कहा।

''कोरी बातों से जी नहीं भरता'' निहालचन्द कहनें लगा'' आप अपना बही खाता दिखादें, क्या लेना है? क्या देना है? कितना माल मौजूद है?'' जो अच्छी तरह हमारा मन भर जाएगा तो हम नालिश नहीं करेंगे''

''कागज तो इस्समय तैयार नहीं है'' लाला मदनमोहन नें लजाकर कहा।

''तो ख़ातरी कैसे हो? ऐसी अँधेरी कोठरी मैं कौन रहै? (ब्रंद) जो पहल करिए जतन तो पीछे फल होय। आग लगे खोदे कुआ कैसे पावे तोय।। इस काठ कबाड़ के तो समय पर रुपे मैं दो आनें भी नहीं उठते'' एक लेनदार नें कहा।

''ऐसे ही अनसमझ आदमी जल्दी करके बेसबब दूसरों का काम बिगाड़ दिया करते हैं'' मास्टर शिंभूदयाल कहनें लगे।

इतनें मैं हरकिशोर अदालत के एक चपरासी को लेकर मदनमोहन के घर पर आ पहुँचे और चपरासी नें सम्मन पर मदनमोहन सै कायदे मूजिब इत्तला लिखा ली।

उस्को गए थोड़ी देर न बीतनें पाई थी कि आगाहसनजान के वकील की नोटिस आ पहुँची। उस्मैं लिखा था कि ''आगाहसनजान की तरफ सै मुझकों आपके जतानें के लिए यह फर्मायश हुई है कि आप उस्के पहले की खरीद के घोड़ों की कीमत का रुपया तत्काल चुका दैं और कल की खरीद के तीन घोड़ों की कीमत चौबीस घंटे के भीतर भेजकर अपनें घोड़े मंगवालें जो इस मयाद के भीतर कुल रुपया न चुका दिया जाएगा तो ये घोड़े नीलाम कर दिए जाएँगे और इन्की क़ीमत मैं जो कमी रहैगी पहले की बाक़ी समेत नालिश करके आप सै वसूल की जाएगी''

थोड़ी देर पीछे मिस्टर ब्राइट का सम्मन और कच्ची कुरकी एक साथ आ पहुँची इस्सै लोगों की घबराहट की कुछ हद न रही। घर मैं मामला हल होनें की आशा जाती रही। सबको अपनी, अपनी रक़म ग़लत मालूम होनें लगी और सब नालिश करनें के लिए कचहरी को दौड़ गए।

''यह क्या है? किस दुष्ट की दुष्टता सै हम पर यह ग़जब का गोला एक साथ आ पड़ा?'' लाला मदनमोहन आँखों भर कर कठिनाई से इतनी बात कह सके।

''क्या कहूँ? कोई बात मैं नहीं आती'' मुंशी चुन्नीलाल कहनें लगे ''कल लाला ब्रजकिशोर यहाँ से ऐसे बिगड़ कर गए थे कि मेरे मन मैं उसी समय खटका

हो गया था शायद उन्हीं नें यह बखेड़ा उठाया हो। बाजे आदमियों को अपनी बात का ऐसा पक्ष होता है कि वह औरों की तो क्या? अपनी बरबादी का भी कुछ विचार नहीं करते। परमेश्वर ऐसे हठीलों से बचाय। हरकिशोर का ऐसा होसला नहीं मालूम होता और वह कुछ बखेड़ा करता तो उस्का असर कल मालूम होना चाहिए था अब तक क्यों न हुआ?"

प्रथम तो निहालचन्द कल से अपनें मन मैं घबराहट होनें का हाल आप कह चुका था, दूसरे हरकिशोर की तरफ से नालिश दायर होकर सम्मन आगया, तीसरे चुन्नीलाल ब्रजकिशोर के स्वभाव को अच्छी तरह जान्ता था इसलिए उस्के मन मैं ब्रजकिशोर की तरफ से जरा भी संदेह न था परंतु यह हरकिशोर की अपेक्षा ब्रजकिशोर से अधिक डरता था इसलिए उस्नें ब्रजकिशोर ही को अपराधी ठैरानें का बिचार किया, अफसोस! जो दुराचारी अपनें किसी तरह के स्वार्थ से निर्दोष और धर्मात्मा मनुष्यों पर झूँटा दोष लगाते हैं अथवा अपना कसूर उन्पर बरसाते हैं उन्के बराबर पापी संसार मैं और कौन होगा?

लाला मदनमोहन के मन मैं चुन्नीलाल के कहनें का पूरा विश्वास हो गया। उस्नें कहा 'मैं अपनें मित्रों को रुपे की सहायता के लिए चट्ठी लिखता हूँ। मुझको विश्वास है कि उन्की तरफ से पूरी सहायता के लिए चिट्ठी लिखूँगा कि वह मुझको अपना काला मुँह जन्म भर न दिखलाए" यह कह कर लाला मदनमोहन चिट्ठियाँ लिखने लगे। □□□

प्रकरण-27

↕

लोक चर्चा (अफवाह).

निन्दा, चुगली, झूँठ अरु पर दुखदायक बात।
जे न करहिं तिन पर द्रवहिं सर्वेश्वार बहुभाँत।।+

विष्णुपुराणो.

उस तरफ लाला ब्रजकिशोर नें प्रातःकाल उठ कर नित्य नियम से निश्चिंत होते ही मुंशी हीरालाल को बुलानें के लिए आदमी भेजा।

हीरालाल मुंशी चुन्नीलाल का भाई है। यह पहले बंदोबस्त के महकमे मैं नौकर था। जब से वह काम पूरा हुआ इस्की नौकरी कहीं नहीं लगी थी।

\+ परापवादपैशुन्य मनृतं च न भाषते।
अन्यद्दिगकरं चापि तोष्यते तेन केशवः।।

"तुमनें इतनें दिन से आकर सूरत तक नहीं दिखाई। घर बैठे क्या किया करते हो?" हीरालाल के आते ही ब्रजकिशोर कहनें लगे "दफ्तर मैं जाते थे जब तक खैर अवकाश ही न था परंतु अब क्यों नहीं आते?"

"हुजूर! मैं तो हरवक्त हाजिर हूँ परंतु बेकाम आनें मैं शर्म आती थी। आज आपनें याद किया तो हाजिर हुआ। फरमाइये क्या हुक्म है?" हीरालाल नें कहा।

"तुम खाली बैठे हो इस्की मुझे बड़ी चिंता है। तुम्हारे विचार सुधरे हुए हैं इस्सै तुमकोक पुरानें हक़ का कुछ ख्याल हो या न हो (!) परन्तु मैं तो नहीं भूल सक्ता। तुम्हारा भाई जवानी की तंरग में आकर नौकरी छोड़ गया परंतु मैं तो तुम्हें नहीं छोड़ सक्ता, मेरे यहाँ इन दिनों एक मुहर्रिर की चाह थी। सब से पहले मुझको तुम्हारी याद आई। (मुस्कराकर) तुम्हारे भाई को दस रुपे महीना मिल्ता था परंतु तुम उस्सै बड़े हो इसलिए तुम को उस्से दूनी तनख्वाह मिलेगी"

"जी हाँ! फिर आप को चिंता न होगी तो और किस्को होगी? आपके सिवाय हमारा सहायक कौन है? चुन्नीलाल नें निस्संदेह मूर्खता की परन्तु फिर भी तो जो कुछ हुआ आप ही के प्रताप ही से हुआ।"

"नहीं मुझको चुन्नीलाल की मूर्खता का कुछ बिचार नहीं है मैं तो यही चाहता हूँ कि वह जहाँ रहै प्रसन्न रहे। हाँ मेरी उपेदेश की कोई, कोई बात उस्को बुरी लगती होगी। परंतु मैं क्या करूँ? जो अपना होता है उस्का दर्द आता ही है।"

"इस्मैं क्या संदेह है? जो आपको हमारा दर्द न होता तो आप इस समय मुझको घर सै बुलाकर क्या इतनी कृपा करते? आपका उपकार मान्नें के लिए मुझको कोई शब्द नहीं मिल्ते, परंतु मुझको चुन्नीलाल की समझ पर बड़ा अफसोस आता है कि उस्नें आप जैसे प्रतिपालक के छोड़ जानें की ढिठाई की। अब वह अपनें किए का फल पावेगा तब उस्की आँखें खुलेगी।"

"मैं उस्के किसी-किसी काम को निस्संदेह नापसंद करता हूँ परंतु यह सर्बथा नहीं चाहता कि उस्को किसी तरह का दुख हो।"

"यह आपकी दयालुता है परंतु कार्य कारण के संबंध को आप कैसे रोक सक्ते हैं? आज लाला मदनमोहन पर तकाजा हो गया। जो ये लोग आपका उपदेश मान्ते तो ऐसा क्यों होता?"

"हाय! हाय! तुम यह क्या कहते हो? मदनमोहन पर तकाजा हो गया! तुमनें यह बात किस्सै सुनी? मैं चाहता हूँ कि परमेश्वर करे यह बात झूँट निकले" लाला ब्रजकिशोर इतनी बात कह कर दुःख सागर मैं डूब गए। उन्के शरीर मैं बिजली का सा एक झटका लगा। आँसू भर आए, हाथ पाँव शिथिल हो गए। मदनमोहन के आचरण से बड़े दुःख के साथ वह यह परिणाम पहले ही समझ रहे थे इसलिए उन्को उस्का जितना दुःख होना चाहिए पहले हो चुका था। तथापि उन्को ऐसी जल्दी इस दुखदाई खबर के सुन्नें की सर्बथा आशा न थी इस लिए यह खबर सुन्ते ही उन्का जी एक साथ उमड़ आया परंतु वह थोड़ी देर मैं अपनें चित्त का समाधान करके कहनें लगेः—

"हाँ! कल क्या था! आज क्या हो गया!!! शृंगारसका सुहावना समां एका एक करूणा से बदल गया! बेलजिअम की राजधानी ब्रसेलस पर नैपालियन नें चढ़ाई की थी उस्समय की दुर्दशा इस्समय याद आती है, लार्डबायरन लिखता है

"निशि मैं बरसेलस गाजि रह्यो
बल, रूप बढाय बिराजि रह्यो
अति रूपवती युवती दरसैं।।
बलवान सुजान जवान लसैं
सब के मुख दीपनसों दमकैं।।
सब के हिए आनंद सों धमकौं
बहुभांति विनोद प्रमोद करैं।।
मधुर सुर गाय उमंग भरैं
जब रागन की मृदु तान उड़ैं।।
प्रियप्रीतम नैनन सैन जुड़ैं
चहुँ ओर सुखी सुख छायरह्यो।।
जनु ब्याहान घंट निनाद भयो
पर मौनगहो! अबिलोक इतै।।
यह होत भयानक शब्द कितै?
डरपौ जिन चंचल बायु बहैं।।
अथवा रथ दौरत आवत है
प्रिय! नाचहु, नाचहु न ठहरो।।
अपनें सुख की अवधी न करो
जब जोबन और उमंग मिलै।।
सुख लुटन को दुहु दोर चलै
तब नींद कहूं निशआवत है?
कुछ औरहु बात सुहावत है?
पर कान लगा; अब फेर सुनो।।
वह शब्द भयानक है दुगुनो!
घनघोरघटा गरजी अब ही।।
तिहं गूँज मनो दुहराय रही
यह तोप दनादन आवत हैं।।
ढिंग आवत भूमि कंपावत हैं
"सब शस्त्रसजो, सबशस्त्रसजो"।।
घबराहट बढ़ो सुख दूर भजो
दुखसों बिलपै कलपैं सबही।।
तिनको करुणा नहिं जाय कही

निज कोमलता सुनि लाज गए।।
सुकपोल ततक्षण पीत भए
दुखपाय कराहि वियोग लहैं।।
जनु प्राण बियोग शरीर सहैं
किहिं भाति करों अनुमान यहू।।
प्रिय प्रीतम नैन मिलैं कबहू?
जब वा सुख चैनहि रात गई।।
इति भाँत भंयकर प्रात भई!!!"*

---

* There was a sound revelry by night,
And Belgium's capital had gathered then
Her Beauty and her Chivalry, and bright
The lamps shone o'er fair women and brave men;
A thousand hearts beat happily; and when,
Music arose with its voluptuous swell,
Soft eyes look'd love to eyes which spake again,
And all went merry as a marriage bell;
But, hush! hark! hark! a deep sound strikes like a rising knell!
Did ye not hear it? No;'t was but the wind
Or the car rattling o'er the stony street;
On with the dance; let joy be unconfined,
No sleep till morn, when, Youth and Pleasure meet
To chase the glowing hours with flying feet
But hark! that heavy sound breaks in once more,
As if the clouds its ecoho would repeat;
And nearer, clearer, deadlier, than before!
Arm! arm! it-is it is -the cannon's opening roar!
Ah! then and there was hurrying to and fro,
And gathering tears and tremblings of distress,
And cheeks all pale, which but an hour ago
Blush'd at the praise of their own loveliness;
And there were sudden partings, such as press
The life from out young hearts, and choking sighs
which ne'er might be repeated : who would guess
it ever more should meet those mutual eyes,
Since upon night so sweet such awful morn should rise!

–Lord Byron.

हाँ यह खबर तुमनें किस्सै सुनी?"

"चुन्नीलाल अभी घर भोजन करनें आया था वह, कहता था"

"वह अबतक घर हो तो उसे एक बार मेरे पास भेज देना। हम लोग खुशी प्रसन्नता मैं चाहे जितनें लड़ते झगड़ते रहें परंतु दुःख दर्द सब मैं एक हैं। तुम चुन्नीलाल सै कह देना कि मेरे पास आनें में कुछ संकोच न करे मैं उस्सै जरा भी अप्रसन्न नहीं हूँ"

"राम, राम! यह हुजूर क्या फरमाते हैं? आपकी अप्रसन्नता का बिचार कैसा हो सक्ता है? आप तो हमारे प्रतिपालक हैं। मैं जाकर अभी चुन्नीलाल को भेजता हूँ। वह आकर अपना अपराध क्षमा करायगा और चला गया हो तो शाम को हाजिर होगा" हीरालाल नें उठते उठते कहा।

अच्छा! तुम कितनी देर मैं आओगे?"

"मैं अभी भोजन करके हाजिर होता हूँ" यह कह कर हीरालाल रुखसत हुआ।

लाला ब्रजकिशोर अपनें मनमैं विचारनें लगे कि "अब चुन्नीलाल सै सहज मैं मेल हो जाएगा परंतु यह तकाजा कैसे हुआ? कल हरकिशोर क्रोधमैं भर गया था। इस्से शायद उसीनें यह अफवाह फैलाई हो। उस्नें ऐसा किया तो उस्के क्रोध ने बड़ा अनुचित मार्ग लिया और लोगों ने उस्के कहनें में आकर बड़ा धोका खाया।

अफ़वाह वह भंयकर वस्तु है जिस्से बहुत से निर्दोष दूषित बन जाते हैं। बहुत लोगों के जीमैं रंज पड़ जाते हैं, बहुत लोगों के घर बिगड़ जाते हैं। हिंदुस्थानियोंमैं अबतक विद्याका ब्यसन नहीं है, समय की कदर नहीं है, भले बुरे कामों की पूरी पहचान नहीं है इसी सै यहाँके निवासी अपना बहुत समय औरों की निज बातों पर हासिया लगानें मैं और इधर उधरकी ज़टल्ल हाँकनेंमैं खो देते हैं जिस्से तरह, तरह की अफ़वाएँ पैदा होती हैं और भलेमानसोंकी झूँटी निंदा अफ़वाहकी ज़हरी पवन मैं मिल्कर उनके सुयशको धुंधला करती है। इन अफवाह फैलानें वालोंमैं कोई, कोई दुर्जन खानें कमानें वाले हैं कोई दुष्ट बैर और जलन सै औरों की निंदा करनें वाले हैं और कोई पापी ऐसे भी हैं जो आप किसी तरह की योग्यता नहीं रखते इसलिए अपना भरम बढ़ानें को बड़े, बड़े योग्य मनुष्यों की साधारण भूलों पर टीका करकै आप उन्के बराबर के बनना चाहते हैं अथवा अपना दोष छिपानें के लिए दूसरे के दोष ढूँढते फिरते हैं या किसी की निंदित चर्चा सुन्कर आपे उस्सै जुदे बन्नें के लिए उस्की चर्चा फैलानें मैं शामिल होजाते हैं या किसी लाभदायक वस्तु सै केवल अपना लाभ स्थिर रखनें के लिए औरों के आगे उस्की निंदा किया करते हैं पर बहुतसै ठिलुए अपना मन बहलानें के लिए औरों की पंचायत ले बैठते हैं। बहुत सै अन्समझ भोले भावसै बात का मर्म जानें बिना लोगों की बनावट मैं आकर धोका खाते हैं। जो लोग औरों की निंदा सुन्कर काँपते हैं वह आप भी अपनें अजानपनें मैं औरों की निन्दा करते हैं! जो लोग निर्दोष मनुष्यों की निंदा सुन्कर उन्पर दया करते हैं वह आप भी

धीरे सै, कान मैं झुककर, औरों सै कहनें के वास्ते मनै करकर औरोंकी निंदा करते हैं! जिन लोगोंके मुख सै यह वाक्य सुनाई देते हैं कि "बड़े खेद की बात हैं" "बड़ी बुरी बात है" "बड़ी लज्जा की बात है" "यह बात मान्ने योग्य नहीं" इस्मैं बहुत संदेह है" "इन्बातों सै हाथ उठाओ" आप भी औरों की निंदा करते हैं! वह आप भी अफवाह फैलानें वालोंकी बात पर थोड़ा बहुत विश्वास करते है! झूँटी अफवाहसै केवल भोले आदमियों के चित्त पर ही बुरा असर नहीं होता वह सावधान से सावधान मनुष्यों को भी ठगती है। उस्का एक, एक शब्द भले मानसों की इज्जत लूटता है। कल्पद्रुम मैं कहा है "होत चुगल संगर्ग ते सज्जन मनहुँ विकार।। कमल गंध वाही गलिन धूल उड़ावत ब्यार।।[1]*"जो लोग असली बात निश्चय किये बिना केवल अफ़वाहके भरोसे किसी के लिए मत बाँध लेते हैं वह उस्के हक मैं बड़ी बेइन्साफी करते हैं। अफवाह के कारण अबतक हमारे देशको बहुत कुछ नुक्सान हो चुका है। नादिरशाह सै हारमानकर मुहम्मदशाह उसै दिल्ली मैं लिवा लाया नगर निवासियों ने यह झूंटी अफवाह उड़ा दी की ़नादिरशाह मरगया। नादिरशाह नें इस झूँटी अफ़वाह को रोकनें के लिए बहुत उपाए किए परंतु अफवाह फैले पीछै कब रुक सक्ती थी! लाचार होकर नादिरशाह नें विजन बोल दिया। दोपहर भीतर लाख मनुष्यों सै अधिक मारे गए! तथापि हिंदुस्थानियों की आँख न खुली।"

"हिंदुस्थानियों को आज़कल हर बात मैं अंग्रेजों की नकल करनें का चस्का पड़ ही रहा है तो वह भोजन वस्त्रादि निरर्थक बातों की नकल करनें के बदले उन्के सच्चे सद्‌गुणों की नकल क्यों नहीं करते? देशोपकार, करीगरी और व्यापारदि मैं उन्की सी उन्नति क्यों नहीं करते? अपना स्वभाव स्थिर रखनें मैं उन्का दृष्टांत क्यों नहीं लेते? अंग्रेजों की बातचीत मैं किसी की निजकी बातों का चर्चा करना अत्यंत दूषित समझा जाता है। किसी की तन्ख्वाह या किसी की आमदनी, किसी का अधिकार या किसी का रोज़गार, किसी की संतान या किसी के घर का वृतांत पूछनें मैं, पूछा होय तो कहनें मैं, कहा होय तो सुन्नें मैं वह लोग आनाकानी करते हैं और किसी समय तो किसी का नाम, पता और उम्र पूछना भी ढिटाई समझा जाता है। अपनें निज के संबंधियों की बातों सै भी अज्ञान रहना वह लोग बहुधा पसंद करते हैं। रेल मैं, जहाज मैं, खानें पीनें के जलसों मैं, पास बैठनें मैं और बातचीत करनें मैं जान पहचान नहीं समझी जाती। वह लोग किराए के मकान मैं बहुत दिन पास रहनें पर बल्कि दुख दर्द मैं साधारण रीति सै सहायता करनें पर भी दूसरे निज की बातों से अजान रहते हैं। जब तक पहचान स्थिर रखनें के लिये दूसरे की तरफ से सवाल न हो, अथवा किसी तीसरे मनुष्य नें जान पहचान न कराई हो, नित्य की मिला भेटी और साधारण रीति से बात चीत होने पर भी जानपहचान नहीं समझी जाती और जान पहचान हुए पीछे

1.* सुजनाना मपितृहृदयं पिशुनपरिषवंगलिप्त मिह भवति।
पवनः परागवाही रथ्यासुवहन् रजस्वलो भवति।।

भी मित्रता नहीं करते पर मित्रता हुए पीछै भी दूसरे की निज की बातों सै अजान रहना अधिक पसन्द करते हैं उन्के यहाँ निज की बातों के पूछनें की रीति नहीं है। उन्को देश संबंधी बातें करनें का इतना अभ्यास होता है कि निज के वृतांत पूछनें का अवकाश ही नहीं मिल्ता परंतु निजकी बातों सै अजान रहनें के कारण उन्की प्रीति मैं कुछ अंतर नहीं आता। मनुष्य का दुराचार साबित होनें पर वह उसै तत्काल छोड़ देते हैं परंतु केवल अफ़वाह पर वह कुछ ख्याल नहीं करते बल्कि उस्का अपराध साबित न हो जबतक वह उसको अपना बचाव करनें के लिए पूरा अवकाश देते हैं और उचित रीत सै उस्का पक्ष करते हैं' □□□

प्रकरण-28

↕

फूट का काला मुँह.

फूट गए हीरा की बिकानी कनी हाट, हाट।।
काहू घाट मोल काहू बाढ़ मोल कों लयो।।
टूट गई लंका फूट मिल्यो जो विभीषण है।।
रावन समेत बंस आसमान को गयो।।
कहे कविगंग दुर्योधन सो छत्रसारी।।
तनक के फूटेते गुमान वाको नै गयो।।
फूटेते नर्द उठ जात बाजी चौपर की।।
आपस के फूटे कहु कौन को भलो भयो।।?।।

गंग.

थोड़ी देर पीछै मुंशी चुन्नीलाल आ पहुँचा परंतु चेहरे का रंग उड़ रहा था। लाला सै उस्की आँख ऊँची नहीं होती थी प्रथम तो उस्की सलाह सै मदनमोहन का काम बिगड़ा दूसरे उस्की कृतघ्नता पर ब्रजकिशोर नें उस्के साथ ऐसा उपकार किया इसलिए वह संकोच के मारे धरती मैं समाया जाता था।

"तुम इतनें क्यों लजाते हो? मैं तुम सै जरा भी अप्रसन्न नहीं हूँ बल्कि किसी, किसी बात मैं तो मुझको अपनी ही भूल मालूम होती है। मैं लाला मदनमोहनकी हरेक बात पर हदसै ज्यादाः जिद करनें लगता था। परंतु मेरी वह जिद अनुचित थी। हरेक मनुष्य अपनें बिचार का आप धनी है। मैं चाहता हूँ कि आगे को ऐसी सूरत न हो और हम सब एक चित्त होकर रहैं। परुंत मैंने तुमको इस्समय इस सलाह के लिए नहीं बुलाया था। इस विषय मैं तो जब तुम्हारी तरफ सै चाहना मालूम होगी देखा

जायेगा'' लाला ब्रजकिशोर कहनें लगे ''इस्समय तो मुझको तुम सै हीरालाल की नौकरी बाबत सलाह करनी है। यह बहुत दिन से खाली है। मुझको अपनें यहाँ इस्समय एक मुहर्रि की जरूरत मालूम होती है। तुम कहो तो इन्हें रख लूँ?''

''इस्मैं मुझ सै क्या पूछते हैं? इसके आप मालिक हैं'' मुंशी चुन्नीलाल कहनें लगा ''मेरी तो इतनी ही प्रार्थना है कि आप मेरी मूर्खता पर दृष्टि न करैं अपनें बड़प्पन का विचार रक्खें पहली बातों के याद करनें सै मुझको अत्यंत लज्जा आती है। आपनें इस्समय लाला हीरालाल को नौकर रखकर मुझे मौफ कर दिया।''

''मैं तुमको लज्जित करनें के लिए यह बात नहीं कहता। मैंनें अपनें मन का निज भाव तुमको इसलिए समझा दिया है कि तुम मुझे अपना शत्रु न समझो'' लाला ब्रजकिशोर कहनें लगे ''हिंदुस्थान के सत्यनाश की जड़ प्रारंभ सै यही फूट है। इसी के कारण कौरव पांडवों का घोर युद्ध हुआ। इसी के कारण नंद वंश की जड़ उखड़ी, पृथ्वीराज और जयचंद की फूट सै हिदुस्थान मैं मुसलमानों का राज आया और मुसलमानों का राज भी अंत मैं इसी फूटके कारण गया। सौ सवा सौ बरस सै लेकर अबतक हिंदुस्थानमैं कुछ ऐसे अप्रबंध, फूट और स्वेच्छाचारकी हवा चली कि बहुधा लोग आपस मैं कट मरे, साहूजी नें ईस्ट इंडियन कम्पनी को देवी कोटे का किला और जिला देकर उस्के द्वारा अपनें भाई प्रताप सिंह सै तंजोर का राज छीने लिया। बंगाल के सूबेदार सिराजुद्दौला सै अधिकार छीन्नें के लिए उस्के बखशी मीर जाफ़र और दिवान राय दुल्लभ आदि नें कम्पनी को दक्षिण काल्पी तक की जमींदारी, एक करोड़ रुपया नकद और कलकत्ते के अंग्रेजों को पचास लाख, फौज को पचास लाख और और लोगों को चालीस लाख अनुमान देनें किए। अब मीर जाफ़र सूबेदार हुआ तब उस्सै अधिकार छीन्ने के लिए उस्के जँवाई कासमअलीखाँ नें कंपनी को बर्दवान, मेदनीपुर, चट गाँव के जिले, पाँच लाख रुपे नकद और कौन्सिल वालों को बीस लाख रुपे देनें किए। जब कासम अलीखाँ सूबेदार हो गया और महसूल बाबत उसका कंपनी सै बिगाड़ हुआ तब मीर जाफ़र नें कंपनीको तीस लाख रुपे नक़्द और बारह हजार सवार और बारह हजार पैदलों का खर्च देकर फिर अपना अधिकार जमा लिया। उधर अवध का सूबेदार सुजाउद्दौला कंपनी को चालीस लाख रुपे नक़्द और लड़ाई का खर्च देना करके उस्की फौज रूहेलों पर चढ़ा ले गया। दखन मैं बालाजी राज पेशवा के मरते ही पेश्वाओं के घरानें मैं फूट पड़ी। दो थोक हो गए। अब तक पंजाब बच रहा था। रणजीतसिंह की उन्नति होती चली जाती थी परंतु रणजीतसिंह के मरते ही वहाँ फूट नें ऐसे पाँव फैलाए कि पहले सब झगड़ों को मात कर दिया। राजा ध्यानसिंह मंत्री और उसके बेटे हीरासिंह आदि की स्वार्थपरता, लहनासिंह और अंजीत सिंह सिंधा वालों का छल अर्थात् कुंवर शेरसिंह और राजा ध्यानसिंह के जी मैं एक दूसरे की तरफ सै संदेह डालकर विरोध बढ़ाना, और अंत मैं दोनोंके प्राण लेना, राजकुमार खड़गसिंह उसका बेटा नोनिहाल सिंह, राजकुमार शेरसिंह उस्का बेटा

प्रतापसिंह आदि की अनसमझी सै आपस मैं यह कटमकटा हुई कि पाँच बरस के भीतर भीतर उस्के बंश मैं सिवाए दिलीपसिंह नामी एक बालक के कोई न रहा और उस्का राज भी कंपनी के राज मैं मिल गया। किसी नें सच कहा है, "अल्पसार हूँ बहुत मिल करैं बड़ो सो जोर।। जों गज को बंधन करे तृण की निर्मित डोर।।"* इसलिए मैं आपस की फूट को सर्वथा अच्छा नहीं समझता। तुम मेरे पास सै गए थे इसलिए मुझको तुम्हारे कामों पर विशेष दृष्टि रखनी पड़ती थी परंतु अपनें जीमैं कुछ और ही समझते रहे। खैर! इन बातों की चर्चा करनें सै क्या लाभ है।"

"आप यह क्या कहते हैं? आप मेरे बड़े हैं। मैं आपका बरताव और तरह कैसे समझ सक्ता था?" चुन्नीलाल कहनें लगा। आप नें बचपन मैं मेरा पालन किया, मुझको पढ़ा लिखा कर आदमी बनाया इस्सै बढ़ कर कोई क्या उपकार करेगा? मैं अच्छी तरह जान्ता हूँ कि आप नें मुझसे जो कुछ भला बुरा कहा मेरी भलाई के लिए कहा। क्या मैं इतना भी नहीं जान्ता कि दंगा करनें से माँ अपनें बालक को मारती है दूसरे से कुछ नहीं कहती यदि आपको हमारे प्रतिपालन की चिन्ता मन से न होती तो ऐसे कठिन समय मैं लाला हीरालाल को घर से बुलाकर क्यों नौकर रखते?

"भाई! अब तो तुमनें वही खुशामद की लच्छेदार बातैं छेड़ दी" लाला ब्रजकिशोर नें हँस कर कहा।

"आपके जी मैं मेरी तरफ का संदेह हो रहा है इस्सै आप को ऐसा ही भ्यासता होगा। परंतु इस्मैं सै कौन्सी बात आप को खुशामद की मालूम हुई?"

मनुस्मृति मैं कहा है "आकृति, चेष्टा, भाव, गति, वचन रीति, अनुमान। नैन सैंन, मुखकांति लख मन की रुचि पहिचान।।[1]*"लाला ब्रजकिशोर कहनें लगे "तुम कहते हो कि आप नें जो कुछ भला बुरा कहा मेरी भलाई के लिए कहा" परंतु उस्समय तुम यह सर्वथा नहीं समझते थे। तुम्हारे कामों सै यह स्पष्ट जाना जाता था कि तुम मेरी बात सै अप्रसन्न हो और तुम्हारा अप्रसन्न होना अनुचित न था क्योंकि मेरी बातों सै तुम्हारा नुक्सान होता था। मुझको इस्बात का पीछै विचार आया। मुझको इस्समय इन बातों के जतानें की जरूरत न थी परन्तु मैंने इसलिये जतादी कि मैं भी सच झूंट को पहचान्ता हूँ। सच्चाई बिना मुझ से सफाई न होगी"

"आप की मेरी सफाई क्या? सफाई और बिगाड़ बराबर वालों में हुआ करता है। आग तो मेरे प्रतिगालक हैं आप की बराबरी मैं कैसे कर सक्ता हूँ?" मुंशी चुन्नीलाल नें गंभीरता सै कहा।

---

* "बहुनामल्प साराणां समवायोहि दुर्जयः।
तृणै र्विधियते रज्जुर्बध्यन्त्ते दन्त्तिनरतया।।

1* आकारे रिङगितैगत्या चेष्टया भाषितेन च।।
नेघवक्त्त विकारेश्च गृहतेन्त्त गतम्मनः।।

"यह तो बहानें बाजी की बात है, सफाई के ढंग और ही हुआ करते हैं मुझको तुम्हारा भेद मालूम है परंतु तुमनें अबतक कौन्सी बात खुल के कही?" लाला ब्रजकिशोर कहनें लगे "मैं पूछता हूँ कि तुमनें मदनमोहन के यहाँ सै सिवाए तनख्वाह के और कुछ नहीं लिया तो तुम्हारे पास आठ दस हजार रुपे कहाँ सै आगए? मिस्टर ब्राइट इत्यादि सै तुम जो कमीशन लेते हो उस्का हाल मैं उन्के मुख सै सुन चुका हूँ तुम्हारी और शिंभूदयाल की हिस्सा पत्ती का हाल मुझे अच्छी तरह मालूम है। हरकिशोर और निहालचंद गली, गली तुम्हारी धूल उड़ाते फिरते हैं। मैं नहीं जान्ता कि जब इस्की चर्चा अदालत तक पहुँचेगी तो तुम्हारे लिए क्या परिणाम होगा? मैंने केवल तुम सै सलाह करनें के लिए यह चर्चा छेड़ी थी परंतु तुम इस्के छिपानें मैं अपनी सब अकलमंदी खर्च करनें लगे तो मुझको पूछनें सै क्या प्रयोजन है? जो कुछ होना होगा समय पर अपनें आप हो रहैगा"

"आप क्रोध न करैं मैंनें हर काम मैं आप को अपना मालिक और प्रतिपालक समझ रक्खा है। मेरी भूल क्षमा करैं और मुझको इस्समय सै अपना सच्चा सेवक समझते रहैं" मुंशी चुन्नीलाल नें कुछ, कुछ डरकर कहा "आप जान्ते हैं कि कुन्बे का बड़ा खर्च है इस्के वास्तै मनुष्य को हजार तरह के झूँट सच बोलने पड़ते हैं (वृन्द) 'उदर भरन के कारनें प्राणी करत इलाज।। नाचे, बाँवे रणभिरे, राचे काज अकाज।।"

"संसार की यही रीति है। प्रसंग रत्नावली मैं लिखा है "ज्ञान बृद्ध तपबृद्ध अरु बयके बृद्ध सुजान! धनवान के द्वार को सैवैं भृत्य समान।।* लाला ब्रजकिशोर कहनें लगे "तुमको मेरी एकाएक राय पलटनें का आश्चर्य होगा, परंतु आश्चर्य न करो। जिस तरह शतरंज मैं एक चाल चलनें सै बाज़ी नक्शा पलटता जाता है इसी तरह संसार मैं हरेक बात मैं काम काज की रीति भाँति रहती है। अबतक यह समझता था कि मुझको मदनमोहन सै अवश्य इंसाफ मिलेगा परंतु वह समय निकल गया। अब मैं फ़ायदा उठाऊँ या न उठाऊँ मदनमोहन को फायदा पहुँचाना सहज नहीं। मेरा हाल तुम अच्छी तरह जान्ते हो। मैं केवल अपनी हिम्मत के सहारे सब तरह का दुःख झेल रहा हूँ परंतु मेरे कर्त्तव्य काम मुझको जरा भी नहीं उभरनें देते, कहते हैं कि अत्यंत विपत्ति काल मैं महर्षि विश्वामित्र नें भी चंडाल के घर सै कुत्ते का मास चुराया था! फिर मैं क्या करूँ? क्या न करूँ कुछ बुद्धि काम नहीं करती"

"समय बीते पीछै आप इन सब बातों की याद करते हैं अब तो जो होना था हो चुका यदि आप पहले इन बातों को विचार करते तो केवल आप को ही नहीं आप के कारण हम लोगों को भी बहुत कुछ फायदा हो जाता"

"तुम अपनें फ़ायदे के लिए तो बृथा खेद करते हो!" लाला ब्रजकिशोर नें हँस कर जवाब दिया "अलबत्ता मैं मदनमोहन सै साफ जवाब पाए बिना कुछ नहीं कर

* **वयोवृद्धास्तपोवृद्धा ज्ञानवृद्धा स्तथापरे।**
तेसर्वे धनवृद्धस्य हारि तिष्टंति किंकराः।।

सक्ता था क्योंकि मुझको प्रतिज्ञा भंग करना मँजूर न था। क्या तुम को मेरी तरफ सै अब तक कुछ संदेह है?"

"जी नहीं, आप की तरफ का तो मुझ को कुछ संदेह नहीं है परंतु इतना ही विचार है कि खल मैं सै तेल आप किस तरह निकालैगें!" मुंशी चुन्नीलाल नें जी मैं संदेह करके कहा।

"इस्की चिंता नहीं, ऐसे काम के लिए लोग यह समय बहुत अच्छा समझते हैं"

बहुत अच्छा! अब मैं जाता हूँ परंतु................"मुंशी चुन्नीलाल कहते, कहते रुक गया।

"परंतु क्या? स्पष्ट कहो, मैं जान्ता हूँ कि तुम्हारे मनका संदेह अब तक नहीं गया, तुम्हारी हजार बार राजी हो तो तुम सफाई करो, नहीं तो न करो, अभी कुछ नहीं बिगड़ा। मेरा कौन्सा काम अटक रहा है? तुम अपना नफा नुक्सान आप समझ सक्ते हो"

"आप अप्रसन्न न हों, मुझको आपपर पूरा भरोसा है। मैं इस कठिन समय मैं केवल आप पर अपने निस्तर का आधार समझता हूँ। मेरी लायकी-नालायकी मेरे कामों सै आप को मालूम हो जाएगी। परंतु मेरी इतनीही विनती है कि आप भी जरा नरम ही रहैं इन्की बातों मैं बढ़ावा देकर इन्सै सब तरह का काम ले सक्ते हैं। परंतु इन पर एतराज करनें सै यह चिढ़ जाते हैं कल के झगड़े के कारण आजके तकाजे का संदेह इन्को आप पर हुआ है परंतु अब मैं जाते ही मिटा दूँगा" मुंशी चुन्नीलाल नें बात पलटकर कहा और उठकर जानें लगा।

"तुम किया चाहोंगे तो सफाई होनी कौन कठिन है? (बृन्द) प्रेरक ही ते होत है कारज सिद्ध निदान।। चढ़ें धनुष हूँ ना चले बिना चलाए बान।।1।। सुजन बीच पर दुहुन को हरत कलह रस पूर।। करत देहरी दीप जो घर आंगन तम दूर।।2।।" यह कहकर लाला ब्रजकिशोर नै चुन्नीलाल को रुखसत किया।

चुन्नीलाल के चित्त पर ब्रजकिशोर की कहन हीरालाल की नौकरी सै बड़ा असर हुआ था परंतु अब तक ब्रजकिशोर की तरफ सै उस्का मन पूरा साफ़ न था। यह बातें ब्रजकिशोर के स्वभाव सै इतनी उल्टी थीं कि ब्रजकिशोर के इतनें समझानें पर भी चुन्नीलाल का मन न भरा। वह संदेह के झूले मैं झोटे खा रहा था और बड़ा विचार करके उस्नें यह युक्ति सोची थी कि "कुछ दिन दोनों को दम मैं रक्खू। ब्रजकिशोर को मदनमोहन की सफाई की उम्मेद पर ललचाता रहूँ। और इस काम की कठिनाई दिखा, दिखाकर अपना उपकार जताता रहूँ। मदनमोहन को अदालत के मुकदमों मैं ब्रजकिशोर सै मदद लेनें पढ़ाऊँ पर बेपरवाई जतानें के बहानें सै दोनों मैं परस्पर काम की बात खुल कर न होनें दूँ जिस्मैं दोनों का मिलाप होता रहैं। उन्के चित्त को धैर्य मिलनें के लिए सफाई के आसार, शिष्टाचार की बातें दिन, दिन बढ़ती

जायँ परंतु चित्त की सफाई न होनें पाए, और दोनों की कुँजी मेरे हाथ रहै।"

ब्रजकिशोर चुन्नीलाल की मुखचर्या से उस्के मन की धुकड़-धुकड़ पहचान्ता था इसीलिए उस्नें जीती बार हीरालाल के भेजनें की ताकीद कर दी थी। वह जान्ता था कि हीरालाल बेरोजगारी सै तंग है वह अपनें स्वार्थ सै चुन्नीलाल को सच्ची सफाई के लिए विवश करेगा और उस्की जिद के आगे चुन्नीलाल की कुछ न चलेगी। निदान ऐसाही हुआ। हीरालाल नें ब्रजकिशोर की सावधानी दिखाकर चुन्नीलाल को बनावट के बिचार सै अलग रक्खा, ब्रजकिशोर की प्रामाणिकता दिखाकर उसे ब्रजकिशोर सै सफाई रखनें के वास्तैं पक्का दिया, मदनमोहन के काम बिगड़नें की सूरत बताकर आगे को ब्रजकिशोर का ठिकाना बनानें की सलाह दी और समझाकर कहा कि "एक ठिकानें पर बैठे हुए दस ठिकानें हाथ आ सक्ते हैं जैसे एक दिया जल्ता हो तो उसके दस दिए जल सक्ते हैं, परंतु जब यह ठिकाना जाता रहैगा तो कहीं ठिकाना न लगेगा।" अदालत मैं मदनमोहन पर नालिश होनें सै चुन्नीलाल भेद खुलनें का भय दिखाया और अंत मैं ब्रजकिशोर से चुन्नीलाल नें सच्ची सफाई न की तो हीरालाल की चोरी साबित करनें की धमकी दी और इन बातौं से परवस होकर चुन्नीलाल को ब्रजकिशोर से मन की सफाई करने की लिए दृढ़ प्रतिज्ञा करनी पड़ी।

परंतु आज ब्रजकिशोर की वह सफाई और सच्चाई कहाँ है? हरकिशोर का कहना इस्समय क्या झूँट है? इस्के आचरण सै इस्को धर्मात्मा कौन बता सक्ता है? और जब ऐसे खर्तल मनुष्य का अन्तमैं यह भेद खुला तो संसार मैं धर्मात्मा किस्को कह सक्ते हैं? काम, क्रोध, लोभ, मोह का बेग कौन रोक सक्ता है? परंतु ठैरो! जिस मनुष्य के जाहिरी बरताव पर हम इतना धोखा खा गए कि सवेरे तक उस्को मदनमोहन का सच्चा मित्र समझते रहे हर जगह उस्की सावधानी, योग्यता, चित्त की सफाई और धर्मप्रवृति की बड़ाई करते रहे उस्के चित्त मैं और कितनी बातें गुप्त होगी यह बात सिवाय परमेश्वर के और कौन जान सक्ता है? और निश्चय जानें बिना हमलोगों की पक्की राय लगानें का क्या अधिकार है?

प्रकरण-29

↕

बात चीत.

सीख्यो धन धाम सब कामकेक सुधारिवेको।।
सीख्यो अभिराम बाम राखत ह्जूरमैं।।
सीख्यो सराजाम गढ़कोटके गिराइबेको
सीख्यो समसेर बांधि काटि अरि ऊरमैं।

सीख्यो कुल जंत्र मंत्र तंत्रहू की बात
सीख्यो पिंगल पुरान सीखवो बह्यो जात कूरमैं।।
कहै कृपाराम सब सीखबो गयो निकाम
एक बोलवो न सीख्यो गया धूरमैं।।

शृंगार संग्रह

"आज तो मुझ से एक बड़ी भूल हुई" मुंशी चुन्नीलाल नें लाला मदनमोहन के पास पहुँचते ही कहा "मैं समझा था कि यह सब बखेड़ा लाला ब्रजकिशोर नें उठाया है परंतु वह तो इस्सै बिल्कुल अलग निकले।' यह बस करतूत तो हरकिशोर की थी। क्या आपनें लाला ब्रजकिशोर के नाम चिट्ठी भेज दी?"

"हाँ चिट्ठी तो मैं भेज चुका" मदनमोहन नें जवाब दिया।

"यह बड़ी बुरी बात हुई। जब एक निरपराधी को अपराधी समझ कर दंड दिया जाएगा तो उस्के चित्त को कितना दुःख होगा" मुंशी चुन्नीलाल ने दया करके कहा (!)

"फिर क्या करें? जो तीर हाथ सै छुट चुका। वह लोटकर नहीं आ सक्ता" लाला मदनमोहन नें जवाब दिया।

"निस्संदेह नहीं आ सक्ता परंतु जहाँ तक हो सके उस्का बदला देना चाहिए" मुंशी चुन्नीलाल कहनें लगा। "कहते हैं कि महाराज दशरथ नें धोके सै श्रवण के तीर मारा परंतु अपनी भूल जान्ते ही बड़े पछतावे के साथ उस्सै अपना अपराध क्षमा कराया। उसै उठाकर उस्के माता-पिता के पास पहुँचाया उन्को सब तरह धैर्य दिया और उन्का शाप प्रसन्नता सै अपनें सिर चढ़ा लिया।"

"ब्रजकिशोर की यह भूल हो या न हो परंतु उस्नें पहले तो ढिटाई की है वह कुछ कम नहीं है। गई गला को फिर घर मैं बुलाना अच्छा नहीं मालूम होता, जो कुछ हुआ सो हुआ चलो अब चुप ही रहो" मास्टर शिंभूदयाल नें कहा।

"इस्समय ब्रजकिशोर सै मेल करना केवल उन्की प्रसन्नताके लिए नहीं है बल्कि उस्सै अदालत मैं बहुत काम निकलनें की उम्मेद की जाती है" मुंशी चुन्नीलालनें मदनमोहन को स्वार्थ दिखाकर कहा।

"कल तो तुमनें मुझसै कहा था कि उन्की विकालत अपनें लिए कुछ उपकारी नहीं हो सकती" मदनमोहन नें याद दिवाई।

यह बात सुन्कर चुन्नीलाल एकबार ठिठका परंतु फिर तत्काल सम्हल कर बोला "वह समय और था यह समय और है। मामूली मुकद्दमौं का काम हम हरेक वकील सै ले सक्ते थे परंतु इस्समय तो ब्रजकिशोर के सिवाय हम किसी को अपना विश्वासी नहीं बना सक्ते।"

"यह तुम्हारी लायकी है। परंतु ब्रजकिशोर का दाँव लगे तो वह तुमको घड़ी भर जीता न रहनें दे" मास्टर शिंभुदयाल नें कहा।

“मैं अपनें निज के संबंध का विचार करके लाला साहब को कच्ची सलाह नहीं दे सक्ता” चुन्नीलाल खरे बनें।

“अच्छा तो अब क्या करें? ब्रजकिशोर को दूसरी चिट्‌ठी लिख भेजें या यहाँ बुलाकर उन्की खातिर कर दें?” निदान लाला मदनमोहन नै चुन्नीलाल की राह सै राह मिलाकर कहा।

‘“मेरे निकट तो आप को उन्के मकान पर चलना चाहिए और कीमती चीज़ तोहफा मैं देखकर ऐसे प्रीति बढ़ानी चाहिए जिस्सै उन्के मकान मनमैं पहली गाँठ बिल्कुल रहै न और आप के मुकद्दमों मैं सच्चे मन सै पैरवी करें। ऐसे अवसर पर उदारता से बड़ा काम निकलता है। सादी नें कहा है “द्रव्य दीजिए बीर को तासों दे वह सीस।। प्राण बचावेगा सदा बिनपाये बखशीस।।[+] मुंशी चुन्नीलाल नें कहा।

“लाला साहब को ऐसी क्या गरज पड़ी है जो ब्रजकिशोर के घर जाएँ और कल जिसै बेइज्जत करके निकाल दिया था आज उस्की खुशामद करते फिरें?” मास्टर शिंभूदयाल बोले।

“असल मैं अपनी भूल है और अपनी भूलपर दूसरे को सताना बहुत अनुचित है” मुंशी चुन्नीलाल संकेत सै मास्टर शिंभूदयाल को धमकाकर कहनें लगा “बैठनें उठनें, और आनें जानें की साधारण बातोंपर अपनी प्रतिष्ठा, अप्रतिष्ठा का आधार समझना संसार मैं अपनी बराबर किसी को न गिन्ना, एक तरह का जंगली विचार है। इस्की निस्बत सादगी और मिलनसारी सै रहनें को लोग अधिक पसंद करते हैं। लाला ब्रजकिशोर कुछ ऐसे अप्रतिष्ठित नहीं हैं कि उन्के हां जानें सै लाला साहब की स्वरूप हानि हो”

“यह तो सच है परंतु मैंने उन्का दुष्टस्वभाव समझ कर इतनी बात कही थी” मास्टर शिंभूदयाल चुन्नीलाल का संकेत समझ कर बोले।

ब्रजकिशोरके मकान पर जानें मैं मेरी कुछ हानि नहीं है परंतु इतना ही विचार है कि मेल के बदले कहीं अधिक बिगाड़ न हो जाए” लाला मदनमोहन नें कहा।

“जी नहीं, लाला ब्रजकिशोर ऐसे अनसमझ नहीं है, मैं जानता हूँ कि वह क्रोधसै आग हो रहे होंगे तो भी आपके पहुँचते ही पानी हो जाएँगे, क्योंकि गरमीमैं धूप के सताये मनुष्य को छाया अधिक प्यारी होती है” मुंशी चुन्नीलाल नें कहा।

निदान सबकी सलाह सै मदनमोहन का ब्रजकिशोर के हाँ जाना ठैर गया, चुन्नीलाल नैं पहलेसै खबर भेजदी, ब्रजकिशोर वह खबर सुन्कर, आप आनें को तैयार होते थे, इतनें मैं चुन्नीलाल के साथ लाला मदनमोहन वहाँ जा पहुँचे। ब्रजकिशोर नें बड़ी उमंगसै इन्का आदर सत्कार किया।

+ **जरबिदह मर्दे सिपाहीरा तासर विदिहद।।**
बगरश जर नदिहि सर नानिहददरआलम।।

इस छोटी सी बात सै मालूम हो सक्ता है कि लाला मदनमोहन की तबियत पर चुन्नीलाल का कितना अधिकार था।

"आपने क्यों तकलीफ की? मैं तो आनें को था" लाला ब्रजकिशोर ने कहा।

"हरकिशोर के धोखे मैं आज आप के नाम एक चिट्ठी भूल सै भेज दी गई थी। इसलिए लाला साहब चला कर यह बात कहनें आए हैं कि आप उस्का कुछ ख्याल न करें। मुंशी चुन्नीलाल नें कहा।

"जो बात भूल सै हो और वह भूल अंगीकार कर ली जाए तो फिर उस्में ख्याल करनें की क्या बात है? और इस छोटेसे काम के वास्ते लाला साहब को परिश्रम उठाकर यहाँ आनें की क्या जरूरत थी?" लाला ब्रजकिशोर नें कहा।

"केवल इतना ही काम न था। मुझ सै कल भी कुछ भूल हो गई थी और उस्का भी एवज दिया चाहता था" यह कहकर लाला मदनमोहन नें एक बहुमूल्य पाकेटचेन (जो थोड़े दिन पहले हैमिल्टन कंपनी के हाँ सै फ़र्मायशी बनकर आई थी) अपनें हाथ सै ब्रजकिशोर की घड़ी मैं लगा दी।

"जी! यह तो आप को लज्जित करते हैं। मेरा एवज तो आप के मुख सै यह बात सुन्ते ही मिल चुका। मुझ को आपके कहनें का कभी कुछ रंज नहीं होता इस्के सिवाए मुझे इस पर आप की कुछ सेवा करनी चाहिए थी सो मैं उल्टा आप सै कैसे लूँ? जिस मामले मैं आप अपनी भूल बताते हैं केवल आपही की भूल नहीं हैं आप सै बढ़कर मेरी भूल है और मैं उस्के लिए अंतःकरण सै क्षमा चाहता हूँ" लाला ब्रजकिशोर कहनें लगे। "मैं हर बात मैं आप सै अपनी मर्जी मूजिब काम करानेके लिए आग्रह करता था परंतु वह मेरी बड़ी भूल थी। बृन्द नैं सच कहा है "सबको रसमैं राखिए अंत लीजिए नाहिं।। बिष निकस्यों अति मथनते रत्नाकरहू मांहि।।" मुझको निकालते के कारण बढ़ाकर बात करनें की आदत पड़ गई है और मैं कभी, कभी अपना मतलब समझानें के लिए हरेक बात इतनी बढ़ाकर कहता चला जाता हूँ कि सुन्ने वाले उखता जाते हैं मुझको उस अवसर पर जितनी बातें याद आती हैं मैं सब कह डालता हूँ परंतु मैं जान्ता हूँ कि यह रीति बात चीतके नियमों सै विपरीत है और इन्का छोड़ना मुझ पर फर्ज है। बल्कि इन्हें छोड़नें के लिए मैं कुछ-कुछ उद्योग भी कर रहा हूँ"

"क्या बातचीत के भी कुछ नियम हैं?" लाला मदनमोहन ने आश्चर्य से पूछा—

"हाँ! इस्को बुद्धिमानों ने बहुत अच्छी तरह बरणन किया है" लाला ब्रजकिशोर कहनें लगे "सुलभा नाम तपस्विनी नें राजा जनक सै बचन के यह लक्षण कहे हैं—अर्थ सहित, संशयारहित, पूर्वापर अविरोध।। उचित, सरल, संक्षिप्त पुनि कहे वचन

परिशोध।।1।। प्रायः कठिन अक्षर रहित, घृणा अमंगल हीन।। सत्य, काम, धर्मार्थयुत शुद्धनियम आधीन।।2।। संभव कूट न अरुचिकर, सरस, युक्ति दरसाया।। निष्कारण अक्षर रहित खडितहू न लखाय।।3।।*'' संसार मैं देखा जाता है कि कितनें ही मनुष्यों को थोड़ीसी मामूली बातें याद होती हैं जिन्है वह अदल बदलकर सदा सुनाया करते हैं जिस्से सुन्नेवाला थोड़ी देरमैं उखता जाता है, बातचीत करने की उत्तम रीति यह है कि मनुष्य अपनी बात को मौकेसै पूरी करके उस्पर अपना, अपना विचार प्रगट करनें के लिए औरों को अवकाश दे और पीछै सै कोई नई चर्चा छेड़ें और किसी विषय मैं अपना विचार प्रगट करे तो उस्का कारण भी साथ ही समझाता जाए, कोई बात सुनी सुनाई हो तो वह भी स्पष्ट कह दे, हँसी की बातों मैं सच्चाई और गंभरीता को न छोड़े, कोई बात इतनी दूर तक खेंचकर न ले जाए जिस्सै सुन्नें वालों को थकान मालूम हो। धर्म, दया और प्रबंध की बातों मैं दिल्लगी न करे। दूसरेके मर्म की बातों को दिल्लगी मैं जबान पर न लाए, उचित अवसर पर वाजबी राय सै पूछ पूछकर साधारण बातों का जान लेना कुछ दूषित नहीं है परंतु टेढ़े और निरर्थक प्रश्न करके लोगों को तंग करना अथवा बकवाद करके औरोके प्राण खा जाना, बहुत बुरी आदत है। बातचीत करनें की तारीफ यह है कि सबका पहिचान कर इस ढबसै बात कहै जिस्मैं सब सुन्नेवालें प्रसन्न रहैं। जँची हुई बात कहना मधुर भाषण सै बहुत बढ़कर है खासकर जहाँ मामलेकी बात करनी हो। शब्द विन्यास के बदले सोच विचार कर बातचीत करना सदैव अच्छा समझा जाता है। और सवाल जवाब बिना मेरी तरह लगातार बात कहते चले जाना कहनें वाले की सुस्ती और अयोग्यता प्रगट करता है। इसी तरह असल मतलब पर आने के लिए बहुतसी भूमिकाओं सै सुन्ने वालेका जी घबरा जाता है परंतु थोड़ी सी भूमिका बिना भी बातका रंग नहीं जमता इसलिए अब मैं बहुत सी भूमिकाओं के बदले आपसै प्रयोजन मात्र कहता हूँ कि आप गई बीती बातों का कुछ ख्याल न करें?

"जो कुछ भी ख्याल होता जो लाला साहब इस तरह उठकर क्या चले आते? अब तो सब का आधार आप की कारगुजारी (अर्थात कार्य कुशलता) पर है" मुंशी चुन्नीलाल ने कहा—

"मेरे ऐसे भाग्य कहाँ?" लाला ब्रजकिशोर प्रेम बिबस होकर बोले।

"देखो हरकिशोर नें कैसा नीचपन किया है।" लाला मदनमोहन नें आँसू भरकर कहा।

"इस्सै बढ़कर और क्या नीचपन होगा?" लाला ब्रजकिशोर कहनें लगे "मैंनें कल उस्के लिए आप को समझाया था इस्सै मैं बहुत लज्जित हूँ। मुझको उस्समय तक

* उपेतार्थ मभिन्नार्थ न्यायवृत्तं न चाधिकं।।
नाश्लक्षण नचसंदिग्धं वक्ष्यामि परमंततः।।1।।
नगुर्वक्षर संयुक्तं पराङमुख सुखंनच।
नानृतं नत्रिवर्गेण विरुद्धं नाप्यसंस्कृतम्।।2।।
नन्यूनं कष्टशब्दंवा विक्रामाभिहितं न च।।
नशेषमनुकल्पेन निष्कारणमहेतुकम्।।3।।

उस्के यह गुन मालूम न थे। अफवाह किसी तरह झूठ हो जाए तो मैं उसे मजा दिखाऊँ''

"निस्संदेह आप की तरफ सै ऐसेही उम्मेद है। ऐसे समय मैं आप साथ न दोगे तो और कौनू देगा?" लाला मदनमोहन नें करुणा सै कहा।

"इस्समय सब सै पहले अदालत की जवाब दिहीका बंदोबस्त होना चाहिए क्योंकि मुकद्दमों की तारीखें बहुत पास-पास लगी हैं" मुंशी चुन्नीलाल नें कहा।

"अच्छा! आप अपना काग़ज तैयार करानें के वास्तै तीन चार गुमाश्ते तत्काल बढ़ा दें और अदालत की कारवाई के वास्ते मेरे नाम एक मुख्त्यार नामा लिखते जाय बस फिर मैं समझ लूगाँ" लाला ब्रजकिशोर नें कहा।

निदान लाला मदनमोहन ब्रजकिशोर के नाम मुख्त्यार नामा लिखकर अपनें मकान को रवानें हुए। □□□

प्रकरण-30

↕

नैराश्य (नाउम्मेदी)

फलहीन महीरूह कों खगवृन्द तजे बन कों मृग भस्म भए।
मकरन्द पिए अरविन्द मिलिन्द तजे सर सारस सूख गए।।
धन हीन मनुष्य तजैं गणिका नृपकों सठ सेवक राज हुए।।
बिन स्वारथ कौन सखा जग मैं? सब कारज के हित मीत भए।।*

भर्तृहरि।

सन्ध्या समय लाला मदनमोहन भोजन करने गए तब मुंशी चुन्नीलाल और मास्टर शिंभूदयाल को खुलकर बात करने का अवकाश मिला। वह दोनों धीरे, धीरे बतलानें लगे।

"मेरे निकट तुमनें ब्रजकिशोरसै मेल करनें मैं कुछ बुद्धिमानी नहीं की। बैरी के हाथ मैं अधिकार देकर कोई अपनी रक्षा कर सक्ता है?" मास्टर शिंभूदयाल नें कहा।

"क्या करूँ इस्समय इस युक्ति के सिवाए अपनें बचाव को कोई रास्ता न था।

---

* वृक्षं क्षीणफलं त्यजन्ति विहगा दग्धं वनांन्तं मृगाः।
पुष्पं पीतरसं त्यजन्ति मधुपा शुष्कं सरः सरसाः।।
निर्द्रव्यं पुरुषं त्यजन्ति गणिका भ्रष्टं नृपं मन्त्रिणः
सर्वः कार्यवशाज्जनों भिरमते कः कस्यने बल्लभः।।'

लोगों की नालिशें हो चुकीं। अपनें भेद खुलनें का समय आ गया। ब्रजकिशोर सब बातों सै भेदी थे इसलिए मैंने उन्हीं के जिम्में इन बातों के छिपानें का बोझ डाल दिया कि वह अपनें विपरीत कुछ न करनें पाएँ!'' मुंशी चुन्नीलाल नें हीरलाल की बात उड़ाकर कहा।

''परंतु अब ब्रजकिशोर तुम्हारा भेद खोल दें तो तुम कैसे अपना बचाव करो? हर काम मैं आदमी को पहले अपनें निकास का पूरा रास्ता सोचना चाहिए, अभिमन्यु की तरह धुन बाँध कर चकाबू (चक्रव्यूह) मैं घुसे चले जाओगे तो फिर निकलना बहुत कठिन होगा, पतंग उड़ाकर डोर अपनें हाथ मैं न रक्खोगे तो उस्के हाथ लगनें की क्या उम्मेद रहेगी?'' मास्टर शिंभूदयाल नें कहा।

''मैंनें अपनें निकास की उम्मेद केवल ब्रजकिशोर के विश्वास पर बाँधी है परंतु उन्की दो एक बातों सै मुझको अभी संदेह होनें लगा। प्रथम तो उन्होनें इस गए बीते समय में मदनमोहन सै मेल करनें मैं क्या फायदा बिचारा? और महन्तानें के लालच सै मेल किया भी था तो ऐसी जलदी कागज तैयार करानें की क्या जरूरत थी? मैं जान्ता हूँ कि वह नालिश करनेंवालों सै जवाबदिहि करनें के वास्तै यह उपाए करते होंगे परंतु जब वह जवाबदिहि करेंगे तो नालिश करनेंवालों की तरफ सै हमारा भेंद अपनें आप खुल जाएगा और जिस बात को हम दूर फेंका चाहते हैं वही पास आजावेगी'' मुंशी चुन्नीलाल नें कहा।

''वकीलों के यही तो पेच होते हैं। जिस बात को वह अपनी तरफ सै नहीं कहा चाहते उल्टे सीधे सवाल करके दूसरे के मुख सै कहा लेते हैं और आप भलेके भले बनें रहते हैं। बिचार तो सही हमनें ब्रजकिशोर के साथ कौन्सी भलाई की है जो वह हमारे साथ भलाई करेंगे? वकीलों के ढंग बड़े पेचीदा होते हैं। वह एक मुकद्दमे मैं तुम्हारे वकील बनते हैं तो दूसरे मैं तुम्हारे बैरी के वकील बन जाते हैं परंतु अपना मतलब किसी तरह नहीं जानें देते।''

''सच है इस काम मैं लाला ब्रजकिशोर की चाल पर अवश्य संदेह होता है परंतु क्या करें? अपनें वकील न करेंगे तो वह प्रतिपक्षी के वकील हो जाएँगे और अपना भेद खोलनें मैं किसी तरह की कसर न रक्खेंगे'' मुंशी चुन्नीलाल कहनें लगा ''असल तो यह है कि अब यहाँ रहने मैं कुछ मजा नहीं रहा। प्रथम तो आगे को बुर्द नहीं दिखाई देती फिर जिन लोगों सै हजारों रुपे खाए पीए हैं उन्हीं के सामनें होकर विवाद करना पड़ेगा और जब हम उन्सै बिवाद करेंगे तो वह हमसै मुलाहजा क्यों रक्खेंगे। हमारा भेद क्यों छिपावेंगे? कभी, कभी हम उन्सै लाला साहब के हिसाब मैं लिखाकर बहुतसी चीजें घर लेगए हैं इसी तरह उन्के यहाँ जमा करानें के वास्ते लाला साहब जो रुपे ले गए थे वह उन्के यहाँ जमा नहीं कराए ऐसी रकमों की बाबत पहले, पहले तो यह बिचार था कि इस्समय अपना काम चला लें फिर जहाँ की तहाँ पहुँचा देंगे परंतु पीछै सै न तो अपनें पास रुपे की समाई हुई न कोई देखनें भालनें

वाला मिला, बस सब रकमें जहाँ की तहाँ रह गईं अब अदालत मैं यह भेद खुलेगा तो कैसी आफत आवेगी? और हम लाला साहब की तरफ सै बिवाद करेंगे तो यह भेद कैसे छिप सकेगा? क्या करें? कोई सीधा रस्ता नहीं दिखाई देता।''

यदि ऐसै ही पाप करके लोग बच जाया करते तो संसार मैं पाप पुण्यका विचार काहेको रहता?

''मुझको तो अब सीधा रास्ता यही दिखाई देता है कि जो हाथ लगे सो ले लिवाकर यहाँ सै रफूचक्कर हो। ब्रजकिशोर तुम्हारे भाग्य सै इस्समय आफंसा है। इस्के सिर मुफ्त का छप्पर रख कर अलग हो बैठो'' मास्अर शिंभूदयाल कहने लगा ''जिस तरह अलिफलैला मैं अबुलहसन और शम्सुलूनिहार के परस्पर प्रेम बिबस हुए पीछे बखेड़ा उठनें की सूरत मालूम हुई तब उन्का मध्यस्थ इब्नतायर उन्को छिटकाकर अलग हो बैठा और एक जौहरी नें मुफ्त मैं वह आफ़त अपनें सिर लेकर अपनें आपको जंजाल मैं फँसा दिया। इसी तरह इस्समय तुम्हारी और ब्रजकिशोर की दशा है ब्रजकिशोर को काम सोंप कर तुम इस्समय अलग हो जाओं तो सब बदनामी का ठिकरा ब्रजकिशोर के सिर फूटेगा और दूध मलाई चखने वाले तुम रहोगे!''

''यह तो बड़े मजे की बात है, ब्रजकिशोर पर तो हम यह बोझ डालेंगे कि तुम्हारे लिए हम अलग होते हैं पीछे से हमारा भेद न खुलने पाए, लेनदारों सै यह कहेंगे कि तुम्हारे वास्ते लाला साहब से हमारी तकरार हो गई उन्होंने हमारा कहा नहीं माना अब तुम भी कहीं हमको धोका न देना'' मुंशी चुन्नीलाल नें कहा।

''आज तो दोनों मैं बड़ी घुट-घुट कर बातें हो रही हैं'' लाला मदनमोहन नें आते ही कहा। तुम्हारी सलाह कभी पूरी नहीं होती, न जानें कौन्से किले लेने का विचार किया करते हो!''

''जी हुजूर! कुछ नहीं, मिस्टर रसल के मामले की चर्चा थी उस की जायदाद की नीलामी की तारीख मैं केवल दो दिन बाकी हैं परंतु अब तक रुपे का कुछ बंदोबस्त नहीं हुआ'' मुंशी चुन्नीलाल नें तत्काल बात पलट कर कहा।

''इस बिना बिचारी आफत का हाल किस्सो मालूम था? तुम उन्हें लिख दो कि जिस तरह हो सके थोड़े दिन की मुहलत लेलें। हम उस्के भीतर, भीतर रुपे का प्रबंध अवश्य कर देंगे'' लाला मदनमोहन नें कहा।

''मुहलत पहले कई बार लेचुके हैं इस्सै अब मिलनी कठिन है। ''परंतु इस्समय कुछ गहना गिरवी रखकर रुपे का प्रबंध कर दिया जाए तो उस्की जायदाद बनी रहै और धीरे-धीर रुपया चुका कर गहना भी छुड़ा लिया जाए'' मास्टर शिंभूदयाल नें जाते-जाते सिप्पा लगानें की युक्ति की। उस्का मनोर्थ था कि यह रकम हाथ लग जाए तो किसी लेनदार को देकर भलीभाँति लाभ उठाएँ अथवा मदनमोहन माँगने योग्य न रहै तो सबकी सब रकम आप ही प्रसाद कर जाएँ। अथवा किसी के यहाँ गिरवी भी धरे तो लेनदारों को कुर्की करानें के लिए उस्का पता बता कर उनसै भली

भाँति हाथ रंगे। अथवा माल अपनें नीचे दबे पीछे और किसी युक्ति सै भरपूर फायदे की सूरत निकालें, परंतु मदनमोहन के सौभाग्य सै इस्समय लाला ब्रजकिशोर आ पहुँचे इसलिए उस्की कुछ दाल न गली।

"क्या है? किस काम के लिए गहना चाहते हो?" लाला ब्रजकिशोर नें शिंभूदयाल को उछटतीसी बात सुनी थी। इस्पर आते ही पूछा।

"जी कुछ नहीं, यह तो मिस्टर रसेल की चर्चा थी" मुंशी चुन्नीलाल नें बात उड़ानें के वास्तै गोल-मोल कहा।

"उस्का क्या लेनदेन है? उस्का मामला अब तक अदालत मैं तो नहीं पहुँचा?" लाला ब्रजकिशोर पूछनें लगे।

"वह एक नीलका सौदागर है और उस्पर बीस, पच्चीस हजार रुपे अपने लेनें हैं। इस्समय उस्की नीलकी कोठी और कुछ बिस्वै बिस्वान्सी दूसरे की डिक्री मैं नीलाम पर चढ़े हैं और नीलाम की तारीख मैं केवल दो दिन बाकी हैं। नीलाम हुए पीछै अपने रुपे पटनें की कोई सूरत नहीं मालूम होती इसलिए ये लोग कहते थे कि गहना गिरवी रखकर उस्काकर्ज चुका दो परंतु इतना बंदोबस्त तो इस्सयम किसी तरह नहीं हो सक्ता" लाला मदनमोहन नें लजाते हुए कहा।

"अभी आप को अपनें कर्जेका प्रबंध करना है और यह मामला केवल मुहलत लेनें सै कुछ दिन टल सक्ता है" लाला ब्रजकिशोर नें अपनें मनका संदेह छिपाकर कहा।

"मैं जान्ता हूँ कि मेरा कर्ज चुकानें के लिए तो मेरे मित्रों की तरफ सै आज कल मैं बहुत रुपया आ पहुँचेगा" मदनमोहन नें अपनी समझ मूजिब जवाब दिया।

"और मुहलत कई बार लेली गई है इस्सै अब मिलनी कठिन है" मास्टर शिंभूदयाल बोले।

"मैं खयाल करता हूँ कि अदालत को विश्वास योग्य कारण बता दिया जाएगा तो मुहलत अवश्य मिल जाएगी" लाला ब्रजकिशोर नें कहा।

"और जो न मिली?" शिंभूदयाल हुज्जत करनें लगा।

"तो मैं अपनी ज़ामिनी देकर जायदाद नीलाम न होने दूँगा" ब्रजकिशोर नें जवाब दिया और अब शिंभूदयाल को बोलनें की कोई जगह न रही।

"कल कई मुकद्दमों की तारीखें लगरही हैं और अबतक मैं उन्के हालसै कुछ भेदी नहीं हूँ। तुमको अवकाश हो तो लाला साहब सै आज्ञा लेकर थोड़ी देरके लिए मेरे साथ चलो" लाला ब्रजकिशोर नें मुंशी चुन्नीलाल सै कहा।

"हाँ, हाँ तुम साथ जाकर सब बातें अच्छी तरह समझा आओ" लाला मदनमोहन नें मुंशी चुन्नीलाल को हुक्म दिया।

"आप इस्समय किसी काम के लिए किसीको अपना गहना न दें।" ऐसे अवसरपर ऐसी बातों मैं तरह, तरह का डर रहता है" लाला ब्रजकिशोर नें जाती बार मदनमोहन सै संकेत मैं कहा और मुंशी चुन्नीलाल को साथ लेकर रुखसत हुए।

आज लाला मदनमोहन की सभा मैं वह शोभा न थी। केवल चुन्नीलाल शिंभूदयाल आदि दो चार आदमी दिखाई देते थे, परंतु उन्के मन भी बुझे हुए थे। हँसी चुहल की बातें किसी के मुखसै नहीं सुनाई देती थीं। खास्कर ब्रजकिशोर और चुन्नीलाल के गए पीछे तो और भी सुस्ती छा गई। मकान सुन्सान मालूम होनें लगा। शिंभूदयाल ऊपर के मन सै हँसी चुहल की कुछ, कुछ बातें बनाता था परंतु उन्मैं मोमके फूलकी तरह कुछ रस न था, निदान थोड़ी देर इधर-उधर की बातें बनाकर सब अपनें, अपनें रस्ते लगे और लाला मदनमोहन भी मुर्झाए चित्तसै पलंगपर जा लेटे।

प्रकरण-31

↕

चालाक की चूक.

सुखदिखाए दुख दीजिए खलसों लरियेकाहि
जो गुर दीयेही मरै क्यौं विष दीजै ताहि?

वृन्द.

"लाल मदनमोहन का लेनदेन किस्तरह पर है?" ब्रजकिशोर नें मकान पर पहुँचते ही चुन्नीलाल सै पूछा।

"विगत बार हाल तो कागज तैयार होनें पर मालूम होगा परंतु अंदाज यह है कि पचास हजार के लगभग तो मिस्टर ब्राइट के देनें होंगे, पन्द्रह बीस हजार आगाहसनजान मुहम्मद जान वगैरे खेरीज सौदागरों के देने होंगे, दस बारह हजार कलकत्ते, मुम्बई के सौदागरोंके देनें होंगें, पचास हजार मैं निहालचन्द, हरकिशोर वगैर बाजार के दुकानदार और दिसावरों के आढतिये आ गए" मुंशी चुन्नीलाल नें जवाब दिया।

"और लेने किस, किस पर है? ब्रजकिशोर नें पूछा।"

"बीस पच्चीस हजार तो मिस्टर रसल की तरह़ बाकी होंगे, दस बारह ह़जार आगरे के एक जौहरी मैं जवाहरात की बिक्री के लेनें हैं, दस पन्द्रह हजार यहाँ के बाजारवालों मैं और दिसावरों के आढ़तियों में लेनें होंगे, पाँच, सात हजारका खेरीज लोगों मैं और नौकरों मैं बाकी होंगे, आठ दस हजार का व्यापार रीगे का गाल गौजूद है, पाँच हजार रुपे अलीपुर रोड के ठेके बाबत सरकार सै मिलनेवाले हैं और रहनें का मकान, बाग-सवारी सर सामान वगैरे सब इन्सै अलग हैं" मुंशी चुन्नीलाल नें जवाब दिया।

"इस अटकल पंच्चू हिसाब बतानें सै कुछ काम नहीं चल्ता। जब तक लेनें देनें का ठीक हाल मालूम नहीं फैस्ला किस तरह किया जाए? तुम सबेरे लाला

जवाहरलाल को मेरे पास भेजदेना मैं उस्सै सब हाल पूछ लूँगा। ऐसे अवसर पर असावधानी रखनें सै देना सिर पर बना रहता है और लेना मिट्टी हो जाता है" ब्रजकिशोरनें कहा।

"कागज बहुत दिनों का चढ़ रहा है और बहुत जमा खर्च होनें बाकी हैं इस लिए कागज सै कुछ नहीं मालूम हो सक्ता" मुंशी चुन्नीलाल नें बात उड़ानें की तजबीज की।

"कुछ हर्ज नहीं, मैं लोगों सै जिरहके सवाल करके अपना मतलब निकाल लूँगा। मुझको अदालत मैं हर तरहके मनुष्यों के सफाई नित्य काम पड़ता है" लाला ब्रजकिशोर कहनें लगे "तुमनें आज सबेरे मुझसै सफाई करनें की बात कह थी परंतु अभी सै उस्मैं अंतर आनें लगा। मैं वहाँ पहुँचा उस्समय तुम लोग लाला साहब सै गहना लेनें की तजबीज कर रहे थे परंतु पहुँचते ही वह बात उड़ानें लगे। मुझको कुछ का कुछ समझानें लगे सो मैं ऐसा अन्समझ नहीं हूँ यदि मेरा रहना तुमको असह्य है, मेरे मेल से तुम्हारी कमाई मैं जर्क आता है, मेरे मेल करनें का तुमको पछतावा होता है तो मैं तुम्हारी मारफत मेल करकै तुम्हारा नुक्सान हरगिज नहीं किया चाहता, लाला साहब सै मेल नहीं रक्खा चाहता तुम अपना बंदोबस्त आप कर लेना।"

आप वृथा खेद करते हैं। मैंनें आप से छिप कर कोन्सा काम किया? आप के मेल सै मेरी अप्रसन्नता कैसे मालूम हुई? आप पहुँचे जब निस्संदेह शिंभूदयालनें मास्टर रसल के लिए गहनें की चर्चा छेड़ी थी परंतु वह कुछ पक्की बात न थी और आपकी सलाह बिना किसी तरह पूरी नहीं पड़ सक्ती थी। आपसै पहले बात करनें का समय नहीं मिला इसीलिए आपके साम्नें बात करनें मैं इतना संकोच हुआ था परंतु आप को हमारी तरफ सै अब तक इतना संदेह बना रहा है तो आप लाला साहबके छोड़नें का विचार क्यों करते हैं आप के लिए हमहीं अपनी आवाजाई बंद कर देंगे" मुंशी चुन्नीलाल नें कहा।

सादी नें सच कहा है "बृद्धा बेश्या तपस्विनी न होय तो और क्या करे? उतरा सेनक किसीका क्या बिगाड़कर सक्ता है कि साधु न बनें?"* लाला ब्रजकिशोर मुस्कराकर कहनें लगे 'मैं किसी काम मैं किसी का उपकार नहीं सही चाहता। यदि कोई मुझपर थोड़ा सा उपकार करे तो मैं उस्से अधिक करनें की इच्छा रखता हूँ फिर मुझको इस थोथे काम मैं किसी का उपकार उठानें की क्या जरूरत है? जो तुम महरबानी करके मेरा पूरा महन्ताना मुझको दिवा दोगे तो मैं इसी मैं तुम्हारी बड़ी सहायता समझूँगा और प्रसन्नता सै तुम्हारा कमीशन तुम्हारी नजर करूँगा" लाला ब्रजकिशोर इस बातचीत मैं ठेठ सै अपनी सच्ची सावधानी के साथ एक दाव खेल रहे

---

* क़हबए पीर अज नाबकारी चे कुनद कि तोबाँ नकुद? व शहनए माजूल अज मदुर्म आजारी।

थे। उन्नें इस युक्ति सै बात-चीत की थी जिस्मैं उनका कुछ स्वार्थ न मालूम पड़े और चुन्नीलाल आप सै आप मदनमोहन को छोड़ जानें के लिए तैयार हो जाए, पास रहनें मैं अपनी हानि, और छेड़ जानें मैं अपना फ़ायदा समझे बल्कि जाते, जाते अपनें फ़ायदे के लालच सै ब्रजकिशोर का महन्ताना भी दिवाता जाए।

"आप अपना महन्ताना भी लें और लाला मदनमोहन के यहाँ कुल अख्त्यार भी लें हमको तो हर भाँति आपकी प्रसन्नता करनी है हमनें तो आपकी शरण ली है। हमारा तो यही निवेदन है कि इस्समय आप हमारी इज्जत बचा लें" मुंशी चुन्नीलाल नें हार मानकर कहा वह भीतर सै चाहै जैसा पापी था परंतु प्रगट मैं अपनी इज्जत खोनें सै बहुत डरता था। संसार मैं बड़ा भला मानस बना फिरता था और इसी मनसात के नीचे उसनें अपनें सब पाप छिपा रखे थे।

"इन बातों सै इज्जत का क्या संबंध है! मुझसै हो सकेगा जहाँ तक मैं तुम्हारी इज्जत पर धब्बा न आनें दूँगा परंतु कठिन समय मैं तुम मदनमोहन के छोड़नें का बिचार करते हो इस्मैं मुझको तुम्हारी भूल मालूम होती है। ऐसा न होकि पीछै सै तुम्हें पछताना पड़े। चारों तरफ दृष्टि रखकर बुद्धिमान मुनष्य काम किया करते हैं" लाला ब्रजकिशोर नें युक्तिसै कहा।

"तो क्या इस्समय आपकी राय मैं लाला मदनमोहन के पास सै हमारा अलग होना अनुचित है?" मुंशी चुन्नीलाल नें ब्रजकिशोर पर बोझ डालकर पूछा।

"मैं साफ कुछ नहीं कह सक्ता क्योंकि और की निस्बत वह अपना हानि लाभ आप अधिक समझ सक्ते हैं" लाला ब्रजकिशोर ने भरम मैं कहा।

"तो खैर मेरी तुच्छ बुद्धि मैं इस्समय हमारी निस्बत आप लाला मदनमोहन की अधिक सहायता कर सकते हैं और इसी मैं हमारी भी भलाई हैं" मुंशी चुन्नीलाल बोले।

"तुमनें इस दिनों मैं नवल और जुगल (ब्रजकिशोर के छोटे भाई) की भी परीक्षा ली या नहीं! तुम गए तब वह बहुत छोटे थे परंतु अब कुछ होशियार होते चले हैं" लाला ब्रजकिशोर नें पहली बात बदलकर घरबिधकी चर्चा छेड़ी;

"मैंनें आज उन्को नहीं देखा परंतु मुझको उन्की तरफ सै भली-भाँत विश्वास हैं। भला आपकी शिक्षा पाए पीछै किसी तरह की कसर रह सक्ती है?" मुंशी चुन्नीलाल नें कहा।

"भाई! तुम तो फिर खुशामद की बातें करनें लगे, यह रहनें दो। घर मैं खुशामद की क्या जरूरत है?" लाला ब्रजकिशोर नें नरम ओलंभा दिया और चुन्नीलाल उनसै रुखसत होकर अपनें घर गया।

□□□

प्ररण-32

↕

अदालत

काम परेही जानिये जो नर जैसो होय।।
बिन ताये खोटो खरो गहनों लखै न कोय।।

बृन्द.

अदालत में हाकिम कुर्सीपर बैठे इज्लास कर रहे हैं। सब अहलकार अपनी, अपनी जगह बैठे हैं निहालचन्द मोदी का मुकद्दमा हो रहा है। उस्की तरफ सै लतीफ हुसैन वकील हैं। मदनमोहन तरफ सै लाला ब्रजकिशोर जवाबदिही करते हैं। ब्रजकिशोर नें बचपन मैं मदनमोहन के हाँ बैठकर हिंदी पढ़ी थी इस वास्तै वह सराफी कागज की रीति भाँति अच्छी तरह जान्ता था और उस्नें मुकद्दमा छिड़ने सै पहले मामूली फीस देकर निहालचन्द के बही खाते अच्छी तरह देख लिए थे। इस मुकद्दमें मैं कानूनी बहस कुछ न थी केवल लेन देनका मामला था।

ब्रजकिशोर नें निहालचन्दको गवाह ठैराकर उस्सै जिरहके सवाल पूछनें शुरू किए "तुम्हारा लेन देन रुक्के पर्चो सै है!"

जवाब "नहीं"

"तो तुम किस तरह लेन देन रखते हो?"

ज. "नौकरों की मारफत"

"तुमको कैसे मालूम होता है कि यह आदमी लाला मदनमोहन की तरफ सै माल लेनें आया है और उन्हीं के हाँ ले जाएगा!"

"हम यह नहीं जान सक्ते परंतु लाला साहब का हुक्म है कि वह लोग जो, सामान माँगे तत्काल दे दिया करो"

"अच्छा? वह हुक्म दिखाओ!"

ज. "वह हुक्म लिखकर नहीं दिया था जबानी है"

"अच्छा! वह हुक्म किस्के आगे दिया था-?" किस किसके लिए दिया था! "कितनें दिन हुए?" "कौन्सा समय था?" कौन्सी जगह थी?" "क्या कहा था?"

"बहुत दिन की बात है मुझको अच्छी तरह याद नहीं है"

"अच्छा! जितनी बात याद हो वही बताओ?"

"ज. मैं इस्समय कुछ नहीं कह सक्ता"

"तो क्या किसीसै पूछकर कहोगे?"

ज. "जी नहीं याद करके कहूँगा"

"अच्छा! तुम्हारा हिसाब होकर बीच मैं बाकी निकल चुकी है?"

ज. "नहीं"

"तो तुमनें सालकी साल बाकी निकालकर ब्याज पर ब्याज कैसे लगा लिया?"

"साहुकारेका दस्तूर यही है, "

"साहूकारेमैं तो सालकी साल हिसाब होकर ब्याज लगाया जाता है। फिर तुमनें हिसाब क्यों नहीं किया?"

ज. "अवकाश नहीं मिला"

"तुम्हारी बहियोंमैं उदरत खाते सै क्या मतलब है?"

"लाला मदनमोहन के लेन देन सिवाय आप किसी खाते का सवाल न करें" निहालचन्द के वकीलनें कहा।

"मुझको इससै लाला मदनमोहन के लेन देन का विशेष संबंध मालूम होता है इसीसै मैंने वह सवाल किया है" लाला ब्रजकिशोरनें जवाब दिया और परिणाम मैं हाकिम के हुक्म सै यह सवाल पूछा गया।

"जो रक़मैं बहीखातें मैं हिसाब पक्का करके लिखी जानें के लायक होती हैं और तत्काल उन्का हिसाब पक्का नहीं हो सक्ता वह रकमैं हिसाब की सफाई हौनें तक इस खाते मैं रहती हैं और सफाई होनें पर जहाँकी तहाँ चली जाती हैं" निहालचन्द नें जवाब दिया।

अच्छा! तुम्हारे हाँ जिन मितियों मैं बहुत करके लाला मदनमोहन के नाम बड़ी, बड़ी रकमें लिखी गई हैं उनही मितियों मैं उदरत खाते कुछ रक़म जमा की गई है और फिर कुछ दिन पीछै उदरत खाते नाम लिखकर वह रकमें लोगों को हाथों हाथ दे दी गई हैं या उन्के खाते मैं जमा कर दी गई हैं इस्का क्या सबब हैं?" लाला ब्रजकिशोर नें पूछा।

"मैं पहले कह चुका हूँ कि जिन लोगों की रकमें अलग हिसाब में आती जाती हैं या जिन्का लेन देन थोड़े दिनके वास्तै हुआ करता है उन्की रकम कुछ दिनके लिए जिस तरह पर उदरत खाते मैं रहती हैं परंतु मैं किसी खास रकमका हाल बही देखे बिना नहीं बता सक्ता" निहालचन्दनें जवाब दिया।

"और यह भी जरूर है कि जिस दिन लाला मदनमोहन का काम पड़े उस दिनकी यह कारवाई आयोग्य समझी जाए?" निहालचन्दके वकीलनें कहा।

"तो ये क्या जरूर है कि जिस मितिमैं लाला मदनमोहनके नाम बड़ी रकम लिखी जाए उसी मितीमैं कुछ रकम उदरत खाते जमा हो और थोड़े दिन पीछै वह रकम जैसीकी तैसी लोगों को बाँट दी जाए?" लाला ब्रजकिशोरनें जवाब दिया।

देखो जी! इस मुकद्दमेंमैं किसी तरह का फरेब साबित होगा तो हम उसै तत्काल फौजदारी सुपुर्द कर देंगे" हाकिमनें संदेह करके कहा।

"हजूर हमको एक दिनकी मुहलत मिल जाए। हम इन सब बातौंके लिए

लाला ब्रजकिशोर साहबकी दिलजमई अच्छी तरह कर देंगे'' निहालचन्द के वकीलनें हाकिम सै अर्ज की और ब्रजकिशोर नें इस बातको खुशी सै मंजूर किया।

उदरत खातें सै लाला मदनमोहनके नौकरों की कमीशन वगैरे का हाल खुल्ता था जहाँ रकम जमा थी किस्सै आई? किस बाबत आई इसका कुछ पता न था परंतु जहाँ रकम दी गई मदनमोहनके नोकरोंका अलग, अलग नाम लिखा था और हिसाब लगानें से उस्का भेदभाव अच्छी तरह से मिल सक्ता था। जिन नोकरोंके खाते थे उन्के खातोंमैं यह रकमें जमा हुई थीं और कानून के अनुसार ऐसे मामलोंमैं रिश्वत लेनें देनें वाले दोनों अपराधी थे परंतु ब्रजकिशोर के मनमैं इन्के फँसानें की इच्छा न थी वह केवल नमूना दिखाकर लेनदारों की हिम्मत घटाया चाहता था। उस्नें ऐसी लपेटसै सवाल किए थे कि हाकिम को भारी न लगे और लेनदारों के चित्तमैं गढ़ जाए सो ब्रजकिशोर की इतनी ही पकड़सै बहुतसे लेनदारों के छक्के छूट गए!

कितनें ही छिपे लुच्चे मदनमोहनकी बेखरची, और कागजका अँधेरे, लेनदारों का हुल्लड़, मुकदमों के झटपट हो जाने की उम्मेद, मदनमोहनके नोकरोंकी स्वार्थपरता के भरोसे पर कुछ, कुछ बढ़ाकर दावे कर बैठे थे। यह सूरत देखते ही उन्के पाँव तलेकी जमीन निकल गई। मिस्टर ब्राइट की कुर्की मैं सब माल अस्बाबके हो जाने सै लेनदारोंको अपनी रकमके पटनेका संदेह तो पहलेही हो गया था। अब किसी तरहकी लपेट आजानें पर इज्जत खो बैठनेंका डर मालूम होनें लगा "नमाजको गए थे रोजे गले पड़े"

सिवायमैं यह चर्चा सुनाई दी कि मदनमोहन को और, और दिसवारोंका बहुत देना है। यदि सब माल जायदाद नीलाम होकर हिस्से रसदी सब लेनदारों को दिया गया तो भी बहुत थोड़ी रकम पल्ले पड़ेगी, ब्रजकिशोरसै लोग इस्का हाल पूछते थे जब वह अजान बन्कर अलग हो जाता था इस्सै लोगोंकी छाती भी बैठी जाती थी। जिस्तरह पलभर मैं मदनमोहन के दिवालेकी चर्चा चारों तरफ अब फैल गयी थी इसी तरह यह सब बातें अफ़वाहकी जहरी हवामैं मिलकर चारों तरफ उड़नें लगीं।

मोदीके मुकद्दमें के सिवाय आज कोई पेंचदार मुकद्दमा अदालतमैं न हुआ जिन्के मुकद्दमों मैं आज की तारीख लगी थी उन्नें भी निहालचन्दके मुकद्दमें का परिणाम देखने के लिए अपने मुकद्दमें में एक, एक दो, दो दिन आगे बढ़वा दिए।

जब इस कामसै अवकाश मिला तो लाला ब्रजकिशोरनें अदालतसै अर्ज करके मिस्टर रसलकी जायदाद नीलाम होनें की तारीख आगे बढ़वा दी परंतु यह बात ऐसी सीधी थी कि इस्के लिए कुछ विशेष परिश्रम न उठाना पड़ा।

लाला ब्रजकिशोर की चाल देखकर बड़ा आश्चर्य होता है। सब लेनदार चारों तरफसै निराश होकर उस्के पास आते हैं परंतु वह आप उस्सै अधिक निराश मालूम होता है। वह उन्के साथ बड़ा बेपरवाई सै बातचीत करता है उन्को हर तरहके चढ़ाव उतार दिखाता है वह जब लोग अपना पीछा छुटानें के लिए उस्से बहुत आधीनता करते हैं तो वह बड़ी बेपरवाईसै उन्के साथ लगाव की बात करता है परंतु जब वह किसी बात पर जमते हैं

तो वह आप कच्चा पक्का होनें लगता है उल्टी सीधी बात करके अपनी बातसै निकला चाहता है और जब कोई बात मँजूर करता है तो बड़ी आनाकानीसे जबान निकालनें के कारण उस्को यह बोझ उठाना पड़ता हो ऐसा रूप दिखाई देता है, कचहरी से लौटती बार उस्ने घंटे डेढ़ घंटे मिस्टर ब्राइटसै एकांतमैं बातचीत की! अदालतके कामोंमें उस्का वैसाही उद्योग दिखाई देता है परंतु दरअसल वह किसी अत्यंत कठिन काममैं लग रहा हो ऐसा ढंग मालूम होता है उस्के पहले सब काम नियमानुसार दिखाई देते थे परंतु इस समय कुछ क्रम नहीं रहा इस्समय उसके सब काम परस्पर बिपरीत दिखाई देते हैं इसलिए उस्का निज भाव पहचान्ना बहुत कठिन है परंतु हम केवल इतनी बात पर संतोष बाँध बैठे हैं कि जब उस्की कारवाईका परिणाम प्रकट हो जाएगा तो वह अपना भाव सर्वसाधारण की दृष्टिसै कैसे गुप्त रख सकेगा? □□□

प्रकरण-33

↕

मित्रपरीक्षा.

धन न भयेहू मित्रकी सज्जन करत सहाय।।
मित्र भाव जाचे बिना कैसे जान्यो जाय।।*

विदुरप्रजागरे

आज तो लाला ब्रजकिशोर की बातोंमै लाला मदनमोहन की बात भी भूल गए थे। लाला मदनमोहन के मकान पर वैसी ही सुस्ती छा रही है केवल मास्टर शिंभूदयाल और मुंशी चुन्नीलाल आदि तीन, चार आदमी दिखाई देते हैं परंतु उन्का भी होना न होना एकसा है वह भी अपनें निकासका रस्ता ढूंढ़ रहें हैं। हम अबतक लाला मदनमोहनके बाकी मुसाहबोंकी पहचान करानें के लिए अवकाश देख रहे थे इतनें मैं उन्नें मदनमोहन का साथ छोड़कर अपनी पहचान आप बतादी। हरगोबिन्द और पुरुषोत्तमदास नें भी कल सै सूरत नहीं दिखाई थी। बाबू 'बैजनाथ को बुलानें के लिए आदमी गया था परंतु उन्हैं आनें का अवकाश न मिला। लाल हरदयाल साहब के नाम कुछ दिन थोड़े रुपे हाथ उधार देनें को लिखा गया था परंतु उन्का भी जवाब नहीं आया। लाला मदनमोहन का ध्यान सबसै अधिक डाककी तरफ लगा रहा था उन्को विश्वास था कि मित्रों की तरफसै अवश्य, अवश्य सहायता मिलेगी बल्कि कोई, कोई तो चार की मार्फत रुपे भिजवायेंगे।

---

* **अर्चयेदेव मित्राणि सनिवासविता धने।।**
नानर्थ यनू प्रजानाति मित्राणां सारफलगुतां।।

"क्या करें? बुद्धि काम नहीं करती" मास्टर शिंभूदयाल नें समय देखकर अपनें मतलब की बात छेड़ी "इन्ही दिनोंमैं यहाँ काम है और इन्हीं दिनों मैं लड़कों का इमतहान है। कल मुझको वहाँ पहुँचनें मैं पाव घंटे की देर हो गई थी इस्पर हेडमास्टर सिर हो गये। वहाँ न जाएँ तो रोजगार जाता है यहाँ न रहैं तो मन नहीं मान्ता (मदनमोहन सै) आप आज्ञा दें जैसा किया जाए?"

"खैर? यहाँ का तो होना होगा सो हो रहैगा तुम अपना रोजगार न खोओ" लाला मदनमोहन नें रुखाई सै जवाब दिया।

"क्या करूँ? लाचार हूँ" मास्टर शिंभूदयाल बोले "यहाँ आए बिना तो मन नहीं मानेंगा परंतु हाँ कुछ कम आना होगा आठ पहर की हाजरी न सध सकेगी। मेरी देह मदरसे मैं रहेगी परंतु मेरा मन यहाँ लगा रहैगा।"

"बस आपकी इतनी ही महरबानी बहुत है" लाला मदनमोहन नें जोर देकर कहा।

निदान मास्टर शिंभूदयाल मदरसे जानें का समय बताकर रूख़सत हुए।

"आज निहालचन्द का मुकद्दमा है देखैं ब्रजकिशोर कैसी पैरवी करते हैं" मुंशी चुन्नीलाल नें कहा "कल आपके पाकेटचेन देनेंसै, उनका मन बहुत बढ़गया परंतु वह उसे अपनें महन्तानें मैं न समझै मेरे निकट अब उन्का महन्ताना तत्काल भेज देना चाहिए जिस्सै उन्को यह संदेह रहै और मन लगाकर अपनें मुकद्दमों मैं अच्छी जवाब देही करैं मैं इन्के पास रहकर देख चुका हूँ कि यह अपनें मुखसै तो कुछ नहीं कहते परंतु इन्के साथ जो जितना उपकार करता है यह उस्सै बढ़कर उसका काम कर देते हैं"

"अच्छा! तो आज शाम को कोई कीमती चीज इन्के महंतानें मैं दे देंगे और काम अच्छा किया तो शुक्राना जुदा देंगे" लाला मदनमोहननें कहा।

इतनें मैं डाक उस्मैं एक रजिस्ट्री चिट्ठी मेरठसै एक मित्र की आई थी जिस्मैं दस हजार की दर्शनी हुंडी निकली और यह लिखा था। कि "जितनें रुपे चाहिए और मंगा लेना। आपका घर है" लाला मदनमोहन यह चिट्ठी देखते ही उछल पड़े और अपने मित्रों की बड़ाई करनें लगे। हुंडी तत्काल सिकरानें को भेज दी परंतु जिसके नाम हुंडी थी उस्नें यह कहकर हुंडी सिकारनेंसै इंकार किया कि जिस साहूकार के हाँ सै लाला मदनमोहन के पास हुंडी आई है उसींने तार देकर मुझको हुंडी सिकारनें की मनाई की है इस्सै सब भेद खुल गया। असल बात यह थी कि जिस्समय मदनमोहन की चिट्ठी उस्के पास पहुँची उस्को मदनमोहनके बिगड़नें का जरा भी संदेह न था इसलिए मदनमोहन की चिट्ठी पहुँचते ही उस्नें सच्ची प्रीती दिखानेंके लिए दस हजार की हुंडी खामदी परंतु पीछैसै और लोगोंकी जबानी मदनमोहन के बिगड़नें का हाल सुन्कर घबराया और तत्काल तार देकर हुंडी खड़ी रखवादी।

लाला मदनमोहन इस तरह अपनें एक मित्रके छलसै निराश होकर तीसरे पहर

अपनें शहर के मित्रोंसै सहायता माँगनें के लिए आप सवार हुए। पहलै रस्तै मैं जो लोग झुक, झुक कर सलाम करते थे वही आज इन्हें देखकर मुख फेरनें लगे बल्कि कोई, कोई तो आवाजें कसनें लगे। मदनमोहन को सबसै अधिक विश्वास लाला हरदयाल का था इसलिए वह पहलै उसीके मकान पर पहुँचै।

हरदयाल को मदनमोहनके काम बिगड़नें का हाल पहले मालूम हो चुका था। और इसी वास्तै उस्नें मदनमोहन की चिट्ठी का जवाब नहीं भेजा था। अब मदनमोहनके आनें का हाल सुन्ते ही वह जरासी देर मैं मदनमोहन के पास पहुँचा और बड़े सत्कार सै मदनमोहन को लिवा लेजाकर अपने बैठकमैं बिठाया।

लाला मदनमोहन नें कल सहायता माँगनेंके लिए चिट्ठी भेजी थी। उस्को पहलै उस्नें हँसीकी बात ठैराई और जवाब न भेजनें का भी यही कारण बताया परंतु जब मदनमोहननें वह बात सच्ची बताई और उस्के पीछे का सब वृतान्त कहा तो लाला हरदयाल अत्यन्त दुखित हुए और बड़ी उमंगसै अपनी सब दौलत लाला मदनमोहन पर न्योछावर करनें लगे। लाला हरदयाल की यह बातें केवल कहनें के लिए न थी। वह दौड़कर अपनें गहनें का कलमदान उठा लाए और उस्मैंसैं एक, एक, रकम निकाल कर लाला मदनमोहन को देनें लगे, इतनें मैं एकाएक दरवाजा खुला हरदयाल का पिता भीतर पहुँचा और वह हरदयाल को जवाहरात की रकमें मदनमोहनके हाथ में देते देख कर क्रोध सै लाल हो गया।

"अभागे हटधर्मी! मैंने तुझको इतनी बार बरजा परंतु तू अपना हठ नहीं छोड़ता आजकल के कपूत लड़के इतनी बातको सच्ची स्वतंत्रता समझते हैं कि जह्राँ तक हो सके बड़ों का निरादर और अपमान किया जाए, उन्को मूर्ख और अनसमझ बताया जाए, परंतु मैं इन बातों को नहीं सहूँगा मेरे बैठे तुझको घर बरबाद करनें का क्या अधिकार हैं? निकल यहाँसै काला मुँहकर तेरी इच्छा होय जहाँ चला जा मेरा तेरा कुछ संबंध नहीं रहा" यह कहकर एक तमाचा जड़ दिया और गहना सम्हालकर संदूक मैं रखनें लगा। थोड़ी देर पीछे लाला मदनमोहन की तरफ देखके कहा। "संसारके सब काम रुपे सै चल्ते हैं फिर जो लोग अपनी दौलत खोकर बैरागी बन बैठें और, औरों की दौलत उड़ाकर उन्को भी अपनी तरह बैरागी बनाना चाहें वह मेरे निकट सर्वथा दया करनेंके योग्य नहीं है और जो लोग ऐसे अज्ञानियों की सहायता करते हैं वह मेरे निकट ईश्वर का नियम तोड़तेहैं और संसारी मनुष्यों के लिए बड़ी हानिका काम करते हैं मेरे निकट ऐसे आदमियों को उन्की मूर्खताका दण्ड अवश्य होना चाहिए जिस्सै और लोगों की आँखें खुलैं, क्या मित्रता का यही अर्थ है कि आप तो डूबे सो डूबे अपने साथ औरों को भी ले डूबे! नहीं, नहीं आप ऐसे बिचार छोड़ दीजिए और चुपचुपाते अपनें घर की राह लीजिए यह समय अपनें मित्रोंको देनें का है अथवा उल्टा उन्सै लेनें का है?'

"बुरे वक्त मैं एक मित्रका जी दुखाना, और दयाके समय क्रूरता करनी,

किसीकी दुखती चोट पर हँसना, एक गरीब को उस्की गरीबी के कारण तुच्छ समझना, अथवा उस्की गरीबी की याद दिवाकर उसै सताना, दूसरे का बदला भुगताती बार अपनें मतलब का खयाल करना, कैसा ओछापन और घोर पाप है। जहाँ सज्जन धनवानों की खुशामद सै दूर रहकर गरीबोंका साथ देनें और सहायता करनें मैं सच्ची सज्जनता समझते हैं। कठोर बचन दो तरह सै कहा जाता है। जो लोग अपनायत की रीति सै कहते हैं उन्की कहनेसै तो अपनें चित्तमैं वफादारी और आधीनता बढ़ती हैं पर जो अभिमान की राह सै दूसरे को तुच्छ बनाते हैं उन्की कहनेसै चित्तमैं क्रोध और धिःतकार बढ़ता जाता है। हर तरह घाव ओषधि सै अच्छा होसक्ता है परंतु मर्म बेधी बात का नसूर किसी तरह नहीं रुझता। बिदुरजी नें सच कहा है "नावक सर धनु तीर काढे कुढत शरीरते।। कुबचन तीर गंभीर कढत न क्यों हूँ उर गढे।।1।।"

निदान लाला मदनमोहन को यह कहना अत्यंत असह्य हुई। वह तत्काल उठकर वहाँ से चल दिए परंतु बैठक सै बाहर जाते, जातै उन्हैं पीछै से हरदयाल का यह बचन सुनकर आश्चर्य हुआ कि "चलो यह स्वांग (अभिनय) हो चुका अब अपना काम करो।"

लाला मदनमोहन वहाँ सै चलकर एक दूसरे मित्रके मकान पर पहुँचे और उस्सै अपनै आनें की खबर कराई वह उस्समय कमरे मैं मोजूद था परंतु उस्नें लाला मदनमोहन को थोड़ी देर अपनें दरवाजे पर बाट दिखानेंमैं और अपनें कमरें को ज़रा मेज़ कुरसी, किताब अखबार आदि सै सजाकर मिलनेंमैं अधिक शोभा समझी इसलिए कहला भेजा कि "आप ठैरें लाला साहब भोजन करनें गए हैं अभी आकर आप सै मिलेंगे। देखिए आज-कलके सुधरे विचारों का नमूना यह है? थोड़ी देर पीछै वह लाला मदनमोहनको लिवानें आया और बड़े शिष्टाचारसै लिवा ले जाकर उन्हैं तकियेके सहारे बिठाया, लाला मदनमोहन को थोड़ी देर उस्की बनावट देखनी पड़ी थी इस्की क्षमा चाही और इधर-उधर की दो चार बातें करके मानों कुछ चिट्ठियाँ अत्यंत आवश्यकीय लिखनी बाक़ी रह गई हों इस्तरह चिट्ठी लिखनें लगा परंतु दो चार पल पीछे फिर कलम रोककर बोला "हाँ यह तो कहिए आपने इस्समय किस्तरह परिश्रम किया?"

"क्यों भाई! आनें जानें का कुछ डर है? क्या मैं पहले भी कभी तुम्हारे यहाँ नहीं आया? या तुम मेरे यहाँ नहीं गए?" लाला मदनमोहननें कहा।

आपनें यह तो बड़ी कृपा की परंतु मेरे पूछनें का मतलब यह था कि कुछ ताबेदारी बताकर मुझे अधिक अनुग्रहीत कीजिए" उस मनुष्यनें अजानपनें मैं कहा।

"हाँ कुछ काम भी है मुझको इस्समय कुछ रुपे की जरूरत है मेरे पास बहुत कुछ अस्वाब मौजूद है परंतु लोगोंने बृथा तकाजा करके मुझको घबरा लिया" लाला मदनमोहन भोले भाव सै बोले।

"मुझको बड़ा खेद है कि मैंनें अपना रुपया अभी एक और काम मैं लगा दिया यदि मुझको पहलै सै कुछ सूचना होती तो मैं सर्वथा वह काम न करता" उस मनुष्यनें जवाब दिया।

"अच्छा! कुछ चिंता नहीं आप मेरे लेनदारों की जमाखातर जरा अपनी तरफ सै कर दें।"

इस्सै हमारी स्वरूपहानि है हम जामनी करें तो हमको रुपया उसी समय देना चाहिए" उस पुरुषनें जवाब दिया और लाला मदनमोहन वहाँ सै भी निराश होकर रवाने हुए।

रस्ते मैं एक और मित्र मिले वह दूरी ही सै अजानकी तरह दृष्टि बचाकर गली मैं जानें लगे परंतु लाला मदनमोहन नें आवाज देकर उन्हें ठैराया और अपनी बग्गी खड़ी की इस्सै लाचार होकर उन्हें ठैरना पड़ा उनके मनमैं पहली सी उमंग नाम को न थी।

"आप प्रसन्न हैं? मुझको इस्समय एक बड़ा जरूरी काम था। माफ करें मैं किसी समय आपके पास हाजिर होऊँगा" यही कहकर वह मनुष्य जानें लगा परंतु मदनमोहननें उसै फिर रोका और कहा "हाँ भाई? अब तुमकों अपनें जरूरी कामों के आगे मुझसैं मिलने का अवकाश क्यों मिलनें लगा था? जाओं हमारा भी परमेश्वर रक्षक है।"

इस तानें सै लाचार होकर उसै ठैरना पड़ा और उसके ठैरनें पर लाला मदनमोहन नें अपना वृतान्त कहा।

"यह हाल सुन्कर मुझको अत्यंत खेद हुआ। परमेश्वर आप पर कृपा करें" वह सर्वशक्तिमान दीनदयाल सर्व का दुःख दूर करता है उस्पर विश्वास रखनें सै आपके सब दुःख दूर हो जाएँगें। मुझको इस्समय सचमुच बहुत जरूरी काम है इसलिए मैं अधिक नहीं ठैर सक्ता परंतु मैं आजकल मैं आपके पास हाजिर होऊँगा और सलाह करके जो बात मुनासिब मालूम होगी उस्के अनुसार बरताव किया जाएगा" यह कह कर वह मनुष्य तत्काल वहाँ सै चल दिया।

लाला मदनमोहन और एक मित्र के मकान पर पहुँचे। बाहर खबर मिली कि "वह मकान के भीतर हैं" भीतर से जवाब आया कि "बाहर गए" लाचार मदनमोहन को वहाँ सै खाली हाथ फिरना पड़ा। और मित्रों के यहाँ जानें का समय नहीं रहा इसलिए निराश होकर सीधे अपनें मकान को चले गए।

प्रकरण-34

↕

हीनप्रभा (बदरोबी)

नीचन के मन नीति न आवै। प्रीति प्रयोजन हेतु लखावै।।
कारज सिद्ध भयो जब जानै। रंचकहू उर प्रीति न मानै।।
प्रीति गए फजहू बिनसावै।। प्रीति विषै सुख नक न पावै।।
जादिन हाथ कछू नहीं आवै। भाखि कुबात कलंक लगावै।।
सोइ उपाय हिये अवधारै। जासु बुरो कछु होत निहारै।।
रंचक भूल कहूँ लख पावै। भाँति अनेक विरोध बढ़ावै।।*

विदुरप्रजागरे.

लाला मदनमोहन मकान पर पहुँचे उस्समय ब्रजकिशोर वहाँ मौजूद थे।

लाल ब्रजकिशोर नें अदालत का सब बृतान्त कहा। उस्मैं मदनमोहन, मोदी के मुकद्दमें का हाल सुन्कर बहुत प्रसन्न हुए। उस्समय चुन्नीलाल नें संकेत मैं ब्रजकिशोर के महन्तानें की याद दिवाई जिस्पर लाला मदनमोहन नें अपनी अंगुली सै हीरे की एक बहुमूल्य अंगूठी उतार कर ब्रजकिशोर को दी और कहा। "आपकी मेहनत के आगे तो यह महन्ताना कुछ नहीं हैं परंतु अपना पुराना घर और मेरी इस दशा का बिचार करके क्षमा कीजिए"

यह बात सुन्ते ही एक बार लाला ब्रजकिशोर का जी भर आया परंतु फिर तत्काल सम्हल कर बोले "क्या आपनें मुझ को ऐसा नीच समझ रक्खा है कि मैं आपका काम महन्तानें के लालच सै करता हूँ? सच तो यह है कि आप के वासते मेरी जान जाए तो भी कुछ चिंता नहीं परंतु मेरी प्रार्थना है कि आपनें अँगूठी देकर मुझसै अपना मित्र भाव प्रगट किया सो मैं आपको बराबर का नहीं बना चाहता मैं आपको अपना मालिक समझता हूँ इसलिए आप मुझे अपना "हल्कःबगोश" (सेवक) बनाएँ"

"यह क्या कहते हो! तुम मेरे भाई हों क्योंकि तुमको पिता सदा मुझसै अधिक समझते थे। हाँ तुम्हैं बाली पहन्नें की इच्छा हो तो यह लो मेरी अपेक्षा तुम्हारे कान मैं यह बहुमूल्य मोती देखकर मुझको सुख होगा परंतु ऐसे अनुचित बचन मुखसै न कहो" यह कहकर लाला मदनमोहननें अपनें कानकी बाली ब्रजकिशोरको दे दी!

---

* निर्वर्तमाने सौहार्दे प्रीति नीचे प्रणश्यति।।
याचैव फलानिर्वृति : सौहार्दे चैव यन्सुखम्।।
यतते अपवादाय यत्न मारभते क्षये।।
अल्प प्यपकृते मोहन् शांति मधिगच्छति।।

"कल हरकिशोर आदि के मुकद्दमें होंगे उन्की जवाबदिहि का विचार करना है कागज तैयार करा कर उन्सै रहत (बदर) छाँटनी है इसलिए अब आज्ञा हो" यह कह कर ब्रजकिशोर रुखसत हुए और लाला मदनमोहन भोजन करनें गए।

लाला मदनमोहन भोजन करके आए उस्सयम मुंशी चुन्नीलालनें अपनें मतलब की बात छेड़ी।

"मुझको हर बार अर्ज करनें मैं बड़ी लज्जा आती है परंतु अर्ज किए बिना भी काम नहीं चल्ता" मुंशी चुन्नीलाल कहनें लगा "ब्याह का काम छिड़ गया परंतु अबतक रुपे का कुछ बंदोबस्त नहीं हुआ। आपनें दो सौकें नोट दिए थे वह जाते ही चटनी हो गए। इस्समय एक हजार रुपएका भी बंदोबस्त हो जाय तो खैर कुछ दिन काम चल सक्ता है, नहीं तो काम नहीं चल्ता।"

"तुम जान्ते हो कि मेरे पास इस्समय नगद कुछ नहीं है और गहना भी बहुतसा काममैं आचुका है" लाला मदनमोहन बोले "हाँ मुझकों अपनें मित्रों की तरफ सै सहायता मिल्नें का पूरा भरोसा है और जो उन्की तरफ सै कुछ भी सहायता मिली तो मैं प्रथम तुम्हारी लड़की के ब्याह बंदोबस्त कर दूँगा।"

"और जो मित्रों सै सहायता न मिली तो मेरा क्या हाल होगा?" मुंशी चुन्नीलालनें कहा "ब्याह का काम किसी तरह नहीं रुक सक्ता और बड़े आदमियों की नौकरी इसी वास्ते तन तोड़ कर की जाती है कि ब्याह शादी मैं सहायता मिले, बराबरवालोंमैं प्रतिष्ठा हो परंतु मेरे मंद भाग्य सै यहाँ इस्समय ऐसा मौका नहीं रहा इसलिए मैं आपको अधिक परिश्रम नहीं दिया चाहता। अब मेरी इतनी ही अर्ज है कि आप मुझको कुछ दिनकी रूख्सत दे दैं। जिस्सै मैं इधर-उधर जाकर अपना कुछ सुभीता करूँ।"

"तुमको इस्समय रूखसत का सवाल नहीं करना चाहिए मेरे सब कामों का आधार तुम पर है फिर तुम इस्समय धोका दे कर चले आओगे तो काम कैसे चलेगा?" लाला मदनमोहननें कहा।

"वाह! माहराज वाह! आपनें हमारी अच्छी कदर की!" मुंशी चुन्नीलाल तेज होकर कहनें लगा। "धोका आप देते हैं या हम देते हैं? हम लोग दिन रात आपकी सेवा मैं रहैं तो ब्याह शादी खर्च लेनें कहाँ जाएँ? आपनें अपनें मुख सै इस ब्याह मैं भली भाँति सहायता करनें के लिए कितनी ही बार आज्ञा की थी, परंतु आज वह सब आस टूट गई तो भी हमनें आपको कुछ ओलंभा नहीं दिया। आप पर कुछ बोझ नहीं डाला केवल अपनें कार्य निर्वाह के लिए कुछ दिन की रूख्सत चाही तो आपके निकट बड़ा अधर्म हुआ। खैर! जब आपके निकट हम धोखेबाज ही ठैरे तो अब हमारे यहाँ रहनें सै क्या फायदा है? यह आप अपनी तालियाँ लें और अपना अस्बाब संभाल लें, पीछे घटे बड़ेगा तो मेरा ज़िम्मा नहीं है। मैं जाता हूँ। यह कहकर तालियों का झूमका लाला मदनमोहन आगे फेंक दिया और मदनमोहन के ठंडा करते-करते क्रोध

की सूरत बनाकर तत्काल वहाँ सै चल खड़ा हुआ।

सच है नीच मनुष्य के जन्म भर पालन पोषण करनें पर भी एक बार थोड़ी कमी रहजानें सै जन्म भर का किया कराया मट्टी मैं मिल जाता है। लोग कहते हैं कि अपनें प्रयोजन मैं किसी तरह का अंतर आनें सै क्रोध उत्पन्न होता है अपनें काम मैं सहायता करनें सै बिरानें हो जाते हैं और अपने काम में बिघ्न करनें सै अपनें बिरानें समझे जाते हैं परंतु नहीं क्रोध निर्बल पर विशेष आता है और नाउम्मेदी की हालत मैं उस्की कुछ हद नहीं रहती। मुंशी चुन्नीलाल पर लाला मदनमोहन कितनी ही बार इस्सै बढ़, बढ़ कर क्रोधित हुए थे परंतु चुन्नीलाल को आज तक कभी गुस्सा नहीं आया? और आज लाला मदनमोहन उस्को ठंडा करते रहे तो भी वह क्रोध करके चल दिया। वृन्दनें सच कहा है "बिन स्वारथ कैसे सहे कोऊ करुए बैन। लात खाय पुचकारिए होय दुधारू धेन।।"

मुंशी चुन्नीलाल के जानें सै लाला मदनमोहन का जी टूट गया परंतु आज उन्को धैर्य देनें के लिए भी कोई उन्के पास न था। उन्के यहाँ सैकड़ों आदमियों का जमघट हर घड़ी बना रहता था। सो आज चिड़िया तक न फटकी। लाला मदनमोहन इस सोच बिचार मैं रात के नौ बजे तक बैठे रहे परंतु कोई न आया तब निराश होकर पलंग पर जा लेटे।

अब लाला मदनमोहन का भय नोकरों पर बिल्कुल नहीं रहा था। सब लोग उन्के माल को मुफ्तका माल समझनें लगें थे। किसी नें घड़ी हथियाई, किसी नें दुशाले पर हाथ फैंका, चारों तरफ लूटसी होनें लगी, मोजे, गुलूबंद, रूमाल आदिकी तो पहलेही कुछ पूछ न थी। मदनमोहन को हर तरह चीज ख़रीदनें की धत थी परंतु खरीदे पीछे उस्को कुछ याद नहीं रहती और जहाँ सैकड़ों चीजें नित्य खरीदी जायँ वहाँ याद क्या धूल रहै? चुन्नीलाल, शिंभूदयाल आदि कीमत मैं दुगनें चौगनें कराते थे परंतु यहाँ असल चीजोंही का पता न था। बहुधा चीजें उधार आती थीं इस्सै उन्का जमा खर्च उस्समय नहीं होता था और छोटी, छोटी चीजों के दाम तत्काल खर्च मैं लिख दिए जाते थे। इस्सै उनकी किसी को याद नहीं रहती थी। सूची पत्र बनानें की वहाँ चाल न थी और चीज बस्त की झड़ती कभी नहीं मिलाई जाती थी नित्य प्रति की तुच्छ बातोंपर कभी, कभी वहाँ हल्ला होता था। परंतु सब बातोंके समूह पर दृष्टि करके उचित रीतिसै प्रबंध करनें की युक्ति कभी नहीं सोची जाती थी और दैवयोगेन किसी नालायक सै कोई काम निकल आता था तो वह अच्छा समझ लिया जाता था परंतु काम करनें की प्रणाली पर किसी की दृष्टि न थी। लाला साहब दो तीन वर्ष पहलै आगरे-लखनऊ की सैर को गए थे वहाँ के रस्ते खर्च के हिसाब का जमा खर्च अबतक नहीं हुआ था और जब इस तरह कोई जमा खर्च हुए बिना बहुत दिन पड़ा रहता था तो और अंत मैं उस्का कुछ हिसाब किताब देखे बिना यों ही खर्च मैं रकम लिख कर खाता उठा दिया जाता था। कैसेही आवश्यक काम क्यों न हो लाला साहब की

रुचि के बिपरीत होनें सै वह सब बैफायदे समझे जाते थे और इस ढब की वाजबी बात कहना गुस्ताखी मैं गिना जाता था। निकम्मे आदिमियों के हरवक्त घेरे बैठे रहनें सै काम के आदमियों को काम की बातें करनें का समय नहीं मिल्ता था। "जिस्की लाठी उस्की भैंस" हो रही थी। जो चीज जिस्के हाथ लगती थी वही उस्को खूर्दबुर्द कर जाता था। भाड़े और उघाई आदिकी भूली भुलाई रकमों को लोग ऊपर का ऊपर चट कर जाते थे आधे परदे पर कर्जदारों को उनकी दस्तावेज फेर दी जाती थी। देशकाल के अनुसार उचित प्रबंध करनें में लोक निंदाका भय था! जो मनुष्य कृपापात्र थे उनका तन्तना तो बहुत ही बढ़ रहा था उन्के सब अपराधों सै जान बूझकर दृष्टि बचाई जाती थी। वह लोग सब कामों मैं अपना पाँव अड़ाते थे और उन्के हुक्म की तामील सबको करनी पड़ती थी यदि कोई अनुचित समझकर किसी काम मैं उज्र करता तो उस्पर लाला साहब का कोप होता था और इस दुफसली कारवाई के कारण सब प्रबंध बिगड़ रहा था। (बिहारी) "दुसह दुराज प्रजान को क्यों न बढ़ै दुख दुंद।। अधिक अंधेरो जग करै मिल मावस रबि चंद।।" ऐसी दशा मैं मदनमोहन की स्त्री के पीछे चुन्नीलाल और शिंभूदयाल के छोड़ जानें पर सब माल मतेकी लूट होने लगे, जो पदार्थ जिसके पास हो वह उस्का मालिक बन बैठे इस्मैं कौन आश्चर्य है?

प्रकरण-35

↕

स्तुति निंदा का भेद.

बिनसत बार न लागही ओछे जनकी प्रीति।।
अंबर डंबर सांझके अरु बारूकी भींति।।

सभाविलास.

दूसरे दिन सवेरे लाला मदनमोहन नित्य कृत्य से निबटकर अपनें कमरे मैं इकल्ले बैठे थे। मन मुर्झा रहा था किसी काम मैं जी नहीं लगता था एक, एक घड़ी एक, एक बरस के बराबर बीतती थी। इतनें मैं अचानक घड़ी देखनें के लिए मेजपर दृष्टि गई तो धड़ी का पता न पाया। हैं! यह क्या हुआ! रात को सोती बार जेबसै निकालकर घड़ी रक्खी थी फिर इतनी देर मैं कहाँ चली गई! नौकरों सै बुलाकर पूछा तो उन्होंनें साफ जवाब दिया कि "हम क्या जानें आपनें कहाँ रक्खी थी? जो मौकूफ करना तो यों ही करदें वृथा चोरी क्यों लगातें है" लाचार मदनमोहन को चुप होना पड़ा क्योंकि आप तो किसी जगह आनें जानें लायक ही न थे सहायता को कोई आदमी पास न रहा। लाला जवाहरलाल की तलाश कराई तो वह भी घर सै अभी नहीं आए थे। लाला

मदनमोहन को अपाहजों की तरह अपनी पराधीन दशा देखकर अत्यंत दुःख हुआ परंतु क्या कर सक्ते थे? उन्के भाग्य सै उन्का दुःख बटानें के लिए इस्समय बाबू बैजनाथ आ पहुँचे। उन्को देखकर लाला मदनमोहन के शरीर मैं प्राण आगया।

लाला मदनमोहननें आँखो सै आँसू बहाकर उन्सै अपना सर्व दुःख कहा और अंत मैं अपनी घड़ी जानें का हाल कह कर इस काम मैं सहायता चाही।

"आपका हाल सुन्कर मुझको बहुत खेद होता है मुझे चुन्नीलाल की तरफ सै सर्वथा ऐसा भरोसा न था; इसी तरह आप अपनें काम काज सै इतने बेखबर होंगे यह भी उम्मेद न थी" बाबू बैजनाथ नें काम बिगड़े पीछे अपनी आदत मूजिब सबकी भूल निकालकर कहा "मैंनें तो अखबारों मैं अभी आपके नाम की धूम मचा दी थी परंतु आप अपनें काम ही की सम्हाल न रक्खें तो मैं क्या करूँ? महाजनी काम मुझको नहीं आता और इतना अवकाश भी नहीं मिल्ता। मैं घड़ी का पता लगानें के लिए उपाय करता परंतु आजकल रेल पर काम बहुत है इस्सै मैं लाचार हूँ। मेरे निकट इस्समय आपके लिए यही मुनासिब है कि आप इन्सालवन्ट होनें की दरखास्त दे दैं।"

"अच्छा! बाबू साहब! आपसै और कुछ नहीं हो सक्ता तो आप केवल इतनीही कृपा करें कि मेरी घड़ी जानें की रपट कोतवाली मैं लिखाते जाएँ" लाला मदनमोहन नें गिड़गिड़ाकर कहा।

"मैं रेलवे कम्पनी का नौकर हूँ इस वास्ते कोतवाली मैं रिपोर्ट नहीं लिखा सक्ता बल्कि प्रगट होकर किसी काम मैं आपको कुछ सहायता नहीं दे सक्ता। मुझसै निज मैं आपकी कुछ सहायता हो सकेगी तो मैं बाहर नहीं हूँ परंतु आप मुझे सै किसी जाहरी काम के वास्तै कहकर मुझे अधिक लज्जित न करें और अंत मैं मैं आपको इतनी ही सलाह देता हूँ कि "आप लाला ब्रजकिशोर पर विश्वास रखकर उस्के बसमें न हो जाएँ बल्कि उस्को बस मैं रखकर अपना काम आप करते रहैं।"

"सच है यह समय पर विश्वास रखनें का नहीं है जो लोग अपनें मतलब की बार सच्चे मित्र बनकर मेरे पसीनें की जगह खून डालने को तैयार रहते थे मतलब निकल जानें सै आज उन्की छाया भी नहीं दिखाई देती। सत्सम्मति देना तो अलग रहा मेरे पार खड़े रहनें तक के साथी नहीं होते। जो लोग किसी समय मेरी मुलाकात के लिए तरस्ते थे वह अब तीन; तीन बार बुलाने सै नहीं आते। मेरे पास आनें जानें मैं जिन लोगों की इज्जत बढ़ती थी वह आज मुझसै किसी तरह का संबंध रखनें मैं लजाते हैं" लाला मदनमोहन नें भरमा भरमी इतनी बात कहकर अपनी छाती का बोझ हल्का किया।

"यह तो सच है जिसका प्रयोजन होता है उसै उचित अनुचित बातों का कुछ विचार नहीं रहता"। बाबू बैजनाथ नें जैसे का तैसा जवाब दिया और थोड़ी देर इधर-उधर की बातें करके रूखसत हुआ।

लाला मदनमोहन बड़े चकित थे कि हे! परमेश्वर! यह क्या भेद है मेरी दशा

बदलते ही सब संसार के विचार कैसे बदल गए। और जिन्सै मेरा किसी तरह का संबंध न था वह भी मुझको अकारण क्यों तुच्छ समझनें लगे? मेरे नर्म होनें पर भी बेप्रयोजन मुझसै क्यों लड़ाई झगड़ा करनें लगे? जिन लोगों को मेरी योग्यता, और सावधानी के सिवाए अब तक कुछ नहीं दिखाई देता था उन्को अब क्यों मेरे दोष दृष्टि आनें लगे? लाला मदनमोहन इन बातों का विचार कर रहे थे इतनै मैं लाला ब्रजकिशोर वहाँ जा पहुँचे और मदनमोहन नें अपने मन का सब संदेह उन्हें कह सुनाया।

"एक तो जो लोग प्रथम स्वार्थबस प्रीति करते हैं उन्का कलई ऐसे अवसर पर खुल जाती है। दूसरे साधारण लोगों की स्तुति निंदा कुछ भरोसे लायक नहीं होती। वह किसी बात का तत्व नहीं जान्ते प्रगट मैं जैसी दशा देखते हैं वैसा ही कहनें लगते हैं बल्कि उसीके अनुसार बरताव करते हैं इस्सै साधारण लोगों की प्रतिष्ठा योग्यताके अनुसार नहीं होती द्रव्य अथवा जाहरदारी के अनुसार होती है और द्रव्य अथवा जाहरदारी के परदे तले घोर पापी अपनें पापों को छिपाकर क्रम, क्रम सै प्रतिष्ठित लोगों मैं मिल सक्ता है बल्कि प्रतिष्ठित लोगों मैं मिलना क्या? कोई पूरा चालाक मनुष्य हो तब तो वह द्रव्य के भरम और जाहरदारी के बरताव सै द्रव्य तक पैदा कर सक्ता है! ऐसा मनुष्य पहले अपनें द्रव्य अथवा योग्यता का झूठा प्रपंच फैलाकर लोगों के मन मैं अपना विश्वास बैठाता है और विश्वास हुए पीछै कमाई की अनेक राह सहज मैं उस्के हाथ आ जाती है। लोग उस्को अपनें आप धीरनें लगते हैं कभी, कभी ऐसे मनुष्य अपनी धूर्धता सै सच्चे योग्य अथवा धनवानों सै बढ़कर काम बना लेते हैं यद्यपि अंत मैं उन्की कलई बहुधा खुल जाती है परंतु साधारण लोग केवल वर्तमान दशा पर दृष्टि रखते हैं। जिस्समय जिस की उन्नति देखते हैं उन्नति का मूल कारण निश्चय किए बिना उस्की बड़ाई करने लगते हैं उस्के सब काम बुद्धिमानी के समझते हैं इसी तरह जब किसी प्रगट मैं अवनति दिखाई देती है तो वह उस्की मूर्खता समझते हैं और उस्के गुणों मैं भी दोषारोप करनें लगते हैं? उस्समय उन्कों भूलही दृष्टि आती है सो आप प्रत्यक्ष देख लीजिए कि जब तक सर्व साधारण को प्रगट मैं आप की उन्नति का रूप दिखाई देता था। आपका द्रव्य, आपका वैभव, आपका यश, आपकी उदारता, आपका सीधापन, आपकी मिलनसारी, देखकर वह आपका आचरण अच्छा समझते थे आपकी बुद्धिमानी की प्रशंसा करते थे आपसै प्रीति रखते थे। जब आपको यह झटका लगा प्रगट मैं आपकी अवनति का सामान दिखाई देनें लगा झट उस्की राह बदल गई आपके बड़प्पन के बदले उन्के मन मैं धिक्कार उत्पन्न हुआ। आपकी अतिव्ययशीलता, अदूरदृष्टि, अप्रबंध और आत्मसुखपरायणता आदि दोष उस्को दिखाई देनें लगे। आपके बने रहनें पर उन लोगों को आपसे जो, जो आशाएँ थीं और उन आशाओं के कारण आपसै स्वार्थपरता की जितनी प्रीति थी वह उन आशाओं के नष्ट होते ही सहसा छाया के समान उन्के हृदयसै जाती रही बल्कि आशा भंग होनें का एक प्रकार खेद हुआ फिर जब साधारण लोगों का यह अभिप्राय हों, मुंशी

चुन्नीलाल, शिंभूदयाल आदि आपको ही अकेला छोड़कर चले जाएँ जब आपके छोटे नौकर निडर होकर आपके माल की लूट मचानें लगें जो चीज जिस्के पास हो वह उस्का मालिक बन बैंठे इस्मैं कौन आश्चर्य है?''

''अच्छा? अब आगे के लिए आप कहैं जैसे करूँ इस्का कुछ प्रबंध तो अवश्य होना चाहिए, लाला मदनमोहन नें गिड़गिडा कर कहा।

इस्पर लाला ब्रजकिशोर घर के सब नौकरों को धमका कर बड़े क्रोध सै कहनें लगे ''आज सवेरे सै इस कमरें के भीतर कौन, कौन आया था उन सबके नाम लिखवाओं मैं अभी कोतवाली को रुक्का लिखता हूँ वह सब हवालात मैं भेज दिए जाएँगे और उन्के मकान की उन्के संबंधियों समेत तलाशी ली जाएगी जिनके घर सै कोई चीज चोरी की निकलेगी या जिनपर और किस तरह चोरी का अपराध साबित होगा उन्को ताजी रात हिंद की दफै 408 के अनुसार सात बरस तक की कैद और जुर्माने का दण्ड भी हो सकेगा''

''अभी महाराज! एक मनुष्य के अपराध सै सबको दण्ड हो यह तो बड़ा अनर्थ है'' बहुतसै नौकर गिड़गिडा कर कहनें लगे ''हम लोग अब तक लाला साहब के यहाँ बेटा बेटी की तरह पले हैं। इस्सै अब ऐसी ही मर्जी हो तो हमको मौकूफ कर दीजिए परंतु बदनामी का टीका लगाकर और जगह के कमानें खानें का रस्ता तो बंद न कीजिए।''

''हाँ हाँ यह तो सफाई से निकल जानें का अच्छा ढंग है परंतु इस्तरह तुम्हारा पीछा नहीं छुटेगा जो तुम लाला साहब के यहाँ बेटा बेटी की तरह पले हो तो तुमको इस्समय यह बात कहनी चाहिए? तुम इस्समय लाला साहब सै अलग होनें मैं अपना लाभ समझते हो परंतु यह तुम्हारी भूल है इस्सै तुम उल्टे फँस जाओगे'' लाला ब्रजकिशोर नें सिंह की तरह गर्ज कर कहा।

''अच्छा! हम को साँझ तककी छुट्टी दीजिए हमसै सकेगा जहाँ तक हम घड़ी का पता लगावेंगे'' नौकरों ने जवाब दिया।

''तुम लोग यह बहाना करके अपनें घर मैं चोरी का माल दूर किया चाहते हो परंतु मैं घड़ी का पता लगाए बिना तुम को कभी ढीला नहीं छोड़ूँगा, मैं अभी कोतवाली का रुक्का लिखता हूँ'' यह कहकर लाला ब्रजकिशोर सचमुच रुक्का लिखनें लगे।

ज़िन लोगोंने सवेरे मदनमोहन की बात पर कुछ ध्यान नहीं दिया था वही इस्सयम ब्रजकिशोर की जरा सी धमकी सै मदनमोहन के पाँव पकड़ कर रोनें लगें। तुलसीदास जी नें सच कहा है ''शूद्र गवार ढोल पशु नारी। सकल ताड़ना के अधिकारी।।''

''भाई! इन्को साँझ तक अवश्य दे दो। जो तुम अब करना चाहते हो साँझ को कर लेना'' लाला मदनमोहन नें पिघल कर अथवा किसी गुप्त कारण सै दब कर

कहा।

"आप को किसीकी रिआयत होतो आप निज मैं भले ही उन्को कुछ इनाम दे दैं। परंतु प्रबंध के कामों मैं इस तरह अपराधियों पर दया करके अपनें हाथ सै प्रबन्ध न बिगाड़ें, ये लोग आपका क्या कर सक्ते हैं? मनुस्मृति मैं कहा है" दंड विषै संभ्रम भये वर्ण दोष है जाए। मचै उपद्रव देश मैं सब मर्याद नसाय।।"* सादी कहते हैं "पापिन माँहि दया है ऐसी।। सज्जन संग क्रूरता जैसी।।[1]" लाला ब्रजकिशोर ने कहा।

"खैर! कुछ हो आज का दिन इन्को छोड़ दीजिए" लाला मदनमोहन नें दबा कर कहा।

"बहुत अच्छा! जैसी आपकी मर्जी" ब्रजकिशोर नें रुखाई से जवाब दिया।

"मुझकौ मित्रों की तरफ सै सहायता मिलनें का विश्वास है परंतु दैवयोग सै न मिली तो क्या इन्सालवन्ट होनें की दरख्वास्त देनी पड़ेगी" लाला मदनमोहननें पूछा।

"अभी तो कुछ जरूरत नहीं मालूम होती परंतु ऐसा विचार किया भी जाए तो आपके लेन देन और माल अस्बाब का कागज कहाँ तैयार है?" लाला ब्रजकिशोर नें जवाब दिया और कचहरी जाने के लिए मदनमोहन सै रूख्सत होकर रवानें हुए।

प्रकरण-36

↕

धोके की टट्टी

बिपत बराबर सुख नहीं जो थोरे दिन होय।
इष्ट मित्र बन्धू जिते जान परैं सब कोय।।

लोकशक्ति.

लाला ब्रजकिशोर के गए पीछे मदनमोहन की फिर वही दशा हो गई। दिन पहाड़ सा मालूम होनें लगा। खास कर डाक की बड़ी तला मली लगरही थी। निदान राम, राम करके डाक का समय हुआ डाक आई। उस्मैं दो तीन चिट्ठी और कई अखबार थे।

---

* दुष्ये युः सर्ववर्णाश्व भिर्द्यरन् सर्वसेतवः।।
सर्वलोकप्रकोपश्च भवेद्दण्डस्य विभ्रमात्।।

1. निकोई बाबदां कर्दन् चुनानस्त की बदकर्दन बजाय नेकमंदां।।

एक चिट्ठी आगरे के एक जौहरी की आई थी जिस्मैं जवाहरात की बिक्री बाबत लाला साहब के रुपे लेंनें थे और दह यों भी लाला साहब सै बड़ी मित्रता जताया करता था। उस्नें लाला साहब की चिट्ठी के जवाब मैं लिखा था कि "आप की जरूरत का हाल मालूम हुआ मैं बड़ी उमंग सै रुपे भेजकर इस्समय आपकी सहायता करता परंतु मुझको बड़ा खेद है कि इन दिनों मेरा बहुत रुपया जवाहरात पर लग रहा है इसलिए मैं इस्सयम कुछ नहीं भेज सक्ता। आपनें मुझकौ पहले सै क्यों न लिखा? अब जिस्समय मेरे पास रुपया आवेगा मैं प्रथम आपकी सेवा मैं जरूर भेजूँगा। मेरी तरफ सै आप भलीभाँत विश्वास रखना और अपनें चित्त को सर्वथा अधैर्य न होनें देना। परमेश्वर कुशल करेगा"। यह चिट्ठी उस कपटी नें ऐसी लपेट सै लिखी थी कि अजान आदमी को इस्के पढ़नें सै लाला मदनमोहन के रुपे लेने का हाल सर्वथा नहीं मालूम हो सक्ता था। वह अच्छी तरह जान्ता था कि लाला मदनमोहनका काम बिगड़ जाएगा तो मुझसै रुपे माँगनें वाला कोई न रहैगा इस बास्तै उस्नें केवल इतनी ही बात पर संतोष न किया बल्कि वह गुप्तरीति सै मदनमोहनके बिगड़नें की चर्चा फैलानें, और उस्के बड़े, बड़े लेनदारों को भड़कानें का उपाय करनें लगा। हाय! हाय! इस असार संसार मैं कुछ दिन की अनिश्चित आयु के लिए निर्भय होकर लोग कैसे घोर पाप करते हैं!!!

दूसरी चिट्ठी मदनमोहन के और एक मित्र (!) की थी। वह हर साल आकर महींने बीस रोज़ मदनमोहन के पास रहते थे इसलिए तरह, तरह की सोगात के सिवाए उन्की खातिरदारी मैं मदनमोहन के पाँच सात सौ रुपे सदैव खर्च हो जाया करते थे। उन्नें लिखा था कि "मैंने बहुत सस्ता समझ कर इस्समय एक गाँव साठ हजार रुपे मैं खरीद लिया है। मेरे पास इस्समय पचास हजार अंदाज मोजूद हैं इसलिए मुझको महीनें डेढ़ महीनों के वास्ते दस हजार रुपे की जरूरत होगी। जो आप कृपा करके यह रुपया मुझको साहूकारी ब्याज पर दे देंगे तो मैं आपका बहुत उपकार मानूँगा" यह चिट्ठी लाला मदनमोहन की चिट्ठी पहुँचते ही उस्नें अगमचेती करके लिख दी थी और मिती एक दिन पहलेकी डाल दी थी कि जिस्सै भेद न खुलने पावै—

मदनमोहन के तीसरे मित्र की चिट्ठी बहुत संक्षेप थी। उस्मैं लिख रहा था कि "आपकी चिट्ठी पहुँची उस्के पढ़नें सै बड़ा खेद हुआ। मैं रुपे का प्रबंध कर रहा हूँ यदि हो सकेगा तो कुछ दिन मैं आपके पास अवश्य भेजूँगा" इस्के पास पत्र भेजनें के समय रुपया मोजूद था परंतु इस्नें यह पेच रक्खा था कि मदनमोहन का काम बना रहैगा तो पीछे सै उस्के पास रुपया भेजकर मुफ्तमैं अहसान करेंगे और काम बिगड़ जाएगा तो चुप हो रहैंगे अर्थात् उस्को रुपे की जरूरत होगी तो कुछ न देंगे और जरूरत न होगी तो जबरदस्ती गले पड़ेंगे!

इन्के पीछै लाला मदनमोहन एक अखबार खोलकर देखनें लगे तो उस्मैं एक यह लेख दृष्टि आयाः—

'सुसभ्यता का फल'

हमारे शहरके जवान सुशिक्षित रईसकी पहली उठान देखकर हमको यह आशा होती थी बल्कि हमनें अपनी यह आशा प्रगट भी कर दी थी कि कुछ दिनमैं उस्के कामोंसै कोई देशोपकारी बात अवश्य दिखाई देगी परंतु खेद है कि हमारी वह आशा बिल्कुल नष्ट हो गई बल्कि उस्के विपरीत भाव प्रतीत होनें लगा। गिन्ती के दिनों में तीन चार लाख पर पानी फिर गया। बिलायत मैं डरमोडी नामी एक लड़का ऐसा तीक्षण बुद्धि हुआ था कि वह नो वर्ष की अवस्था मैं और विद्यार्थियों का ग्रीक और लाटिन भाषाके पाठ पढ़ाता था परंतु आगे चलकर उस्का चाल चलन अच्छा नहीं रहा। इसी तरह ही यहाँ प्रारंभ सै परिणाम बिपरीत हुआ। हिंदुस्थानियों का सुधरना केवल दिखानें के लिए है वह अपनी रीति भाँति बदलनें मैं सब सुसभ्यता समझते हैं परन्तु असल मैं अपनें स्वभाव और विचारोंके सुधारनें का कुछ उद्योग नहीं करते। बचपन मैं उन्की तबियत का कुछ, कुछ लगाव इस तरफ को मालूम होता भी तो मदरसा छोड़े पीछे नाम को नहीं दिखाई देता। दरिद्रियों को भोजन वस्त्र की फिकर पड़ती हैं और धनवानों को भोगविलास सै अवकास नहीं मिल्ता फिर देशोन्नति का बिचार कौन करे? बिद्या और कला की चर्चा कौन फैलाया? हमको अपनें देश की हीन दशा पर दृष्टि करके किसी धनवान का काम बिगड़ता देख कर बड़ा खेद होता है परंतु देश के हित के लिए तो हम यही चाहते हैं कि इस्तरह पर प्रकट मैं नए सुधारे की झलक दिखा कर भीतर सै दीया तले अँधेरा रखनें वालों का भंडा फूट जाए जिस्सै और लोगों की आँखैं खुलें और लोग सिंह का चमड़ा ओढ़ने वाले भेड़िये को सिंह न समझै'' इस अखबार के ऐडीटर को पहले लाला मदनमोहन सै अच्छा फायदा हो चुका था परंतु बहुत दिन बीत जानें सै मानों उस्का कुछ असर नहीं रहा। जिस तरह हरेक चीज के पुरानें पड़नें सै उस्के बंधन ढीले पड़ते जाते हैं इसी तरह ऐसे स्वार्थपर मनुष्योंके चित्त मैं किसी के उपकार पर, लेन देन पर, प्रति व्यवहार पर, बहुत काल बीत जानें सै मानों उस्का असर कुछ नहीं रहता जब उन्के प्रयोजन का समय निकल जाता है तब उन्की आँखैं सहसा बदल जाती हैं तब वह किसी लायक होते हैं तब उन्के हृदय पर स्वेच्छाचार छा जाता है। जब उन्के स्वार्थ मैं कुछ हानि होती है तब वह पहले के बड़े से बड़े उपकारों को ताक़ मैं रखकर बैर लेनें के लिये तैयार हो जाते हैं। सादी नें कहा है ''करत खुशामद जो मनुष्य सो कछु दे बहु लेत। एक दिवस पावै नतोदो सै दूषण देत।।+'' इस अखबार का एडीटर विद्वान था और विद्या निस्संदेह मनुष्य की बुद्धि को तीक्ष्ण करती है परन्तु स्वभाव नहीं बदल सक्ती, जिस मनुष्य को विद्या होती है पर वह उस्पर बरताव नहीं करता वह बिना फल के वृक्षकी तरह निकम्मा है।

+ अला ता नशनवी दह सखुन गोए कि अन्दक मायः नफए अज़्तो दारद।।
अगर रोज़े मुरादश वर नयारी दोसद चन्दा अयूबत बर शुमारद।।

लाला मदनमोहन इन लिखावटों को देखकर बड़ा आश्चर्य करते थे परंतु इनसै भी अधिक आश्चर्य की बात यह थी कि बहुत लोगोंनें कुछ भी जवाब नहीं भेजा। उन्मैं कोई, कोई तो ऐसे थे कि बड़ों की लकीर पर फकीर बने बैठे थे यद्यपि उन्के पास कुछ पूँजी नहीं रही थी उन्का कार व्योहार थक गया था। उन्का हाल सब लोग जान्ते थे इस्सै आगे को भी कोई बुर्द हाथ लगनें की आशा न थी परंतु फिर भी वह खर्च घटानें मैं बेइज्जती समझते थे। संतान को पढ़ानें लिखानें की कुछ चिंता न थी परंतु ब्याह शादियोंमैं अब तक उधार लेकर द्रब्य लुटाते थे। उन्सै इस अवसर पर सहायता की क्या आशा थी? कितनें ही ऐसे थे जिन्होंने केवल अपनें फायदे के लिए धनवानों का सा ठाठ बना रक्खा था इस वास्तै वह मदनमोहन के मित्र न थे उस्के द्रब्यके मित्र थे वह मदनमोहन पर किसी न किसी तरह का छप्पर रखनेंके लिये उस्का आदर सत्कार करते थे इसलिये इस अवसर पर वह अपना पर्दा ढकनें के हेतु मदनमोहन के बिगाड़नें मैं अधिक उद्योग न करें इसी मैं उन्का विशेष अनुग्रह था। इस्सै अधिक सहायता मिलनें की उन्सै क्या आशा हो सक्ती थी? कोई, कोई धनवान ऐसे थे जो केवल हाकमों की प्रसन्नता के लिए उन्की पसंद के कामों मैं अपनी अरुचि होनें पर भी जी खोलकर रुपया दे देते थे। परंतु सच्ची देशोन्नति और उदारता के नाम फूटी कौड़ी नहीं खर्ची जाती वह केवल हाकमों से मेल रखनें मैं अपनी प्रतिष्ठा समझते थे परंतु स्वदेशियों के हानि लाभ का उन्हें कुछ विचार न था, केवल हाकमों मैं आनें जानें वालें रईसों से मेल रखते थे और हाकमों की हाँ मैं हाँ मिलाया करते थे इस वास्ते साधारण लोगों की दृष्टि मैं उन्का कुछ महत्व न था। हाकमों मैं आनें जानें के हेतु मदनमोहन की उन्सै जान पहचान हो गई थी परंतु वह मदनमोहन का काम बिगाड़नें सै प्रसन्न थे क्योंकि वह मदनमोहन की जगह कमेटी इत्यादि मैं अपना नाम लिखाया चाहते थे इस वास्तै वह इस अवसर पर हाकमों सै मदनमोहन के हक मैं कुछ उलट पुलट न जड़ते यही उनकी बड़ी कृपा थी इस्सै बढ़कर उन्की तरफ सै और क्या सहायता हो सक्ती थी? कोई, कोई मनुष्य ऐसे भी थे जो उन्की रक़म मैं कुछ जोखों न हो तो वह मदनमोहन को सहारा देनें के लिए तैयार थे परंतु अपनें ऊपर जोखो उठा कर इस डूबती नाव का सहारा लगाने वाला कोई न था। विष्णु पुराण के इस वाक्य सै उन्के सब लक्षण मिल्ते थे "जाचत हूँ निज मित्र करैं न स्वारथ हानि। दस कौड़ी हूँकी कसर खायँ न दुखिया जानि।+"

निदान लाला मदनमोहन आज की डाक देखे पीछे बाहर के मित्रों की सहायता सै कुछ, कुछ निराश होकर शहर के बाकी मित्रों का माजना देखनें के लिए सबार हुए।

□□□

+ अभ्यर्थितोपि सृतदृदा स्वार्थहानिं न मानवः।।
पणार्धार्धार्धमात्रेण करिष्यति तदाद्विज।।

प्रकरण-37

↕

विपत्तमैं धैर्य.

प्रिय बियोगको मूढ़जन गिनत गड़ी हिय भालि।।
ताहीं कों निकरी गिनत धीरपुरुष गुणशालि।।*

रधुबन्शे.

लाला ब्रजकिशोर नें अदालत मैं पहुँचकर हरकिशोर के मुकद्दमे मैं बहुत अच्छी तरह बिबाद किया। निहालचन्द आदि के छोटे, छोटे मामलों मैं राजीनामा हो गया। जब ब्रजकिशोर को अदालत के काम से अबकाश मिला तो वह वहाँ सै सीधे मास्टर के ब्राइट के पास चले गए।

हरकिशोर नें इस अवकाश को बहुत अच्छा समझा तत्काल अदालत मैं दरख्वास्त की कि लाला मदनमोहन अपनें बाल-बच्चों को पहलै मेरठ भेज चुके हैं उनके सब माल अस्बाब पर मास्टर ब्राइट की कुर्की हो रही है और अब वह आप भी रूपोश (अतंर्धान) हुआ चाहते हैं। मैं चाहता हूँ कि उन्के नाम गिरफ्तारी या वारंट जारी हो।'' इस बात पर अदालत मैं बड़ा विवाद हुआ, जवाब दिहि के वास्तै लाला ब्रजकिशोर बुलाए गए। परंतु उन्का कहीं पता न लगा। हरकिशोर के वकील नें कहा कि लाला ब्रजकिशोर झूँट बोलनें के भय सै जान बूझकर टल गए हैं। निदान हर किशोर के हलफ़ी इजहार (अर्थात् शपथपूर्वक वर्णन करनें) पर हाक़ीम को बिबस होकर वारंट जारी करनें का हुक्म देना पड़ा। हरकिशोर नें अपनी युक्ति सै तत्काल वारन्ट जारी करा लिया और आप उस्की तामील करनें के लिए उस्के साथ गया। मदनमोहन सै जिन लोगों का मेल था उस्मैं सै कोई, कोई मदनमोहन का खबर करनें के लिए दौड़े परंतु मंद भाग्य सै मदनमोहन घर न मिले।

हाँ मदनमोहन की स्त्री अभी मेरठ सै आई थी वह यह खबर सुन्कर घबरा गई उस्नें चारों तरफ को आदमी दौड़ा दिए। मेरठ मैं मदनमोहन के बिगड़नें की बात खबर कल से फैल रही थी परंतु उस्के दुःख का बिचार करके उस्के आगे यह बात करनें का किसी को साहस न हुआ। आज सबेरे अनायास यह बात उस्के कान पड़ गई इस बात को सुन्ते ही वह मच्छी की तरह तड़पनें लगी, रेलके समय मैं दो घंटे की देर थी यह उसै दो जुग रौ अधिक बीते। उरके घरके बहुत कुछ धैर्य देते थे। परंतु उसै किसी तरह कल नहीं पड़ती थी। जब वह दिल्ली पहुँची तो उस्नें अपनें घर का और रंग देखा। न लोगों की भीड़, न हँसी दिल्लगी की बातें, सब मकान सूना पड़ा था और उस्मैं पाँव रखते ही डर लगता था। जिस्पर विशेष यह हुआ कि आते ही यह भंयकर खबर सुनी। जब से उस्नें यह खबर सुनी उस्के आँसू पल भर नहीं

* अवगच्छति मूढ़चेतनः प्रियनाशं सदृदिशल्य मर्पितम्।।
स्थिरधी स्तुतदेव मंयते कुशलद्वारतया समुद्धतम।।

बंद हुए वह अपनें पति के लिए प्रसन्नतासै अपना प्राण देनें को तैयार थी।

इधर लाला मदनमोहन अपनें स्वार्थपर मित्रों से नए, नए बहानों की बातें सुन्ते फ़िरते थे इतनें मैं एकाएक कान्सटेबल नें कोचमैंन का पुकार कर बग्गी खड़ी कराई और नाज़िर नें पास पहुँचतेही सलाम करके वारंट दिखाया, लाला मदनमोहन उस्को देखते ही सफेद होगए, सिर झुका लिया, चेहरे पर हवाइयाँ उड़नें लगी, मुखसै एक अक्षर न निकला हरकिशोर नें एक खखार मारी। परंतु मदनमोहन की आँख उस्के सामनें न हुई। निदान मदनमोहन नें नाजिर को संकेत मैं अपनी पराधीन्ता दिखाई इस्पर सब लोग कचहरी को चले।

मदनमोहन अदालत मैं हाकम के सामने खड़े हुए। उस्समय लाजसै उन्की आँख ऊँची नहीं होती थी। हाकम को इस बात का अत्यंत खेद था परंतु वह कानून सै परबस थे।

"हमको आपकी दशा देखकर अत्यंत खेद है और इस हुक्म के जारी करनें का बोझ हमारे सिर आपड़ा इस्सै हमको और भी दुःख होता है परंतु हमारे आपके निज़ के संबंध को हम अदालत के काम मैं शामिल नहीं कर सक्ते। ताजकी वफ़ादारी, ईमानदारी, मुल्क का इन्तजाम सब लोगों की हरक़सी और हरेक आदमीके फायदे के लिए इंसाफ करना बहुत जरूरी है" हाकम नें कहा "आपसे सीधे सादे आदमियों को अपनें भोलेपन सै इतनी तकलीफ उठानी पड़े यह बड़े खेद की बात है और मेरा जी चाहता है कि मुझसै हो सके तो मैं अपने निज से आपके कर्ज का इंतजाम करके आपको छोड़ दूँ परंतु यह बात मेरे बूते सै बाहर है, क्या आपके कोई ऐसे दोस्त नहीं हैं जो इस्समय आपकी सहायता करैं? या आप इन्सालवन्सी वगैरे की दरख्वास्त रखते हैं।"

लाला मदनमोहन के मुख सै कुछ अक्षर न निकले इस वास्तै थोड़ी देर पीछे हारकर उन्को हवालात मैं भेजना पड़ा।

इतनें मैं लाला ब्रजकिशोर आ गए। उन्का स्वभाव बड़ा गंभीर था परंतु बिना बादल के इस बिजली गिरनें सै तो वह भी सहम गए। उन्को इतनें तूल हो जानें का स्वप्न मैं भी ख्याल न था इस लिए वह थोड़ी देर कुछ समझ सके। वह कभी इन्सालवन्सी का विचार करते थे। कभी हरकिशोर की डिक्री का रुपया दाखिल करके मदनमोहन को तत्काल छुड़ा लिया चाहते थे। परंतु इन बातों से उन्के और प्रबंध मैं अंतर आता था इसलिए इन्मैं सै कोई बात उस्समय न कर सके। वह समझे कि "ईश्वर की कोई बात युक्ति शून्य नहीं होती कदाचित इसी मैं कुछ हित समझा हो। ईश्वर की अपार महिमा है। सेआक्सनी का हेनूरी नामी अमींर बड़ा दुष्ट, क्रूर और अन्याई था। उस्के स्वेच्छाचार सै सब प्रजा त्राहि, त्राहि कर रही थी इसलिए उस्को भी प्रजासै बड़ा भय रहता था। एकबार वह कुछ दुष्कर्म करके निद्राबस हुआ उस्समय उस्नें यह स्वप्न देखा कि वहां का ग्राम्य देवता उस्की ओर कुछ क्रोध और दया की दृष्टिसै देख रहा है और यह कह रहा है कि "ले अधम पुरुष! तेरे लिये यह आज्ञा

हुई है" यह कहकर उस ग्राम देवता नें लिपटा हुआ काग़ज हेनूरी की तरफ फेंक दिया और अन्तर्धान हो गया। हेनूरीनें कागज खोलकर देखा तो उस्मैं ये शब्द लिखे थे कि "छः के पश्चात्" हेनूरीनें जगकर निश्चय समझा कि मैं छः पहर, छः दिन, छः अठवाड़े, छः मास या छः वर्ष मैं अवश्य मर जाऊंगा। इस्सै हेनूरी को अपनें दुष्कर्मों का बड़ा पछतावा हुआ और छः महीनें तक मृत्यु भय सै अत्यन्त व्याकुल रहा परन्तु मृत्यु की अवधि छठे वर्ष समझ कर समाधानीसै सत्मर्क करनें लगा। अपनें कुकर्मोके लिये सच्चे मनसै ईश्वर की क्षमा चाही और उस्सै पीछे केवल सत्कर्म करके प्रजा की प्रीति प्रतिदिन बढ़ता गया। उस्की पहली चालसै वह कडुआ फल उस्को मिला था कि जिस्से बेचैन होकर वह गुमराह हो जाता था उस्के बदले इस्समय के आनन्द के मिठाससै उसका चित्त प्रफुल्लित रहनें लगा और जैसे, जैसे वह पहले के कडु आपनसै इस्समय के मिठास का मुकाबला करता गया वैसे वैसे उस्का आनन्द विशेष बढ़ता गया। उस्के चित्त मैं कोई बात था। लोगों के जी मैं उस्का विश्वास एक साथ बढ़ गया बड़े, बड़े राज उस्को अपना मध्यस्थ करनें लगे और छः वर्ष पीछे जब वो अपनें मरनें की घड़ी समझता था ईश्वर की कृपा सै उसी स्वप्न के कारण वह जर्मनी का राज करनें के सबसै योग्य पुरुष समझा जाकर राज सिंहासनपर बैठाया गया!!!" इसलिए अब यह सूरत हो चुकी है तो लाला मदनमोहन के चित्त पर इस्का पूरा असर हो जाना चाहिये क्योंकि जो बात सौ बार समझानें सै समझमें में नहीं आती वह एक बार की परीक्षा से भली भांति मनमैं बैठ जाती है और इसीवास्तै लोग "परीक्षा (को), गुरु, मान्ते हैं';' बस इतनी बात समझमैं आते ही लाला ब्रजकिशोर मदनमोहन को धैर्य देनें के लिए उस्के पास हवालात में गए। उस्का मुंह उतर गया था आंसू डबडबा रहे थे, लज्जा के मारे आंख ऊंची नहीं होती थी।

"आप इतनें अधीर न हों इस बिना बिचारी आफ़त आनेंसै मुझको भी बहुत खेद हुआ परंतु अब गई बीतीं बातोंके याद करनें सै कुछ फायदा नहीं मालूम होता है कि लाला ब्रजकिशोर कहनें लगे "हर बात के बन्ते बिगड़ते रहनें सै मालूम होता है कि सर्वशक्तिमान परमेश्वरीकी इच्छा संसार का नकशा एकसा बनाए रखनें की नहीं है। देवताओं को भी दैत्योंसै दुःख उठाना पड़ता है, सूर्य चन्द्रमा को भी ग्रहण लगता है। महाराज रामचन्द्र जी और राजा नल, राजा हरिश्चन्द्र, राजा युधिष्ठर आदि बड़े बड़े प्रतापियों को भी हद्दसै बढ़कर दुःख झेलनें पड़ें हैं अभी तीन सौ साढ़े तीन सौ वर्ष पहलै दिल्ली के बादशाह जलालुद्दीन बाबर और हुमायूँ नें कैसी, कैसी तक्लीफें उठाई थीं। कभी वह हिंदुस्थान के बादशाह हो जाते थे कभी उन्कें पास पानी पीनें तकको लोटा नहीं रहता था और वलायतों मैं देखों। फ्राँस का सुयोग्य बादशाह चोथा हेनूरी एक बार भूखों मरनें लगा तब उस्नें एक पादरी सै गवैयों मैं नौकर रखनें की प्रार्थना की परंतु उस्के मंद भाग्य सै वह भी नामँजूर हुई। फ्राँस के सातवें लुईनें एक अपना बूट गाँठनें के लिए एक चमार को दिया तब उस्की गठवाईके पैसे उस्की जेबमैं

न निकले इस्सै लाचार होकर वह बूट चमारके पास छोड़ा देना पड़ा। अरस्ततालीस नें लोगों के जुल्मसै विष पीकर अपनें प्राण दिए थे और अनेंक विद्वान बुद्धिमान राजाओं को कालचक्र की कठिनाई सै अनेक प्रकार का असह्य क्लेश झेल, झेल कर यह असार संसार छोड़ना पड़ा है इसलिए इस दुःख सागर मैं जो दुःख न भोगना पड़े उसी का आश्चर्य है। जब अपनें जीनें का पलभर का भरोसा नहीं तो फिर कौन्सी बात का हर्ष किया जाए। यदि संसार मैं कोई बात बिचार करके करनें के लायक है तो यह है कि हमारी इतनी आयु वृथा नष्ट हुई इस्मैं हमनें कौन्सा शुभ कार्य किया? परंतु इस विषय मैं भी कोरे पछतावे के निस्बथककर बिबस होता जाता है परंतु धर्म सै पानी का बहाव के साथ सहज मैं बाहर निकल के साथ सहज में निकलसक्ता है। ऐसे अवसर पर मनुष्य को धैर्य उपाय सोचना चाहिए और परमदयालु भगवान की कृपा दृष्टि पर पूर्ण विश्वास रखना चाहिए उस्को सब सामर्थ है"

"यह सब सच है परंतु विपत्ति के समय धैर्य नहीं रहता" लाला मदनमोहन नें आँसू भर कर कहा।

विपत्तिमनुष्य की कसौटी है, नीति शास्त्र मैं कहा है 'दुरहि सों डरपत रहैं निकट गए तें शूर। बिपत पड़े, धीरज गहैं सज्जन सब गुण पूर।।* "लाला ब्रजकिशोर कहनें लगे "महाभारत मैं लिखा है कि "राजा बलि देवताओं सै हारकर एक पहाड़ की कन्दरा में जा छिपे तब इन्द्र नें वहाँ जाकर अभिमान सै उन्को लज्जित करनेंका विचार किया इस्पर बलि शान्तिपूर्वक बोले "तुम इस्समय अपना वैभव दिखाकर हमारा अपमान करते हो परंतु इस्मैं तुम्हारी कुछ भी बड़ाई नहीं है हारे हुए के आगे अपनी ठसक दिखानें सै पहली निर्बलता मालूम होती है जो लोग शत्रु को खीजकर उस्पर दया करते हैं वही सच्चे वीर समझे जाते हैं। जीत और हार किसी के हाथ नहीं है यह दोनों समयाधीन हैं। प्रथम हमारा राज था अब तुम्हारा हुआ आगे किसी और का हो जाएगा। दुख सुख सदा अदलते-बदलते रहते हैं होनहार को कोई नहीं मेट सक्ता। तुम भूल सै इस बैभव को अपना समझते हो। यह किसी का नहीं है, पृथु, ऐल, मय, और भीम आदि बहुत सै प्रतापी राजा पृथ्वी पर हो गए हैं परंतु काल नें किसी को न छोड़ा इसी तरह तुम्हारा समय आवेगा तब तुम भी न रहोगे, इसीलिए मिथ्याभिमान न करो। सज्जन सुख दुख सै कभी हर्ष विषाद नहीं करते। वह सब अवस्थाओं मैं परमेश्वर का उपकार मानकर संतोषी रहते हैं ++ और सब मनुष्यों को अपना समय देखकर उपाए करना चाहिए सो यह हमारे बल करनें का नहीं है सहन करने का है इसीसै हम तुम्हारे कठोर वचन सहन करते हैं दुःख के

---

* महतो दूरभीरुत्व मसन्ने शूरता गुणः।
विपत्ती हि महांल्लोके धीरता मनुगच्छति।

समय धैर्य रखना बहुत आवश्यक है क्योंकि अधैर्य होनें सै दुःख घटता नहीं बल्कि बढ़ता जाता है इसलिए हम चिंता और उद्वेग को अपनें पास नहीं आनें देते। ऐसे अवसर पर मनुष्य के मन को स्थिर रखनें के लिए ईश्वर नें कृपा करके आशा उत्पन्न की है और इसी आशा सै संसार के सब काम चल्ते हैं इसलिए आप निराश न हों परमेश्वर पर विश्वास रखकर इस दुःख की निवृत्ति का उपाय सोचे, यह विपत्ति आप पर किस तरह एकाएक आ पड़ी इस्का कारण ढूढ़ें ईश्वर शीघ्र कोई सुगम मार्ग दिखावेगा।''

''मुझको तो इस्समय कोई राह नहीं दिखाई देती। तुम्हें अच्छा लगे सो करो'' लाला मदनमोहन नें जवाब दिया।

इतनें मैं लाला ब्रजकिशोर सै आकर एक चपरासी नें कहा कि ''आपको कोई बाहर बुलाता है'' इस्पर वह बाहर चले गए। □□□

प्रकरण-38

↕

सच्ची प्रीति

धीरज धर्म्म मित्र अरु नारी
आपतिकाल परखिये चोरी

तुलसीकृत.

लाला ब्रजकिशोर बाहर पहुँचे तो उन्को कचहरी सै कुछ दूर भीड़ भाड़सै अलग वृक्षों की छाया मैं एक सेजगाड़ी दिखाई दी। चपरासी उन्हें वहाँ लिवा ले गया तो उस्मैं मदनमोहन की स्त्री बच्चों समेत मालूम हुई। लाला मदनमोहन की गिरफ्तारी का हाल सुन्ते ही वह बिचारी घबरा कर यहाँ दौड़ आई थी उस्की आँखों सै आँसू नहीं थमते थे और उस्को रोती देख कर उस्के छोटे, छोटे बच्चे भी रो रहे थे। ब्रजकिशोर उन्की यह दशा देख कर आप रोनें लगे। दोनों बच्चे ब्रजकिशोर के गले लिपट गए और मदनमोहन की स्त्रीनें अपना और अपने बच्चों का गहना ब्रजकिशोर के पास भेजकर यह कहला भेजा कि आपके आगे उन्की यह दशा हो इस्सै अधिक दुःख और क्या है? खैर! अब यह गहना लीजिए और जितनी जल्दी होसके उन्को हवालात सै छुड़ानें का उपाय करिए''

''वह समझदार होकर अनसमझ क्यों बन्ती हैं? इस घबराहट सै क्या लाभ है? वह मेरठ गई जब उन्होंने आप कहवाया था कि ऐसी सूरत मैं इन अज्ञान बालकों की क्या दशा होगी? फिर वह आप इस बात को कैसे भूली जाती हैं? उन्को अपनें लिए नहीं तो इन छोटे, छोटे बच्चों के लिए हिम्मत रखनी चाहिए'' लाला ब्रजकिशोर

कहनें लगें "इगलेंड के बादशाह पहले जेम्स की बेटी इलेक्टर पेलेटीन के साथ ब्याही थी उस्नें पति को बोहोमिया का बादशाह बनानें की उमंग मैं इन्की तरह अपना सब जेवर खो दिया इस्सै अंतमैं उस्को अपनें निर्वाहके लिए भेष बदलकर भीख माँगनी पड़ी थी।"

"अपनें पति के लिए भीख माँगनी पड़ी तो क्या चिन्ता हुई? स्त्री को पति सै अधिक संसार मैं और कौन है? जगत माता जानकीजीनें राज सुख छोड़ कर पति के संग बनमैं रहना बहुत अच्छा समझा था और यह वाक्य कहा था "देत पिता परिमित सदा परिमित सुत और भ्रात। देत अमित पति तासुपद नहीं पूजहि किहिं भाँति?"+ सती शिरोमणि सावित्रनीनें पतिके प्राण वियोग पर भी वियोग नहीं सहा था। मनुस्मृति मैं लिखा है "शील रहित पर नारि रत होय सकल गुण हानि। तदपि नारि पूजै पतिहि देव सदृश जिय जानि।।[1] नारिन का ब्रत यज्ञतप और न कछु जगमाहिं। कवल पति पद पूज नित सहज स्वर्ग मैं जाहिं।।[2] पति के लिए गहना क्या? प्राण तक देनें पड़ें तो मैं बहुत प्रसन्न हूँ। हाय! वह कैद रहैं और मैं गहनें का लालच करूँ? वह दुःख सहें ओर मैं चैन करूँ? हम लोगों की जबान नहीं है इस्सै क्या हमारे हृदय की प्रीति शून्य है क्या कहूँ इस्समय मेरे चित्त को जो दुःख है वह मैं जान्ती हूँ। हे धरती माता! तू क्यों नहीं फटती जो मैं अभागी उस्मैं समा जाऊँ?" लाला मदनमोहन के स्त्री गद्गद स्वर और रुके हुए कंठ सै भीतर बैठी हुई बहुत धीरे, धीरे बोली! "भाई! मैं तुमसै आज तक नहीं बोली थी परंतु इस्समय दुःखा की मारी बोल्ती हूँ सो मेरी ढिठाई क्षमा करना। मुझमैं यह दुःख नहीं सहा जाता मेरी छाती फटती है। मुझको इस्समय कुछ नहीं सूझता जो तुम अपनी बहन के और इन छोटे, छोटे बच्चों के प्राण बचाया चाहते हो तो यह गहना लो और हों सके जैसी इसी समय उन्को छुड़ा लाओ नहीं तो केवल मैं ही नहीं मारूँगी मेरे पीछे ये छोटे, छोटे बालक भी झुर, झुर कर–"

"बहन! क्या इस्समय तुम बावली हो गई हो। तुम्हें अपने हानि लाभ का कुछ विचार नहीं है?" लाला ब्रजकिशोर बाहर सै समझानें लगे, "देखो शकुन्तला भी पतिव्रता थी परंतु जब उस्के पतिनें उस्को झूठा कलंक लगाकर परित्याग करनें का विचार किया तब उसे भी क्रोध आए बिना नहीं रहा। क्या तुम उस्सै बढ़कर हो जो अपनें छोटे, छोटे बच्चों के दुःख का कुछ विचार नहीं करतीं? थोड़ी देर धैर्य रक्खो धीरे, धीरे सब ठीक हो जाएगा"

\+ मितं ददापि हि पिता मितं भ्राता मितं सुतः।
अमितस्यच दातारं भर्तारं का न पूजयेत्।।

1. विशीलः कामद्वैत्तो वा गुणैर्वा परिवर्ज्जितः।
उपचर्य्यः स्तिरया साधव्या सततं देववत्पति।।

2. नास्ति स्त्री भ्रां पृथग्यज्ञो न व्रतन्नाप्पोषितम्।।
पति शुश्रूषते येन तेन स्वर्गे महीयते।।

'भाई! धैर्य तो पहलैही विदा हो चुका अब मैं क्या करूँ? तुम बार, बार बाल बच्चों की याद दिवाते हो परंतु मेरी जान पति सै अधिक स्त्री के लिए कोई भी नहीं है'' मदनमोहन की स्त्री लजा कर भीतर सै कहनें लगी ''पति से विवाद करना तो बहुत बात है परंतु शकुन्तलाके मन मैं दुष्यन्त की अत्यंत प्रीति हुए पीछे शकुन्तला को दुष्यन्तके दोष कैसे दिखाई दिए यही बात मेरी समझ मैं नहीं आती। फिर मैं शकुन्तला की अधिक नकल कैसे करूँ? मैं बड़ी अधीन्ता सै कहती हूँ कि ऐसे मर्मवेधी बचन कहकर मेरे हृदय को अधिक घायल मत करो और यह सब गहना ले जाकर होसके जितनी जल्दी इस डूबती नावको बचानें का उपाय करो। मुझको तुम्हारे सामनें इस विषय मैं बात करते अत्यंत लज्जा आती है हाय! यह पापी प्राण अब भी क्यों नहीं निकलते इस्सै अधिक और क्या दुःख हो गया? यह बात सुन्तेही ब्रजकिशोर की आँखों सै आँसू टपकनें लगे थोड़ी देर कुछ नहीं बोला गया उस्को उस्समय नारमण्डी के अमीर जादे की स्त्री समबिल्ला की सच्ची प्रीति याद आई। रोबर्ट के शरीर मैं एक जहरी तीर लगनेंसै ऐसा घाव हो गया था कि डाक्टरोंके बिचार मैं जबतक कोई मनुष्य उस्का जहर न चूसे रोबर्ट के प्राण बचने की आशा न थी और जहर चूसनें सै चूसनें वालें का प्राण भय था। रोबर्ट ने अपनी प्राण रक्षाके लिए एक मनुष्य के प्राण लेनें सर्वथा अंगीकार न किए परंतु उसकी पतिव्रता स्त्रीनें उस्के सोते मैं उस्के घाव का विष चूसकर उस्पर अपनें प्राण न्योछावर कर दिए।

''बहन! मैं तुम्हारे लिए तुम सै कुछ नहीं कहता परंतु तुम्हारे छोटे, छोटे बालकों को देखकर मेरा हृदय अकुलाता है तुम थोड़ी देर धैर्य धरो ईश्वर सब मंगल करेगा'' लाला ब्रजकिशोर ने जैसे तैसे हिम्मत बाँधकर कहा।

''भाई! तुम कहते हो सो मैं भी समझती हूँ यह बालक मेरी आत्मा हैं और विपत्त मैं धैर्य धरना भी अच्छा है परंतु क्या करूँ? मेरा बस नहीं चल्ता। देखो तुम ऐसे कठोर मत बनो'' मदनमोहनकी स्त्री विलाप कर कहनें लगी महाभारत मैं लिखा है कि जिस्समय एक कपोतनें अतिथि सत्कार के विचार सै एक बधिक के लिए प्रसन्नतापूर्वक अपनें प्राण दिए तब उस्की कपोती बिलाप कर कहनें लगी हा! नाथ! हमनें कभी आपका अमंगल नहीं बिचारा। संतानके होनें पर भी स्त्री पति बिना सदा दुःख सागर मैं डूबी रहती है भाई बंधु भी उस्को देखकर शोक करते हैं। आप के साथ मैं सब दशाओं मैं प्रसन्न थी। पर्बत, गुफा, नदी, झर्ना, वृक्ष और आकाश मैं मुझको आपके साथ अत्यंत सुख मिल्ता था परंतु बह सुख आज कहाँ है? पति ही स्त्री का जीवन है पति बिना स्त्री को जीकर क्या करना है'' यह कहकर वह कपोती आग मैं कूद पड़ी। फिर क्या मैं एक पक्षी सै भी गई बीती हूँ? तुमसै हो सके तो सौ काम छोड़कर पहलै इस्का उपाय करो न हो सके तो स्पष्ट उत्तर दो। मुझ स्त्री की जाति सै जो उपाय हो सकेगा सो मैं ही करूँगी, हाय! क्या अभागों को मौंत भी नहीं मिलती!''

"अच्छा! बहन! तुमको ऐसा ही आग्रह है तो तुम घर जाओ मैं अभी जाकर उन्कौ छुड़ानै का उपाय करता हूँ" लाला ब्रजकिशोरनें कहा।

"न जानें कैसी घड़ीमैं मैं मेरठ गई थी पीछेसै यह गजब हुआ जिस्समय मेरे पास रहनें की आवश्यकता थी उसी समय मैं अभागी दूर जा पड़ी! इस दुःख सै मेरा कलेजा फटता है मुझको तुम्हारे कहनें पर पूरा विश्वास है परंतु मैं एक बार अपनी आँख से भी उन्हें देख सकती हूँ?" मदनमोहन की स्त्री नें रोकर कहा।

"इस्समय तो कचहरी मैं हजारों आदमियों की भीड़ हो रही है। संध्या को मौका होगा तो देखा जाएगा" ब्रजकिशोर नें जवाब दिया।

"तो क्या संध्या तक भी वह-" मदनमोहन की स्त्री के मुख से पूरा वचन न निकल सका कंठ रुक गया और उस्को रोते देख कर उस्के बच्चे भी रोनें लगे।

निदान बड़ी कठिनाई सै समझाकर ब्रजकिशोरने मदनमोहन की स्त्री को घर भेजा परंतु वह जाती बार जबरदस्ती अपना सब गहना ब्रजकिशोर को देती गई और उस्के बच्चे भी ब्रजकिशोर को छोड़कर घर न आए। जब ब्रजकिशोर के साथ कचहरी मैं गए तब उन्की दृष्टि एकाएक मदनमोहन पर जा पड़ी और वह उस्को वहाँ देखते ही उस्मै जाकर लिपट गए।

"क्यों जी! यह कहाँ सै आए?" मदनमोहननें आश्चर्य सै पूछा।

"इन्की माके साथ ये अभी मेरठ सै आए हैं। वह विचारी आप का यह हाल सुन्कर यहाँ दौड़ आई थी सो मैंनें उसे बड़ी मुश्किलसै समझा बुझाकर घर भेजा है" ब्रजकिशोरनें जवाब दिया।

"लाला जी घर क्यों नहीं चल्ते? यहाँ क्यों बैठो हो? एक लड़केंनें गले सै लिपट कर कहा।

"मैं तो तुम्हारें छंग (संग) आज हवा खानें चलूँगा और अपने बाग मैं चलकर मच्छियों का तमाछा (तमाशा) देखूँगा" दूसरा लड़का गोदमैं बैठकर कहनें लगा।

"लाला जी तुम बोल्ते क्यों नहीं? यहाँ इकल्लैं क्यों बैठे हो?" चलो छैल (सैर) करनें चलें" एक लड़का हात पकड़ कर खैचनें लगा।

"जानें चुन्नीलाल (लाल) कहाँ है? विन्नें (उन्होंनें) हमें एक तछवीर (तस्वीर) देनी कही थी लाला जी! तुम उछे (उसे) चोकटे मैं लगवा दोगे? दूसरे लड़केंनें कहा।

"छैल (सैर) करनें नहीं चल्ते तो घर ही चलो, अम्मा सवेरे सै न जाने क्यों रो रही है और विन्नें आज कुछ भोजन भी नहीं किया" एक लड़का बोला।

"लाला जी तुम बोल्ते क्यों नहीं? गुछा (गुस्सा) हो? चलो घर, चलो। हम मेरठ छे (सै) खिलौनें लाए हैं छो (सो) तुम्हैं दिखावेंगे" दूसरा ठोड़ी पकड़ कर कहनें लगा।

"तुम तो दंगा करते हो चलो हमारे साथ चलो हम तुमको बरफी मँगा-दैंगे यहाँ लालाजी कुछ काम है" ब्रजकिशोरनें कहा।

"आँ आँ हमतो लालाजी के छंग (संग) छैल को जाएँगे, बाग मैं मच्छियोंका

तमाछा देखेंगे हमको बप्फी (बरफ़ी) नहीं चाहिए हम तुम्हारें छंग नहीं चल्ते'' दोनों लड़के मचल गए।

''चलो हम तुम्हें पीतल की एक मछली खरीद देंगे जो लोहेकी सलाई दिखाते ही तुम्हारें पास आया करेगी'' लाला ब्रजकिशोनें कहा।

''हम यों नहीं चल्ते हम तो लालाजीके छंग चलेंगे।''

''और जबतक लालाजी नहीं जायेंगे हम भी नहीं जाएँगे'' कहकर दोनों लड़के मदनमोहन के गले सै लिपट गए और रोनें लगे। उस्समय मदनमोहन की आँखों सै आँसू टपक पड़े और ब्रजकिशोर का जी भर आया।

''अच्छा! तो तुम लालाजी के पास खेल्ते रहोगे? मैं जाउँ?'' लाला ब्रजकिशोरनें पूछा।

''हाँ हाँ तुम भलेई जाओ, हम अपने लालाजी के पाछ (पास) खेला करेंगें'' एक लड़केंनें कहा।

''और भूक लगी तो? ब्रजकिशोरनें पूछा।''

''यह हमें बप्फी मँगा देंगे'' छोटा लड़का अगुँली सै मदनमोहन को दिखाकर मुस्करा दिया।

''महाकवि कालिदास नें सच कहा है वे मनुष्य धन्य हैं जो अपनें पुत्रों को गोद मैं लेकर उन्के शरीर की धूल सै अपनी गोद मैंली करते हैं और जब पुत्रों के मुख का अकारण हँसी सै खुल जाते तो उन्के उज्जवल दाँतों की शोभा देखकर अपना जन्म सफल करते हैं'' लाला ब्रजकिशोर बोले और उन लड़कों के पास उन्के रखवाले को छोड़कर आप अपनें काम को चले गए।

बच्चे छोड़ी देर प्रसन्नता सै खेल्ते रहे परंतु उन्को भूक लगी तब वह भूक के मारे रोनें लगे पर वहाँ कुछ खानें को मौजूद न था इसलिए मदनमोहन का जी उस्समय बहुत उदास हुआ।

इतनैं मैं सन्ध्या हुई इस्सै हवालात का दरवाजा बंद करनें के लिए पोलिस आ पहुँची। अबतक उस्नें दीवानी हवालात और मदनमोहन ब्रजकिशोर आदि का काम समझकर विशेष रोक, टोक नहीं की थी। परंतु अब करनी पड़ी। वह छोटे, छोटे बच्चे मदनमोहन के साथ घर जानें की जिद करते थे और जबरदस्ती हटानें सै फूटफूटकर रोते थे। लोगोंके हाथों सै छूट, छूट कर मदनमोहन के गले सै जा लिपटते थे इसलिए इस्समय ऐसी करुणा छा रही थी कि सब की आँखों सै टप, टप आँसू टपकनें लगें।

निदान उन बच्चों को बड़ी कठिनाई सै रखवाले के साथ घर भेजा गया और हवालात का दरवाजा बंद हुआ।

□□□

प्रकरण-39

↕

प्रेत भय

पियत रुधिर बेताल बाल निशिचरन साथि पुनि।।
करत बमन बिकराल मत्त मन मुदित घोर धुनि।।
साद्य माँस कर लिए भंयकर रूप दिखावत।।
रुधिरासव मद मत्त पूतना नाचि डरावत।।
माँस भेद सब बिबस मन जोगन नाचहिं बिबिध गति।।
बीर जनन की बीरता बहु बिध बरणैं मंद मति।।[1]

रसिकजीवने.

संध्या का समय है कचहरी के सब लोग अपना काम बंद करके घर को चलते जाते हैं। सूर्य के प्रकाश के साथ लाला मदनमोहन के छूटनें की आशा भी कम हो जाती है। ब्रजकिशोर नें अब तक कुछ उपाय नहीं किया। कचहरी बंद हुए पीछे कल तक कुछ न हो सकेगा। रात को इसी छोटीसी कोठरी मैं अंधेरे के बीच जमीन पर दुपट्टा बिछा कर सोना पड़ेगा। कहाँ मित्र मिलापियों के वह जल्से! कहाँ पानी प्यानें के लिए एक खिद्मतगार तक पास न हो! इन बातों के बिचार सै लाला मदनमोहन का व्याकुल चित्त अधिक अकुलानें लगा।

इसी बिचार मैं संध्या हो गई चारों तरफ अंधेरा फैल गया। मकान मनुष्य शून्य होगया। आस पास चीजें दिखनी बंद हो गईं।

लाला मदनमोहन के मानसिक बिचारों का प्रगट करना इस्समय अत्यंत कठिन है। जब वह अपने बालकपन सै लेकर इस्समय तक के बैभव का बिचार करता है तो उस्की आँखों के आगे अंधेरा आ जाता है! लाला हरदयाल आदि रंगीले मित्रों की बातें, चुन्नीलाल, शिंभूदयाल आदि की झूँटी प्रीति, रात एक, एक बजे तक गानें नाचनें के जल्से, खुशामदियों का आठ पहर घेरे रहना, हर बात पर हाँ मैं हाँ, हर बात पर वाह, वाह हर काम में प्राण देनें की तैयारी के साथ अपनी इस्समय की दशा का मुकाबला करता है और उन लोगों की इन दिनों की कृतघनता पर दृष्टि पहुँचाता है तो मन मैं दुख की हिलोरें उठनें लगती हैं! संसार केवल धोके की टट्टी मालूम होता

1. रक्तं नक्तं चरौघैः पिवति चैवमति व्यग्रकुन्तः शकुन्तः
क्रव्यं नव्यं गृहीत्वा प्रणुदति मुदितो मत्तवेतालबालः।
क्रोडत्यव्रीड मस्मिन् रुधिर मधुवशात् पूतना कुत्सितांगी
योगिन्यो माँसमेदः प्रमुदितमनसः शूरशक्तिं स्तुवन्ति।।

है जिन्के ऊपर अपनें सब कार्य व्यवहार का आधार था, जिन्को बारबार हजारों रुपे का फायदा कराया गया था, जो हर बात मैं पसीनें की जगह खून डालनें को तैयार रहते थे वह सब इस्समय कहाँ हैं? क्या उन्मैं से इस थोड़े सै कर्ज को चुकानें के लिए कोई भी आगें नहीं आ सक्ता? जिन्की झूँटी प्रीती मैं आकर अपनी पतिब्रता स्त्री की प्रीति भूल गया, अपनें छोंटे, छोटे बच्चों के लालन पालन का कुछ बिचार नहीं किया वह मुफ्त मैं चैन करनेंवाले इस्समय कहाँ हैं?

"मेरी इज्जत गई, मेरी दौलत गई, मेरा आराम गया, मेरा नाम गया, मैं लज्जा सै किसी को मुख नहीं दिखा सक्ता, किसी सै बात नहीं कर सक्ता, फिर मुझकों संसार मैं जीनें सै क्या लाभ है? ईश्वर मोत दे तो इस दुःख से पीछा छुटे परंतु अभागें मनुष्य को मोत क्या माँगे सै मिल सक्ती है? हाए! जब मुझको तीस वर्ष की अवस्था मैं यह संसार ऐसा भयंकर लगता है तौ साठ वर्ष की अवस्था मैं न जानें मेरी क्या दशा होगी?"

"हाँ! मोत का समय किसी तरह नहीं मालूम हो सक्ता, सूर्य के उदय अस्त का समय जब जान्ते हैं, चन्द्रमा के घटनें, बढ़नें का समय सब जान्ते हैं, ऋतुओं के बदलनें का, फूलों के खिलनें का, फलों के पकनें का समय सब जान्ते हैं परंतु मोत का समय किसी को नहीं मालूम होता। मोत हर वक्त मनुष्य के सिर पर सवार रहती है उसके अधिकार करनें का कोई समय नियत नहीं है। कोई जन्म लेते ही चल बसता है, कोई हर्ष बिनोद मैं, कोई पढ़ने लिखनें मैं, कोई जन्म लेते ही चल बसता है, कोई हर्ष बिनोद मैं, कोई पढ़नें लिखनें मैं, कोई खानें कमानें मैं, कोई जवानी की उमंग मैं, कोई मित्रों के रस रंग मैं अपनी सब आशाओं को साथ लेकर अचानक चल देता है परंतु फिर भी किसी मोत की याद नहीं रहती कोई परलोक का भय करके अधर्म नहीं छोड़ता? क्या देखत भूली का तमाशा ईश्वर नें बना दिया है?"

'लाला मदनमोहन के चित्त मैं मौत का विचार आते ही भूत प्रेतादि का भय उत्पन्न हुआ। वह अंधेरी रात, छोटी सी कोठरी, एकांत जगह, चित्त की व्याकुलता मैं यह बिचार आते ही सब सुधरे हुए बिचार हवा मैं उड़ गए। छाती धड़कनें लगी, रोमांच हो आए, जी दहला गया और मोत की कल्पना शक्ति नें अपना चमत्कार दिखाना शुरू किया।

कोई प्रेत उन्की कोठरी मैं मोजूद है। उस्के चलनें फिरनें की आवाज सुनाई देती है बल्कि कभी, कभी अपनी लाल, लाल आँखों सै क्रोध करके मदनमोहन को घुरकता है, कभी अपना भट्टीसा मुँह फैला कर मदनमोहन की तरफ दौड़ता है, कभी गुस्सेसै दाँत पीसता है, कभी अपना पहाड़सा शरीर बढ़ाकर बोझसै मदनमोहन को पीस डालना चाहता है कभीं कानके पर्दे फाड़ डालनें वाले भयंकर स्वरसै खिलखिलाकर हँसता है, कभी नाचता है, कभी गाता है, कभी ताली बजाता है, और कभी जम दूत की तरह मदनमोहन को उस्के कुकर्म्मोंके लिए अनेक तरहकै दुर्बचन कहता है!

लाला मदनमोहननें पुकारनें का बहुत उपाय किया परंतु उन्के मुख सै भयके मारे एक अक्षर न निकल सका वह प्रेत मानों उन्की छातीपर सवार होकर उन्का गला घोटनें लगा उस्के भयसै मदनमोहन अधमरे होगए उन्होंनें हाथ पाँव चलानें का बहुत उद्योग किया परंतु कुछ न हो सका। इस्समय लाला मदनमोहन को परमेश्वर की याद आई।

जो मदनमोहन परमेश्वर की उपासना करनें वालों को और धर्मकी चर्चा करनें वालों पर नास्तिक भाव से हँसा करता था और मनुष्य देह का फल केवल संसारी सुख बताता था किसी तरह सै छल छिद्र करकै अपना मतलब निकाल लेनें को बुद्धिमानी समझता था वही मदनमोहन इस्समय सब तरफ सै निराश होकर ईश्वर की सहायता माँगता है! हा! आज इस रंगीले जवान की क्या दशा हो गई! इस्का अभिमान कहा जाता रहा! जब इस्का कुछ बस न चल सका तो यह मूर्छित होकर पृथ्वी पर गिर पड़ा और कुछ देर यो हीं पड़ा रहा।

जब थोड़ी देर पीछे इसै होश आया चित्त का उद्वेग कुछ कम हुआ तो क्या देखता है कि उस भयंकर प्रेतके बदले एक स्त्री इस्का सिर अपनें गोदमैं लिए बैठी हुई धीरे, धीरे इस्के पाँव दबा रही है अंधेरेके कारण मुख नहीं दिखाई देता परंतु उस्की आँखोंसै गरम, गरम आँसुओं की बूँदे उस्के मुख पर गिर रही हैं और इन आँसुओं ही से मदनमोहन को चेत हुआ है।

इस्समय लाला मदनमोहन के व्याकुल चित्त को दिलासा मिलनें की बहुत जरूरत थी सो यह स्त्री उन्हैं दिलासा देनेके लिए यहाँ आ पहुँची परंतु मदनमोहन को इस्सै कुछ दिलासा न मिला वह इसै देखकर उल्टे डरगए।

"प्राणनाथ अब कैसे हो! आपके चित्तमैं इस्समय अत्यंत व्याकुलता मालूम होती है इसलिए अपनें चित्तका जरा सावधान करो, हिम्मत बाँधो मैं आपके लिए भोजन लाई हूँ सो कुछ भोजन करकें दो घूँट पानी के पिओ जिस्सै आपके चित्तका समाधान हो इस छोटीसी कोठरीमैं अँधेरेके बीच आपको जमीन पर लेटे देखकर मेरा कलेजा फटता है" उस स्त्रीनें कहा।

"यह कोन? वहीं मेरी पतिव्रता स्त्री है जिस्नें मुझसै सब तरह का दुःख पानेंपर भी कभी मन मैला नहीं किया? आवाज सै तो वैसी मालूम होती है परंतु उसका आना संभव नहीं रातके समय कचहरी के बंद मकान मैं पुलिस की पहरे चोकी के बीच वह बिचारी कैसै आ सकैगी! मैं जान्ता हूँ कि मुझको कोई छलावा छलता है" यह कह कर लाला मदनमोहन नें फिर आँखै बंद करली।

"मेरे प्राण पतिके लिए यहाँ क्या? मुझको नर्क मैं अभी जाना पड़े तो क्या चिन्ता है? सच्ची प्रीतिका मार्ग कोई रोक सक्ता है? स्त्री को पति के संग कैद, जंगल, या समुद्रादि मैं जानें सै कुछ भी भय नहीं है परंतु पति के बिना सब संसार सूना है, यदि सुखः दुख के समय उस्की विवाहिता स्त्री उस्के काम न आवैगी तो और कौन आवैगा?" उस स्त्री नें कहा।

लाला मदनमोहन सै थोड़ी देर कुछ नहीं बोला गया न जानें उन्के चित्तमैं किसी तरहका भय उत्पन्न हुआ, अथवा किसी बात के सोच विचार मैं अपना आपा भूल गए, अथवा लज्जा सै कुछ न बोल सके, और लज्जा थी तो अपनी मूर्खता सै इस दशा मैं पहुँचने की थी, अथवा अपनी स्त्री के साथ ऐसे अनुचित व्यवहार करनें की थी? परंतु लाला मदनमोहन के नेत्रों के आँसू निस्संदेह टपकते थे वह उस स्त्रीकी गोद मैं सिर रख; फूट, फूटकर रो रहे थे।

"मेरे प्राण प्रीतम! आप उदास न हों ज़रा हिम्मत रक्खो जो आप की यह दशा होगी तो हम लोगोंका पता कहाँ लगेगा? दुःख सुख वायु के समान सदा अदलते बदलते रहते हैं इसलिए आप अधैर्य न हों आप की चित्त की स्थिरता पर हम सब का आधार है" उस स्त्री नें कहा।

"मुझ सै इस्समय तेरे सामनें आँख उठाकर नहीं देखा जाता, एक अक्षर नहीं बोला जाता, मैं अपनी करनी सै अत्यंत लज्जित हूँ जिसपर तू अपनी लायकी सै मेरे घायल हृदय को क्यों अधिक घायल करती है? मुझको इतना दुःख उन कृतघ्न मित्रों की शत्रुता सै नहीं होता जितना तेरी लायकी और अधीनता सै होता है। तू मुझको दुःखी करनें के लिए यहाँ क्यों आई? तैंनै मेरे साथ ऐसी प्रीति क्यों की? मैंनें तेरे साथ जैसी क्रूरता की थी वैसी ही तैनें मेरे साथ क्यों न की। मैं निस्संदेह तेरी इस प्रीति के लायक़ नहीं हूँ फिर तू ऐसी प्रीति करके क्यों मुझको दुःखी करती है?" लाला मदनमोहन नें बड़ी कठिनाई सै आँसू रोककर कहा।

"प्यारे प्राणनाथ?" मैं आपकी हूँ और अपनी चीज पर उस्के स्वामी को सब तरह का अधिकार होता है जिस्पर आप इतनी कृपा करते हैं यह तो बड़े ही सौभाग्य की बात हैं" वह स्त्री मदनमोहन की इतनी सी बात पर न्योछावर होकर बोली। "महाभारत मैं एक कपोती नें एक बधिक के जाल मैं अपनें पतिके फँसे पीछे उस्के मुख सै अपनी बड़ाई सुन्कर कहा था कि "आहा! हम मैं कोई गुण हो या न हो जब हमारे पति हम सै प्रसन्न होकर हमारी बड़ाई करते हैं तो हमारे बड़ भागिनी होनें मैं क्या संदेह है? जिस स्त्री सै पति प्रसन्न नहीं रहते वह झुल्सी हुई बेलके समान सदा मुर्झाई रहती है।"

"तेरी ये ही तो बातें हृदय विदीर्ण करनेंवाली हैं। मुझको क्षमा कर मेरे पिछले अपराधों को भूला जा। मैं जान्ता हूँ कि मुझसे अबतक जितनी भूलें हुई हैं उन्मैं सब अधिक भूल तेरे हक मैं हुई है। मैं एक हीरा को कंकर समझा, एक बहुमूल्य हार को सर्प समझकर मैंने अपनें पास सै वह फैंक दिया। मेरी बुद्धिपर अज्ञानता का पर्दा छा गया परंतु अब क्या करूँ? अब तो पछतानें के सिवाय मेरे हाथ कुछ भी नहीं हैं" लाला मदनमोहन आँसू भरकर बोले।

"मुझको तो ऐसी कोई बात नहीं मालूम होती जिस्सै मेरे लिए आप को पछताना पड़े। मैं आपकी दासी हूँ फिर ऐसे सोच विचार करनें की क्या जरूरत है? और मैं आपकी मर्जी नहीं रख सकी उस्मैं तो उल्टी मेरी ही भूल पाई जाती है" उस

स्त्रीनें रूके कंठ से कहा।

"सच है सोनें की पहचान कसोटी लगाए बिना नहीं होती परंतु तू यहाँ इस्समय कैसै आ सकी?" किस्के साथ आई? कैसै पहरेवालों नैं तुझे भीतर आनें दिया? यह तो समझाकर कहा" लाला मदनमोहन नें फिर पूछा।

"मैं अपनी गाड़ी मैं अपनी दो टहलनियों के साथ यहाँ आई हूँ और मुझको मेरे भाई के कारण यहाँ तक आनें मैं कुछ परिश्रम नहीं हुआ। मैं विशेष कुछ नहीं कह सक्ती वह आप आकर अभी आपसै सब वृत्तांत कहैंगे"

यह कहते, कहते वह स्त्री दरवाजे के पास जाकर अन्तर्धान हो गई!!!

प्रकरण-40

↕

सुधारनें की रीति.

कठिन कलाहू आय है करत करत अभ्यास।।
नट ज्यों चालतु बरत पर साधे बरस छमास।।

वृन्द.

लाला मदनमोहन बड़े आश्चर्य मैं थे कि क्या भेद है जगजीवनदास यहाँ इस्समय कहाँ सै आए? और आए भी तो उन्के कहनें सै पुलिस कैसे मान गई! क्या उन्होंनें मुझको हवालात से छुड़ानें के लिए कुछ उपाय किया? नहीं उपाय करनें का समय अब कहाँ हैं? और आते तो अब तक मुझसै मिले बिना कैसे रह जाते?

इतनें मैं दूर सै एकाएक प्रकाश दिखाई दिया और लाला ब्रजकिशोर पास आ खड़े हुए।

"हैं! आप इस्समय यहाँ कहाँ! मैंनें तो समझा था कि आप अपनें मकान मैं आराम सै सोते होंगे" लाला मदनमोहन नें कहा।

"यह मेरा मंद भाग्य है जो आप ऐसा समझते हैं क्या मुझ को भी आपनें उन्हीं लोगों मैं गिन लिया?" लाला ब्रजकिशोर बोले।

"नहीं, मैं आप को सच्चा मित्र समझता हूँ परंतु समय आए बिना फल नहीं होता"

"यदि यह बात आपनें अपनें मन सै कही है तो मेरे लिए भी आप वैसाही धोका खाते हैं जैसा औरोंके लिए खाते थे। मित्र मालूम होता उस्के कामों से। मालूम होता है फिर आपनें मुझको किस्तरह सच्चा मित्र समझ लिया?" लाला ब्रजकिशोर पूछनें लगे। मैंने आपके मुकद्दमों मैं पैरवी की जिस्के बदले भर पेट महन्ताना ले लिया

यदि आपके निकट उन्के मेरे चाल चलन मैं कुछ अंतर हो तो इतना ही हो सक्ता है कि वह कच्चे खिलाड़ी थे जरा सी हलचल होते ही भग निकले, मैं अपना फ़ायदा समझ कर अब तक ठैरा रहा''

''जो लोग फ़ायदा उठा कर इस्समय मेरा साथ दें उन्को भी मैं कुछ बुरा नहीं समझता क्योंकि जिन् पर मुझको बड़ा विश्वास था वह सब मुझे अधर धार मैं छोड़कर चले गए और ईश्वर नें मुझको किसी लायक न रक्खा'' लाला मदनमोहन रोकर कहने लगे।

''ईश्वर को सर्वथा दोष न दो वह जो कुछ करता है सदा अपनें हित ही बात करता है'' लाला ब्रजकिशोर कहनें लगे। श्रीमद्भागवत मैं राजा युधिष्ठर सै श्रीकृष्णचन्द्र नें कहा है ''जो नर पर हम हित न करें ताको धन हर लेहिं। धन, दुख, दुखिया को स्वतः बंधु तज देहिं।।''* सो निस्संदेह सच है क्योंकि उद्योग की माता आवश्यकता है इसी तरह अनुभव सै उपदेश मिल्ता है सादी नें गुलिस्ताँ मैं लिखा है कि ''एक बादशाह अपनें एक गुलाम को साथ लेकर नाव मैं बैठा। वह गुलाम कभी नाव मैं नहीं बैठा था इसलिए भय सै रोनें लगा। धैर्य और उपदेश की बातों सै उस्के चित्त का कुछ समाधान न हुआ। निदान बादशाह सै हुक्म लेकर बुद्धिमान नें (जो उसी नाव मैं बैठा था) उसै पानी मैं डाल दिया और दो, चार गोते खाए पीछै नाव पर ले लिया जिस्सै उस्के चित्तकी शांति हो गई। बादशाह नें पूछा इस्मैं क्या युक्ति थी? बुद्धिमान नें जवाब दिया कि पहले यह डूबनें का दुःख और नाव के सहारे बचनें का सुख नहीं जान्ता था। सुख की महिमा वही जान्ता है जिस्को दुःख का अनुभव हो''

''परंतु इस्समय इस अनुभव सै क्या लाभ होगा। घोड़ा बिना चाबुक वृथा है'' लाला मदनमोहननें निराश होकर कहा।

''नहीं, नहीं ईश्वर की कृपा सै कभी निराश न हो वह कोई बात युक्ति शून्य नहीं करता'' लाला ब्रजकिशोर कहनें लगे ''मि. पारनेलनें लिखा है कि ''एक तपस्वी जन्म सै बन मैं रहकर ईश्वराराधन करता था। एक बार धर्मात्माओं को दुःखी और पापियों को सुखी देखकर उस्के चित्त मैं ईश्वर के इंसाफ विषै शंका उत्पन्न हुई और वह इस बात का निर्धारण करनें के लिए बस्ती की तरफ चला। रस्ते मैं उस्को एक जवान आदमी मिला और यह दोनों साथ, साथ चलनें लगे। संध्या समय इन्को एक ऊंचा महल दिखाई दिया और वहाँ पहुँचे जब उस्के मालिकनें इन दोनों का हद्द सै ज्यादः सत्कार किया, प्रातःकाल जब ये चलनें लगे तो उस जवानमें एक सोनें गया! और एक पुल पर पहुँचकर उस अगुए को भी धक्का दे नदी में डाल दिया! इन्बातों सै अब तो इस तपस्वी के धिःकार और क्रोध की कुछ हद न रही। वह उस्को दुर्वचन

* यस्याहमनुगृहणामि तस्य वित्तं हरायमूह
नतोधंन त्यजन्त्यस्य स्वजननादुः खदुः खितम्।

कहा चाहता था इतनें मैं उस जवान का आकार एकाएक बदल गया उस्के मुखपर सूर्य का सा प्रकाश चमकनें लगा और सब लक्षण देवताओं के से दिखाई दिए। वह बोला "मैं परमेश्वर का दूत हूँ और परमेश्वरी तुम्हारी भक्ति सै प्रसन्न है इसलिए परमेश्वर की आज्ञा सै मैं तुम्हारा संशय दूर करनें आया हूँ। जिस काम मैं मनुष्य की बुद्धि नहीं पहुँचती उस्को वह शून्य समझनें लगता है परंतु यह उस्की केवल मूर्खता है। देखो यह सब काम तुमको उल्टे मालूम पड़तें होंगे परंतु इन्हीं सै उस्के इंसाफ का विचार करो। जिस मनुष्य का प्याला मैंने चुराया वह नामवरी का लालच करके हद्द सै ज्यादः अतिथि सत्कार करता था और इस रीति सै थोड़े दिन मैं उस्के भिखारी हो जानें का भय था इस काम सै उस्की वह उमंग कुछ कम होकर मुनासिब हद्द आगई। जिस्को मैंने प्याला दिया वह पहले अत्यंत कठोर और निठुर था इस फायदे सै उस्को अथिति सत्कार की रुचि हुई। जिस सद्‌गृहस्थ का पुत्र मैंनें मारा उस्को मेरे मारनें का वृत्तान्त न मालूम होगा। परंतु वह इन दिनों संतान की प्रीति मैं फँसकर अपनें और कर्तव्य भूलनें लगा था। इस्सै उस्की बुद्धि ठिकानें आगई। जिस मनुष्य को मैंनें अभी उठाकर नदीमैं डाल दिया वह आज रात को अपने मालिक की चोरी करके उसै नाश किया चाहता था इसलिए परमेश्वर के सब कामों पर विश्वास रक्खो और अपना चित्त सर्बथा निराश न होनें दो।

"मुझको इस्समय इस्बात सै अत्यंत लज्जा आती है कि मैंनें आपके पहले हितकारी उपदेशों को वृथा समझ कर उन्पर कुछ ध्यान नहीं दिया" लाला मदनमोहननें मनसै पछतावा करके कहा।

"उन सब बातों का खुलासा इतना ही है कि सब पहलू विचार कर हरेक काम करना चाहिए क्योंकि संसार मैं स्वार्थपर बिशेष दिखाई देते हैं" लाला ब्रजकिशोरनें कहा।

"मैं आपके आगे इस्समय सच्चे मनसै प्रतिज्ञा करता हूँ कि मैं अब कभी सवार्थपर मित्रोंका मुख नहीं देखूँगा। झूटी ठसक दिखाने का विचार न करूँगा, झूठे पक्षपात को अपनें पास न आनें दूँगा और अपनें सुख के लिए अनुचित मार्ग पर पाँव न रखूँगा" लाला मदनमोहननें बड़ी दृढ़ता सै कहा।

"इस्समय आप यह बातें निस्संदेह मनसै कहते हैं परंतु इस तरह प्रतिज्ञा करनें वाले बहुत मनुष्य परीक्षाके समय दृढ़ नहीं निकलते मनुष्य का जातीय स्वभाव (आदत) बड़ा प्रबल है तुलसीदासजीनें भगवान सै यह प्रार्थना की है:—

"मेरो मन हरिजू हठ न तजैं।। निशदिन नाथ देउँ सिख बहुबिध करय सुभाव निजै।। ज्यों युवति अनुभवति प्रसव अति दारुण दुख उपजै।। व्है अनुकूल बिसारि शूलशठ पुनि खल पीतहि भजै।। लोलुप भ्रमत गृह पशू ज्यों जहँ तहँ पदत्राण बजैं।। तदपि अधम विचरत तेहि मारग कबहूँ न मूढलजै।। हों हायौ कर बिबिध विधि अतिशय प्रबल अजै।। तुलसिदास बस होइ तबहि जब प्रेरक प्रभु बरजै।।"

आदतकी यह सामर्थ्य है कि वह मनुष्य की इच्छा न होनें पर भी अपनी इच्छानुसार काम करा लेती है धोका दे, देकर मनपर अधिकार कर लेती है, जब जैसी बात करानी मंजूर होती है तब वैसी ही युक्ति बुद्धि को सुझाती है, अपनी घात पाकर बहुत काल पीछे राख मैं छिपीहुई अग्नि के समान सहसा चमक उठती है। मैं गई बीती बातों की याद दिवाकर आपको इस्सयम दुखित नहीं किया चाहता परंतु आपको याद होगी कि उस्समय मेरी ये सब बातें चिकनाई बूंद के समान कुछ असर नहीं करती थीं। इसी तरह यह समय निकल जाएगा तो मैं जान्ता हूँ कि सब बिचार भी वायु की तरह तत्काल पलट जाएँगे। हम लोगों को लखोटिया ज्ञान है वह आग के पा जानें सै पिघल जाता है परंतु उस्सै अलग होते ही फिर कठोर हो जाता है इस दशा मैं जब इस्समय का दुख भूलकर हमारा मन अनुचित सुख भोगनें की इच्छा करे तब हमको अपने प्रतिज्ञा के भय सै वह काम छिपकर करनें पड़े, और उन्को छिपानें के लिए झूँटी ठसक दिखानी पड़े झूँटी ठसक दिखाने के लिए उन्हीं स्वार्थपर मित्रों का जमघट करना पड़े, और उन पर स्वार्थपर मित्रों का जमघट करनें के लिए वहीं झूँठा पक्षपात करते पड़े, तो क्या आश्चर्य है?" लाला ब्रजकिशोर ने कहा।

"नहीं, नहीं यह कभी नहीं हो सक्ता। मुझको उन लोगों सै इतनी अरुचि हो गई कि मैं वैसी साहूकारी सै ऐसी गरीबी को बहुत अच्छी समझता हूँ। क्या अपनी आदत कोई नहीं बदल सक्ता?" लाला मदनमोहन नें जोर देकर पूछा।

"क्यों नहीं बदल सक्ता? मनुष्य के चित्त सै बढ़कर कोई बस्तु कोमल और कठोर नहीं है वह अपनें चित्त को अभ्यास करके चाहै जितना कम ज्यादः कर सकते हैं कोमल चित्त मनुष्य कठिन सै कठिन समय पड़नें पर उसे झेल लेता है और धीरै, धीरै उस्का अभ्यासी हो जाता है इसी तरह जब कोई मनुष्य अपनें मैं किसी बातकी पक्की ठान ले और उस्का हर वक्त ध्यान बना रक्खे उस्पर अंत तक दृढ़ रहै तो वह कठिन कामों को सहज मैं कर सक्ता है परंतु पक्का विचार किए बिना कुछ नहीं हो सक्ता" लाला ब्रजकिशोर कहनें लगे।

"इटली का प्रसिद्ध कबि पीट्रार्क लोरा नामी एक परस्त्री पर मोहित हो गया इसलिए वह किसी न किसी बहानें सै उस्के सन्मुख जाता और अपनी प्रीतिभरी दृष्टि उस्पर डाल्ता परंतु उस्के पतिब्रतापन सै उस्के आगे अपनी प्रीति प्रगट नहीं कर सक्ता था, लोरानें उस्के आकार सैं उस्के भाव समझकर उस्को अपनें पास सै दूर रहनें के लिए कहा और पीट्रार्क नें भी अपनें चित्त सै लोरा की याद भूलनें के लिए दूर देशका सफर किया परंतु लोरा का ध्यान क्षणभर के लिए उस्के चित्त सै अलग न हुआ। एक तपस्वी नें बहुत अच्छी तरह उस्को अपना चित्त अपनें बस मैं रखनें के लिए समझाया परंतु लोरा का एक दृष्टि देखते ही पीट्रार्क के चित्त सै वह सब उपदेश हवामैं उड़ गए। लोरा की इच्छा ऐसी मालूम होती थी पीट्रार्क उस्सै प्रीति रक्खे परंतु दूरकी प्रीति रक्खे। जब पीट्रार्क का मन कुछ बढनें लगता तो वह अत्यंत कठोर हो जाती

है परंतु जब उस्को उदास और निराश देखती तब कुछ कृपा दृष्टि करके उस्का चित्त बढ़ा देती। इस तरह अपनें पतिब्रत मैं किसी तरह का धब्बा लगाए बिना लोरानें बीस वर्ष निकाल दिए। पीट्रार्क बेरोना शहर मैं था उस्समय एक दिन लोरा उसै स्वप्न में दिखाई दी और बड़े। प्रेमे सै बोली कि 'आज मैंनें इस असार संसार को छोड़ दिया। एक निर्दोष मनुष्य को संसार छोड़ती बार सच्चा सुख मिल्ता है और मैं ईश्वर की कृपा सै उस सुख का अनुभव करती हूँ परंतु मुझको केवल तेरे बियोग का दुःख है," "तो क्या तू मुझ सै प्रीति रखती थी?" पीट्रार्क नें पूछा। "सच्चे मन सै" लोरानें जवाब दिया और उस्का उस दिन मरना सच निकला। अब देखिए कि एक कोमल चित्त स्त्री, अपनें प्यारे की इतनी अधीनता पर बीस वर्ष तक प्रीतिकी अग्नि को अपने चित्त को अपने चित्त मैं दबा सकी और उसे सर्वथा प्रबल न होनें दिया। फिर क्या हम लोग पुरुष होकर भी अपनें मनकी छोटी, छोटी कामनाओं के प्रबल होनें पर उन्हैं नहीं रोक सक्ते?"

"यूनान के प्रसिद्ध वक्ता डिमास्टिनीज को पहलै पूरा सा बोलना नहीं आता था। उस्की जबान तोतली थी। और जरासी बात कहनें मैं उस्का दम भर जाता था परंतु वह बड़े, बड़े उस्तादों की वक्तृता का ढंग देखकर उन्की नकल करने लगा और दरियाके किनारे या ऊँची टेकड़ियों पर मुँह मैं कंकर भरकर बड़ी देर, देर तक लगातार छंद बोलने लगा तिस्सै उस्का तुतलाना और दम भरना ही नहीं बंद हुआ बल्कि लोगोंके हल्ले को दबाकर आवाज देनें का अभ्यास भी हो गया। वह वक्तृतां करनें सै पहलै अपनें चेहरे का बनाव देखनें के लिए कांचके सामनें खड़े होकर अभ्यास करता था और उस्को वक्तृता करती बार कंधे उचकाँने की आदत पड़ी गई थी। इस्सै वह अभ्यास के समय दो नोकदार हथियार अपनें कंधो सै जरा उँचे लटकाए रखता था कि उन्के डरसै कंधे न उचकानें पाए। उस्नें अपनी भाषा मैं प्रसिद्ध इतिहासकर्ता ट्यूसीडादूगस का सा रस लानेंके लिए उस्के लेख की आठ नकल अपने हाथ से की थी।

"इंग्लेन्डका बादशाह पाँचवाँ हेनरी जब प्रिन्स आफ वेल्स (युवराज) था तब इतनी बदचलनी मैं फँस गया और उस्की संगति के सब आदमी ऐसे नालायक थे कि उस्के बादशाह होनें पर बड़े। जुल्म होनें का भय सब लोगों के चित्त मैं समा रहा था। जिस्समय इंग्लेन्ड के चीफ जस्टिस गासकोइननें उस्के अपराध पर उसै कैद किया तो खास उस्के पिता नें इस बात सै अपनी प्रसन्नता प्रकट की थी शायद इस रीति सै वह कुछ सुधरे। परंतु जब वह शाहजादा बादशाह हुआ और राजका भार उस्के सिर आ पड़ा तो उस्नें अपनी सब रीति भाँति एकाएक ऐसी बदल डाली कि इतिहास मैं वह एकबड़ा प्रमाणिक और बुद्धिमान बादशाह समझा गया। उस्नें राज पाते ही अपनी जवानी के सब मित्रोंको बुलाकर साफ कह दिया था कि मेरे सिर राजका बोझ आ पड़ा है इसलिए मैं अपना चाल-चलन सुधारा चाहता हूँ सो तुम भी अपना

चालचलन सुधार लेना। आज पीछे तुम्हारी कोई बदचलनी मुझको मालूम होगी तो मैं तुम्हें अपनें पास न फटकनें दूँगा। उस्सै पीछै हेनरी नें बड़े योग्य, धर्मात्मा, अनुभवी और बुद्धिमान आदमियोंकी एक काउन्सिल बनाई और इंसाफ की अदालतों मैं सै संदिग्ध मनुष्यों को दूर करके उन्की जगह बड़े ईमानदार आदमी नियत किए। खास कर अपनें कैद करनें वाले गासकोइनकी बड़ी प्रतिष्ठा करके उस्सै कहा कि "जिसतरह तुमनें मुझको स्वतंत्रता सै कैदा किया था इसी तरह सदा स्वतंत्रता सै इंसाफ करते रहना।"

"मेरे चित्तपर आपके कहनें का इस्समय बड़ा असर होता है और मैं अपनें अपराधों के लिए ईश्वर सै क्षमा चाहता हूँ मुझको उस अमीरी के बदले इस कैद मैं अपनी भूलका फल पानें सै अधिक संतोष मिल्ता है। मैं अपनें स्वेच्छाचार का मजा देख चुका अब तेरा इतना ही निवेदन है कि आप प्रेम बिबश होकर मेरे लिए किसी तरह का दुख न उठायँ और अपना नीति मार्ग न छोड़ें" लाला मदनमोहन नें दृढ़ता से कहा।

"अब आपके विचार सुधर गए इसलिए आपके कृतकार्य (कामयाब) होनें मैं मुझको कुछ भी संदेह नहीं रहा ईश्वर आपका अवश्य मंगल करेगा" यह कहकर लाला ब्रजकिशोर नें मदनमोहन को छाती से लगा लिया।

प्रकरण-41

सुखकी परमवधि.

जबलग मनके बीच कुछ स्वारथको रस होय।।
सुद्ध सुधा कैसे पियै? परै बोजी मैं तोय।

सभाविलास.

"मैंनें सुना है कि लाला जगजीवनदास यहाँ आए हैं" लाला मदनमोहन नें पूछा।

"नहीं इस्समय तो नहीं आए आपको कुछ संदेह हुआ होगा" लाला ब्रजकिशोर नें जवाब दिया।

आपके आनें सै पहले मुझको ऐसा आश्चर्य मालूम हुआ कि जानें मेरी स्त्री यहाँ आई थी परंतु यह संभव नहीं कदाचित् स्वप्न" लाला मदनमोहन नें आश्चर्य सै कहा।

"क्या केवल इतनी ही बात का आपको आश्चर्य है? देखिए चुन्नीलाल और शिंभूदयाल पहले बराबर आपकी निन्दा करके आपका मन मेरी तरफ सै बिगाड़ते

रहे थे बल्कि आपके लेनदारों को बहकाकर आपके काम बिगाड़नें तकका दोषारोप मुझपर हुआ था परंतु फिर उसी चुन्नीलाल नें आपसै मैरी बड़ाई की, आपसै मेरी सफ़ाई कराई, आपको मेरे मकान पर लिवा लाया आपकी तरफसै मुझसै क्षमा माँगी मुझे फ़ायदा पहुँचाकर प्रसन्न रखनें के लिए आपको सलाह दी और अंतमैं मेरा आपका मेल करवाकर चुन्नीलाल और शिंभूदयाल दोनों अलग हो गए! उसी समय मेरठ सै जगजीवनदास आकर आपके घरकों लिवा ले गया! मैंनें जन्म भर आपसै रुपे का लालच नहीं किया था सो तीन दिन मैं ऐसे कठिन अवसर पर ठगोंकी तरह पाकटेचेन, हीरे की अँगूठी और बाली ले ली! एक छोटे सै लेनदार की डिक्री मैं आपको इतनी देर यहाँ रहना पड़ा क्या इन बातोंसे आपको कुछ आश्चर्य नहीं होता? इन्मैं कोई बात भेद की नहीं मालूम होती?" लाला ब्रजकिशोर ने पूछा।

"आपके कहनें सै इस मामले मैं इस्समय निस्संदेह बहुत सी बातें आश्चर्य की मालूम होती हैं और किसी, किसी बात का कुछ, कुछ मतलब भी समझ मैं आता है परंतु सब बातों के जोड़ तोड़ पूरे नहीं मिल्ते और मन भरनें के लायक कोई कारण समझ मैं नहीं आता यदि आप कृपा करके इनबातों का भेद समझा देंगे तो मैं आपका बड़ा उपकार मानूँगा" लाला मदनमोहन नें कहा।

"उपकार मान्नें के लायक मुझसै आपकी कौन्सी सेवा बन पड़ी है?" लाला ब्रजकिशोरनें जवाब दिया और अपनी बगल सै बहुत से कागज और एक पोटली निकाल कर लाला मदनमोहन के आगे रखदी इस कागजों मैं मदनमोहन के लेनदारों की तरफ सै अन्दाजन् पचास हजार रुपे के राजी नामे फारखती, और रसीद वगैरे थीं और मिस्टर ब्राइट का फैसला नामा था जिस्मैं पैंतीस हजार पर उस्सै फैसला हुआ था। और मिस्टर रसल की रकम उस्के देनें में लगादी थी और मिस्टर ब्राइट की बेची हुइ चीजोंमैं से जो चीज फरेनी चाहें बराबर दामोंमैं फेर देने की शर्त ठैर गई थी। उस पोटली मैं पंद्रह बीस हजार का गहना था!

लाला मदनमोहन यह देखकर आश्चर्य सै थोड़ी देर कुछ न बोल सके फिर बड़ी कठिनाई सै केवल इतना कहा कि "मुझको अबतक जितनी आश्चर्य की बातें मालूम हुई थीं उन सब मैं यह बढ़कर है!"

"जितना असर आपके चित्तरपर होना चाहिए था परमेश्वर की कृपा सै हो चुका इसलिए अब छिपानें की कुछ जरूरत नहीं मालूम होती" लाला ब्रजकिशोर कहनें लगे "आप किसी तरह का आश्चर्य न करें, इन सब बातों का भेद यह है कि मैं ठेससै आपके पिताके उपकार मैं बंधरहा हूँ जब मैंने आपकी राह बिगड़ती देखी तो यथाशक्ति आपको सुधारनें का उपाय किया परंतु वह सब वृथा गया। जब हरकिशोर के झगड़े का हाल आपके मुखसै सुना तो मुझको प्रतीत हुआ कि अब रुपे की तरी नहीं रही लोगों का विश्वास उठता जाता है और गहनें गाँठें के भी ठिकानें लगनें की तैयारी है, आपकी स्त्री बुद्धिमान होनें पर भी गहनें के लिए आपका मन

न बिगाड़ेगी लाचार होकर उसे मेरठ लेजानें के लिए जगजीवनदास को तार दिया और जब आप मेरे कहनें सै किसी तरह न समझे तो मैंनें पहलै बिभीषण और बिदुरजी के आचरण पर दृष्टि करके अलग हो बैठनें की इच्छा की परंतु उस्सै चित्तको संतोष न हुआ तब मैं इस्बात के सोच विचार मैं बड़ी देर डूबा रहा तथापि स्वाभाविक झटका लगे बिना आपके सुधरनें की कोई रीत न दिखाई दी और सुधरे पीछे उस अनुभव से लाभ उठानें का कोई सुगम मार्ग न मिला। अंतमैं सुग्रीव को धमकी देकर रघुनाथजी जिस्तरह राह पर ले आए थे इसी तरह मुझको आपके सुधारनें की रुचि हुई और मैं आपके वास्तै आपही सै कुछ रुपया लेकर बचा रखने का बिचार किया पर यह काम चुन्नीलाल के मिलाए बिना नहीं हो सक्ता था इसलिए तत्काल उस्के भाई (हीरालाल) को अपनें हाँ नोकर रख लिया। परंतु इस अवसर पर हरकिशोर की बदोलत अचानक यह बिपत्ति सिर पर आपड़ी। चुन्नीलाल आदिका होसला कितना था? तत्काल घबरा उठे और उस्सै मेल करनें के लिए फिर मुझको कुछ परिश्रम न करना पड़ा। वह सब रुपे के गुलाम थे जब यहाँ कुछ फायदे की सूरत न रही, उधर लोगोंनें आप पर अपनें लेनें की नालशैं कर दीं और आपकी तरफ सै जवाबदिही करनें मैं उन्को अपनी खायकी प्रगट होनें का भय हुआ तत्काल आपको छोड़, छोड़ किनारें हो बैठे। मैंनें आप सै कुछ जो इनाम पाया था उस्की कीमत सै यह सब फैसले घटा, घटा कर किए गए हैं अब दिशावर वालों का कुछ जुज्बी सा देना बाकी होगा सो दो, चार हजार मैं निबट जाएगा परंतु मेरे मनकी उमंग इस्समय कुछ नहीं निकली इस्सै मैं अत्यंत लज्जित हूँ'' लाला ब्रजकिशोर नें कहा।

आपनें मेरे फायदे के लिए बिचारे लेनदारों की वृथा क्यों दबाया'' लाला मदनमोहन बोले।

''न मैंनें किसी को दबाया न धोका दिया न अपनें बस पड़ते कसर दीं उन लोगोंनें बढ़ा, बढा कर आप के नाम जो रकमैं लिख ली थीं वही यथा शक्ति कम की गई हैं और वह भी उन्की प्रसन्नता सै कम की गई हैं'' लाला ब्रजकिशोर नें अपना बचाव किया।

''इन सब बातों सै मैं आश्चर्य के समुद्र मैं डूब जाता हूँ। भला यह पोटली कैसी है?'' लाला मदनमोहन नें पूछा।

''आपकी हवालात की खबर सुन्कर आपकी स्त्री यहाँ दौड़ आई थी और जिस्समय मैं आप सै बातें कर रहा था उस्समय उसी के आनें की खबर मुझको मिली थी मैंनें उसे बहुत समझाया परंतु वह आपकी प्रीति मैं ऐसी बावली हो रही थी कि मेरे कहनें सै कुछ न समझी, उस्नें आपको हवालात सै छुड़ानें के लिए यह सब गहना जबरदस्ती मुझे दे दिया। वह उस्समय से पाँच फेरे यहाँ के कर चुकी है उस्नें सवेरे सै एक दाना मुँह मैं नहीं लिया उस्का रोना पलभर के लिए बंद नहीं हुआ रोते, रोते उस्की आँखैं सूज गईं। हा! उस्की एक, एक बात याद करनें सै कलेजा फटता है,

और आप ऐसी सुपात्री के पति होनें सै निस्संदेह बड़े भाग्यशाली हो'' लाला ब्रजकिशोर नें आँसू भरकर कहा।

''भाई जब उस्नें उसी समय तुमको यह गहना दे दिया था तो फिर मेरे छुड़ानें मैं देर क्यों हुई?'' लाला मदनमोहन नें संदेह करके पूछा।

''एक तो दो एक लेनदारों का फैसला जब तक नहीं हुआ था और हरकिशोर की डिक्री का रुपया दाखिल कर दिया जाता तो फिर उन्के घटनें की कुछ आशा न थी, दूसरे आपके चित्त पर अपनी भूलों के भली-भाँति प्रतीत हो जानें के लिए भी कुछ ढील की गई थी परंतु कचहरी बरखास्त होनें सै पहले मैंनें आपके छुड़ानें का हुक्म ले लिया था और इसी कारण सै मेरी धर्म की बहन आपकी सुशीला स्त्री को आपके पास आनेंमैं कुछ अड़चन नहीं पड़ी थी, हाँ मैंनें आपका अभिप्राय जानें बिना मिस्टर ब्राइट सै उस्की चीजै फेरनें का बचन कर लिया है यह बात कदाचित् आपको बुरी लगी होंगी'' लाला ब्रजकिशोरनें मदनमोहन का मन देखनें के लिए कहा।

''हरगिज नहीं, इस बातको तो मैं मनसे पसंद करता हूँ झूँटी भड़क दिखानें मैं कुछ सार नहीं 'आई बहु आए काम गई बहू काम' की कहावत बहुत ठीक है और मनुष्य अपनें स्वरूपानुरूप प्रामाणिकपनेंसै रहकर थोड़े खर्च मैं भली भाँति निर्वाह कर सक्ता हैं'' लाला मदनमोहन नें संतोष करके कहा।

''अब तो आपके बिचार बहुत ही सुधर गए, एबडोलोमीन्स को गरीबी सै एकाएक साइडोनिया के सिंहासन पर बैठाया गया तब उस्नें सिकन्दरसै यही कहा था कि ''मेरे पास कुछ न था जब मुझको विशेष आवश्यकता भी न थी अब मेरा वैभव बढ़ेगा वैसी ही मेरी आवश्यकता भी बढ़ जाएगी'' सच्चे मन के मनुष्यों को अपनें स्वरूपानुरूप बरताव रखनेंमैं जाहिरदारी की झूँटी झिझक रहती है। इसीसै वह लोग जगह, ठोकर खाते हैं परंतु प्रामाणिकपनें सै उचित उद्योग करकै मनुष्य हर हालत मैं सुखी रह सक्ता है'' लाला ब्रजकिशोर नें कहा।

''क्या अब चुन्नीलाल और शिंभूदयाल आदिको उन्की बदचलनी का कुछ मजा दिखाया जाएगा?'' लाला मदनमोहन नें कहा।

''किसी मनुष्य की रीति भाँति सुधरे बिना उस्सै आगे को काम नहीं लिया जा सक्ता परंतु जिन लोगों का सुधरना अपनें बूते सै बाहर हो उन्सै काम काजका संबंध न रखना ही अच्छा है और जब किसी मनुष्य सै ऐसा संबंध न रखा जाए तो उस्के उस्के सुधारनें का बोझ सर्वशक्तिमान परमेश्वर अथवा राज्याधिकारियों पर समझकर उस्सै द्वेष और बैर रखनें के बदले उस्की हीन दशा पर करुण और दया रखनी सज्जनों को विशैष शोभित करती हैं'' लाला ब्रजकिशोरनें जवाब दिया।

''मेरी मूर्खता सै मुझपर जो दुख पड़ना चाहिए था पड़ चुका अब अपना झूँटा बचाव करनें सै कुछ फायदा नहीं मालूम होता। मैं चाहता हूँ कि सब लोगों के हित

निमित्त इन दिनों का सब वृतांत छपवा कर प्रसिद्ध कर दिया जाए" लाला मदनमोहन नें कहा।

"इस्की क्या जरूरत है? संसार मैं सीखनें वालों के लिए बहुत से सत्शास्त्र भरे पड़े हैं" लाला ब्रजकिशोरनें अपना संबंध विचार कर कहा।

"नहीं सच्ची बातों मैं लजाने का क्या काम है? मेरी भूल प्रगट हो तो मैं मन सै चाहता हूँ कि मेरा परिणाम देखकर और लोगों की आँखैं खुलैं इस अवसर पर जिन, जिन लोगों सै मेरी जो, जो बात चीत हुई है वह भी मैं उस्मैं लिखनें के लिए बता दूँगा" लाला मदनमोहननें उमंगसै कहा।

"धन्य! लालासाहब! धन्य! अब तो आपके सुधरे हुए बिचार हद्द के दरज़ें पर पहुँच गए" लाला ब्रजकिशोर नें गद्गद बाणी सै कहा "औरों के दोष देखनें वाले बहुत मिल्ते हैं परंतु जो अपनें दोषों को यथार्थ जान्ता हो और जान बूझकर उन्का झूँटा पक्ष न करता हो बल्कि यथाशक्ति उन्के छोड़नें का उपाय करता हो वही सच्चा सज्जन है"

"सिलसिले बंद सीधा मामूली काम तो एक बालक भी कर सक्ता है परंतु ऐसे कठिन समय मैं मनुष्य की सच्ची योग्यता मालूम होती है आपनें मुझको इस अथाहसमुद्र मैं डूबनें सै बचाया है इस्का बदला तो आपको ईश्वर के हाँ सै मिलैगा मैं सो जन्म तक लगातार आपकी सेवा करूँ तो भी आपका कुछ प्रत्युपकार नहीं कर सक्ता परंतु जिस्तरह महाराज रामचन्द्र नें भिलनी के बेर खाकर उसै कृतार्थ किया था इसी तरह आप भी अपनी रुचिके विपरीत मेरा मन रखनेंके लिए मेरी यही प्रेम भेंट अंगीकार करें" लाला मदनमोहन ब्रजकिशोर को आठ दस हजार का गहना देनें लगे।

"क्या आप अपनें मनमैं यह समझते हैं कि मैंनें किसी तरह के लालच सै यह काम किया?" लाला ब्रजकिशोर रुखाई सै बोले "आगे को आप ऐसी चर्चा करके मेरा जी बृथा न दुखावैं, क्या मैं गरीब हूँ इसी सै आप ऐसा बचन कहकर मुझको लज्जित करते हैं? मेरे चित्त का संतोष ही इस्का उचित बदला है। जो सुख किसी तरह के स्वार्थ बिना उचित रीति सै परोपकार करनें मैं मिल्ता है वह और किसी तरह नहीं मिल सक्ता। वह सुख, सुख की परमावधि है इसलिए मैं फिर "आप का कहना बहुत ठीक है और प्रत्युपकार करना भी मेरे बूते सै बाहर है परंतु मैं केवल इस्समय के आंनद मैं"

"बस आप इस विषय मैं और कुछ न कहैं। मुझको इस्समय जो मिला है उस्सैं अधिक आप क्या दे सक्ते हैं मैं रुपे पैसे के बदले मनुष्य के चित्त पर विशेष दृष्टिरखता हूँ और आपको देने ही का आग्रह हो तो मैं यह माँगता हूँ कि आप अपना आचरण ठीक रखनें के लिए इस्समय जैसे मजबूत हैं वैसे ही सदा बनें रहैं और यह गहना मेरी तरफ़ सै मेरी पतिब्रता बहन और उस्के गुलाब जैसे छोटे, छोटे बालकों

को पहनावें जिन्के देखनें सै मेरा जी हरा हो" लाला ब्रजकिशोर नें कहा।

परमेश्वर चाहेंगे तो आगे को आप की कृपा सै कोई बात अनुचित न होगी" लाला मदनमोहन नें जवाब दिया।

"ईश्वर आप को सदा भले कामो की सामर्थ्य दे और सब का मंगल करै!" लाला ब्रजकिशोर सच्चे सुख में निमग्न होकर बोले।

निदान सब लोग बड़े आनंद सै हिल मिलकर मदनमोहन को घर लिवा ले गए और चारों तरफ सै "बधाई" "बधाई" होनें लगी।

जो सच्चा सुख, सुख मिलनें की मृगतृष्णा से मदनमोहन को अब तक स्वप्न मैं भी नहीं मिला था वही सच्चा सुख ब्रजकिशोर की बुद्धिमानी से परीक्षागुरु के कारण प्रामाणिक भाव सै रहनें मैं मदनमोहन को मिल गया!!!

(समाप्त)

□□□